梁羽生作品集

49

鳴鏑風雲錄

伍

梁羽生 著

中山大学出版社

·广州·

图书在版编目（CIP）数据

鸣镝风云录/梁羽生著. --广州：中山大学出版社，2012. 12
（梁羽生作品集）
ISBN 978-7-306-04387-0

Ⅰ. ①鸣…　Ⅱ. ①梁…　Ⅲ. ①侠义小说－中国－当代　Ⅳ. ①I247.5

中国版本图书馆CIP数据核字（2012）第299730号

广东省版权局版权合同登记图字：19－2012－055号

敬告读者

为了维护读者、著作权人和出版发行者的合法权益，本书采用了新型数码防伪技术。正版图书的定价标示处及外包装盒上均贴有完好的防伪标签。刮开涂层，可见到一组数码，您可以通过两种途径查验真伪。

1. 拨打全国免费电话4008301315，按语音提示从左到右依次输入相应数码并按#键结束。
2. 扫描防伪标上的二维码，按提示输入相应数码。

读者如发现盗版图书，可向当地“扫黄打非”办公室、新闻出版局、工商管理部门、公安机关、技术监督部门举报，或直接与我们联系。

联系电话：020-34297719　13570022400

我们对举报盗版、盗印、销售盗版图书等侵权行为的有功人员将予以重奖。

广州市朗声图书有限公司

目　录

第一〇九回　妖妇寻仇挑舵主
玉人联袂入京华

黑风岛主一走，长鲸帮的帮主洪圻如释重负，说道：“幸亏你们今天来到，给我们黄河五个帮会消弭了一场灾祸。要是迟一天来，说不定就见不着我啦！”

公孙璞道：“黑风岛主是不是要强迫你们投降鞑子？”

洪圻说道：“是呀。我力不能敌，只好采取缓兵之计，暂时和他敷衍。昨晚我们五个帮主已经会齐，大家商量的结果，决意和他一拼，宁死也不向他屈服。只等今日一到长鲸帮，我们就要动手的了。想不到救星天外飞来，你们恰好就在今天到了这儿。事情这样解决，这真是最好也不过了。”

公孙璞笑道：“还有一个好消息告诉你呢，西门牧野这老魔头已经给厉岛主吓跑，料他是不敢再到禹城来了。”

洪圻越发欢喜，说道：“只要这两个魔头不在禹城，我们倒不怕和鞑子官兵作对。”

公孙璞说道：“金国现在忙于准备应付蒙古的入侵，对你们料想不会大动刀兵的。不过，若是蒙古大举侵犯中原，咱们江湖上的同道倒也是应该有点准备，大家合力同心才好。”

洪圻说道：“公孙少侠，我这条性命是你救的，今天你又给我们五个帮会解除灾祸，你要我们怎样做，尽管吩咐好啦。我敢代表五个帮会向你应承，你要我们赴汤蹈火，我们都在所不辞。”

公孙璞说道：“我是奉了柳盟主之命来和你们商谈双方合作，订立盟约的。我年轻识浅，哪值你们这样拥戴。”

洪圻说道："公孙少侠，你客气了。我们五个帮会的上下人等，对你都是深感大恩，愿听你的吩咐的。这既然是柳盟主看得起我们，听她的话也就等于听你的话，我在这里就干脆的说一句，从今之后，我们都是她的属下，唯她马首是瞻，用不着说什么'订盟'了，那太抬举我们啦。"

公孙璞道："兹事体大，许多细节都还要商量，柳盟主的意思，大家还要携手抗敌，更能发挥力量。说不上谁统属谁。"

能够维持本帮的独立，洪圻自然更加愿意，当下笑道："我是一个粗人，什么也不懂得。柳盟主的意思既然是这样，那么就请公孙少侠驾临敝帮，咱们从长计议吧。好在他们四位帮主也是正在我那儿，你什么时候来到，就立即可以商谈大事。"

谷啸风和奚玉帆是好友重逢，也是十分高兴。公孙璞与洪圻商量大事之时，他们也在交谈别后的经过。

原来奚玉帆正是要和厉赛英到金鸡岭去打听妹妹下落的。奚玉帆说道："我曾经回过家里，听说扬州知府岳良骏已给金鸡岭好汉扳倒了，他被劫了官粮，上个月已给'奉旨查办'啦。我家的那个老花匠说，金鸡岭好汉那次大闹扬州，谷兄也曾来过。他还说舍妹也曾参与其事，不知谷兄可知舍妹消息？"

谷啸风道："不错，那次在扬州我曾见过她，但她如今又不在金鸡岭了。"

奚玉帆道："她在哪儿？"

谷啸风颇感踌躇，不知要不要把实情告诉好友。他看了韩珮瑛一眼，韩珮瑛说道："奚大哥，你知道了辛龙生的事情没有？"

奚玉帆道："听说他死于非命，不知是真是假？"

韩珮瑛心里想道："事情迟早他会知道，也用不着隐瞒他了。"当下叹了口气说道："我告诉你，你可莫要伤心。辛龙生并没有死。"

奚玉帆怔了一怔，心想："这是好消息啊，我怎会伤心？"

待到韩珮瑛把这件事情原原本本的告诉了他之后，奚玉帆这才知道妹妹与辛龙生已告仳离，当下黯然说道："我早知他们是不能偕老的了！这样结局也好。"

韩珮瑛道："个多月前，瑾姐和我们在舜耕山分手之后，她说要到江南去见辛龙生的师父文大侠，然后可能回家小住一个时期。你现在回家，正可以见得着她。"

此时洪圻与公孙璞的谈话已告一个段落，厉擒龙回过头来，说道："玉帆，你们在谈些什么，谈完了没有，咱们可该走了。"

厉赛英道："帆哥刚刚知道他的妹妹的消息，她已经回到家里去了。"

厉擒龙笑道："那么你要跟他回家拜见你这位小姑的了？"

厉赛英面上一红，说道："他家所在的那个百花谷是扬州的名胜之地，爹，你也和我们一同去吧。"

厉擒龙哈哈笑道："只要你们不讨厌我这老头子，我当然也是要去会会亲家的。"

洪圻说道："难得厉岛主来到，请让我稍尽地主之谊，多留两天才走。"

厉擒龙道："我无所谓，但只怕玉帆要急于回家吧？"

奚玉帆虽然是归心似箭，但一来洪圻的盛情难却，二来他也想和谷啸风、公孙璞多聚一天，于是答允洪圻，今晚在他的长鲸帮过夜，明天才走。

哪知一到长鲸帮，又发生了一件意外的事情。

只听得大厅中人声嘈杂，其中一个苍老的妇人声音尤其刺耳，冷冷说道："你们不必遮瞒，快叫黑风岛主见我！"

听这情形，这妇人似乎已经来了多时，长鲸帮的人已经告诉了她黑风岛主不在这里的了，但这妇人却是不肯相信，非得见着黑风岛主不肯罢休。

洪圻好生诧异，心里想道："这妇人好生大胆，居然一个人就敢跑到长鲸帮来找黑风岛主寻仇！"

韩珮瑛"咦"了一声，和谷啸风说道："这妇人好像是辛十四姑！"

此时长鲸帮的副帮主丁厚正在斥责那个妇人："黑风岛主和你有甚梁子我们不管，你跑到我们这里闹事，却是不该。你再胡闹，我可要赶你出去！"

那妇人冷笑道："我偏要胡闹，瞧你怎样赶我？"

洪圻忙跑进去，帮众大喜叫道："帮主回来了！"

丁厚正在一掌向那妇人推去，想要把她推开，不料却给那妇人揪着，扭得他的手臂向后弯曲，丁厚忍着疼，额上的汗珠一颗颗滴下来。

丁厚练有铁砂掌的功夫，不料一出手竟然就吃大亏，洪圻大吃一惊，连忙喝道："住手！你是什么人，来找黑风岛主作甚？"

谷啸风和韩珮瑛混在人丛之中，定眼一看，这妇人果然是辛十四姑。

辛十四姑放开了丁厚，说道："好，你就是长鲸帮的洪帮主吧？你告诉黑风岛主，叫他不用躲避，只要他见了我把话说清楚，我和他的恩怨可以一笔勾销。"

洪圻说道："你要找他，到黑风岛去找他吧。"

辛十四姑道："胡说八说，我早已知道他和乔拓疆到了你这里，你还要骗我？"原来辛十四姑在任家逃出性命之后，自忖孤掌难鸣，是以又想和乔拓疆、史天泽等人重行结纳。

厉擒龙越众而出，缓缓说道："黑风岛主是给我劝回黑风岛的，洪帮主并没有说错。"

辛十四姑想不到在长鲸帮会见着厉擒龙，这可是轮到她大吃一惊了。

说时迟，那时快，谷啸风与韩珮瑛已是并肩齐上，齐声喝道："你找黑风岛主，我们也正要找你！"

辛十四姑游目四顾，看见了公孙璞、宫锦云等人也在人丛之中，不由得暗叫不妙。

"先下手为强，后下手遭殃！"辛十四姑心里想道："必须抓着他们的一个人，我才有脱身之望。"她出手端的是快捷之极，洪圻等人本来是围住她的，一霎那间，不知怎的，就给她脱出了包围，但见她身形宛如水蛇游走，长鲸帮众人哪里阻拦得了？说时迟，那时快，她的青竹杖已是挟着劲风，向韩珮瑛背心的大椎穴点下。

厉擒龙喝道："暗算小辈，要不要脸？"话犹未了，只听"叮叮"两声，谷啸风、韩珮瑛双剑齐出，反手一挥，恰到好处的把辛十四姑的青竹杖荡过一边，余势未尽，两把长剑随着他们的身形旋转，直指到辛十四姑的面门。辛十四姑一招“横云断峰”，竹杖收回胸前一挡，化解了他们的攻势。

厉擒龙看得又惊又喜，心道：“谷啸风的七修剑法似乎还在他的舅父任天吾之上，韩珮瑛的蹑云剑法亦已尽得乃父真传，看来只是他们就可以抵敌得这个女魔头了。”本来他正准备出手的，看见谷韩二人抵敌得住，便也暂时改为袖手旁观了。

辛十四姑叫道：“厉岛主，我与你往日无冤，近日无仇，你要乘机投井下石，那就和众小辈并肩齐上吧，我死在你手里，那也值得!”要知厉擒龙乃是武林中顶儿尖儿的角色，是以辛十四姑先用言语挤兑他，要令他不好意思插手。

韩珮瑛刷的一剑刺将过去，喝道：“你毒死我的母亲，又曾两次三番害我，我与你可是往日有冤，近日有仇！这笔账就只我们二人和你清算!”

辛十四姑道：“好，那就照江湖规矩办事吧。谷啸风是你的未婚夫，他和你联手，倒也应该。”

辛十四姑虽然也感觉他们的剑法比前更加精妙，但还是估计不足，以为凭着自己这身本领，仍然可以稳操胜算。故此口口声声强调“江湖规矩”，把其他的人撇过一边。厉擒龙是个武学的大行家，看了几招，却已越发放心，知道谷韩二人联手御敌，纵不能胜，也绝不至于落败了。当下冷冷说道：“好，咱们就照江湖规矩办事，但你若敢妄施毒，伤及旁人，那可就休怪我不客气了。”

辛十四姑放下了心上的一块大石头，想道：“我不用毒功，也胜得了这两个小辈!”哪知心念未已，谷韩二人双剑合璧，已是把她的身形圈住，饶是她的一根青竹杖指东打西，指南打北，瞬息百变，也不过堪堪能够招架而已。根本就腾不出手施展她的歹毒的暗器了。

辛十四姑身上所藏的歹毒暗器，最厉害的两种一是毒雾金针烈焰弹，一是淬过剧毒的梅花针，这两种暗器都是一出手就会波及旁人的。但以厉擒龙的本领，辛十四姑自己也知道得很清楚，这两种暗器是决计伤他不了的。厉擒龙有言在先，她一用歹毒暗器伤及旁人，他就定然出手，因此莫说辛十四姑此时已是腾不出手来，就是腾得出手来，她也是有所顾忌，不敢胡为的了。

大厅里长鲸帮一众人等，早已退过两边，腾出了一大片地方，可是谷韩二人双剑合璧，剑光的圈子却是越缩越小，不到一盏茶的时刻，已是把辛十四姑困在垓心，容不得她四处游走了。

辛十四姑又是吃惊，又是诧异，心里想道："才不到半年之前，他们还不是我的对手，怎的只不过这几个月的时间，他们的剑法竟尔精进如斯。"

原来韩珮瑛与父亲会面之后，韩大维针对辛十四姑的竹杖点穴打法，教了她一套以飘忽见长的蹑云剑法，这半年来，她和谷啸风的七修剑法已是配合得妙到毫巅。

他们二人的功力和辛十四姑相差颇远，本来若是单打独斗，纵然他们曾得韩大维的指点，也抵挡不了辛十四姑的三十招的，但两人的剑法一配合起来，却是不但可以应付裕余，而且是稳操胜算了。

辛十四姑在剑光圈中东窜西闪，眼看随时都有中剑的可能，额上的冷汗涔涔而下。忽地"哇"的吐出了一口鲜血来！

说也奇怪，这口鲜血一吐，她的青竹杖一挥，力道忽地陡增，谷韩二人的长剑竟然给她荡开。辛十四姑倏地就从剑光圈中窜出，洪圻首当其冲，她一抓就向洪圻的琵琶骨抓下。

原来她自知难以幸免，一狠下心，使出了邪派功夫"天魔解体大法"。这"天魔解体大法"在自残肢体之中，功力可以突增一倍。但却极耗真气，过后至少也得大病一场。而且这种邪派功夫，也只能够收效一时，不能持久的。

辛十四姑急于脱身，此时已是顾不得厉擒龙的警告了。洪圻是长鲸帮的帮主，她只想能够以迅雷不及掩耳的手法，一抓抓着洪圻，作为人质，便可脱身。

哪知厉擒龙一直目不转睛注视她，哪容得她偷袭成功？她快厉擒龙也快。就在她的手指堪堪要抓着洪圻琵琶骨的时候，只觉劲风飒然，厉擒龙也是挥袖在他们两人之间"劈"下，衣袖虽然柔软，但经过厉擒龙的内功运用，不亚于当中插下一柄利刀。

只听得“嗤”的一声，厉擒龙的衣袖给撕去了一幅，但辛十四姑给他的衣袖一拂，却是不禁连退了三步。厉擒龙喝道：“有我在此，可不能容你害人!”

说时迟，那时快，谷啸风与韩珮瑛双剑合璧，又已杀到。辛十四姑振臂一挥，青竹杖横架两柄长剑，“哇”的又是一口鲜血喷了出来。

谷啸风刚刚见识她的“天魔解体大法”的厉害，只道她这口鲜血一喷，跟着就有极其猛烈的反击，不禁吃了一惊。哪知这一次辛十四姑口喷鲜血之后，竹杖上的力道不是加强而是减弱，谷啸风力贯剑尖，一挑就把她的竹杖挑开了。

原来辛十四姑的“天魔解体大法”本就不能持久，加上给厉擒龙的铁袖功一击，元气大伤，此时她已是真的吐血了。

谷啸风一招“长河落日”，剑光划了一个圆圈，把辛十四姑迫得斜退两步，侧身闪避。他一招出手，便即叫道：“瑛妹，下手吧。”

原来他这一招精妙之极，辛十四姑必须如此闪避不可，这一闪避就恰好套在韩珮瑛剑势所及的圈子之中，等于是送上去受她一剑了。

韩珮瑛刷的一剑直指她的咽喉，辛十四姑的竹杖已是遮拦不了，忽地叹口气道：“我与你有仇，但我也曾照料过你的爹爹，你爹答应过我的。……”

话犹未了，韩珮瑛剑尖 颤，疾刺过去，跟着喝道：“饶你不死，你去吧!”辛十四姑一声厉呼，倒翻出数丈开外。

长鲸帮的副帮主丁厚喝道：“妖妇，哪里走?”他要报适才的一掌之仇，不愤韩珮瑛放过了她。

辛十四姑竹杖一挑，丁厚大喝一声，劈手夺了她的竹杖，但辛十四姑的困兽之斗余力未衰，丁厚夺了她的竹杖，自己也不禁摔了一个筋斗。他还未曾爬得起来，辛十四姑已是翩如飞鸟的越过墙头去了。

厉擒龙把丁厚扶了起来，洪圻随着来到，失惊问道：“你怎么样了?”厉擒龙道：“不妨事，这妖妇业已给韩姑娘废了武功，强弩之末，伤不了人啦!”

原来韩珮瑛刚才那剑尖一颤，乃是避开辛十四姑的咽喉，改刺她的琵琶骨的。只因她手法太快，挑断了辛十四姑的琵琶骨，洪圻、丁厚等人尚未知道。

洪圻吁了口气，笑道：“韩姑娘，你废了这妖妇的武功真是大快人心，但也还是便宜她了。”

韩珮瑛道：“论理这妖妇是死有余辜，但我爹确实是答应过不杀她只废她的武功。我是为爹爹遵守诺言。不过料她也不能为害人间了。”

宫锦云道：“上次她也曾自断琵琶骨，但她偷了我爹爹的千年续断，居然给她驳好断骨，仍然为害人间。”

厉擒龙笑道：“这次她的琵琶骨是给利剑削断的，伤口很深。她又曾用天魔解体大法自伤元气，不死也得大病一场。这一次是纵有千年续断，也不能复原了。”众人听他这么一说才放了心。他袖手旁观，竟能在一瞬之间，把韩珮瑛怎样削断辛十四姑琵琶骨的手法说得清清楚楚，韩珮瑛更是大为佩服。

聚集禹城的一众妖人，至此都已赶跑，走得一干二净了。长鲸帮上下自是兴高采烈，当晚置酒庆功，不必细表。

公孙璞代表金鸡岭义军与黄河五大帮会商谈定盟之事，一说便成。具体实施的细节，也都经双方洽商，一一得到十分圆满的解决。

第二天，各自分道扬镳，按照原来的计划，公孙璞与宫锦云转回金鸡岭向蓬莱魔女复命，厉擒龙父女与奚玉帆回扬州百花谷奚玉帆的老家，谷啸风与韩珮瑛前往大都，找寻震远镖局的总镖头孟霆。

洪圻知道谷啸风要赴大都，说道：“我们长鲸帮在大都安置有一个卧底的兄弟，开一间绸缎店作为掩护，你们两位到了大都，可以在他的绸缎店落脚。”谷啸风正自担忧到了大都人生地不熟，住在客店，风险太大，得洪圻替他解决这个难题，自是正合心意。当下接过洪圻给他的信物，便即告辞。

各人都已有了去处，只余任红绡未有着落。宫锦云本来邀她同回金鸡岭的，但任红绡却要随谷韩二人同往大都。宫锦云知她心意是想到大都劝她父亲，当下叹了口气，也就由她和谷啸风、韩珮瑛一同走了。

路上韩珮瑛和任红绡谈起了辛十四姑之事，不胜感慨。任红绡道："最幸运的是黑风岛主，他有一个好女婿和好女儿，看来今后大概是可以改邪归正了。我只担心爹爹不会回头，他只怕会像辛十四姑一样下场。"

谷啸风道："我也但愿舅舅能够及早回头，咱们到了大都，见机而作吧。"心里却在想道："舅舅假仁假义，比黑风岛主只怕还要奸猾，我可要随时提醒表妹，别要上舅舅的当才好。"

一路平安无事，到了大都。

洪圻安置在大都的那人原名叫丁实，乃是长鲸帮副帮主丁厚的弟弟。他的绸缎店开设在金京最繁盛的一条街道——东长安街。为了适合商人的身份，改个名字叫丁贵盛。

谷啸风恐怕和两个少女一同到那绸缎店去有所不便，和她们说道："我是怀着洪圻给我的信物去找那个'丁老板'的，到了那间绸缎店，必须见机而为，人多反而不好说话。你们不如在附近的一间茶馆等一等，待我和'丁老板'说妥之后，回头来接你们。"

恰好在那间绸缎店对面街口的转角处就有一间小茶馆，可以望见得绸缎店的侧门。韩珮瑛笑道："我正要吃点点心，我们就在这间茶馆等你一两个时辰也是无妨。倘若有事发生，你一声长啸我们就听得见。"谷啸风笑道："咱们是找朋友，又不是找人打架，不会有事发生的。我见着了丁老板。只须把信物一交，他就知道我是什么来历，料想也用不了许多时候。"

哪知意外的事情虽然没有发生，但谷啸风却是见不着那个丁老板。

他到了那间绸缎店，心里想道："长鲸帮的总舵在禹城，我说是从禹城来的，他们必然另眼相看。"

不料他还未曾开口，绸缎店的人已是对他"另眼相看"了，他一进店门，店子里的人都盯着他看，神情颇为紧张，有两个小伙计还似乎露出吃惊的样子。

二掌柜和他打个招呼，冷冷问道：“客官你要挑选什么货式，是批发还是零沽？”

谷啸风不觉有点诧异，心里想道：“素来听说大都的人最有礼貌，尤其做生意的人，即使做不成生意，对客人也是十分殷勤的，怎的他们却是这个样子，完全不像生意人的模样。唔，难道他们已看出我有个可疑之点？”当下答道：“我不是来买料的，我是来找你们丁老板的。”

“你找我们老板做什么？你是他的朋友吗？”二掌柜的面色更难看了。

谷啸风赔笑道：“我虽然不是你们老板的朋友，但却是他的一位老朋友介绍来的。”

“是谁？”二掌柜问道。

谷啸风道：“是山东禹城一位姓洪的老太爷，我就是从禹城来的。”

他这么一说，店子里伙计神情更紧张了。二掌柜冷冷说道：“我们的老板不在这里。”

谷啸风不知店子里人可不可靠，他怀中的信物是必须见着了丁实本人才能交出来的，当下只好问道：“他不在店里，那么可是在家里还未出来？”

那二掌柜只是简简单单答了两个字：“不是!”

谷啸风又再问道：“他在哪里，你可以告诉我吗？”

二掌柜道：“你为什么要找我们老板，我们老板可是不想有太多的‘应酬’的。”谷啸风心想做生意的人讲究的是和气生财，丁实虽是冒充商人，也该学学别个商人的模样，哪有害怕应酬之理？这分明是他们的砌辞，不想我见他们老板的了。他可不知，二掌柜说的这个“应酬”乃是另有所指。

谷啸风没法，只好更多透露一点口风，说道：“那位洪老爷子托我送点东西给你们老板，我必须当面交给他。”

二掌柜道：“哦，是什么贵重的东西，不可以我转交么？”

谷啸风赔笑道：“不是区区在下不敢相信你们，是那位洪老爷子这样吩咐我的。”

二掌柜道：“那你来得不巧了，我们掌柜出门收货去了。”

谷啸风道：“他什么时候回来？”

二掌柜道：“不知道。”口气更为冰冷了。

谷啸风当然不肯就此罢休，于是再问：“丁老板家住哪里？你告诉我好吗？”

不料二掌柜又是说道：“不知道！”

谷啸风不觉有点气起，说道：“你们老板家在哪里，你做掌柜的都不知道吗？”

二掌柜冷笑道：“你不相信我，我也不能相信你。京城里各式人物都有，你客官当然不是流氓，但我们做伙计的可得提防有人骚搅我们的老板。这是我们的规矩。对不起你了，你既然不是来做买卖，那就请你走吧！”

谷啸风怒从心起，但他可不能在店子里和人吵架，因为一吵起来，不但于他无益，甚至还会连累了丁实。

恰好此时又有几个客人来到，二掌柜和小伙计不再理会谷啸风，忙着去招呼客人了。

谷啸风强忍怒气，心里想道：“为了顾全大局，我暂且不和你们计较。现在还是先回去和瑛妹商量吧。”

韩珮瑛和任红绡在那间小茶馆里也和谷啸风的遭遇一样，虽没意外发生，却碰上一件有点奇怪的事情。

她们在里间小茶馆要了一壶龙井，几碟糕点，没多久有一个白衣少年进来，坐在她们对面的一张桌子，不停地用眼角斜瞟她们，对任红绡好像尤其注意。

任红绡小声说道：“瑛姐，你有留意这个人吗？贼忒忒的尽是在打量咱们，讨厌！”韩珮瑛只道这人是个无赖少年，说道：“别管他，他不惹咱们是算他造化。”

哪知话犹未了，这少年就走过来“惹”她们了。

那少年过来作了一揖，说道：“两位小姐打哪儿来的，咱们好像有点面善。”

任红绡怒道：“我从没见过你，给我滚开！”那少年斟了杯茶，说道：“就算我认错了人，小姐你也用不着这样生气呀。请容我说几句话如何？你生气我斟茶给你赔礼。”

任红绡道：“谁喝你的茶！”口中说话，中指就向茶杯弹去。

任红绡跟她父亲练的是正邪合一的武功，她这一弹，用的乃是“隔物传功”的阴柔指力。这股力道传过去能伤对方的脉门，本领稍差的武林人物，都禁受不起她这一弹，没有练过武功的人，那就更不用说了。

在任红绡的心目中，这少年不过是个流氓无赖，这一弹弹将过去，非痛得他像杀猪般的嚎叫不可。

不料只听得“铮”的一声，任红绡弹着茶杯，那少年竟是神色自如，若无其事。茶杯里的茶都没有溅出半点。

那少年笑嘻嘻地道：“小姐还要生气，那我只好自己喝了。对不起打扰了你们两位啦。”

禁受得起任红绡“隔物传功”这还不算稀奇，难就难在他能够举重若轻，丝毫不露声色地就化解了任红绡的指力，连杯子里的茶水都没有溅出半点。显然他的内功造诣，要比任红绡高明得多。

韩珮瑛吃了一惊，正在准备暗中出手帮忙任红绡，不料又是颇出她们意料之外，她们以为这少年占了上风，少不免还有一场啰唆的，这少年喝干了那杯茶之后，却是彬彬有礼的道了个歉，竟自走了。

韩任二人摸不透这少年的来历，再过一会，谷啸风也回来了。

韩珮瑛道：“怎么你这样快就回来，见着了丁老板没有？”

谷啸风苦笑道：“我吃了闭门羹啦！”把经过告诉她们二人之后，笑问她们道：“你们好像神色有异，可是也碰上什么意外的事情么？”正是：

人心险恶难轻信，致教吃了闭门羹。

欲知后事如何，请听下回分解。

第一一〇回　访友攀交凭信物
还银结纳识英豪

韩珮瑛道："没什么大事，只是一点小小的风波。"

谷啸风听她说了刚才的遭遇，不禁疑云大起，暗自寻思："难道我们刚入大都，就给人家识破行藏，暗中'缀'（跟踪而兼监视之意）上了?"但因一来在茶馆里不便畅言，二来他也不愿韩、任二女多所担忧，听了之后，便轻描淡写地说道："京城里龙蛇混杂，什么样的人都有。这人既然没有生事，那也就不必再理他了。就当他是个欺软怕硬的小流氓吧。"说是这样说，他们三个人心里当然也都是明白，只从那个少年所炫露的那手功夫来看，他就绝不会只是一个"小流氓"。

韩珮瑛道："不错，目前最紧要的事情还是先找着丁老板。"

任红绡道："可是丁老板不在大都，怎知他什么时候回来?"

谷啸风笑道："那些伙计说的话怎能信以为真？你想一间规模这样大的绸缎店，哪有老板亲自落乡收账之理？这话当然是骗人的了。"

韩珮瑛道："伙计的话虽然是假，但丁老板不在店中，我看却是真的。"

谷啸风道："不错，他在的话，听了我那番言语，料想是应该出来的。可恨那个掌柜不肯把老板家里的地址告诉我，我想到他家里找他也没办法。"

坐在这间小茶馆里，是望得见绸缎店的侧门的。他们刚说到这里，忽见一个背着煤篓的小厮从那店门里走出来。韩珮瑛道："有了，你们等我一会。”

只见韩珮瑛在街道转角之处追上那个小厮，两人说了一会儿话，韩珮瑛就回来了。一回来就笑道：“咱们走吧，我已经知道丁老板的住处了。”丁老板家在城西，远离市区，他们走到僻静的路上，任红绡这才笑问她道：“瑛姐，你是怎么探听出来的?”韩珮瑛笑道：“你还记得宫锦云曾经假扮煤黑子戏弄我的事吗？我就是由于想起这件事情，灵机一动，才想到可以从那小厮身上打听出丁老板的住址。

“我假装是丁家的丫头，劈头就问那个小厮：‘你们为什么这样偷懒，只记得送煤炭到店子里，却忘记了我们老板家里也要烧煤呢？是不是嫌路远了要加工钱?’

“我想丁老板开的绸缎店既然是他们送的煤炭，家里想必也是和他们的煤炭行交易，果然给我料得不差。”

任红绡笑道：“你这一问相当冒险，要是他昨天刚刚送过煤炭，岂不是立即戳破你的谎言?”

韩珮瑛笑道：“幸亏不是。不过若是当真那样的话，我也会编另一套说辞的。”

任红绡道：“你既然冒充丁家的丫鬟，如何还能向他打听丁家的地址?”

韩珮瑛笑道：“山人自有妙计，你别着急，我慢慢告诉你。”

接着说道：“我这么一问，那小厮似乎甚为惶恐，说道：‘三天前我们店子里不是刚送过去一大篓的吗，不过不是我送的罢了。’我一听不是他送的那就更容易套问他了，于是说道：‘我们老板明天要请客，那一篓煤炭怎么够用？诺，这里是一锭银子，你拿回去，明天叫你们的老板多送几篓来。这十文铜钱是赏给你的。’

“那小厮接了我的银钱，对我这个冒充的丫头自是相信无疑，我就乘机说道：‘我没有见过你，也不知你是不是那间煤炭行的，你说说我们老板家里的地址，说得对我就信你。’这小厮怎会想到我是骗他，乖乖的就和我说了。”

任红绡笑得打跌，说道：“瑛姐，我也想不到你竟会使用诡计，表哥，你可要当心了。”

谷啸风笑道："我倒是害怕到了丁家，还有波折呢。"

韩珮瑛笑道："我已经骗过那小厮了，待会儿如何骗开丁家的大门，那就是你的事了。"

谷啸风心中盘算已定，说道："好，待会儿你瞧我的吧。"

找到了丁家，谷啸风便独自上去拍门。

他料得不错，丁家的人果然是颇有防范，不肯随便开门。

"你是什么人？来这里找谁？"里面有人发问了，门却不肯打开。

"我是店子里来的，当然是找老板的了。"谷啸风说道。

那个家人嘀咕道："店子里刚刚有人来过，怎么又有人来了？"不过他还是打开了一道门缝。

这个家人从门缝一张，发现谷啸风是个陌生人，吃了一惊，喝道："店子里的人我都认得，你是什么人，胆敢冒充我们的伙计？"

他正要把大门关上，谷啸风手肘一抵，大门已是打开，韩珮瑛、任红绡和他都进去了。

谷啸风笑道："我是到过绸缎店找你们的老板，找不着才到这里来的。我说是从店子里来，并没说错。可并没有冒充你们的伙计！"

那家人怒道："我们的老板生病，不见客！"口里说着话，便要把谷啸风推出去。

谷啸风道："那我来得正好了，让我进去探病吧。"

那家人用力一推，却给谷啸风反弹之力震得他倒退数步，不由得大吃一惊，瞪起眼睛来看。原来谷啸风口中说话，已是暗中使上了"沾衣十八跌"的功夫，要不是他手下留情的话，那个家人已是跌了个四脚朝天了。

谷啸风赔笑道："我是你家主人的老朋友叫我来的，千里迢迢，从禹城来此，故此不辞冒昧，登门造访。丁老板没病，我们固然是要见他，有病，那是更要探问的了。"

那家人气呼呼地道："好，你既然找上门来，见不着我家主人，大概你也是不肯甘心的了，那就随我来吧！"

进了客厅，那个家人冷冷说道："你们在这里等着吧！"

过了一会儿，只见一个魁梧大汉大踏步走了进来，谷啸风一看他的相貌和长鲸帮的副帮主丁厚颇为相似，便站起来道：“这位想是丁老板吧，我是特地从禹城来拜访你的。”

那汉子打量了谷啸风，似乎有点诧异的神色，说道：“不错，我就是丁贵盛，丁贵盛就是我，听说你们曾经到过绸缎店找我，如今又找上门来，那真是令我不敢当了。”声音俨若洪钟，哪里有半点病态，他口里说着话，伸出右臂就和谷啸风握手。

谷啸风知道他是要试自己的功夫，却佯作不知，坦然和他握手，说道：“丁老板不必客气。”

化名丁贵盛的绸缎店老板丁实和他哥哥丁厚一样，都是从小就练铁砂掌的功夫的，虽然他是弟弟，功夫比哥哥还要高明，但一握之下，见谷啸风却是若无其事，也没有运劲反击他，不禁暗暗吃惊。

谷啸风虎口隐隐作痛，心里想道：“要不是我这一年来勤练少阳神功，只怕还禁不起他这一握呢。”当下说道：“听说丁老板贵体违和，不知可好了点吗？”

丁实见他似无恶意，越发惊疑，说道：“你是什么人，找我何事？”

谷啸风道：“在下谷啸风，禹城洪帮主托我送一件东西给你。”说罢掏出一个斑竹做的戒指，递给丁实。

这种斑竹是禹城的特产，和普通竹子不同，是方形的。因此长鲸帮的帮主拿来制成戒指，作为本帮的信物。一般戒指非金即银，只有他才戴这种斑竹戒指。识得此物的本帮弟子，见了戒指，有如帮主亲临。

丁实听了谷啸风的名字，已是颇感意外，见他拿出这个戒指，更是大吃一惊，当下恭恭敬敬地接过本帮信物，说道：“丁某不知谷少侠是自己人，多有得罪了，这两位姑娘是——”

谷啸风道：“这位是韩姑娘，这位是任姑娘。”

丁实见闻颇广，连忙问道：“洛阳韩大维韩大侠不知和韩姑娘怎么个称呼？”

韩珮瑛道：“正是家父。”

丁实知道他们是订了婚的，当下笑道："韩姑娘，令尊是我最佩服的一位老英雄，难得你和谷少侠一同来到。"

谷啸风道："这位任姑娘是我舅舅任天吾的女儿。"

丁实眉头一皱，心里想道："谷啸风大概尚未知道他的舅父已经变节。"但因刚刚相识，却也不便就说。

谷啸风道："我这表妹是和父亲闹翻了走出来的。听说任天吾现在大都，表妹不愿意给她父亲知道，是以我们找个地方给她暂且安身。"

丁实何等精明老练，一听谷啸风直呼任天吾之名，便知他已是不把任天吾当作舅父看待，心里想道："原来如此。那就用不着我告诉他了。"当下笑道："何必还找什么地方，你们三位是我请不到的，若是不嫌委屈，就请在寒舍住下吧。"

寒暄已毕，丁实询问谷啸风的来意，谷啸风道："听说震远镖局在大都重开，我想见见孟老镖头。不过这事却是不能给外人知道的。洪帮主叫我来听你的安排。"

丁实说道："孟霆并不知道我的真正身份，不过我们的绸缎店和震远镖局却有来往。他的总局设在洛阳之时，我还请他保过镖。过几天他的镖局在大都老店新开，你可以冒充我的伙计，和我同去道贺。"接着笑道："当年我请他保镖，就是想留下这一份交情。"

谷啸风道谢过后，也笑着问丁实道："丁老板，你们店里的掌柜说你去了外地收账，到了这里，你的家人又说你贵体违和，这究竟是怎么一回事？"

丁实笑道："想必你是觉得很奇怪了，这件事我也正要和你说呢。"

原来三天之前，丁实的绸缎店里来了一个人，自称是从禹城来的，要找丁实说话。

过去长鲸帮派来的人，丁实和那个二掌柜都是认识的，而且他们一来到就必然会说出暗号。这个客人不但是个陌生人，而且又不懂长鲸帮的暗号，丁实当时在店子里，他也不知道他是老板。

丁实做事谨慎，当然不肯就这样见他，于是冒充伙计，问他找老板有何话说。那客人说他是来收账的。他这么一说，倒是令得丁实大为诧异了。

谷啸风道："或许他也是和我一样，虽然不是属于长鲸帮中人，却是你们帮主的朋友呢？"

丁实说道："不会的。他若是和你一般身份，他就应该拿出信物来了。或者最少也得透一点口风，但他却是来向我讹诈银子的。"

谷啸风道："但我已经透露了口风，为什么你们的掌柜又不肯以实话相告？"

丁实笑道："谷兄有所不知，像你这样拿了帮主的信物来找我的，这还是第一次。莫说我们的掌柜不敢相信你的说话，即使你当时拿出这个斑竹戒指给他看，他也不认识呢。这是我们帮主日常戴的，有特别记号的戒指，只有几位香主识得辨别。见此戒指，有如帮主亲临。你想这样重要的信物，是会轻易交给外人的吗？所以你说是帮主托你送件东西给我，他们反而疑心你是说谎了。你可莫要见怪他们才好。"

谷啸风这才知道洪圻对他是如此敬重，另眼相看，不禁暗暗感激。

丁实接着笑道："三天前来的那个陌生客人，有一点倒是和你差不多。"

谷啸风道："什么样差不多？"

丁实说道："年纪和你差不多，装束也差不多。他是个丰神俊秀的少年，同样的书生打扮，还有和你一样，都说是从禹城来的。"

谷啸风笑道："那就更怪不得你们的掌柜要对我特别谨慎了，三天前刚出过这样一件事情，他怎能不怀疑我是那人的同党？"

丁实笑道："实不相瞒，他确是这样怀疑的。在一个时辰之前，他派人告诉我这件事情，我也起了疑心呢。不过我听说你是替帮主送东西来的，我才猜疑不定，不敢断定你是敌人而已。"

谷啸风道："后来你怎样对付那个少年？"

丁实说道："掌柜问他收的是什么账？他说我们的店子去年在禹城采购的一批货物，是他负责给我经办的，余款尚未付的，故此特来讨账。"

谷啸风笑道："想必是假话了。"

丁实说道："根本没有这回事情，当然是假话。

"我一想这人如此大胆，敢来讹诈银子，看来大概是已经给他知道我的一点秘密，这才特地说成是从禹城来的，叫我们知道他已拿住我的把柄。

"当时我就也不声张，暗示掌柜把银子如数给他。"

谷啸风道："他没坚持要见你么？"

"他是想不到我竟肯甘心受他讹诈的。"丁实笑道。接着把那日的经过情形说了出来："掌柜的得到我的暗示，就和他说道：'此事我并不知情，待我问问账房。'过了一会，掌柜和冒充伙计的我，就把银子从账房捧出来给他，说道：'账已查过，确实是如你老兄所说，我们还有这笔货款未曾清付，这就请你收下吧。'

"我们这样做法大概太过出他意料之外，他说：'你们的丁老板是外出未归，我改天再来，那也无妨。我是恐怕未经你们的老板知悉，你们就付了这么大一笔款子给我，老板回来了要责怪你们。'掌柜的就和他说道：'小店做生意，从来都讲信用，人欠欠人，账薄上写明白的我们就一定清理，决不拖延。用不着老板亲自支付。再说，我们的老板到外地收账，也说不定什么时候才能回来，你怎能等他？'按商场的规矩，他要讨的'账'我们已如数给了他，他还能有什么话说。不过，这小子临走的时候，还是要了一手想要吓唬人的花招。"

谷啸风道："什么花招？"

丁实说道："不知他是真的把我当作伙计还是有心试我，临走的时候，我送他出门，他竟然赏我一锭银子。"说罢把那锭银子拿出来，只见一个本来是椭圆形的元宝捏成了扁扁的一块，银子上的指痕清晰可见。丁实笑道："这就是他想吓唬我的花招了。我不动声色收下来，还向他道了一声多谢呢。"

谷啸风笑道："或者他已经对你有点疑心，好在你没报以颜色，令他捉摸不透。"

丁实说道："是呀，所以事情过后，我就索性假戏真做，回家装病。一面叫人暗中打探这厮的来历。"

谷啸风道："可有端倪？"

丁实说道："尚未查得出来，不过在这三天之中，他都曾经在店子附近出现。"

韩珮瑛心中一动，正要把她们在茶馆中的遭遇告诉丁实，恰好绸缎店里又有人来，正是那个上午和谷啸风打过交道的二掌柜。他见谷啸风在座，十分惊诧。

丁实和他说明原委，他连忙赔礼不迭。谷啸风笑道："这怪不得你，怪的该是我来得太冒昧了。"丁实问道："那个小子今天还有没有出现?"

二掌柜道："我正是为此来禀告老板的，那小子已经走啦。"

丁实道："你怎么知道?"

二掌柜拿出一张辞行的帖子，说道："这是他亲自送来的，说得十分客气，说是想不到这次讨账讨得如此顺利，未能向老板面谢，心实不安，叫我把这张辞行的谢帖等你回来给你，看来他得了一千两银子，亦已心满意足啦。嘿嘿，这次咱们倒是应了一句俗话，财散人安乐了。"

丁实拿过那张谢帖来看，只见上面的具名是"李中柱"三字。眉头一皱，问谷啸风道："这十年来我在大都，江湖上新出道的后一辈人物我不熟悉。谷兄，这个人的名字，你可曾听人说过?"谷啸风道："李中柱？没听人说过。"任红绡听了这个名字，似乎颇是留神，不过她也没有说话。

韩珮瑛本来想把在茶馆中的遭遇说出来的，但听说这个少年已经走了，她也不再说了。

这晚丁实陪谷啸风聊天，谷啸风想起日间之事，问丁实道："丁香主，日间我提及任天吾的时候，你的神色似乎有异，敢情你是知道他的什么消息。"

丁实笑道："正是。日间有任姑娘在旁，我不便说，你的那位舅舅早已到了大都，现在料想是在完颜长之的王府作客。"

这消息对谷啸风来说并不新鲜，不过他当然还是要询问这个消息的来源。

丁实说道："我没有见到你的舅舅，不过我却见着了他的徒弟。"

谷啸风道："是余化龙吗？"

丁实说道："正是。有一天，有个御林军的军官到我的店子购买衣料，还请我们派个裁缝跟他回去，我一瞧这个军官似曾相识，一想想了起来，原来他是在十多年前和你的舅舅到过我们长鲸帮的那个余化龙，当时你的舅舅还是侠义道中的成名人物，我们对他都很尊敬。是以我见他的徒弟余化龙变成了一个金国的御林军军官，觉得很是奇怪。"

谷啸风道："任天吾早已不是侠义道了，我也早已不把他当作舅舅了。但余化龙见着了你，不知他可认识？"

丁实说道："十多年前他到长鲸帮的时候，我只是一个小头目。长鲸帮这么多人，他不会特别记得我的。那天他到我的店子里，我也没有以掌柜的身份去招呼他，我一认出了他，就躲开了。料想他还未曾看见我呢。"

谷啸风道："后来怎样？"

丁实说道："后来他带了裁缝到御林军的营房去，那个裁缝告诉我，是给一个老头子做衣服。余化龙叫这老头子做师父的。"

丁实接着说道："当时我还不敢相信，只道余化龙或许另有一个师父，后来仔细问了那个老头的形貌，这才知道确实是任天吾。"

谷啸风道："任天吾蓄意投奔完颜长之，这是我早已知道的了。却不懂他要做衣服为何不亲自到你的店子里来？"

丁实说道："我猜他还想继续骗欺侠义道中的人物，是以虽然已经变节，却还须躲躲藏藏，不愿给外人知道。"

谷啸风道："那他是枉费心机，他的本来面目，连他自己的女儿都瞒不过了，还骗得过别人吗？"

丁实说道："我就是害怕你们还未知道，你已经知道，那就好了。"

谷啸风道："任天吾这老贼固然可恨，余化龙这厮也是极其可恶。他是个有奶便是娘的家伙，两年前曾经投靠蒙古，如今又投靠了金虏，我若是遇见了他，决不将他放过。可惜那天我不在你的店子里。"谷啸风是曾经受过余化龙造谣陷害，故此对他痛恨非常。

丁实说道："我也约略知道此人为人，他以前在江湖上是专门造谣生事，挑拨是非的。不过他如今公开做了金国的御林军军官，倒是不会有正直的人再上他的当了。”接着笑道：“谷兄，你要见着他倒是不难，说不定过几天你就会见着他了。”

谷啸风道：“为什么？”

丁实说道：“听说他在金虏的御林军中，做的正是名副其实的‘鹰爪’工作。他是汉人，完颜长之就利用他和京城里有地位的武林中的汉人来往，例如各大镖局，他都是时常走动的。所以孟霆的震远镖局重新在大都开张之日，他多半会来。”

谷啸风道：“好，到了那天，我改容易貌前往，找个机会干掉他。”

丁实道：“我劝你还是忍耐些时，别要连累了孟老镖头。”

谷啸风道：“这个我懂，我不会当场下手的。”

一宿无话，第二天中午时分，丁家忽又有个不速之客登门。看门的家人拿了一张拜帖来见丁实，拜帖上的具名正是“李中柱”。

那家人说道：“我本来不敢随便开门的，但因昨天来了这位谷少侠，我恐怕他也是和咱们有点关系的人，故此请他稍后，容我禀报。香主，你是见他还是不见？”

丁实笑道：“他昨天才到店子留下谢帖辞行，今天却又找到我家里来啦。看来他是非要见我不可的了。”

谷啸风道：“让我去打发他吧。”

丁实笑道：“别忙，先让他进来再说。”

那个家人奉命带李中柱进来，家人走后，丁实说道：“我猜他昨天是暗地里跟踪你们，这才发现我这里的住处的。他既是阴魂不散，纠缠不清，咱们也正好趁这机会，弄清他的底细。待会儿你替我招待客人，见机而作，我仍然装病。”

谷啸风道：“可不可以动武？”

丁实说道：“你试试他的虚实也好，瞧瞧他是什么门派的。他若是来历不明，又纠缠不清的话，你替我把他撵走。不过，也别伤他性命。”

说至此处，已听得有脚步声从大门外走来，丁实就躲进里面。

谷啸风正待“招待”客人，忽听得韩珮瑛在屏风后面小声说

李中柱道："我不想多跑一趟了，谷兄，你代贵宝号收下吧！"口中说话，突然就把那盛满银子的褡裢向谷啸风一抛。

道："啸风，你过来一会。"原来她和任红绡早已得知消息，悄悄躲在屏风后面偷听了。

谷啸风隔着屏风道："什么事?"

韩珮瑛道："这个李中柱不是别人，正是我们在小茶馆碰着的那个恶少。"此时李中柱刚刚走上台阶，她们在屏风后面偷看，已是看得一清二楚。

任红绡接着低声说道："待会儿你问问他是哪里人氏。"

刚刚说得这两句话，那个客人已是踏上台阶的最上一级，站在客厅的门外了。谷啸风便出去迎接客人。

李中柱打量了谷啸风一眼，说道："这位大哥是——"

谷啸风道："我是店子里的小伙计，这两天过来帮忙老板料理家务。"

李中柱哈哈一笑，说道："你老哥太客气了，我瞧你可不像一个小伙计。"接着说道："前几天我听说你们老板到外地收账，故此没有登门造访。但听说丁老板昨天已回来了，这才敢来探问。"

谷啸风知道他说这番话乃是有意为丁实圆谎，也好为自己制造登门造访的借口的。当下也就不说破他，说道："李先生消息很是灵通，佩服，佩服。不过我们老板是患了病回家的，他可不能见客。"

李中柱道："我不可以去探望他么?"

谷啸风道："老板病得不轻，如今他的家眷正在病榻之前服侍他，恐怕有些不便。"

李中柱道："我远道而来，却是非见他不可的。"

谷啸风道："我已得老板吩咐，你有话和我说也是一样。"

说至此处，丁家的小厮托着茶盘出来，要给客人敬茶，谷啸风道："给我。"接过托盘，说道："李兄，你喝了这杯茶润润喉咙再说!"

他单掌托着茶盘，掌心内力一吐，茶杯忽地跳起，李中柱若是用手来接，非得也运上内力不可。两股内力一碰，杯中的热茶定然溅得他满头满面。

韩珮瑛在屏风后面看得暗暗好笑，心里想道："难为谷大哥想出这样一个捉弄恶客的法子，既可试探对方的本领，又不至于伤了他，且看他如何对付这恶作剧。"

心念未已，只见李中柱神色自如地笑道：“谷兄，别客气。”张口一吸，有如长鲸吸水，手指都没触着茶杯，已是把满满的一杯茶喝得干干净净。他吐了口气，赞道：“好茶，好茶！”茶杯跃高寸许，端端正正的又落在盘中。

这一下暗中较量内功，可说是各有千秋，难分胜负。谷啸风暗暗称奇，想道：“昨日听珮瑛所说，我只道这厮是个无赖少年，想不到他练的竟是正宗内功。不知他是哪位高人的弟子？”

李中柱喝过了茶，说道：“谷兄，那天我到你们宝号，可没见你。”谷啸风道：“那天我恰不在店里。”李中柱道：“那么我在你们宝号的事情，不知谷兄已否知道？”谷啸风道：“我听得掌柜的说了。李兄，你今日再来，可是账目有欠分明么？老板已经吩咐过我，当日倘是未曾付足，相差多少，我可以代他清付。”

李中柱哈哈一笑，解下背上的“褡裢”（一种长条形的包袱），说道：“你们老板真是慷慨无比，不过他可是猜错了。我不是来讨账的，我是来还钱的。”

谷啸风道：“那天你说小号欠你们的货款，二掌柜是按照你所说的数目，一文不多也一文不少的给了你的，何以今日却来还钱？”

李中柱道：“说来真是难为情得很，那天是我弄错了。幸亏禹城敝号昨天来了一个伙计，他是赶来告诉我的，说是欠我们货款的是另一家，不是你们宝号。”

谷啸风道：“老板只是叫我付银子，没叫我代收银子。你若当真弄错，那就请到小店轇轕吧。”他不知李中柱弄的是甚玄虚，心想且把他推出门去再说。

李中柱道：“我不想多走一趟了，谷兄，你就代贵宝号收下吧。”口中说话，突然就把那“褡裢”向谷啸风一抛。褡裢有一千两银子，那就是六十多斤重的东西了，这一抛的劲非同小可！正是：

千金轻一掷，来历费疑猜。

欲知后事如何，请听下回分解。

第一一一回　镖局宏张豪士集
箫声低奏故人来

谷啸风心头火起，想道：“好呀，我和你文比，你却要和我武比。”双掌“呼”的拍出，把那褡裢又推过去，不料褡裢突然穿了一个洞，有六七个元宝跌了出来。原来在李中柱抛过来的时候，已是暗中运上内力，推压褡裢里面的银子，弄破褡裢的。

谷啸风心道：“你已经卖弄了两手功夫，来而不往非礼也，且叫你也知道我的厉害！”当下把手一抄，一招“千手观音接万宝”的手法，把六七个元宝全都抄到手中，冷冷说道：“还有几锭银子，请李兄一并拿走。”

他这一抛，乃是以一招“七修剑法”化为暗器手法的，七个元宝飞过去，每个元宝都是对着李中柱的一处穴道。

李中柱不慌不忙，滴溜溜 个转身，七个元宝全都卷在他的袖中，他按着擦开破孔，说道：“谷兄定然不肯代收，那我只好留下来待有机会再还给你们的老板了。不过我却有一件私事，想请问谷兄。”

谷啸风道：“你我素昧平生，我有何私事劳李兄动问？”

李中柱道：“听谷兄口音，似乎是扬州人氏？”

谷啸风道：“不错，那又怎样？”

李中柱道：“我想向你打听一个人。”

谷啸风道：“什么人？”

李中柱道：“江湖上有一位任天吾老前辈，他有个妹妹是嫁给扬州谷家的，谷家的少爷名叫谷啸风，不知可是谷兄本家？”原来谷啸风刚才只是报姓，并未通名。

谷啸风心头一动，说道："你打听任天吾和谷啸风做什么?"

李中柱低声说道："实不相瞒，我和任老前辈的大弟子余化龙是好朋友，是以我知道任老前辈来了大都。余化龙托我打探谷啸风的下落，说是有几句话要告诉他。你若是他本家，那就可以请你转告了。"

谷啸风情知这个李中柱已经知道他的身份，心里想道："你装蒜，我也装蒜。"说道："你有什么话要告诉谷啸风?"

李中柱道："余化龙说，他的师父和谷啸风有点小小的误会，但他们毕竟乃是甥舅，有什么误会不可以化解的?因此任老前辈很想找他外甥回来，余化龙就将这件事拜托了我。"说话之间，侧目斜睨，似是要留心观察谷啸风的面色。

谷啸风正要发作，猛地想起一事，说道："你是哪里人氏?"

李中柱怔了一怔，不解谷啸风何以在这紧要关头，却又与他说起闲话来了。

李中柱怔了一怔，说道："我是山东武城人，谷兄有何指教?"

谷啸风面色一变："不错，我正是要教训你这奸贼!"

李中柱道："谷兄何故口出恶言?"

谷啸风冷笑说道："老实告诉你，我就是谷啸风，任天吾变节投敌，我早已不认其作舅父了。你给任天吾跑腿，我还焉能容你走出这个大门?"冷笑声中，便即一抓向李中柱抓去。

但他在怒斥李中柱的时候，屏风背后，却传出轻轻的"噫"的一声。

谷啸风心中一动，想道："不知表妹何以要打听这厮籍贯，难道他们是相识的么?"但此时他已出手，心想即使这个姓李的奸贼是和任红绡相识，我也要把他擒下再说。

李中柱听得那声轻噫，也是心中一动："看来我大概是不会看错人了。"

谷啸风出手何等快捷，哪有余暇让李中柱分辩，李中柱一个"移形换位"，迅速闪开，暗自想道："且待我试试他的本领，看他是不是真的谷啸风?"

说时迟，那时快，谷啸风第二招第三招连接攻来，攻势有如长江大河，滚滚而上。李中柱把褡裢一挥，谷啸风霍的一个凤点头，随即一掌劈出。

这一掌用上少阳神功，把李中柱拿着的褡裢，打得脱手飞出，哗啦啦一片响声，银子撒了满地。

李中柱笑道："谷兄，小心脚下。"数十个元宝在地上打滚，施展腾挪闪展的功夫当然会受影响，稍一不慎，便有跌倒的危险。

谷啸风怒道："任你诡谋百出，也休想逃出我的掌心！"一个"十字摆莲"腿法，扫荡满地乱滚的银子，骈指如戟，倏地就点到了李中柱的面门。

李中柱道："是么？"反手一指，指向谷啸风额角的"太阳穴"，这一招以牙还牙的对攻指法，使得精妙之极。谷啸风也不禁心头一凛，同时又是有些诧异，想道："这厮的点穴手法如此高明，但却是和公孙璞的惊神指法似乎有点相同，真是奇怪。"

高手拼斗，必须攻守兼备，两人一沾即退。谷啸风自忖点穴的功夫比不过对方，立即变招，以指代剑，一口气攻了李中柱七招。李中柱陡地跳出圈子，赞道："七修剑法，果然名不虚传！咱们不用打了，我是试探你的！"谷啸风哪敢相信，喝道："你捣什么鬼？"屏风背后，任红绡已是走了出来。

任红绡叫道："表哥且慢动手！啊，小柱子，果然是你！"李中柱笑道："难为你这贼丫头还认得我，昨天我却是对你无礼了。"任红绡道："小柱子，这是怎么回事？你既然知道是我，昨天为何又不把话说明？"李中柱笑道："昨天我还怕认错人呢，你这么一叫我，我才敢断定是你。"

李中柱叫任红绡做"贼丫头"，任红绡居然并不生气，谷啸风惊疑不定，连忙问道："他是什么人？"

李中柱摸出一管玉箫，忽地吹了起来，箫声悲壮，感人肺腑。任红绡顾不得答话，先自听得呆了。

谷啸风正自奇怪他为什么忽然吹起箫来，丁实和韩珮瑛也走出来了。韩珮瑛妙解音律，在谷啸风耳边说道："他吹奏的曲调是从杜阁部（杜甫）的一首诗谱出来的，现在是下半阕。"轻轻念道：

野哭几家闻战伐，夷歌数处起渔樵。卧龙跃马终黄土，人事音书漫寂寥。

谷啸风心里想道：“杜老此诗是悲悯战祸的，不知他吹奏此诗是何用意？不过他倒是文武全才的人呢。如此人才，岂能甘心做金虏的走狗，莫非他当真是试探我的？”

心念未已，李中柱一曲已终，手抚玉箫，向丁实施了一礼，说道：“这位敢情是丁老板了，丁老板，我是特此来向你请罪的。”

谷啸风道：“你到底是什么人？”

只见丁实脸上现出又惊又喜的神情，说道：“李兄，尊师想必是檀大侠吧？应该赔罪的是我，我不知道你是檀大侠的弟子。”

李中柱笑道：“不错，丁老板听了我的曲子，果然一猜就着。那么我的来历，大概也用不着和谷兄说了。”

这一下大出谷啸风意料之外，原来丁实所说的“檀大侠”正是天下闻名的武学宗师之一的武林天骄檀羽冲。武林天骄和蓬莱魔女柳清瑶、笑傲乾坤华谷涵是最要好的朋友，他们的交情谷啸风是早已知道的，虽然他还没见过武林天骄。

谷啸风这也才恍然大悟，心里想道：“怪不得他的点穴手法和公孙璞相同，公孙璞的惊神指法一半是得自武林天骄的传授，他和我说过的，我刚才却没想起。”

任红绡大喜道：“小柱子，原来你已投得明师，我却一点也不知道。但丁香主，你何以一听他的箫声，就能够知道他的来历呢？”丁实笑道：“对于音律，我是一窍不通。但这支曲子，我却是曾经听得檀大侠吹奏过的，那是差不多二十年之前的事情了。”

原来二十多年前，北五省的绿林豪杰第一次在金鸡岭集会，“蓬莱魔女”柳清瑶就是在那次绿林大会中被推选为绿林盟主的。当时丁实出道未久，还是长鲸帮中的一个小头目，作为帮主洪圻的随从，参加盛会。

武林天骄以大会特别邀请的客人身份，前来观礼，在庆祝蓬莱魔女当选盟主的那天晚上，他酒后吹箫，吹的就是这个曲子，用的也是这根暖玉箫。

丁实说道：“当年我得聆令师雅奏，乐声从这管箫中吹出，当真是响遏行云，我对音律之道虽然一窍不通，这支曲子却还记得，这管玉箫也还认得。”

李中柱重新和谷啸风见过了礼，说道：“适才多有得罪，谷兄切莫见怪。”

谷啸风笑道：“任天吾是我舅舅，也难怪你要试探我的。”

李中柱跟着向韩珮瑛赔礼，说道：“昨天在那小茶馆中，你们一定以为我是个轻薄少年了。”

韩珮瑛道：“你和任姑娘是从小相识的吗？”

李中柱道：“不错。我是她的外祖父的邻居，小时候时常一起玩的。后来任家搬到别处，我们就没有见面了。”

任红绡道：“我们本来是住在山东聊城的，和外祖父所住的武城相去不远，所以小时候我一年之中最少有半年是住在外祖父家里。后来我家搬到了河南舜耕山，妈难得再回娘家，前几年我外祖父去世，我们到武城奔丧，才知道他们李家也早已搬走了。”接着笑道：“小时候我叫他小柱子，他叫我做贼丫头的。昨天在那小茶馆，如果他敢叫我一声贼丫头，我就知道是他了。”

李中柱笑道：“那时你正在生我的气，我还敢这样叫你？”

韩珮瑛笑道：“红绡，小时候你很淘气吗？”

任红绡笑道：“不错，小时候我是比他淘气，但也没有偷过他的东西。他叫我做贼丫头，是另有原由的。我的名字是外祖父给我取的，外祖父说红绡是唐代的一个女侠，红绡盗金盒消弭兵灾的故事，你们是知道的了。外祖父要我效法这位前朝侠女，小柱子听了红绡的故事，却就笑说我是贼丫头了。”

李中柱道：“今后我不会再这样叫你了，你现在已经是一位名副其实的女侠啦。”

任红绡道：“你怎么知道？”

李中柱道：“你若贪图富贵，早就和你爹爹住到王府去了。你在这里，这就证明你是个明大义，识是非的侠女了！”

任红绡听他说起往事，不觉黯然，心里想道：“外公以侠女期望我，谁知我的爹爹却是认贼作父。”

李中柱似乎知道她的心思，说道：“莲出淤泥而不染，你爹是你爹，你是你，你在我的眼中，始终是和从前一样，你也不必为了你爹的事情难过了。”

任红绡道：“你怎么在三天之前，就知道我要到丁老板这里?”

李中柱笑道：“我哪有未卜先知之能，这次的事，不过是巧上加巧罢了。”

任红绡道：“你不是为了我爹的事，想来告诉丁老板的么?”

李中柱道：“这是原因之一，但在昨天之前，我却做梦也想不到，你们会在丁老板的家中出现。”

丁实笑道：“对啦，你也应该给我解开这个疑团了，你是怎么知道小号的秘密的?”

李中柱道：“我是奉了家师之命来的，家师是笑傲乾坤华谷涵和蓬莱魔女柳清瑶这对武林侠侣的朋友。”

丁实恍然大悟道：“敝帮和金鸡岭的柳盟主最近在商量联盟之事，想必是我们的帮主把我在这里主持分舵的事情告诉了柳盟主，柳盟主又告诉尊师。那天你在小店为何不早说呢?”

李中柱笑道：“我可不能在闹市的一间绸缎店里，吹那支曲子给你听呀。”

丁实一想那天的情形，即使李中柱讲明他是武林天骄的弟子，自己也是不会相信的，当下笑道：“不错，这不能怪你，只能怪我太谨慎了。但不知尊师找我，可有什么紧要之事?”

李中柱道：“家师也没有什么特别的事情，只因我在大都人地生疏，将来若有什么消息要想传递出去，也得有个可靠的朋友帮忙，是以叫我来拜会丁老板的。”

原来武林天骄本是金国的贵族，在完颜长之王府之中，有一个家人是他奶妈的儿子。武林天骄自己不便在大都居留，故此叫初出道的弟子李中柱前来大都，替蓬莱魔女打探消息。

李中柱说道：“我现在就是住在师父那个奶妈的儿子家中，打听到几桩事情。不过这些消息或许丁老板也早已知道了。”

丁实道：“是哪几桩?”

李中柱道：“一桩是完颜长之想要收服黄河五大帮会，包括贵帮在内。”

谷啸风道："这个阴谋，他们早已进行了。不过当然也得准备他们再来。"

李中柱道："第二桩事情和金鸡岭有关，听说金国正在准备向蒙古屈服求和，这样他们就可抽出一部分防守边境的兵力，用来'讨伐'义军。"

丁实说道："此事早已在我们意料之中，不过金虏如今既是有了更具体的计划，我当然也是要设法把这消息送到金鸡岭去的。"

李中柱道："第三件事情就是任天吾投靠完颜长之之事了。我恐怕侠义道还未知道，受他瞒骗。但现在我是可以完全放心了。"

事情的原委说得一清二楚之后，李中柱又再笑道："丁老板，你可要原谅我那天的鲁莽。那天我到了你们宝号，想不出有什么好办法可以令你见我，只得出此下策，伪装是来讨账，我以为你一定会大动怒火，亲自出来斥责我的，那我就可以有机会和你单独解释了，谁知却是弄巧成拙。"

丁实笑道："幸亏你够机灵，找到我的家里来。要不然几天之后震远镖局开张，我都恐怕不敢出头露面去向孟霆道贺呢。"

李中柱道："听说孟老镖头慷慨重义，家师也曾和我说过他的。到了那天，我也想去向他道贺，你可以带我一同去吗?"

丁实说道："当然可以。那天你和谷兄都可以冒充我的伙计。"接着笑道："我有三天没有上铺，恐怕会引起老主顾的疑心，今天我是应该出去了。你们在我这里，就当作是自己家一样，无须客气。李少侠，你和任姑娘久别重逢，也应该叙叙旧。今晚待我回来，咱们再谈。"

任红绡得见儿时好友，谷啸风和韩珮瑛都是替她欢喜。丁家有个后花园，丁实走后，他们到花园游玩，谷韩二人有意让他们亲近，避过一边。

任红绡笑道："小柱子，小时候你唱的山歌很好听，想不到你如今又学会了吹箫，吹得更是妙极，我真想再听一遍。"

李中柱道："好，我给你唱另一支曲子，你用这支玉箫给我伴奏。"

任红绡道："这支玉箫真是宝贝，别的玉箫触手生寒，这支箫却是暖的。”

李中柱道：“这是武林异宝暖玉箫呢，师父特地给我作防身武器用的。”

任红绡道：“你要唱什么曲子？”

李中柱道：“欧阳修的浪淘沙，浪淘沙的曲调很普通，想必你是一定会吹奏的了。”

任红绡道：“让我试试，吹得不好，你别见笑。”

两人一吹一唱，谷啸风和韩珮瑛也给箫声吸引，悄悄走近他们。一曲未终，只见任红绡的眼角已是挂着晶莹的泪珠。

李中柱唱道：

把酒祝东风，且共从容。垂杨紫陌武城东。总是当时携手处，游遍芳丛。　　聚散苦匆匆，此恨无穷。今年花胜去年红。可惜明年花更好，知与谁同？

这首词写的是追忆旧游之乐，思念故侣之情。他们久别重逢，李中柱特地选了这首《浪淘沙》词唱给她听，自是有意向她暗吐心曲的了。

任红绡想起与李中柱的儿时旧事，想起和他分手之后自己这许多惨痛的遭遇，不觉又喜又悲，泪盈于睫。

李中柱道：“对不住，这支曲子反而引起你的伤感了。”

任红绡道：“没什么，我只是高兴得有点想哭罢了。真想不到我还会见到你的。”

李中柱笑道：“我还以为你不喜欢这首词呢。嗯，我的心情也是和你一样。”

任红绡抹去了脸上的泪痕，笑道：“一般人都以为欧阳修是个道学先生，谁知他也会写出这样含有深情的绮词丽句。不过你似乎唱错了一个字。”

李中柱道：“是哪个字？”

任红绡道：“原词第三句我记得好像是‘垂杨紫陌洛城东’的，你却唱成了‘垂杨紫陌武城东’了。不是把‘洛’字错成了‘武’字吗？”

李中柱微微一笑，低声说道：“我是故意错‘洛’为‘武’，咱们童年的那段快乐时光，可是在武城一同度过的啊！”

任红绡杏脸泛红，佯嗔说道：“我早知道你没存着好心思。”其实她是早已明白李中柱改这个字的用意，不过她还要他从口中亲自说出来。她表面是佯嗔薄怒，心里实在是甜丝丝的。

李中柱道：“我只恨自己写不出这样好词来献给你，只好改前人的词来表达我的心意了。绡妹，我希望你别把我当作轻薄少年，我说的是心里的话。”

任红绡见他说得诚恳，心里甚为感动，笑道：“昨天在那小茶馆里，我和珮瑛姐姐几乎真的把你当成轻薄少年呢。”

李中柱道：“现在呢？”

任红绡笑道：“你现在是名震江湖的武林天骄的弟子，我是羡慕你、钦佩你都来不及了。”

李中柱道：“这些年来我都在想念着你，若是见不着你，我学成多好的武功也是不会快乐的。”

任红绡低声说道：“咱们现在不是见着了吗？”

李中柱道：“不错，咱们是见着了。但不知能够聚首多久？唉，‘今年花胜去年红’，但‘可惜明年花更好，知与谁同’呢？”

任红绡冰雪聪明，当然听得懂他引用这几句的用意。他是在向她试探，在他们分别了这许多年之后，她是不是另外有了心上之人？故此要问她“可惜明年花更好，知与谁同？”

任红绡想起自己几乎受了化名颜豪的完颜豪的欺骗。当时自己以为“颜豪”是位少年游侠，一片芳心，也曾寄托在他的身上。想不到他却是个骗子，是金国御林军统领完颜长之的儿子。想起此事，不觉暗自羞惭：“小柱子对我这样痴情，我却几乎移情别向，真是愧对他了。”

李中柱叹口气道：“世事沧桑，人所难料。咱们虽曾是两小无猜的好朋友，毕竟还是毫无名分的，你，你若有了另外更好的朋友，我、我也不会怨你的。”

任红绡嗔道：“你胡说什么？我现在最要好的朋友就是韩姐姐和谷表哥，他们是自小订了亲的。你和我才见面，就与我说这些话，当心让他们听了去，可要羞死我了。”

李中柱放下了心上的一块石头，笑道：“好，再说两句，我就不说了。你还没有回答我的问话呢，可惜明年花更好，知与谁同？”

韩珮瑛“噗嗤”一笑，从假山背后走了出来，说道：“你真是个傻瓜，还用得着问吗？你的绡妹以后永远都会和你在一起了，‘还与谁同’呢？”

任红绡羞得满面通红，说道：“我以为你们是在那边练剑，谁知却跑来偷听人家说话，我可不依！幸亏我没说你坏话。”

韩珮瑛笑道：“你说我的坏话，我也不会生气。其实男大当婚，女大当嫁，这本来是光明正大的事情，又怕什么人家偷听？”

任红绡嚷道：“你越说越不像话啦，我可真的不依你了。”

她口里这么说，一颗心却是感到有了着落了。这晚她做了一个又甜蜜又可怕的梦。梦中先是李中柱走来和她在花丛之中山盟海誓，忽地完颜豪跑来要把她抢去。李中柱和完颜豪打了一架，竟然给完颜豪打伤了。

三天之后已是震远镖局在大都重新开张的日子。

他们按照原来的计划，谷啸风和李中柱冒充绸缎店的伙计，跟随老板丁实到镖局道贺。

孟霆交游广阔，他们到了镖局门前，只见车水马龙，十分热闹。

贺客盈门，有来头的人物不知多少。丁实不过是一个绸缎店的老板，自是用不着孟霆亲自招呼，充当知客接引他们进门的是一个名叫徐子嘉的镖师。

徐子嘉在镖局里的地位不低，他是孟霆手下排名第二的四大镖头之一（其他三人是石冲、秦干、孙华）。当年孟霆从洛阳护送韩珮瑛到扬州与谷啸风完婚，这徐子嘉也是随同护送的镖师之一。那次的“保镖”中途出事，孟霆、徐子嘉都没有到过谷家，不过谷啸风和徐子嘉却是曾经有过一面之交的。

好在谷啸风化了装，他的身份又只是一个绸缎店的小伙计，谁也没有特别注意他。徐子嘉以前虽然曾经见过他，亦是没有认出。

宾客越来越多，金京所有镖局的总镖头和有点名气的镖师差不多都来齐了。丁实和徐子嘉寒暄已毕，说道：“徐镖师，你去招呼客人，不必和我们客气。”

一个年约四十左右服饰华贵的汉子和一个少年走来，和丁实点了点头，笑道：“小姓赵，这位是鸿福大宝号的丁老板吧？我是贵号的常年顾客，这件长袍的料子就是前天在贵号购买的，那天没见着你丁老板，想不到今天在这里遇上了。”

丁实依稀记得似曾见过这样一个顾客，看他模样，又像是个商人，心想：“大概不会是特地来试探我的吧？”当下说道：“前几天我得了点小小的毛病，有失迎迓了。赵老板，你在哪里发财？”

姓赵的汉子哈哈一笑，说道：“我倒是想在这间镖局发财，不过是不是能够发财，那还要托孟老镖头和徐老弟各位镖师的福气呢！”

丁实莫名其妙，不觉怔了一怔，心道：“难道是我走了眼了，他竟然是黑道的人物么？但他纵然要打这镖局的主意，也不必和我这个不相干的人说啊！”

心念未已，徐子嘉已是笑道：“丁老板，我忘了给你介绍，这位是敝局的新东主赵斌先生。”

丁实听了赵斌的名字，方始恍然，原来赵斌也是大都一个颇有名气的武林人物，而且听说还是交游相当广阔的，不过丁实可还没有和他正式认识。

谷啸风和丁实不觉都是有点诧异，心想这虎威镖局乃是孟霆的祖业，怎的却又多了一个“新东主”赵斌出来？

赵斌说道：“王马镖局的马老镖头和沧州名武师梅花拳的掌门梅锷等人都已来，徐老弟，你过去帮忙招呼吧。”

徐子嘉走开之后，赵斌笑道：“我只是镖局一个小小的股东，所占的股份不过四分之一。其实这行生意我是丝毫不熟的，不过冲着孟老镖头的面子，帮帮他的忙罢了。这是小儿武仲，他是还未出道的，以后还得仰仗你丁老板多多提携呢。”

丁实不觉又是一怔，笑道：“我只懂做绸缎的生意，对武术一窍不通，‘提携’二字，从何说起？”

赵斌笑道：“丁老板，你误会了，拿刀弄杖的事，我怎能麻烦你丁老板呢？我说的提携，就正是指生意方面的事情啊，我知道贵号以前曾有几次光顾过震远镖局，小儿他日出师之后，贵号要找人保镖的话，希望丁老板多多照顾他。”

丁实道：“令郎跟哪位名师？”

赵斌道：“我之所以加入震远镖局，为的就是想小儿得到孟老镖头指点他一些武功，如今他是孟老镖头的第三个徒弟。”

丁实佯作对武林人事不感兴趣，随口和他敷衍，赵斌却是兴高采烈的和他谈论生意上的事情，问他有什么行业的生意好做，说道：“其实镖行的生意风险太大，还是你们做绸缎店老板的最易发财。”

丁实听得越来越感难耐，心里想道：“这赵斌也算得是有点名气的武师，怎的如此鄙俗？”

幸亏不久又有一个药行老板来到，这间药行的生意做得很大，老板在商场上的身份当然也是远在丁实之上，赵斌父子忙着去奉承他，就抛下丁实了。

丁实背后的两个客人窃窃私议，一个说道：“孟霆是镖行中的泰山北斗，怎的找了这样一个合伙之人，岂不辱没了震远镖局这块金漆招牌。”另一个道：“话可也不能这样说，赵斌武功不错，在大都人面又熟。孟霆的镖局是从洛阳搬来的，他要想在大都打开局面，像赵斌这样的人正是合适不过啊。”先前说话那人道：“我不是指的这个，我说的是赵斌的人品，你不觉他和孟霆的性格正是格格不相入吗？”他的朋友低声说道：“赵斌这把口溜滑得很，孟霆恐怕迟早会上他的当的。不过，有一件事你却不知道，孟霆现在正在闹穷，所以不能不找人合股，才可以增添资本啊。他的镖局在洛阳已经毁于战火了。”非议赵斌那汉子点了点头，说道：“原来如此，这就难怪了。”

丁实听了他们的议论，这才明白个中原委，心里也有“原来如此”之感。

就在此时，忽听得充当知客的石冲和孙华齐声叫道：“有贵客到！”正是：

忽闻“贵客”到，镖局起风波。

欲知后事如何，请听下回分解。

第一一二回　诡计阴谋来贝子
玄功暗运惩妖狐

大门开处，只见孟霆的大弟子归伯奎陪着一个身披狐裘，像是“贵公子”模样的客人走了进来，后面跟着四个随从：一个秃头老者、一个面肉横生的中年汉子、一个看似一表斯文的少年，还有一个年约三十左右，打扮得油头粉面，但却是瞎了一只眼睛的人。

归伯奎陪着他们进来，一脸极不自然的神气。

宾客中认识这“贵公子”的，无不大吃一惊！

原来这位“贵客”不是别人，正是金国御林军统领完颜长之的儿子完颜豪。完颜长之是金国的亲王，完颜豪的身份亦即是小王爷了。

一间小小的镖局开张，竟然有个“小王爷”身份的贵人亲临道贺，这是谁也意想不到的事情！赵斌心里热呼呼的，要想上去献个殷勤，双腿却先自吓得软了。

但除了赵斌父子之外，震远镖局的镖师和孟霆的门人弟子，大家都是敢怒而不敢言。

赵斌注意的是“小王爷”完颜豪，他们注意的却是完颜豪带来的那四个随从。

那个秃头老者是淮北平原的大盗“程氏五狼”中的老狼程彪。那个面肉横生的中年人是他的长子“青狼”程挺，一表斯文那个少年人是他的少子“白狼”程玉。他还有两个儿子“黑狼”程英和“黄狼”程浩合称“程氏五狼”，这两人却没有来。

那个油头粉面的独眼汉子“名头”也不在“程老狼”之下，

他是江湖上著名的采花大盗绰号“野狐”的安达。

宾客中有知道“野狐”安达的来历的，无不心中暗怒。试想在一个镖局开张，各方好汉借这机会前来聚首的场合，竟有一个淫贼大摇大摆地走进来，这不仅是侮辱了主人，也侮辱了宾客。但因这“野狐”安达乃是完颜豪的随从，众宾客也都是敢怒而不敢言了！

但宾客们还不知道，完颜豪这几个随从还是孟霆的仇家呢！孟霆那次护送韩珮瑛到扬州完婚，中途遇劫，劫镖的主脑人物就是“程老狼”和“野狐”安达，要不是准新娘子韩珮瑛出手，孟霆一世英名，恐怕早已付之流水，甚至未必还有性命再回镖局呢。

这件事情赵斌父子不知道，镖局里的老镖师和孟霆的门人弟子则是知道的。归伯奎之所以一脸尴尬的神气，也就是为此了。

在人檐底下，不得不低头。孟霆无可如何，只好上前行礼。

完颜豪哈哈一笑，说道：“孟老镖头，听说你和这几位朋友有过一点过节，我把他们带来，你不见怪吧？”

孟霆字斟句酌地答道：“小王爷屈驾光临，敝局上下，同感荣宠。孟某干保镖这行，有时难免开罪江湖上的朋友，但决不敢明知故犯，得罪小王爷的手下人。还望小王爷体察下情，原谅草民无心之过。”这番话说得不卑不亢，言下之意，他根本就没想到完颜豪以小王爷的身份，会结交黑道上为非作歹的草寇。

完颜豪笑道：“孟老镖头，你无须如此客气，你知道我的来意吗？”

孟霆道：“请小王爷明示。”

完颜豪说道：“我知道他们劫过你的镖，不过这是从前的事情，现在他们早已洗手不干，跟随我做了王府的卫士了。所以我特地把他们带来，想和你孟老镖头化解从前的嫌隙的。”

孟霆说道：“小王爷言重了，江湖上保镖的遭遇劫镖的事极寻常，一点小小的过节，揭过了也就算了。小王爷为此劳神，小民倒是心有不安了。”

完颜豪哈哈笑道：“孟老镖头真是个爽快人，俗语说得好：不打不成相识，那你们以后多多亲近吧。”

"程老狼"和安达等人依次和孟霆见过，"程老狼"说道："孟老镖头，说起来我还要多谢你呢！"

孟霆怔了一怔，说道："多谢我什么？"

"程老狼"道："我们若不是折在你的手下，还不会这样快就金盆洗手呢。"

孟霆说道："对啦，我也还未曾恭喜你们高升呢。你们能够碰上小王爷这样的'好主子'，这是你们的福气，与我孟霆无关。"心里在想："你们虽然早就不是好人，但甘心做鞑子的爪牙，这可要比做强盗更坏十倍！"

"程老狼"皮笑肉不笑的打了个哈哈，说道："孟老镖头，你这也说得是。那次劫镖的事，在我们来说是因祸得福，在你来说，你能够逢凶化吉，这却是多少凭点运气了。嘿嘿，孟老镖头，我和你都走了眼啦，想不到你所护送的那位新娘子，武功竟是那么厉害！"

谷啸风听见他们说到自己未婚妻的头上，分外留神，心想莫非他们已经知道珮瑛和蓬莱魔女的关系，特来查探，这才是他们真正的来意呢。心念未已，果然便听得安达接着说道："孟老镖头，我有一事未明，倒要请教。"

孟霆心头微凛，说道："安兄想问何事？"

"野狐"安达摇一摇手中的折扇，说道："孟老镖头，你那次保镖，事先难道不知那位新娘子是武学大名师韩大维的女儿么？"

孟霆说道："惭愧得很，我只知道韩家是洛阳城里的大富户，后来才知道是韩大维，否则我也不会不自量力，替他保镖了。"

安达说道："她的夫婿是什么人，你也不知道么？"

孟霆说道："我只受托护送那位韩姑娘到扬州去，她的丈夫是什么人，我就管不着了。"

安达说道："那么你现在总该知道他们夫妇的情况吧？"

孟霆说道："你这话说得倒是有点奇怪了，为什么我一定会知道呢？"

安达笑道："你替谷啸风把他的妻子送上门来，他们夫妇还能不感激你的恩德，和你结成好友么？"

孟霆苦笑道："我那次的事情，还能瞒得过你老哥子吗？我根本就没有把新娘子送到扬州，半路就出了事了。刚好是你们来过之后的第二天。"

安达说道："我也听得人家说了，听说劫'镖'的是百花谷奚家的大小姐？"

孟霆说道："是呀，所以我根本就没有见到谷啸风，焉能和他结为朋友？"

安达说道："不过我又听说那位奚大小姐早已把新娘子送回去了，她们只是好朋友闹着玩的。你那次虽然在奚玉瑾手里吃了亏，但对付托你保镖的韩家的父女来说，却也不算是有辱使命。所以，我以为无论如何，你总应该比我们多知道一点他们的消息。"

孟霆说道："实不相瞒，那次我未能把新娘子送到扬州，根本就没脸去见韩大维。这两年我一直都在大都，对他们的消息真是一无所知。"

"程老狼"冷冷说道："我倒听说谷啸风这小子已经到了江南，他现在是帮文逸凡组织什么义军，想要和金国对敌呢！"

谷啸风混在人丛之中偷听，听到这里，暗暗好笑，心里想道："你这是只知其一，不知其二。如今我就在你的眼前，你却不知。"

"程老狼"又道："听说那位准新娘子韩珮瑛如今也正是在金鸡岭蓬莱魔女那儿，和她的未婚夫婿谷啸风一样，同样的是要和大金国作对！这事孟老镖头你也不知？"

孟霆佯作大吃一惊，说道："委实不知。我们干镖行的，只要人家付得起镖银我们就替人家保镖的了。至于人家是干什么的，我们可不便过问。"

完颜豪道："孟老镖头不用多心，我们不是来查究你那次保镖之事。不过，我对这件事情倒也很感兴趣，听说那位新娘子武功惊人，不知她长得怎样？"

"程老狼"道："长得倒是花容月貌，不过手段却也十分狠辣。我们都曾吃过她的亏呢，安老弟吃的亏比我更大。"

"野狐"安达的一只眼睛就是给韩珮瑛打瞎的，对韩珮瑛自是恨之刺骨，听了这话，怒气冲冲，说道："哼，这臭丫头要是给我碰到……”“程老狼”道：“碰到了她，你又能怎样？”

安达说道：“请小王爷把这臭丫头赏给我做小老婆。”

大都镖行的领袖马如龙、邓山君等人，听得安达如此肆无忌惮的信口雌黄，都是禁不住眉头一皱。要知韩大维名重武林，乃是他们所尊敬的人，倘若不是因为安达现在的身份是完颜豪的随从的话，他们焉能容得他侮辱韩大维的女儿，恐怕早就要打他的嘴巴了。

完颜豪本来想说几句轻佻的说话的，看见众镖头的脸色甚不自然，蓦然一省，想起自己应该保持身份，遂只微微一笑，说道：“只要你降伏得了这个雌儿，我才不管你怎么样呢。”

安达不知已犯众怒，犹自洋洋得意地说道：“好，那就多谢小王爷的赏赐了。我现在或许还不是这臭丫头的对手，但有这许多好朋友帮忙，还怕降伏不了她吗。嘿嘿，我一抓住她，就先废了她的武功，叫她服服帖帖，非做我的小老婆不可！”说罢哈哈大笑。

谷啸风在人丛中听得他侮辱自己的未婚妻，几乎气炸了心肺，但一想：“小不忍则乱大谋”，只好暂且忍住。

大都主家招待客人的习惯，在筵席未开之前，是有茶点瓜果之类奉客的。李中柱正在拿着一颗红枣要送进口中，趁着别人不注意，把红枣在鞋底擦了两擦，舒袖一遮，双指一弹，就把那枚红枣弹了出去。

安达正在哈哈大笑，嘴巴还未合拢，只听得“卜”的一声，那枚红枣已是飞入他的口中。安达一声尖叫，牙齿断了一颗，人却似着了定身法似的，动也不能一动。嘴巴也还是张得大大的，合不拢来。

李中柱悄悄和谷啸风说道：“我今天出门，在街上不小心踩着驴粪，这枚枣子的滋味，可够他尝的啦。”

谷啸风心里痛快之极，但却也不能不暗暗吃惊。

“李兄，你不怕惹出事吗？咱们不打紧，连累了主人就不好了。”谷啸风说道。

李中柱在他耳边笑道：“谷兄，你放心，事情不会闹大的。别说打断他的一颗牙齿，你就是再给一点厉害让他尝尝，我担保完颜豪也是不敢追究。”

谷啸风听他说得如此之有把握，不觉有点将信将疑。心想：“怎的他敢说这样的‘满话’，难道完颜豪还会害怕他么？”

完颜豪的随从突然给人暗算，把牙齿都打断了，这一个突如其来的意外事件，吓得镖局里的人都呆住了。

谁知果然不出李中柱的所料，完颜豪怔了一怔之后，忽地摇了摇头，斥责安达道：“你怎么能说这样轻薄的话？怪不得有人听不顺耳，要惩戒你一下了。”

“野狐”眨眨独眼，红枣已经吐出来了，但嘴巴仍然合不拢来，也说不出话。只见他面上肌肉抽搐，显然正在抵受着一种莫名其妙的痛苦。

“老狼”程彪是个行家，看出不对，说道：“奇怪，他这个样子，似乎给人家点了穴道。小王爷，你是这方面的行家——”一顶高帽子给完颜豪戴上去。完颜豪听得开心，微微一笑，说道：“不错，你很有几分眼力，待我给他解开穴道便是。”一捏安达的鼻子，安达打了一个喷嚏，这才能够说出话来：“多谢小王爷。”完颜豪装作一本正经地说道：“祸从口出，安达，你以后可不能再这样信口胡言了。”安达又羞又气，在完颜豪面前，只好诺诺连声。

原来李中柱是用师传的“惊神指法”把那枚红枣弹出，一物两用，既打断了安达的牙齿，又戳着了他人中上的“闻香穴”的。

李中柱的师父武林天骄的“惊神指法”，是从金宫珍藏的“穴道铜人图解”琢磨出来的，这门点穴、打穴的功夫，除了武林天骄之外，就只有完颜豪的父亲完颜长之懂得最多了。完颜豪学了几年，才学到父亲的五成本领，勉强可以用来解穴。

是以完颜豪一见安达是给人用“惊神指法”暗算的，就不禁起了疑心。疑心这个暗算安达的人是武林天骄檀羽冲了。

武林天骄在金国皇族中的辈分比完颜豪高，武功更是远胜于他。即使有“金国第一高手”称号的他的父亲完颜长之，说起武林天骄，也是颇为忌惮的。

完颜豪之所以不敢发作，就是因为忌惮武林天骄之故。他怎知偷施暗算的人，不是武林天骄，而是武林天骄的徒弟。

一场出人意外的风波也出人意外的结束了。镖局的人松了一口气。宾客间的酬酢继续进行，虽然大家还是有点忐忑不安，表面的气氛总算恢复了一片热闹。

事情过后，完颜豪惊疑不定，蓦地想起一个人来。“我怎么忘了公孙璞这小子呢？这小子曾经得过武林天骄的指点，他可也是懂得惊神指法的啊！”但随即又想：“公孙璞这小子是个老实人，暗中作弄人家的手段，似乎不像是这小子所为。”

完颜豪捉摸不透，暗自思量：“如果是武林天骄的话，我当然招惹不起；但假若是公孙璞所为，我轻轻将他放过，那就太不值得了。”

由于他猜疑不定，只好把程彪叫来，悄悄吩咐他几句，叫他留心宾客中的可疑人物。程彪又把完颜豪的命令告诉他的两个儿子和安达，于是他们便分头在宾客之中穿插，留心注意每一个似乎可疑的客人了。

赵斌看见程彪向他走来，连忙上前奉承，哪知程彪对他并不重视，淡淡的和他客套两句之后，便即和坐在他旁边的这个“绸缎店老板”丁实大打交道了。

赵斌忙给他们介绍，程彪哈哈笑道：“用不着你替我介绍了。丁老板，你不知道我，我可是早就知道了你呢！”

丁实暗暗吃惊，不知什么破绽给他瞧出，当下强自镇定，说道：“我是个做小生意的人，程大人知道我的贱名，我实在是感到太荣幸了。”

程彪笑道：“丁老板你太谦了，说起绸缎店来，谁不知道你的大宝号呢？听说你们在南边设有联号，京城里难以买得到的苏杭绸缎你们也有。”

丁实说道：“多蒙夸奖，小号规模不大，货式倒还齐备。苏杭绸缎，是我们在扬州的联号代为批发的。”扬州属于金国统治，隔江就是南宋的国土了。丁实特地声明联号是在扬州，乃是避免“通敌”的嫌疑。

金宋两国对敌，但南北之间的货物交流还是有的。丁实为免避疑，加以解释，却反而引起老于世故的程彪的疑心了。心想：“怪不得余化龙说这个绸缎店的老板似乎有点可疑，他若然是个普通的商人，就不该这样多心。”

赵斌说道：“丁老板的宝号不但货式齐备，他们店里的裁缝在京城也是第一流的。听说许多达官贵人的衣服都是在他的宝号定做。”

程彪笑道：“这个我也早已知道了。我们一位御林军中姓余的朋友，前几天到过贵号，不知丁老板可还记得？”

丁实说道：“小号的伙计曾经和我说过，那天我恰巧不在店里。”心里倒是松了一口气，想道：“原来他是因此知道我的。”

丁实小心应对，程彪多方试探，倒也找不到他的什么破绽。

程彪捉摸不透，心里想道：“看样子这家伙倒像是个精明能干的生意人，并没什么江湖气味，或许他因为我是王府的随从，所以刚才才特地要和我那样解释吧？”

两人正在说话之间，那“野狐”安达摇着一把折扇，也在朝着他们这边走过来了。

安达笑道：“你们在谈些什么，谈得这样高兴？”

程彪说道：“这位是鸿福绸缎的大老板，很够朋友，你也来结识结识吧。”

安达道了一声“久仰”，问道：“丁老板，你是一个人来的，还是和朋友来的？”

丁实不觉又是一怔，不知他这样问有何用意，只好含糊答道：“我只是代表小号来的，并没镖行的朋友带引。”

赵斌说道：“丁老板是带了两个伙计来的。是伙计，不是朋友。”

安达笑道：“过两天我想到贵号缝件衣裳，不敢麻烦你做老板的，认识你的伙计，或者倒是方便一些，你那两个伙计呢？”

丁实佯作游目四顾，半晌说道：“刚才还在这里的，现在不知哪里去了。安大人，你放心，我一回去就会特别交代他们，只要你安大人一来，包管招呼妥当。”

赵斌有心讨好王府的随从，说道：“喏，在那一边。要不要我叫他们过来？”安达说道：“用不着了。我是有求于人，应该让我过去结识他们才是。”

安达在人丛中找着了李中柱和谷啸风，对李中柱只是看了一眼，便不再理会，径自就和谷啸风说道："你贵姓呀，咱们好像是见过的，对吗？只恨我的记性太差，一时间却是想不起来了。"

谷啸风在两年前是曾和安达见过一次，不过那次是在乱军之中，他们只是朝了相，还没动手，谷啸风就给一名蒙古的神箭手射中，滚下山坡去了。现在的谷啸风打扮成一个猥琐的小伙计模样，和当时那个气宇轩昂的谷啸风当然不太相同。

谷啸风本来是想避开他的，不料仍是躲避不开。心里怒气暗生，想道："你既送上门来，我也不和你客气了。且叫你吃个哑巴亏，吃了亏还不知道是我干的。"安达缺了一齿门牙，说话漏风。谷啸风竖起手掌，遮在耳旁，说道："你说什么，我听得不大清楚。"安达气得红了脸，就要发作。

赵斌有心巴结安达，走过来道："安大人问你，他说他和你好生面熟，你是不是在哪里见过他的。"

谷啸风装出一脸惶恐的神气，说道："安大人，你一定是记错了。每天进出小号的人虽然很多，但安大人你若来过，我一定记得。我记得的主顾，我也一定会向他先招呼的。"言下之意，独眼的客人极少，安达若是来过的话，他自然印象深刻。

安达冷笑说道："不管你是否认识我，我现在总算认识你了。咱们亲近亲近！"

折扇一收，伸出手去，就和谷啸风握手。心想："这小子委实有点可疑，且不管他是谁，他对我不够礼貌，就该让他吃点苦头！"

谷啸风佯作吓了一跳，说道："安大人，我只是个小伙计，我可不敢高攀。"但安达不由分说，已是抢上去握着他的手。

谷啸风"哎哟"一声，额上爆出一颗颗黄豆般大小的汗珠，赶紧抽出手，呻吟说道："安大人，你，你的气力好大。"

安达试出他丝毫不会武功，疑心倒是去了一半，哈哈笑道："对不住，捏痛了你吧？"

赵斌笑道："以后你可要多学一点礼节，别给你们的丁老板丢脸。"他是个武学的行家，安达有意"惩戒"这个"不懂礼貌的小伙计"，他自是看得出来。谷啸风继续装作忍住疼痛的模样，连声说道："是，是。"

安达的疑心去了一半，但仍然觉得这小伙计似曾相识，正要再进行盘问，忽听得程彪在那边和丁实说道："刚说曹操，曹操就到，我那位姓余的朋友来了。"

安达抬头一看，看见余化龙穿着御林军军官的服饰走了进来，不觉有点诧异，心里想道："怎么他不在王府，却也来了？难道正是王府出了什么事么？"原来余化龙本来是想跟完颜豪来的，但完颜豪恐防镖局的客人中，有和义军有关系的侠义道人物，是以不想余化龙在这种场合露面，故此将他留在王府。不过这话他可没有对余化龙当面说明，是过后他才和安达、程彪等人说的。

余化龙无暇与程安等人招呼，神色匆匆的就去找完颜豪了。安达料知定有急事，于是也就无暇再去盘问一个小伙计，连忙与程彪回到完颜豪的身边。

完颜豪眉头一皱，说道："余化龙，你来这里做什么？"

余化龙道："王爷请贝子回府。只有我知道贝子在这里，所以差遣我来。"

完颜豪道："是什么事？"

余化龙道："王爷说有一位客人来到，请贝子回去招待。"完颜豪道："什么客人？"余化龙道："这个小的就不知道了。"

完颜豪道："既然如此，咱们就回去吧。"正要和主人告辞，站在他旁边的"野狐"安达，忽地捧着肚子，喉头"咕咕"作响。

完颜豪吃了一惊，连忙问道："安达，你怎么啦？"

安达捧着肚子呻吟道："我，我……"话犹未了，只见他已是双眼翻白，额头一颗颗黄豆般大小的汗珠涔涔滴下。蓦地"卜通"一声，倒在地上，滚来滚去。他张开了口，似乎还想说话，但已是说不出来。

程彪说道："莫非他又是受了人家的暗算？他刚才虽然说话失当，但亦已是受过惩戒的了。那个人还要折磨他，做得也未免太过分了。"

完颜豪看了一看，摇头说道："这次并非穴道被封。"程彪父子把安达扶了起来，让完颜豪替他把脉。

忽地只觉臭气扑鼻，中人欲呕。完颜豪连忙掩鼻后退，挥手说道："赶快把他抬走！"

程彪忍着臭气问道："抬往哪儿？"完颜豪怒道："咱们要赶回王府，难道还要抬着他随行？你将他搬进后堂，请镖局的人暂时帮忙照料。"程彪惴惴不安，说道："不知他到底是着了什么暗算？"

完颜豪眉头一皱，显出极不耐烦的神气，说道："别多问了，他已经不中用啦。"原来安达受的什么暗算，完颜豪亦是看不出来。

程彪不觉凉了半截，顿兴兔死狐悲之感，心里想道："他还没有死呢，你就不理他了。看来王府这座靠山，也是很靠不住，能不叫人寒心！"

一个意外的事件接着一个意外的事件发生，满堂宾客都是惊骇莫名。人丛中李中柱悄悄和谷啸风说道："谷兄，真有你的。你这一手可要比我刚才那手还更高明，这骚狐吃了苦头，当真是有口难言，死了也只能做个糊涂鬼。"谷啸风道："以他的本领，大概还不至于就死掉的。"李中柱笑道："死不去，这苦头也够他受了。"

原来这"野狐"安达，正是给谷啸风将他弄得死去活来，而且还不知道是着了谷啸风的暗算的。

谷啸风恨他出言侮辱了自己的未婚妻，刚才与他握手之际，暗中使上了少阳神功。

谷啸风的少阳神功已经练到将近炉火纯青的境界，当时安达丝毫也不觉察，过后方才发作。一发作就不可收拾。少阳神功震撼他的五脏六腑，痛苦难以形容，屎尿都撒出来了。他哪里还能够说话？

孟霆是个老于世故的人，连忙说道："小王爷，你的随从留在这里，若有什么三长两短，我可担当不起。不如这样吧，我请人将他抬回你的王府，你也派一个人帮同护送。"

完颜豪皱眉道："有甚不测，我不怪你就是。"

就在此际，忽见孟霆的长子孟铸又陪着一个客人进来，一踏进客厅就喜洋洋地说道："爹爹，你好大的面子，任大侠亲自来向你道贺啦。"

原来来的这个人不是别人，正是任红绡之父、谷啸风之舅任天吾。

镖局的客人还未知道任天吾早已做了金廷的鹰犬，见他来到，都是又惊又喜，心里想道：“任天吾是侠义道中的成名人物，小王爷不知道他的底细，两人碰上了面，莫要闹出事来。”但因为任天吾在武林中的身份，众人只好佯作不知他是和抗金的义军有过来往的人，拥上前去与他招呼。

谷啸风可是不能不吃惊了，暗自思量：“我化了装，别的人认我不出，任天吾料想是会看得出来的。”趁着众人没留意，连忙躲避，悄悄从角门溜出大厅。

完颜豪看见任天吾来到，则是暗暗欢喜。原来他和任天吾是约好了一个先来一个后来的。他要任天吾仍然以“侠义道”的身份出现，替他侦察孟霆这班客人。

任天吾因为早和完颜豪约好，是以进来之后，也装作不认识他。只是去找孟霆道贺。

此时程彪父子正在抬着安达，茫然地站在孟霆旁边，不知如何是好。

任天吾看见这个情形也是暗暗吃惊，和孟霆招呼过后，便问他道：“这位客人是谁，他是突然患了急病么?”

孟霆苦笑道：“任大侠，你来得正好。你见多识广，请你给他看看，他是着了暗算还是患了病?”

任天吾装模作样地说道：“你还没有告诉我他是什么人呢。你是知道我的规矩，这位好像是官府的人呢?”

孟霆只好说道：“任大侠，我给你介绍。这位是完颜贝子，这个‘病人’是贝子的随从安达。”

任天吾装出一副冷淡的神气，似乎是无可奈何的勉强和完颜豪见了礼，淡淡说道：“我是个小百姓，涉及王府的随从，我可是不敢多理闲事的了。”

完颜豪也装作无可奈何的求他道：“我这随从得了急病，一时无法请到大夫，任老先生你就帮个忙看看他吧。是死是活，那都与你无关。”正是：

妖狐遭重创，吓坏小王爷。

欲知后事如何，请听下回分解。

第一一三回　伪善藏奸为虎伥
神功伤敌创妖狐

孟霆说道："任大侠，请你看在我的份上，帮个忙吧。"原来任天吾变节投敌之事，孟霆亦曾有所闻，但尚未知道是真是假。他这么说是有心给任天吾找个借口，好让他放心救治安达。因为孟霆也不想王府的随从，在他的镖局死掉。

任天吾装出一副勉强的神气，说道："好，冲着孟老镖头的面子，我只能破一破例，给官府中人看病了。"言下之意，他"卖的"可不是"小王爷"的面子。

但他这么一说，尾巴可也露出来了。别的客人或许还没窥破，孟霆是早就对他犯了疑的，立即就想道："他敢公然在这里露面，又敢故意表示他不是卖完颜豪的面子，他是凭了什么？只怕是特地做作好让人家知道他还是'侠义道'吧？看来那个传闻，只怕是真非假了。"

任天吾替安达把了把脉，心内暗暗吃惊，要知他的少阳神功虽然还不及谷啸风那样高明，但安达受了少阳神功之伤，他是看得出来的。不禁起了疑心："难道谷啸风这小子也来了这里么？"

完颜豪道："任老先生，他怎么样？是否受人暗算？"

任天吾不愿当众抖露，说道："他是得了急病，但不碍事，我会替他治好。"

完颜豪道："好，那就多多拜托你老先生啦。"

完颜豪与随从走了之后，任天吾"哼"了一声，说道："算这位朋友运气不错；倘非他是你的客人，我决不会理这闲事。"

孟霆说道："是，我知道，任大侠你要什么东西来救治他，尽管吩咐。"

任天吾道："我只要一间静室。"孟霆道："好，请随我来。"

赵斌父子自告奋勇，把那臭气熏天的安达抬入静室。任天吾和孟霆跟在后面，任天吾忽道："咦，那人是谁？"用手一指通往厨房的门，原来正有一条人影闪入厨房。那间静室和厨房之间，有一条曲折的甬道，光线不足，那人的背影看得模糊不清。

孟霆怔了一怔，说道："大概是烧火小厮吧。"任天吾道："这人的背影我好像有点眼熟，待我看看。"

就在此时，只见孟霆的次子孟印陪着那小厮从另一扇角门走出去，孟霆喝道："这小厮哪里来的？"孟印说道："是送煤球来的。"任天吾定睛一看，只见那个小厮果然是满面煤炭，疑心去了一半。孟印不过是个十四五岁的大孩子，任天吾想道："这孩子该不至于向他爹爹撒谎吧？而且他也决不可能认识谷啸风。"

本来任天吾还想过去仔细察看的，但就在此时，那个已经抬入静室的安达忽地发出痛苦的呻吟，孟霆乘机说道："这位安大人似乎有点不妙，任大侠，请你看在我的份上，还是赶快将他救治吧。"

任天吾虽有把握医好安达，但也怕时间拖得久了，安达禁不起折磨，变成残废，医好了也会埋怨自己。便道："不劳叮嘱，我会赶紧救治他的。孟老镖头，你请便吧。"他要和安达私自说话，当然不愿有人在旁。赵斌父子想献殷勤，也都给他遣走。

孟霆说道："赵兄，我要换过一套衣裳，请你替我招呼一会客人。"

赵斌苦笑道："那位安大人撒了一裤裆的屎尿，我的衣裳也给弄脏了吧。好在有伯奎他们在外面知客，咱们换了衣裳出去也是无妨。"

孟霆待他们父子进入自己的房间之后，悄悄走入厨房。在厨房后面的小天井里，果然发现那个"送煤球的小厮"还在那里，另外还有两个人陪着他，一个是他儿子孟印，一个是镖局中四大镖头之一的徐子嘉。

那小厮抹了抹脸，笑道："孟老镖头，你想不到会是我吧？"

孟霆看清楚了，不由得大吃一惊。原来这个小厮，不是别个，正是谷啸风。

孟霆连忙把谷啸风带入另一间静室，关上房门，悄声说道：“谷少侠，你的胆子也太大了。”

谷啸风笑道：“我是奉了柳女侠之命来看你的，不得不来。幸好徐子嘉认得我，马上给我化装变成一个送煤球的小厮，令郎也极机灵，替我撒谎，任天吾大概还不会想到是我吧？我这舅父业已变节，孟老镖头想也知道了吧？”

孟霆说道：“他已经有点疑心了，但现在咱们暂且也不必去管他了。柳女侠叫你来可有什么紧要的事？”

谷啸风道：“没什么紧要的事，不过她想请你帮忙留在金京，打探敌人的消息。”

孟霆苦笑道：“完颜豪来过我这间镖局，看来他对我恐怕亦有点疑心了。我要离开大都也不可能啦。但不知咱们以后怎样联络？”

谷啸风道：“我住在鸿福绸缎店，那位丁老板是长鲸帮的人。长鲸帮和金鸡岭不久前订了盟约，是自己人。”

孟霆说道：“怪不得程老狼刚才找他说话。或许他们对他也起了疑心了。”

谷啸风道：“丁老板掩饰得很好，他们似乎尚未看出破绽。”

孟霆不敢在里面逗留太久，说道：“谷少侠，你还有什么事么？”

谷啸风道：“是还有一件私事。”一面说话，一面掏出一叠银票。孟霆怔了一怔，说道：“你这是干吗？”谷啸风道：“这是折合一千两金子的银票，家岳托我转交给你，请你赏面收下。”

孟霆道：“这算什么？”

谷啸风道：“家岳说，他当年请你保镖，还欠你一半镖银，是应该补给你的。”

孟霆怫然不悦，说道：“当年我不知道托我保镖的人是你的岳父，如今已经知道，怎能还要他的镖银？再说，认真按照镖行的规矩，我未能护送韩姑娘到你府上，实为有负所托，我也没有面子敢要这个镖银。”

谷啸风道："孟老镖头言重了。那次珮瑛蒙你护送，我和她都是很感激你的。虽然路上出了事情，但你已经是尽了力了。"

孟霆怒道："你一定要把金子给我，那就是不把我当作朋友了。"

谷啸风道："孟老镖头，有一句话我不知该不该说？"孟霆道："但说无妨。"谷啸风道："贵镖局在大都重新开张，是不是欠缺一点资金？"

孟霆道："我就是没有钱用，也不能要你们的。"

谷啸风道："孟老镖头，时候无多，请恕我只能把话直说了。据我所知，贵局招了新股，但那新股东赵斌，依我看来，却似乎是个趋炎附势的小人。"

孟霆说道："他是有点势利，但还不是坏人。我找他合伙，也不完全是为了钱，因为他在大都交游广阔，镖局要在大都站得住脚，正也需要这样的人。"

谷啸风道："一个人名利之心太重，就有走到歪路的危险。孟老镖头，你的阅历比我深得多，这层道理，当然比我更为明白。"

孟霆道："我知道，我会提防他的。你的意思是——"

谷啸风道："正因为朋友有通财之义，我才敢代表家岳请孟老镖头把这一千两金子的银票收下。我想，你与其找赵斌这样的人合伙，还不如就把这笔钱收下的好。不必当作'镖银'，当作是家岳的股份也行。"

孟霆见他说得诚恳，说道："你的好意我心领了。但要我叫赵斌退股，在我来说，还是有点为难的。我说出的话可不能不算数呀。"

谷啸风道："你留下备用好了。待将来有机会再与他拆伙。我想他是个贪利的人，只要对他有好处，他不会不依。"

孟霆忽地想起一事，说道："好，你这一千两金子我收下了。不过我并不打算用于镖局，你在临安，可见过江南大侠耿照么？"

谷啸风道："在文盟主处见过一面，有什么事吗？"

孟霆说道："耿大侠有个儿子叫耿电，今年大约十四五岁。当年耿大侠率领义军南渡之时，将这孩子留在北方。如今我已知道他的踪迹，正准备请人把这孩子送回去给耿大侠。这一千两金子正可以用于这件事情。”

谷啸风不觉失笑，说道：“孟老镖头，你保了一辈子的镖，却也要托别人保镖。”

孟霆笑道：“没有法子，这事我不能让镖局的人知道，我自己又没把握保得耿公子的安全，只得找人帮忙。”

谷啸风道：“孟老镖头，要是你觉得我还可以付托——”

孟霆道：“不，这件事情你是不便出面的。你想耿大侠的公子，金虏还能不加注意吗？倘若是和义军有关系的人保护他，定会出事。倒不如找一个局外人护送为妙。我告诉你这件事，只是想你见到耿大侠时，请说给他知道，让他安心。”

谷啸风听他说得有理，便道：“好，我会托人把这个消息送去给耿大侠的，不过赵斌之事，孟老镖头，我希望你还是早作安排，能够拆伙，早点拆伙。”

孟霆说道：“此事我会放在心上的。对不住，我要出去了。在这里耽搁太久，外面的客人恐怕会起疑心。”

谷啸风道：“好，那我也走啦，请你叫一个人悄悄告诉丁老板，我在外面等他。”他是怕任天吾发现，是以必须避免和丁实与李中柱同时告辞。

孟霆说道：“对，任天吾虽然未必疑心是你，也总是小心的好。我和丁老板也用不着单独见面了，待过了今天，我再去拜会他吧。”

孟霆把谷啸风从后门送走，分手之时，孟霆忽又想起 事，说道：“要是你在丁家有甚意外，站不住脚，可以到西山我的一位朋友家里，暂避些时。”他把那个朋友的姓名和住址告诉了谷啸风，便即匆匆赶回客厅。

只见任天吾和安达已经在客厅等候，孟霆一出来，任天吾就笑道：“孟老镖头，你到哪里去了，我正要找你呢。”

孟霆强作镇定，笑道：“任大侠，你真是妙手回春，我不过回卧房换了一套衣裳，你就已把安大人医好了。任大侠找我何事？”

任大吾道：“没什么，我来得久了，要告辞啦。嘿嘿，若是找不着主人，我怎好意思独自溜走呢？”

孟霆赔笑道："难得任大侠远道而来，请多留两日，容我稍尽地主之谊。"

任天吾双眼朝天，板起脸孔，冷冷说道："多谢了。老孟。我不是嫌你招待不周，我是嫌你这里常有'贵人'来往，我可怕惹麻烦!"

孟霆心里冷笑："你甘心做了敌人的鹰犬，居然还敢装出这样一副'清高'的嘴脸，也不怕别人齿冷!"但因未到时机，只好佯作不知任天吾的底细，说道："任先生是'世外高人'，我这镖局却非'清净之地'，任先生既然执意要走，我也不便强留了。"

安达跟着告辞，孟霆在礼貌上不能不对他表示歉意。安达哼了一声，说道："孟老镖头，今日我在你这镖局里算是栽到了家啦。但这也只能怨我自己学艺不精，你用不着向我道歉。"

孟霆说道："天有不测风云，人有霎时祸福，安大人，你在敝局突然得了急病，我做主人的也很是过意不去。好在安大人命大福大，逢凶化吉，遇难成祥，贵体已然无恙，我也可以放心啦。"

安达的说法是自承受了暗算，但孟霆这番说话却轻描淡写的把他遭遇的意外当是急病，安达瞿然一省，心里想道："任天吾给我医治，是把我当作生病的，我可不便否认。孟霆这老滑头也真够道行，他是故意当众和我这样说的，免得我以后来找他的麻烦。哼，其实我要找他的麻烦，何须要什么借口?"但因不便否认，当下也只好忍住气说道："孟老镖头，多谢你的照料，安某感激不浅，定当图报。"说罢，向孟霆一揖，便即走出镖局大门。

大都镖行领袖马如龙悄悄和孟霆说道："这人心怀不忿，日后只怕还会与你为难。老孟，你可得当心一些了。"

孟霆苦笑道："竖起旗竿，就不能害怕恶鬼。我在大都开设镖局，也早已准备应付一些意外的麻烦了。"马如龙叹道："你说得对，干我们镖局这行，麻烦是免不了的。这口镖行饭可真不容易吃哩。"

孟霆心里想道："安达来找麻烦我倒不怕，最难对付的恐怕还是任天吾这老贼。"但这话自是不便和马如龙说了。

丁实和李中柱没有和孟霆告辞，他们是得到徐子嘉暗中通知，就不辞而行的。好在当时赵斌父子正去奉承任安二人，别的宾客也没注意他们。他们在街口与谷啸风会合，交谈之后，最担心的也正是任天吾。

丁实说道："安达虽称'野狐'，其实任天吾才是最难对付的老狐狸，只怕他已看出咱们的破绽。"

谷啸风道："宾客中趋炎附势的人虽不太多，也很不少。今日和安达握过手的人不计其数，谅他也不知道是我暗算他的。不过，任天吾是否看得出来，我就不敢担保了。纵然看得出来，他也未必知道我是你的伙计。"

丁实说道："总是小心为妙。"

谷啸风道："孟老镖头有个姓何的朋友，在西山居住。他叫我们倘若有事，可以到他这个姓何的朋友家里暂时躲避。"

丁实说道："是何健行吗？"

谷啸风道："不错，你认识他？"

丁实说道："我知道有这个人，他却不知道我。不过，我现在若就躲起来，只怕更会引起鹰爪的疑心，将来要避风头的话，也得先遣散店里的伙计，以免他们受到牵累。唉，现在只好见一步走一步了。"

回到了丁实家里，谷啸风把在镖局碰见任天吾的事，原原本本的和任红绡说了。任红绡甚为难过，说道："照你所说的情形看来，他已是死心塌地的做完颜豪的'门客'了。我还想劝他回头，只怕这是痴心妄想了。"

谷啸风叹道："贤愚不肖，各有不同。他虽是你的父亲，你也只能尽你做女儿的心事便了。当真劝他不听，那也没有办法。不过，有件事情，我倒想问你。"

任红绡道："什么事情？"

谷啸风道："你爹的少阳神功练到了第几重？"

任红绡道："少阳神功，奥妙精深，我是连皮毛也还不懂，他的这门功夫怎样，我是更不知。不过我常听他叹息，说是我们家传的少阳神功秘笈，爷爷给了你的母亲作陪嫁，以致他想深造，亦是不能。只能凭他小时候爷爷传授过他的口诀自行揣摩。如此看来，他的少阳神功的造诣多半还不如你。"

谷啸风心里想道："我知道他不如我，但只怕他能够看出安达所受的是少阳神功所伤，那就有点不妙了。"要知谷啸风是最早走的，假如他知道安达不到一个时辰就给任天吾医好，他就应该知道任天吾业已看出破绽。谷啸风在猜疑不定之下，只好自己加倍小心，提防任何意外。

这晚任红绡由于心中郁闷，迟迟不寝，韩珮瑛安慰她道："莲出污泥而不染，你爹误入歧途，那也与你无关。"

任红绡咬了咬牙，说道："说起来我妈也是间接给他害死的，当真劝他不听，我也只好不认这个爹爹了。"

韩珮瑛道："对了，你先作最坏的打算，想通了这点，也就可以把心事抛开，安心睡你的觉了。"

任红绡叹口气道："话虽如此，我总是觉得难堪。叫我不要想它，还是不能。"

韩珮瑛笑道："李中柱约我们明天去逛西山，你不早点睡，明天哪有精神？绡妹，你有我们这班朋友，不也等于你的亲人一样吗？别难过了，睡吧。"

任红绡道："你说得对，志同道合的好朋友，那是要比亲人还要更亲。我是决心当作没有这个爹爹了。好，咱们睡吧。"

她还未卸妆，刚刚说到这里，忽地窗门无风自开，一个人倏地跳了进来，冷笑说道："绡儿，你自小我就百般的疼爱你，你竟敢不认我做父亲了！"

这个人可不正是她的父亲任天吾？

任红绡这一惊非同小可，定了定神，叫道："你若肯听我的话，做个好人，我当然还是你的女儿。"

任天吾冷笑道："笑话！只有女儿听父亲的话，哪有倒过来女儿教训父亲的？我是好人还是坏人，用不着你管，你先跟我回去！"

任红绡一闪闪开，说道："不，不，我不跟你！"

任天吾出手何等迅捷，只听得"嗤"的一声，任红绡的衣裳已给他撕毁了一幅。这还是他因为恐怕伤了女儿，出手不敢太重，否则早已给他抓住。

韩珮瑛见势不妙，连忙一口气吹灭灯火，把任红绡拉到她的背

窗门忽地无风自开，任天吾跳了进来，冷笑说道：“绡儿，你自小我就百般疼爱你，你竟敢不认父亲么?”

后，说道：“任老先生，人各有志，你不能强逼你的女儿。”

任天吾骂道：“我的女儿本来没有这样大胆，都是你这贼人教唆她的。好，我先和你算账！”

任天吾听声辨向，呼的一抓就向韩珮瑛抓下来。韩珮瑛只好拔剑抵挡，刷的一招“玉女投梭”削他手指。

任天吾挥袖一卷，左掌径拍下来，“乓”的一声，把梳妆台打掉了一角。韩珮瑛的长剑几乎给他夺去，慌忙绕桌逃避。

任天吾腾的飞起一脚，把桌子踢翻，一掌又劈下来，任红绡叫道：“爹爹，你伤了我啦！”

任天吾吃了一惊，化掌为指，戳将过去，韩珮瑛舞剑防身，黑暗中任天吾空手入白刃的功夫减了几分，急切间可还不能抢了她的宝剑。但任天吾一惊之后，却也立即知道女儿乃是说谎，骂道：“你不听爹爹的话，只听这丫头的话，伤了你也是活该！”

韩珮瑛怒道：“任老先生，你出口伤人，可休怪我们做晚辈的也不客气。”剑锋倏转，一招“横云断峰”，横削他的手腕。任天吾冷笑道：“米粒之珠，也放光华？谅你这臭丫头能有多大本领，不客气又怎么样？”口中说话，铮的一声，中指疾弹，已是把韩珮瑛的长剑弹开。借着宝剑吐出的光芒，呼的又是一抓，朝着韩珮瑛的琵琶骨抓下来了。

任红绡见势危急，叫道：“爹，我不听你的话，你杀我好了，可不能伤了珮瑛姐姐！”她本来是给韩珮瑛拖到后面的，此时正要不顾一切，挺身而出，任天吾忽地大吼一声，把抓向韩珮瑛的手掌缩了回来。

原来谷啸风和李中柱二人，给她们房间里打斗的声响惊动，正好及时赶到。

任天吾在黑暗中虽不能眼观四方，却能耳听八方，一觉微风飒然，立即回掌攻敌，闪电之间，和谷啸风对了一掌，又化解了李中柱的一招。

一交上手，任天吾当然也就知道来者是谁了。

但他虽然知道来者是谁，却还是禁不住心头一凛。

原来谷啸风是早就在他意料之中的，但李中柱的武功却颇出他意料之外。

李中柱用的是武林天骄所传的“惊神指法”，李中柱给他的掌力震荡得胸口发闷，呼吸为之不舒，但任天吾给他的指尖戳了一下，一条左臂，登时也是感到一阵酸麻。幸亏内功深厚，立即运气自解，这才没有给封闭穴道。

任天吾见识多，化解了李中柱这招，不禁心头一凛，想道：“这小子的点穴手法，古怪非常，和完颜豪颇有几分相似，他当然不会是王府的人，莫非是武林天骄的弟子？”

心念未已，只听得谷啸风已是喝道：“任天吾，你到这里做什么，是完颜豪叫你来的吧？”

任天吾骂道：“谷啸风，你好无礼，我好歹也是你的舅舅。我找我的女儿回去，关你什么事？”

谷啸风道：“对不住，你做了鞑子的鹰犬，我就不能认你这个舅舅。你的女儿也不会跟你回去。”

任天吾恼羞成怒，喝道：“我的女儿都是你们教坏的，谷啸风，你结交匪类，我有心救你，你却目无尊长，可休怪我不念甥舅之情！”

他口中说话，手底仍是丝毫不缓，在这片刻之间，已是接连向谷啸风攻了数招。但因李中柱在旁牵制，他却无法得手。

谷啸风又是恼怒，又是为任红绡难过，说道：“任天吾，亏你白天在镖局里还敢冒充是侠义道，你知不知羞？你快快给我滚开，否则我认得你，我这口宝剑可不认得你！”刷的一声，宝剑出鞘。

任红绡心情矛盾之极，她既不愿谷啸风给她爹爹所伤，也不忍见任天吾伤在谷啸风的剑下，只好叫道：“爹，你走吧！只要你不泄漏我们的秘密，我们也不泄漏你的秘密。你当作没有我这个女儿好了，以后咱们各走各路。”

韩珮瑛摇了摇头，心想：“红绡，你好糊涂，他怎么找到这里来的，还不是替完颜豪尽鹰犬之责吗？你还希望他保守秘密？”

果然她的话没说出来，任天吾已先说道：“你们倒是打得如意算盘，嘿嘿，谷啸风已经知道我现在的身份，你以为我还会放过他吗？还有你红绡，你不认我是你父亲，我可是非得把你抓回去不可！哼，你的胳膊已向外弯，我还能相信你吗？”

谷啸风道：“表妹，你躲过一边，他不肯走，我们只好将他赶走。”

任天吾在黑室搏斗，空手入白刃的功夫难以发挥，频频遇险，心里想道：“如今他们的秘密机关已经给我查获，我何必还和他们缠斗？”当下呼的一掌，把谷啸风迫退，从窗口跳了出去。

任红绡松了口气，说道：“好啦，他已走了。”话犹未了，忽听得任天吾一声长啸，随即哈哈笑道：“谁说我走！这个屋子里的人，哪一个要走，我都不能让他走呢！”任红绡从窗口张望出去，只见她的父亲果然仍是站在院子里。

谷啸风吃了一惊，暗叫不妙，连忙和李中柱一同跳下去，青钢剑一招“夜战八方”，挡住了任天吾的截击。

谷啸风喝道：“任天吾，你是不是勾结了鞑子，和鞑子的官兵来的？”

任天吾纵声笑道：“你猜得对了，但可惜你已是醒觉得迟了一点！”笑声中只听得响箭的声音此起彼落，随即是蓬蓬的擂打大门之声。不过片刻，官兵已是破门而入。

原来日间在镖局任天吾起疑之后，回到完颜豪的王府，仔细向安达、程彪等人查问，发觉丁实的两个“伙计”最为可疑，于是由任天吾先来查探，丁家外面则埋伏了一队官兵，只待任天吾查探是实，官兵便即来援。这是免得打草惊蛇的做法。

此时韩珮瑛和任红绡已冲出房间，任红绡又惊又气，自怨糊涂。谷啸风叫道：“珮瑛，你和绡妹快走，我给你们殿后。”

此时已有六七个军官冲进院子，为首的一个军官哈哈笑道：“好标致的两个娘儿，正好拿去献给王爷，不可把她们伤了。”

韩珮瑛大怒，刷的一剑，疾刺过去。那军官举刀招架，“当”的一声，刀头竟给韩珮瑛的宝剑削断。那军官吃了一惊，叫道：“好狠的娘儿！”倏地手腕一翻，刀背朝外磕出，韩珮瑛第二招第三招闪电般的接续而来，只听到“当当”之声，不绝于耳，那军官遮拦不住，左臂又着一剑。但韩珮瑛的长剑竟也给他荡开，虎口隐隐作痛。说时迟，那时快，另外两名军官已从两侧攻到，一根狼牙棒，一柄大砍刀抵住了她的长剑。原来这些人都是王府精选的武士，本领或许比不上韩珮瑛，亦是非同泛泛。

另外三名武士堵截了任红绡的去路，任红绡陷入包围，咬牙苦战。那几名武士一面攻击一面出言调笑。

任红绡气恼交加，叫道："爹，你听见了没有？人家欺侮你的女儿，你还要做人家的奴才！"

那几名武士怔了一怔，其中一个笑道："原来你是任老先生的女儿吗？任老先生，这是怎么回事？"

任天吾脸上发热，这霎那间不禁也是有点觉得难堪，但随即就平静下来，淡淡说道："我这个丫头不懂事，她误交'匪人'不肯听我的话，请各位大人看在我的份上，多多包涵。"

调戏任红绡的那个武士笑道："任老先生放心，我们不会难为令嫒的。令嫒是小王爷的心上人，我们已经知道了。适才言语之间，多有冒犯，我还要请任老先生和令嫒多多包涵呢。"另一个武士跟着说道："不过我也得请任姑娘听我一句良言，我们小王爷对你好，你可不该对我们撒泼。我劝你还是收了兵刃，跟我们走吧。往后的日子，有你的荣华富贵呢！"

这两个武士只道任红绡如鸟在笼，插翼难飞。他们已知任红绡的身份，心里还当真有些顾忌，不敢猛下杀手。哪知这两个武士笑声未了，任红绡双刀挥舞，刀光霍霍，指东打西，指南打北，忽地就伤了其中的一个。那武士大怒道："任老先生，你不劝劝你的女儿，可休怪我们不客气了。"

任天吾只好说道："绡儿，事到如今，你可不能放肆了。要逃你是逃不了的，听我的话，收了兵刃吧。"

任红绡又气又怒，眼角泪珠滴了下来，说道："我不是你的绡儿，我也没有你这个不知羞耻的爹爹，从今之后，咱们父女之情，一刀两断！"正是：

父女殊途成反目，青莲原自出污泥。

欲知后事如何，请听下回分解。

第一一四回　王府阴谋图篡位
天坛禁地动干戈

说到“一刀两断”这四个字，任红绡猛的一刀，就向面前的一个武士疾劈过去，好像要把一口闷气，发泄在他身上一样。

这武士一来是不敢和任红绡拼命，二来他知道任红绡是完颜豪所要的人，也是没有这个胆量杀她。见她来得凶猛，只好侧身一闪。任红绡冲出了包围圈，和韩珮瑛会合。

两人会合后，形势比较好些，但想闯出院门，却还不能。

谷啸风、李中柱蓦地发动攻势，李中柱的一对判官笔左插花右插花，笔尖所指，都是任天吾的要害穴道，谷啸风剑尖抖起七朵剑花，使出了“七修剑法”的精妙招数，任天吾饶是武功高强，亦是不禁心头一凛，心道：“这小子不但少阳神功比我高明，七修剑法也是在我之上。”

谷李二人趁着任天吾心神不定，倏地抢攻，把任天吾迫退几步，立即就冲过去。剑光笔影之下，只听得“哎哟，哎哟”之声此起彼落，三名武士给李中柱点着了穴道，两名武士被谷啸风的七修剑法所伤，另外一名武士则接连着了韩珮瑛的一剑和任红绡的一刀，登时毙命。那五名受伤的武士，也都倒了下地。

任天吾大惊之下，叫道：“来人呀！”叫声中身形疾起，一抓向谷啸风的背心抓下。他的七修剑法和少阳神功虽比不上谷啸风那样高明，但他几十年的功力，却是非同小可，别的本领，则是远在谷啸风之上。谷啸风反手一剑，给他以“弹指神通”的上乘内功弹着虎口，青钢剑几乎掌握不牢。李中柱刷刷刷一连三招“惊神笔法”，和谷啸风联手，这才把任天吾的攻势阻遏了。

不过，任天吾虽然缠上了谷李二人，他的女儿和韩珮瑛却已是冲出去了。

此时大队官兵早已破门而入，正在丁家各处搜索。

这天晚上，无月无星，还时不时有点零星骤雨，是一个相当坏的天气。官兵各处搜索，忽地屋顶上一缸热油泼下来，把七八个官兵烫得皮开肉烂。这人乃是丁实。

一个军官叫道：“正主儿在这里了，快来人哪！”也幸亏有他这么一叫，攻入丁家的武士纷纷跑去丁实所在的西院，韩珮瑛与任红绡二人杀出大门，少了许多障碍。

谷啸风忙道：“李兄，你赶紧去帮忙丁老板突围，逃脱之后，咱们在那个姓何的朋友家里聚会。”

李中柱道：“我理会得。”以进为退，双笔暴风骤雨般的向任天吾一口气攻了十七八招，将他迫退，这才飞身上屋。

谷啸风跟着向另一个方向逃跑，为的是要把敌方最强的任天吾引开，以利己方本领较弱的丁实能够脱险。

任天吾最担心的是谷啸风逃跑出去把他的假面具揭破，那时即使是在金京，他也不能冒充“侠义道”了。在利害相权之下，他果然放弃了李中柱这路，对谷啸风却是穷追不舍。

谷啸风忽地抓着两个军官，以大摔碑手法向他一摔，这两个军官在王府颇有势力，是任天吾认得的人，任天吾怕他们摔死，不敢不接下来。谷啸风迅即披上一件从官兵身上扯下来的号衣，乘黑逃出。任天吾放下那两个军官，谷啸风的影子已然不见。

可是谷啸风等人虽然都已逃出丁家，却还未能脱险。因为外面也还是有官兵围住的。

好在无月无星，谷啸风披上官兵的号衣，一时间倒是不容易给敌人发现。他在官兵丛中横冲直闯，找寻丁实他们。

忽听得西面有兵器碰击之声，有人喝道：“你这两个丫头碰上了我，还想跑吗?”

这人的喝声，震得谷啸风的耳鼓嗡嗡作响，黑夜中看不见这人是谁，但估量距离还在百步开外。谷啸风不禁吃了一惊，心里想道："此人功力不在任天吾之下，珮瑛和红绡只怕不是他的对手。"

当下谷啸风连忙向声音来处赶去，只见一个身材高大，头顶光秃秃的汉子，泼风也似的挥舞一根碗口大的禅杖，挡住了韩珮瑛和任红绡的去路。他那根禅杖使开，方圆数丈之内沙飞石走，其他的官兵都是插不进手来。

谷啸风飞身掠上，一招"白虹贯日"，疾刺过去，刀杖相交，"当"的一声，谷啸风的长剑给他荡开，虎口竟然隐隐作痛。

那汉子见谷啸风身披号衣，"咦"了一声，喝道："你是谁?"谷啸风默不作声，刷刷刷便是连环三剑。他和韩珮瑛配合有素，双剑合璧，加上任红绡的两口柳叶刀，这才勉强抵敌得住。

那汉子喝道："好，你这小子武功倒是不弱，但你要在洒家杖下逃脱，那还得再练十年!"禅杖抡圆，隐隐挟着风雷之声，谷啸风还不怎么，本领稍弱的任红绡已是呼吸不舒，娇躯有如一叶轻舟，已是在风浪中摇晃不定了。

谷啸风暗暗惊奇，原来这汉子使的竟是少林寺正宗的伏魔杖法。

原来这个汉子名叫沙衍流，乃是少林寺的叛徒，最近接受了完颜长之的礼聘，投身王府的。

沙衍流禅杖一立，当的一声，把谷啸风和韩珮瑛的两口长剑全都震开，杖尾一翘，指向任红绡膝盖的"环跳穴"。这一招伏魔杖法，虽然只是一招，却藏着三个不同的式子，当真是精妙之极。三人之中，任红绡本领最弱，登时给他攻得手忙脚乱。

谷啸风喝道："休得逞强!"剑锋倏地倒卷而上，抖起了七朵剑花。这一招有个名堂，叫做"七星聚会"，正是"七修剑法"中的杀手。谷啸风冒险进攻，使这一招，乃是拼着与强敌两败俱伤，这才能够解救任红绡之危的。

沙衍流果然给他迫得回转杖头招架，只听得叮叮当当之声，宛如繁弦急奏，谷啸风虎口酸麻，倒退数步。沙衍流亦是身形一晃，斜踏一步，不敢太过轻敌强攻。

沙衍流"噫"了一声，喝道："百花谷的七修剑法!你这小子，莫非就是谷啸风么?"

谷啸风道："不错，大丈夫行不更名，坐不改姓，我就是谷啸风，你待怎样？"

沙衍流哈哈一笑，说道："很好，我正要拿你！"左臂挥袖成风，拂开韩珮瑛的青钢剑，右臂提起那根碗口般粗大的禅杖，一招"泰山压顶"，全力施展，向谷啸风的天灵盖就打下来。

忽听得一缕箫声，音细而清，俨若从空而降，虽然是在嘈嘈杂杂的乱军之中，这缕箫声仍是听得清清楚楚。

沙衍流吃了一惊，喝道："来者是谁？"说时迟，那时快，李中柱手持那管暖玉箫，已是如飞来到。玉箫一指，分点沙衍流的三处大穴。沙衍流回杖防身，李中柱的玉箫攻不进去，但沙衍流亦是吃惊不已，不敢强采攻势。李中柱以箫代笔，一招绝妙的"惊神笔法"，把沙衍流吓退，随即冷笑说道："你不认识我，也该认识我这管暖玉箫！嘿嘿，我的师父正要找你，有胆的你别走！"

沙衍流怔了一怔，说道："你是武林天骄的弟子？"李中柱趁着他这一怔之际，连忙叫道："任姑娘、韩姑娘，你们快走！这个少林寺的叛徒，自有我的师父来对付他！"

沙衍流吃惊不已，暗自想道："武林天骄若是真的来了，我可不是他的对手。这小子说的不知是假是真，但宁可信其有，不可信其无！"原来他是曾经在武林天骄手下吃过大亏的，听到武林天骄的名字，已是心胆俱寒！

此时谷啸风等人的踪迹已给发现，从丁家搜索出来的一众武士，也都纷纷向这边跑过来了。任天吾也在这些人里面，他远远的先发一声长啸。

沙衍流听得任天吾的啸声，如释重负，他倏地跳出圈子，一面跑一面叫道："任老大，你快来，咱们分头追敌。谷啸风这小子在这里，我留给你。"其实他是借口去追韩任二女，意图逃走的。

这晚无月无星，韩珮瑛和任红绡已是不知逃向何方，但谷啸风却不能不为她们担心，恐怕她们给沙衍流追上。当下说道："李兄，你去保护她们，我抵挡任天吾。"李中柱道："好的，沙衍流这厮害怕我的师父，我缀着他，谅他不敢行凶。但你对付任天吾可得小心了。"

谷啸风刺伤几名御林军，混入乱军之中，忽听得一个苍老的声音冷笑道："谷啸风你还想躲藏吗？跟我回去吧！"原来任天吾已是来到他的身边，谷啸风身披号衣，黑暗中别的官兵认不得他，但却怎能瞒得过任天吾的一双眼睛。

谷啸风把号衣一抖，朝着任天吾搂头罩下，长剑在号衣掩蔽之下刺出，只听得"嗤"的一声，任天吾五指如钩，已是把号衣抓裂，喝道："好呀，你还敢和我动手！"呼呼呼，三掌劈出，荡开谷啸风的剑尖，旁边几个官兵禁受不起他的掌力，都变成了滚地葫芦，登时一片大乱。

谷啸风正在危急，忽见寒光一闪，韩珮瑛突然在他身旁出现，一剑刺向任天吾的咽喉。

谷啸风又惊又喜，连忙说道："瑛妹，你别顾我，你快走吧！"

任天吾冷笑道："你这臭丫头来得正好，你们两个都别想跑啦！"

谷啸风见势危急，迫着突出险招，剑掌兼施，欺身直进，剑刺任天吾的琵琶骨，掌劈他的胸膛。

任天吾沉肩缩肘，身随步转，"蓬"的一声，和谷啸风硬拼了一掌。

这一掌谷啸风乃是全力施为，用上了少阳神功的，他的功力比不上任天吾，少阳神功却是比他高明。双掌一交，谷啸风腾腾的倒退数步，哇的 口鲜血吐了出来，但任天吾的一条臂膀却也隐隐发麻，一时间竟然转动不灵了。

韩珮瑛连忙拉他逃跑，说道："啸风，你怎么啦？"谷啸风道："不碍事，我还可以施展轻功。表妹呢？"韩珮瑛道："不知道，大概是逃出去了。"原来她是见谷啸风遇险，便赶忙来帮他的。匆忙之中，已是无暇顾及任红绡了。

任红绡在黑夜中突然和韩珮瑛失散，心慌意乱，只好不辨方向自己逃跑，躲避追兵，逃跑中忽见前面有片树林。

任红绡心中一动，想道："莫非我已来到'天坛'了？听说这是鞑子皇家的禁地，但管它什么禁地不禁地，暂时躲避追兵，这倒是一个好地方呢。"

原来“天坛”乃是皇帝用来祭天的地方，有“祈年殿”、“皇穹宇”、“圜丘”等等建筑，合称“天坛”。天坛周围方圆数里有历代栽植的柏树，形成了一片全是古柏的树林。皇帝每年到“天坛”一次或两次，（农历年初一是必定要来祭天的，有时因为国内有灾荒发生，秋收时节也会来祈年殿祈祷五谷丰收。）平常的日子，有卫兵看守。不过由于这是“皇家禁地”，就是没人看守也没百姓敢冒杀身之祸闯进去，所以设置的卫兵不过是例行公事而已，人数并不很多。古柏林方圆数里，防守当然是谈不上什么严密了。

丁家在天坛附近约四五里之处，任红绡曾听得丁实告诉她天坛的情形，此时无计摆脱追兵，人急智生，就趁着黑夜，悄悄的躲入柏林。心想官兵要入“天坛”这个禁地，大概最少也得先请完颜长之去请“圣旨”吧？那时我早已从另一面溜走了。

她躲入柏林，果然只见几个卫兵巡逻，根本就没发觉她。

不料正在她小心翼翼的前行之际，忽见火光一亮，一个人突然出现在她的面前。

任红绡大吃一惊，几乎疑心是昨晚的恶梦未醒，原来这个人不是别个，正是她昨晚梦见的完颜豪。

完颜豪左手拿着火折，右手拿着一把扇子，笑嘻嘻地摇着扇子说道：“任姑娘，原来是你，这可真是应了一句俗语：有缘千里能相会了！”

任红绡刷的一刀便斫过去，完颜豪火折熄灭，扇子轻轻一拨，把任红绡的柳叶刀拨开，扔掉火折笑道：“任姑娘，你怎能这样无情无义，咱们过去不是要好得紧的朋友么？我对你可是日日夜夜里都在想念的啊！”

任红绡又羞又恼，低声骂道：“你这鞑子，谁和你要好？”刷刷刷，疾风暴雨般的连劈数刀，完颜豪一把折扇倏合倏分，把她劈斫过来的刀招一一化解开去，笑道：“你爹已经答应把你嫁给我了，你杀了我是犯‘谋杀亲夫’的罪名的，我看你还是乖乖的跟了我吧。”一面说话，一面把扇子封着她的双刀，腾出左手，就要抓她。任红绡气得炸了心肺，但情知打他不过，只好转身就跑。

巡逻的卫兵听得声响，喝道：“什么人？”完颜豪道：“是我，没事，不用你们来管，你们给我远远走开！”

那些卫兵虽然隐约听得是有两个人，但既有完颜豪出头，他们还焉敢多管闲事，乐得远远躲开，图个逍遥自在了。

任红绡在黑漆漆的柏林中东窜西闪，忽见前面有金光闪烁，一座奇特的建筑出现眼前，好像一把金顶的蓝伞撑在半空，原来这座建筑物就是天坛三座主要宫殿之一的“皇穹宇”了。“皇穹宇”是一座圆形建筑，没有一根横梁，殿顶由许多斗拱支架，用天蓝色涂金的琉璃瓦覆盖，所以远远望去，好像一把金顶的蓝伞。

到了“皇穹宇”已是禁地中的禁地，巡逻的卫兵也是不能到这地方来的。不过任红绡当然并不知道。

她怔了一怔，心道：“这座房子倒是古怪，不知里面有没有人?”一时拿不定主意好不好避进这座“古怪”的房子，忽听得完颜豪的笑声道：“任姑娘，你不用害怕，到了这里，不会有旁人来骚扰咱们了。”

完颜豪的声音就好像在她的耳边说话一样，把她吓了一跳。她回身反手一刀疾斫，却什么也没斫着。

原来“皇穹宇”外面的围墙是用特殊的砖砌造的，可以传声，称为“回音壁”。两人分别站在东西墙根，一人靠墙低声说话，声波沿着墙壁连续发射前进，另一个人就能很清楚的听到，好像现代人打电话一样。完颜豪靠着墙壁说话，任红绡不知其中奥妙，给她吓得惊疑不定。其实完颜豪还未曾看见她的。

正在她惊疑不定之际，完颜豪笑道：“我在这里呢。”手中折扇轻摇，一步一步的向她迫近。另一面是围墙，任红绡后无退路，这才知道上当。

完颜豪笑道：“这是最好的幽会之处，你撞到这个地方来，可见得是上天有意撮合咱们了。打你是打不过我的，咱们还是好好地谈一谈吧。”

任红绡紧咬银牙，左一刀右一刀，没头没脑的就乱劈过去，喝道：“打不过我也要和你拼了。”

完颜豪笑道：“你忍心谋杀亲夫，我可舍不得你这美人儿死掉呢。”折扇挥舞，不过十数招，只听得当的一声，任红绡的柳叶刀已是给他拨落。

完颜豪洋洋得意，说道："如何？还要打吗？唉，你纵无情，我可不能无义，你让我亲一亲吧。"

任红绡正要一头向回音壁撞去，忽听得一个熟悉的声音叫道："任姑娘别慌，我来了！"完颜豪一觉背后微风飒然，反手一挥，挥扇便点那人腕脉。

那人使的是一管玉箫，玉箫一指，点向完颜豪背心的"天柱穴"。完颜豪反手折扇一挥，扇柄和玉箫碰个正着，"当"的一声，发出极为悦耳的音响。完颜豪打不落对方的玉箫，只觉一股热气喷来，背心竟有火辣辣的感觉，大惊之下，连忙一个"鹞子翻身"，倒纵出数丈开外，喝道："你是什么人？"

那人如影随形的跟踪扑上，玉箫一举，又点过来，冷冷说道："你认不得我，也该认得我这管玉箫吧？"

原来这人不是别个，正是武林天骄的弟子李中柱。

武林天骄的点穴功夫是从"穴道铜人图解"上参悟出来的。"穴道铜人"本是宋宫宝物，后来被金人劫去，藏在金宫。完颜豪的父亲完颜长之设立了一个"研经院"，聘请了许多金国的武学名家，研究"穴道铜人"所藏的穴道秘奥，研究的成果，绘成了十三篇图解。这十三篇图解，只有武林天骄和完颜长之曾窥全豹，不过大家参悟的心得却有不同，但也不过是大同小异而已。因此李中柱的玉箫点穴和完颜豪的折扇点穴，他们的手法可说是出自同一源流。（按："武林天骄"和"穴道铜人图解"的故事，详见拙著《狂侠·天骄·魔女》。）

完颜长之完颜豪父子最忌惮的人就是武林天骄，是以完颜豪见了这管玉箫，自是不能不大吃一惊了。

任红绡拾起被打落的柳眉刀，大喜说道："李大哥，你来得正好，抓着这个小鞑子。"

完颜豪折扇挥舞，化解了李中柱攻来的连环三招，喝道："好呀，原来你是檀羽冲的弟子，檀羽冲私通敌国，我们正要拿他归案，你是他的弟子，你也休想跑了！"

李中柱挥箫急攻，冷笑说道："你要找我的师父那很容易，他老人家待会儿就到，就只怕你没有本领拿他吧。”

完颜豪这么说，其实只是想试李中柱的口风，想知道武林天骄究竟是否已经来到大都。如今听得李中柱这么说，不由得更是越发吃惊了。

李中柱乘机便下杀手，玉箫倏地划了一个圆弧，一招之间，遍袭完颜豪的六道大穴。这一招有个名堂，叫做“六出祈山”。

任红绡叫道：“大哥，能够捉着活的最好！”说话之间，已是跑了到来，和李中柱联手，一招“铁犁耕地”，刀光霍霍，卷地而来，劈斫完颜豪双足。

任红绡是想把完颜豪抓作人质，这就可以保险能够突围了。但她这么一出声提醒了李中柱，却也同时提醒了完颜豪了。

完颜豪很有几分小聪明，听了这话，瞿然一省，登时想道：“他们为什么要把我活擒，当然是要把我当作护身符，才好冲出去了。要是武林天骄的确如这小子所说，马上就要来到的话，他们何须如此？”

完颜豪的武功亦是委实不弱，心神一定，“腾”的飞起一脚，踢向任红绡，手中折扇遮拦，化解了李中柱的一招三式。任红绡给他收刀闪避，但他也给李中柱的凌厉攻势，又迫得再退几步。

李中柱喝道：“哪里走！”飞身扑上，暖玉箫点他背心，完颜豪挥扇一格，叮的一声，回声特别响亮。李中柱的“惊神笔法”，招数一展，连绵不断，说时迟，那时快，玉箫和完颜豪的铁折扇已是再度相交，这次更为奇怪，听到的却是叮叮当当的两声回声。李中柱第三招跟着攻出，玉箫折扇三度相交，这次发出的是三声回声，回声也越来越是响亮！李中柱怔了一怔，不知何以如此奇怪。完颜豪趁这机会，飞身掠出，冷笑说道：“好小子，胆敢对我恫吓，如今你们要跑也是跑不了。来人啊！”

原来他们适才交手之处，乃是在“皇穹宇”台阶前的石板上。这三块石板名为“三音石”，站在第一块石板上击一掌或叫一声，可以听到一声回声；站在第二块、第三块石板上照样做，可以听到两声、三声回声。这是由于声波从圆形的“回音壁”上折射回来的距离不同，所以才听到次数不同的回声的。（按：八百年前中国的工匠就能懂得声学的原理，建造了“回音壁”和“三音石”，曾令得四方的科学家大感诧异。）但李中柱却怎懂得这种声学的奥妙？

李中柱立刻想到的是，刚才三次的回声如此古怪，在天坛内巡逻的武士，一听到这种特别的回声，自必就会知道他们的所在。是以他必须赶快把完颜豪拿下。

只见完颜豪跳上一座洁白如玉的三层白石圆坛，李中柱不知道这个圆坛就是皇帝祭天的“圜丘”，跟踪便追上去，喝道：“小鞑子，往哪里走！”

他这么一喝，登时四面响起“往哪里走，往哪里走！”的回声，好像波浪一般，四面八方的倒卷回来，震得他的耳鼓嗡嗡作响。原来这个“圜丘”的建筑也是符合声学原理的。而且在整个结构上，也是对几何学的一个巧妙运用。和“回音壁”、“三音石”一样，是中国建筑史上的奇迹。

“圜丘”是皇帝祭天的地方，它的建筑是经过巧匠的精心设计。

坛面、台阶、栏杆所用的石块全是九或九的倍数。因为古代的观念，一、三、五、七、九是奇数，又叫“阳数”或“天数”，皇帝自认为象征天或太阳，所以用九。

一丈六尺高的石坛分为三层，上层直径九丈，中层直径十五丈，下层直径二十一丈。上层中心是一块圆石，圆心外第一环砌石九块，第二环十八块，第三环二十七块，到第九环为九的九倍八十一块。中下层也各有九环，中层从第十环九十块起到第十八环为一百六十二块止。下层自十九环到二十六环，最外一环为九的二十七倍二百四十三块。每层有四个门，每门的台阶也为九级。每层都有雕石栏杆，栏杆数目同样也是九的倍数。

站在圜丘坛上层的圆心上，轻声说话，也有震耳欲聋的感觉。这是因为建筑的特殊设计，声波传到四周的石栏杆后，又同时从四周迅速地折射回来的原故。

“天坛”中心的“圜丘坛”上，这是何等“神圣”的地方，竟然有人在这上面打架，这恐怕是从来没有发生过的事情了。

李中柱和任红绡根本不知道这是皇帝祭天的地方，在这上面打架，正好可以施展拳脚，当然毫无顾忌。完颜豪是给迫得无可奈何，不能不在这圜丘坛上应战的，心里可是有点惴惴不安了。

对他有利的是，在这上面打斗，远远都听得到声响，他只须支持片刻，原有的守卫和他带来的武士就会赶到。完颜豪打定主意："待捉了这小子和任天吾的女儿之后，除了我最可靠的心腹武士之外，其他的武士和卫兵我尽都杀了灭口，今晚的事，就不会泄漏出去，给皇上知道了。"

但支持片刻也不容易，李中柱的本领本就略胜于他，加上李中柱一来有任红绡帮手，二来有暖玉箫作为兵器，远胜于他的折铁扇，三来李中柱可以放胆攻他，而他却总不免有点顾虑。这么一来，不过十数招，他已是险象环生了。

激斗中只听得人声脚步声四面奔来，完颜豪连忙虚晃一招，从石坛的上层翻过栏杆，跃下中层。李中柱如鹰扑兔，一按栏杆，跟着翻身跃下，玉箫点向他的背心"冷渊穴"。

完颜豪一招"拨云见月"，要把玉箫拨过一边，两人功力相当，但李中柱凌空扑下，劲道却大得多，只听得"嗤"的一声，折铁扇又给玉箫戳破一孔。玉箫给拨得稍稍歪过一边，余力未衰，点着了完颜豪腰部的风府穴。完颜豪一个倒栽葱，从"圜丘"的第二层跌下第一层。幸而李中柱的玉箫点着他的时候，已成强弩之末，余力不足以封闭他的穴道，只能令他感到一阵酸麻，尚未至于晕倒。

说时迟，那时快，任红绡亦已从"圜丘"的上层越过栏杆，飞身跳下。与此同时，完颜豪手下的两名武士，也快将跑到"圜丘"了。

完颜豪知道危机紧迫，但只须躲得过敌方的袭击，已方的人立即便可来到，自己就可以安然无事了。所争不过瞬息之机，当下完颜豪狠咬牙根，使出"甩手箭"的手法，折铁扇脱手飞出，射向正在跳下来的任红绡。

任红绡在半空一个鹞子翻身，双刀交叉劈出，"当"的一声响，飞来的折铁扇和她的右手刀碰个正着，折铁扇和柳叶刀同时坠下。任红绡虎口一阵火辣辣的作痛，脚尖着地之时，不由得一个踉跄。

李中柱吃了一惊，忙把任红绡扶稳，低声问道："你怎么啦?"任红绡道："没事，你快去捉那小鞑子。"

说话之间，两名武士已经来到"圜丘"下面，李中柱道："来不及啦，以后再慢慢找他算账。"替任红绡拾起柳叶刀，两人手拉着手，一招"比翼双飞"的轻功身法，从"圜丘"的中层越过下层，径自飞掠下去。

那两个武士叫道："刺客在这儿啦!"一个使链子锤，一个使月牙弯刀，急忙便扑上来。

李中柱疾如鹰隼，一招"鹏搏九霄"，暖玉箫凌空击下。那两个武士的武功虽然非同泛泛，却怎能挡得住他这凌厉异常、劲道十足的一击。

只听得一片金铁交鸣之声，月牙弯刀给玉箫磕得飞上半空。李中柱脚尖着地，左手伸出，一招"游空探爪"的手法，抓着了另一个武士打来的链子锤，一个"顺手牵羊"，已是将他拉了过来，一把抓着了他，信手便将他往后面一抛。

这个武士恰好被抛上"圜丘"的下层，跌在完颜豪的身边。完颜豪一声不响，在他的腰间一戳，这武士一声惨呼，登时毙命。要知完颜豪此际已然脱险，自是不愿意给人知道他曾经上过"圜丘"，所以这武士虽是他的亲信，他也要毫不留情的下毒手了。正是：

犯忌只因来禁地，枭雄毒手杀亲随。

欲知后事如何，请听下回分解。

第一一五回　璧合珠联欣玉女 龙争虎斗闹金京

使月牙弯刀的那个武士听得这声惨呼，不由得蓦地一惊，吓出了一身冷汗。原来他虽然不是一流高手，也还算得是个武学行家，听得同伴这一声惨呼，已知他不是跌死的，而是突然给人用重手法点着死穴而死的。“圜丘”上没有第三个人，下毒手的人不是完颜豪是谁？

这武士蓦地一惊，立即瞿然一省，想道：“我怎么忘了，这圜丘圣地，岂是我能够上去的？好在‘小王爷’已然没事，我还不赶紧悄悄溜走，更待何时？我佯作不知，别人问起，我说他是给敌人摔死的也就是了。我这么样给‘小王爷’遮谎，小王爷也不会对我再下毒手了吧？”

他打定了主意，连忙回身就跑。完颜豪手下的武士陆续跑来，这人怕同伴重蹈覆辙，一碰上同伴，便悄悄告诉他们，“小王爷没事，你们赶紧远远的离开圜丘。那两个刺客的本领非常厉害，小王爷已然没事，咱们用不着再卖命了。装作搜拿敌人，虚张声势吧。”

幸而有那个武士提醒他的同伴，那些武士没敢迫近“圜丘”，这就给了李中柱和任红绡一个大好的逃走机会，不消片刻，他们又已逃入了黑漆漆的古柏林中。

古柏林中不辨东西南北，任红绡低声说道：“糟糕，在这样黑暗的树林中，不知逃向哪个方向才是出路？”

话犹未了，忽听得苍老的声音冷笑道：“臭小子，野丫头，你们碰上了我，还想走吗？”冷笑声中，一阵奇寒透骨的阴风疾卷而来。

原来他们所碰上的这个老头，不是别人，正是和西门牧野齐名的朱九穆。西门牧野还在养伤，所以只有他跟随完颜豪，作为最得力的“护驾”人物。

李中柱内功颇有根底，朱九穆的“修罗阴煞掌”没有直接打在他的身上，他还勉强可以抵受，任红绡功力较弱，却已是不禁机伶伶的打了一个冷战。

李中柱拿起暖玉箫一吹，吹出一股暖气，幸亏他有这件武林异宝，从暖玉箫中吹出的纯阳之气，勉强可以抵御“修罗阴煞掌”发出的寒气。

朱九穆对李中柱的“惊神笔法”也是颇感惊异，心想：“这小子的点穴功夫怎的如此了得?”当下使出全力，把修罗阴煞功运到了第八重，呼呼呼连发三掌。

李中柱冷得难受，不过他有暖玉箫，还可以勉强抵御。任红绡只觉冷得好像血液都要凝结了。牙关打战，格格作响。李中柱暗叫“不好！再过片刻，任姑娘只怕要糟!”

任红绡冷得全身麻木，双刀已是使动不灵。朱九穆哈哈笑道：“看在你是任天吾女儿的份上，我也不会将你难为，过来吧。”说话之间，挥袖一拂，荡开李中柱的暖玉箫，左掌袖底穿出，倏地便向任红绡抓下。李中柱自顾不暇，要救也来不及了。

但正当朱九穆洋洋得意，满以为可以把任红绡手到擒来的时候，忽地又有一条黑影，疾如鹰隼般的向他们扑来。

朱九穆眼观四面，耳听八方，那人一扑来，他就察觉了。但他以为这人是完颜豪手下的武士，心中不以为意。不料这人一扑来，倏地在他背后便是一刀劈下。朱九穆听得背后金刃劈风之声，这才大吃一惊，幸而他的武功委实了得，在这间不容发之际，一个“移形换位”，反手一掌，立即拨开那人的长刀。

那人的刀法凌厉之极，他竟然不畏惧朱九穆的“修罗阴煞功”，迅即又是左面六刀，右面六刀，欺身直上，正面又劈六刀。一口气连劈十八刀。

古柏林中伸手不见五指，但朱九穆练有夜眼的功夫，距离又是这样的近，因此也还隐约可以看出这人是穿着金国御林军的服饰。

朱九穆连忙说道："咱们是自己人，那两个人才是刺客。"

李中柱亦已看出那人是金国的御林军军官，连忙拉了任红绡就跑。

奇怪的是，那个军官却不去追赶他们，仍然和朱九穆缠斗。

朱九穆不敢对他施展杀手，险些中了他的一刀，大怒说道："我说的话你听不见么？我是朱九穆，你打错了人，还不赶快去追刺客了！"

那军官这才说道："什么朱九穆？哦，你是新近王爷聘请来府的那个姓朱的么？"朱九穆道："不错，就是我呀！"

那军官忽地一声冷笑，说道："我不相信，朱九穆是王爷请来的人，难道王爷竟然没有对他交代，在这天坛之内的'圜丘'，乃是万岁爷祭天的地方？你竟然有胆想要跑进'圜丘'，分明不是朱九穆了。"

朱九穆瞿然一省，吓出一身冷汗，心道："要不是得他提醒，我几乎犯了大逆不道的罪名！"连忙说道："我听得小王爷呼唤，是在这个方向。我却不知过去就是圜丘。"

那军官道："胡说八道，小王爷怎会在圜丘和人打架？他现在正在皇穹宇后面呢。你当真是朱九穆吗？"

朱九穆的"修罗阴煞掌"是瞒不过人的，只好硬着头皮说道："我确实是朱九穆，但、但我不知……"

那军官说道："不知不罪，好在你也没有跑进圜丘，那也用不着多费唇舌和我解释了。小王爷正在找你呢，你快去吧。那两个刺客你交给我好了。"

朱九穆听得他这么说，只好赶紧到"皇穹宇"后面的柏林去找完颜豪。心里想道："这军官的本领很是不错，武林天骄的弟子要是给他追上，料想他对付得了。但我又何必替他操心，管他捉得到捉不到刺客？我只求没事就好。"

不过朱九穆毕竟是一个有见识的人，定了定神之后，却不由得疑心大起了。"这军官为什么只用刀砍我，却不去理会那小子和姓任的丫头？御林军中的顶儿尖儿的高手我都认识，这人武功如此之高，我却怎的好像从没见过他?”

朱九穆怀着惴惴不安的心情，走进“皇穹宇”后面的柏林，果然在那里见着了完颜豪。完颜豪道：“朱老先生，你来得正好，我刚才和刺客在这里交手，一不小心，给他点了穴道，幸而我还会自己解穴，不过气血尚未能够畅通，你帮我推血过宫吧。”

朱九穆放下了心上的一块石头，想道：“原来那人并没有骗我，是我多疑了。”

完颜豪内功不弱，得朱九穆替他推血过宫，不消片刻，已是恢复如初。

完颜豪道：“朱老先生，多谢你了。那两个刺客，捉着了没有?”

朱九穆道：“有人去追他们了。”

完颜豪道：“你怎么知道我在这里?”

朱九穆道：“就是去追赶刺客的那个人告诉我的。”

完颜豪道：“哦，那人是谁?”

朱九穆道：“匆忙中我无暇问他。他说小王爷找我，我就来了。那人武功很高，使的似乎是正宗的五虎断门刀法。”

完颜豪眉头一皱，说道：“不错，我是想找你的。但我可没有叫人去找你呀。我今晚带来的武士，也没有谁会使五虎断门刀的。”

朱九穆吃了一惊，说道：“这么说，我是上了他的当了!”

完颜豪道：“这件事往后再查，咱们先去捉拿刺客。刺客从未来过天坛，黑夜之中，他们未必就能找到出路。”

不出完颜豪所料，李中柱和任红绡在这伸手不见五指的古柏林中，不辨南北东西，果然不知哪里才是出路。

他们正在乱闯之际，忽听得有人说道：“好小子，往哪里跑?”正是刚才那个军官的声音。

李中柱悄声和任红绡道：“这人本领很强，我出去诱他追他，你赶紧躲起来，避得一时就是一时。”

任红绡焉肯如此，说道：“在这古柏林中，伸手不见五指，我看他未必就是发现了咱们，多半只是虚声恫吓。”

他们是贴着耳朵说话的，声音细如蚊叫。不料那个军官竟似听

任红绡吁了口气，与李中柱双手紧握，心中又喜又惊。

见他们说话似的，他们话犹未了，只听得那个军官已是打了一个哈哈，说道："你以为我是虚声恫吓吗，你们瞧着，我这枚铜钱，要打落你们头顶的这枝树枝！"

李任二人是躲在一棵柏树下面的，有一条低垂的树枝随风摆动，任红绡的秀发都给树枝拂着。那军官这么说，显然是已经知道他们的藏匿之处。

只听得"铮"的一声响，任红绡头上的那枝树枝果然断了，跌下地来。

黑夜之中，这人的暗器打得如此之准，饶是李中柱大胆，也不禁大吃一惊，忙把任红绡一拉，飞身跃出。

那军官又是打了一个哈哈，说道："你们胡跑乱闯，想要跑出天坛，那是做梦！留心瞧吧，我的第二枚钱镖来了！"

"铮"的一声，那人弹出第二枚铜钱。但说也奇怪，这枚铜钱却是大失准头，从他们旁边飞过，飞去的那个方向，也不是他们正在逃跑的方向。

李中柱是个武学行家，不由得大为诧异了，心里想道："我们刚才丝毫不露声息，他都能够打得那么准，为什么我们跑了出来，他却连方向都打错了？"

李中柱虽然心里起疑，但急切之间，还想不通其中道理，只好和任红绡转个方向又跑。

那军官"哼"了一声，说道："叫你们不要乱跑，你们又乱跑了。哼，天堂有路你不走，地狱无门你偏闯进来，你们再这样乱跑，那就只有死路一条了。留心，接我钱镖吧！"

"铮"的一声，那人的第三枚铜钱飞出，又是像刚才那样，"钱镖"大失准头，在他们旁边一丈开外飞过，飞向另一个方向。

李中柱蓦地心中一动，想道："这人刚才给我们挡着了朱九穆，如今他已经追上了我们，但所发的钱镖又是如此古怪，莫非他是有意指示我们逃跑的方向？"

李中柱福至心灵，想通了这层道理，便与任红绡向他"钱镖"所打的方向逃跑。那人不断发出钱镖，指示方向，果然没有多久，他们已是跑出柏林，看得见前面的道路了。只见天边露出乳白的云彩，几点疏星，半明半灭，原来他们在古柏林中折腾了半夜，不知不觉，已是第二天的将近破晓时分了。

任红绡吁了口气，说道："好了，咱们脱险啦。想不到这个鞑子军官竟然是个好人，可惜不知道他的名字。"

李中柱道："他恐怕未必就是鞑子，或许是假冒军官，暗中帮忙咱们的朋友也说不定。但现在当务之急还是赶紧跑到西山去找孟老镖头那位朋友吧，那人是谁，咱们以后慢慢打探不迟。"

任红绡道："不错，啸风表哥和珮瑛姐姐也不知脱险了没有，咱们是该赶紧去打听他们的消息了。"

丁家在天坛附近，那是在北京城外的，他们不用通过城门，逃跑就容易得多了。李中柱熟悉道路，当下带领任红绡便往西山。

此时天色微明。郊外行人稀少。两人迈开大步，迎着晓风，精神为之一爽。

任红绡笑道："李大哥，昨晚当真好像做了个恶梦一般。"

李中柱道："想不到咱们竟能如此轻易脱险，我都疑心是在做梦呢。"

任红绡道："说起恶梦，前晚我倒是真的做了一个恶梦。梦中还有你呢。"

李中柱道："哦，有我？是什么样的恶梦，说来听听好吗？"

任红绡笑道："我梦见完颜豪跑来捉我，后来你也来了，你和完颜豪大打一场，给他打得重伤，我就在梦中哭醒了。"

李中柱笑道："这个梦境和昨晚的真事差不多一样呀。"

任红绡道："好在是完颜豪给你打伤，而不是你给完颜豪打伤，这就完全两样了。不瞒你说，我在那柏林中碰着完颜豪的时候，我就在想，该不会像梦中那样，李大哥就要来救我吧。想不到你果然就来了，说实在话，那时我可真是着慌呢。"

李中柱笑道："你是怕我应了梦谶，给完颜豪打伤？嗯，我怕你哭，我怎能给他打伤呢。"

任红绡脸上一红，说道："人家是真的关心你，你却油嘴滑舌倒和我说起风凉话了。不过，我知道你是一定会来救我的。"

李中柱道："为什么？"

任红绡道："我前晚做的那个梦，不梦见表哥，只梦见你来救我，那不是注定了非你救我不行吗?"

俗语说日有所思，夜有所梦，任红绡的弦外之音，不啻是告诉李中柱，她对他的信赖更在对表哥之上，梦里也在想念着他。

李中柱心里甜丝丝的，说道："但愿咱们能够常在一起，不单只是在你梦中。"他这么一说，任红绡的粉脸更红了。

李中柱微笑道："怎么？你不愿意?"

任红绡低声道："将来的事，谁也难料，现在咱们还是赶紧走吧。"

李中柱笑道："对，谷大哥和韩姑娘此时只怕在西山已是等得心焦了。"

他们加快脚步，一路上幸好没有碰着追兵，中午时分，终于到了西山。

"西山八大处"是北京脍炙人口的名胜风景之地。西山是由三个秀丽的山峰组成的，一个叫翠微山，一个叫卢师山，一个叫平坡山。山势是东西北三面环抱，就像一把座椅；朝南是一片平原，一眼看不到边，朝西走去，却是一片崇山峻岭了。"西山八大处"就是分布在翠微山和卢师山的八座古庙。不过"八大处"并非都以古庙命名，有两个地方是以古庙附近著名的风景命名的（即宝珠洞和秘魔崖），其他六处是长安寺、灵光寺、三山庵、大悲寺、龙王堂（又名龙泉庵）和香界寺。

孟霆的那个姓何的朋友住在秘魔崖下，那是西山八大处最后的一处，也是地形最险峻的一个地方，寻常的游客很少会到秘魔崖的。

李中柱虽然在大都住过一些时候，却没游过西山。初冬时节，游人绝迹，幸而在山上还偶然可以碰到几个樵夫，李中柱向他们问道，他们听说是往秘魔崖的，都感到有点诧异。那些樵子也只能指示方向，秘魔崖何在，还须他们自己找寻。

李中柱知道秘魔崖有个证果寺，于是一路留心，找寻那个古寺。

不知不觉，已是日落西山的时分，他们还是看不见任何建筑。

任红绡道：“樵夫告诉我们，说是经过了香界寺和宝珠洞之后，再往前走，上山去就是秘魔崖了，为什么还不见有寺院呢？难道咱们走错了路！”

此时他们正在经过一个山坳，该处地气温暖，虽然是在初冬，山坳里还开着许多无名的野花，还有许多奇特的石头，还有涓涓的流水，风景非常幽美。

李中柱笑道：“别心焦，当作是来游山玩水吧。这样的洞天福地，也不是容易来得到的呢。匆匆地跑过去，岂非跑马观花，失了眼福？”

任红绡笑道：“你倒说得轻松，我不心焦，只怕表哥和瑛姐等得心焦呢。”

话犹未了，忽听得有暗器破空之声，原来是有个人站在山上，向他们掷来一块石头。那个人是什么模样，因为藏在茅草丛中，看不清楚，但他掷石的手法，却令李中柱大吃一惊。

他们的距离少说也有五七十步之遥，但令得李中柱吃惊的不是这人的石头能够掷得如此之远，而是他的掷石手法。他的掷石法和昨晚那个军官发射“钱镖”的手法竟是一模一样。

李中柱惊疑不定，心里想道：“莫非就是那个暗中帮助我们的军官，他赶在我们的前头，先到这里来了？”

心念未已，那块石头已是挟风而来，李中柱不敢断定是否同一个人，也未知对方是友是敌，当下举起玉箫，一招“长河落日”，划了一个圆圈，想要拨打石块，不料那块石头到了他的面前丈许之地，忽地斜飞出去。

那人随即喝道：“什么人胆敢闯到秘魔崖来，快快报出姓名来历。”

任红绡喜道：“果然是秘魔崖了，李大哥，你快去和他说个明白。”

李中柱惊疑不定，低声说道：“且慢！”一跃而前，喝道：“来而不往非礼也，你也接接我的钱镖！”

李中柱掏出一把铜钱，以“天女散花”的手法撒出，用的是师门独特的打穴手法，七枚铜钱，分打那人的七处穴道。

那人“噫”了一声，似乎有点诧异，正要施展接发暗器的功夫之时，那七枚铜钱，忽地在他身前落下。

“钱镖”去势急劲，那人也料不到这七枚铜钱竟然会忽然落下的，不觉怔了一怔，随即恍然大悟，想道：“怪不得他说来而不往非礼也，原来他也是有意让我一招！”说时迟，那时快，李中柱已是来到他的面前。

李中柱定睛一看，只见这个人不过是个二十来岁的少年，像一个普通猎户的打扮。

昨晚他在那古柏林中，虽然没看清楚那个军官的相貌，但显然不是同一个人。

还有一层，李中柱是听过那个军官的说话的，这人的暗器手法和那个军官相同，声音却是并不一样。

那少年赞道：“好功夫。但你到底是什么人，为什么要到秘魔崖来，快快实话实说！”

李中柱存心再试试他的本领，故意冷笑说道：“秘魔崖又不是你家的产业，你来得我就来不得么，你管我是什么人?”

那少年哈哈一笑，说道：“那么你是存心要和我打上一架了。”

李中柱道：“这是你无理取闹，你要打架，我唯有奉陪。”

那少年道：“好，你远来是客，你进招吧！”李中柱也不客气，暖玉箫一挥，一招之间，遍袭对方七处穴道。

那少年道：“好，惊神笔法，果然名不虚传。”呼的一记劈空掌，隐隐挟着风雷之声，掌风箫影之中，两人一合即分，各自斜跃三步。

李中柱见他叫得出“惊神笔法”的名称，不禁又吃一惊，想道：“这少年的功力似乎还在我之上，他这掌法和少林寺的伏魔掌法相像，但掌力刚猛尤有过之，不知是哪一门派的。”

那少年凝身上步，李中柱横箫防身说道：“怎么，你不打了?”

那少年哈哈笑道：“你不肯说你的来历我也知道，你是武林天骄的弟子，对不对?”

李中柱道：“不错，你是何人?”

话犹未了，只见山坡上走下来三个人，前面一个人是年约六十岁左右的老头，后面跟着一男一女，正是谷啸风和韩珮瑛。

谷啸风叫道："李兄，表妹，你们来了！我和珮瑛正在盼望你们呢！"

那老头则在笑道："令威，你怎么和客人打起来了？"

那少年笑道："檀大侠的惊神笔法难得一见，我是诚心向李大哥请教。"

谷啸风笑道："不打不成相识，李兄，我替你们介绍。这位是何老前辈，这位是何老前辈的令郎。"

那老头道："我叫做何仲容，小儿名叫令威。我和虎威镖局的孟老镖头是老朋友了，你们到我这里，不必客气。"

当下何仲容便带领他们回家，经过曲曲折折的羊肠山道，到了秘魔崖。只见一块从山顶凭空伸出来的岩石，下面有一片平地，好像张开了的狮子嘴。"证果寺"就在"狮子嘴"的里面。因为有横空凸出的秘魔崖遮掩，所以若非到了秘魔崖下，只在半山是看不见的。

何家在证果寺后面里许之遥，要绕过秘魔崖才能到达。到了何家之后，谷啸风和李中柱简略的说了昨晚的经过，原来他们杀出重围，倒没有碰上太多阻碍，丁实没来西山，而是潜回大都城中，为的是要火速设法通知他的绸缎店伙计逃避。

李中柱道："他这一回去，所冒的风险恐怕太大了吧？"

谷啸风道："丁香主交游广阔，又有丐帮帮他的忙，危险当然会有，但料想也可以逢凶化吉的。那些伙计都是跟随他多年的，他可不能丢开他们不理。"

李中柱听了谷韩二人脱险的经过之后，对何令威道："何兄，我有一事未明，想要请教。"何令威道："李兄，请说。"

李中柱把昨晚的遭遇告诉众人，听得众人称奇不已。何令威的神情更是又惊又喜，若有所思。谷啸风道："如此说来，那个暗中帮助你们脱险的御林军军官，恐怕多半是自己人了。"

李中柱道："小弟想向何兄请教的就是这件事情，那个军官的暗器手法和何兄的手法似乎同出一源，不知何兄知道这人是谁？"

何令威大喜道："听你们所说的情形，这人的掷石手法和我相同，对天坛的地理又很熟悉，那一定是我师父了！想不到他老人家来了大都，我却还未知道。”

此言一出，李中柱甚感意外，心道：“何令威怎的有个御林军的军官做师父？”连忙问道：“尊师是谁？”

何仲容笑道：“小儿是前任丐帮帮主武士敦的弟子。”李中柱道：“原来是武大侠，家师也曾和我说过他的。我们昨晚真是有眼不识泰山了。”

何令威道：“家师少年时候，曾在金国的御林军中混过几年。采石矶之战发生那年，他还是金主完颜亮御前卫士之一呢。”

谷啸风道：“现在丐帮帮主陆昆仑和家岳交情甚厚，前几年我在洛阳曾经听得陆帮主谈及令师当年的故事，听说他是奉了令师祖尚昆阳尚老帮主的密令，假冒金人，投入金国的御林军的。后来暴君完颜亮兵败瓜州，就是给他杀死。令师为汉族同胞立下大功，天下英雄无不景仰。”（按：武士敦的故事，详见拙著《狂侠天骄魔女》）

何令威说道：“金宋采石矶之战那年，我刚刚出世，我投入师门之时，家师已经不是丐帮的帮主了。他把帮主之位让给原任刑堂香主的陆昆仑，和师母隐居首阳山。”

任红绡道：“令师多大年纪？”

何令威道：“他刺杀完颜亮的时候还很年轻，今年大概也还未到五十岁。陆帮主的年龄比他大十岁左右。”

任红绡道：“怪不得我昨晚所见的那个军官，似乎还是个中年人。”原来她以为前任的丐帮帮主，年纪应该比陆昆仑更大，经过何令威的解释，方始消了疑团。

何令威道：“任姑娘和陆帮主相识？”

任红绡道：“许多年前在扬州的时候，曾经见过一面。”那年陆昆仑来扬州是想给任家和谷家调解的，任红绡想起往事，不觉黯然。

韩珮瑛道：“令师母可是闺名紫烟的前辈云女侠？”

何令威道：“正是。”

韩珮瑛道：“我在金鸡岭之时，曾听得柳盟主说过，她和云女侠是很要好的朋友。”

何令威道：“不错，家师夫妻当年和武林天骄檀羽冲檀大侠、笑傲乾坤华谷涵华大侠、蓬莱魔女柳清瑶柳女侠都是常在一起的志同道合的朋友，说起来都是自己人呢。”

何仲容哈哈笑道：“如今你们后一辈的也交上了朋友了，说起来也算得是武林佳话呢。”

谷啸风道：“何以令师这十多年来没再行走江湖，五十岁还是壮年，令师就隐居了，不可惜么？”

何令威道：“我也曾问过家师何以他不做丐帮帮主，做丐帮帮主和金鸡岭的义军联合，轰轰烈烈的与鞑子大干一场不好吗？他笑说陆昆仑做帮主也是一样，陆帮主和义军也是暗中有联络的，比他自己出头更好。至于他自己为何不再走江湖，那我就不知道了。不过，他也不是完全与世隔绝的隐居，我在师门八年，他就曾经下过三次山。”

李中柱道：“家师曾和我称赞过令师性情沉毅，他之所以佯作隐居，恐怕是另有大事图谋。这次令师不是又再出山了吗？”

何令威道：“我是今年年初才回家的，我还没有正式加入丐帮，但丐帮在大都的分舵我却知道，过两天待我到分舵去打听家师的消息，说不定他们会知道。”

何仲容道：“上个月我见过孟老镖头，他得到一个消息，说是陆昆仑已经来到大都，但不知是真是假。”

谷啸风道：“待丁实到了这里，咱们再设法到城里去打听打听吧。”

不料过了三天，丁实还未来到何家，众人都是担心不已。

谷啸风道：“不知他出了什么事情，看来咱们是不能只在这里等待了。”

何令威道：“谷兄，你和金廷的鹰爪曾经多次交手，认识你的鹰爪恐怕不少，还是让我独自去打听吧。你把丁香主那间绸缎店的地址告诉我。”

李中柱道：“我虽然和鹰爪也曾交过手，但那是在黑夜之中，我只须稍稍化装，料想他们未必就能认出我的，我陪何兄一同去吧。”谷啸风被他们劝阻，只好和韩珮瑛、任红绡留在何家。

李何二人中午时分进入大都城内，到了东长安街，只见丁实那间绸缎店已经贴上了官府的封条。他们在小茶馆里偷偷打听，知道是三天前封的，当时店里早已空无一人了。他们听到这个消息，稍稍松了口气。但丁实下落未明，尚是放心不下。正是：

脱险虽出离虎穴，良朋下落未分明。

欲知后事如何，请听下回分解。

第一一六回　少侠代劳驱恶客
丐帮问讯探良朋

李中柱道："咱们怎么办？"何令威道："这样好不好，先到虎威镖局拜访孟老镖头，然后我再和你去丐帮分舵。"李中柱道："对，孟老镖头交游广阔，丐帮消息最是灵通，到这两个地方去走一转，说不定可以打探得到丁实的下落。"

李中柱作书生打扮，到了虎威镖局，镖局的人果然认不出他就是那天来过的绸缎店的小伙计，何令威从未来过，他们当然更是不知道他是谁了。

虎威镖局四大镖头之一的徐子嘉出来和他们见面，问道："两位找谁？"

何令威先说出他的父亲名字，跟着说道："贵镖局乔迁之喜，家父闻讯得迟，那日未能前来道贺，特地叫小辈来谒见孟老镖头，谨致歉意。"

徐子嘉隐约知道一点何仲容和孟霆的交情，沉吟半晌，说道："两位请进，暂坐一会。"何令威见他似有犹豫之色，不解是何原故，好生纳罕。

两人在客厅坐了许久，未见孟霆出来。李中柱道："不知孟老镖头是另有要事，还是不愿接见客人？"

何令威道："不会的，我爹和孟老镖头的交情非比寻常，他知道是我来了，一定会见我的。"

刚刚说到这里，果然便听得有脚步声从里面走了出来。

何令威只道来的定是孟霆，连忙站起身来，不料出来的却是一个未满二十岁的少年。

何令威怔了一怔，那少年笑道：“何大哥，你不认得我了吗？我是孟铸呀。”

原来来的是孟霆的长子孟铸，孟铸年纪比何令威小三岁，小时候是曾经在一起玩耍的。

何令威笑道：“咱们有八年未见面了吧，你都长得这么高了，我真的几乎认不得你了呢。”

孟铸得见儿时好友，欢喜之极，说道：“何大哥，听说你到外地投师学艺，你是几时回来的？”

何令威道：“回来十多天了，本来那天我应该来贺喜的，家父却说再待几天吧，所以我直到今天才来，你莫见怪。”

孟铸低声说道：“我明白。那天的贺客龙蛇混杂，这种场合，本来不适宜于你们露面。这位朋友是——”他说话之际，已经一直盯着李中柱上下打量，越看越觉得似曾相识，可就是想不起来。

李中柱笑道：“孟兄，我倒是那天和你见过面的。我是丁老板带来的那个小伙计。”孟铸方始恍然大悟，笑道：“原来都是同道中人，我那天倒是走了眼了。”

孟铸虽然面上堆满笑容，显现了旧友重逢的喜悦，但眉宇之间，却又似乎隐有忧色。何令威见他一直没有说及他的父亲，禁不住问道：“孟老伯在家吗？可否请他出来，容我拜见。”

孟铸这才说道：“家父刚刚碰上一件意想不到的事情，如今正在应付此事。”

何令威道：“是什么事情，可以告诉我么？”

孟铸道：“刚刚一个时辰之前，来了一个想在镖局求职的恶客，家父正在为此大伤脑筋，如今也不知能否将他打发呢？”

何令威好生诧异，说道：“这人是想在你们的镖局当一个镖师？”孟铸说道：“不错。”何令威道：“他既是有事相求，何以还敢强横霸道？”孟铸说道：“这个求职的人大有来头，家父必须小心应付。”

原来这个人名叫娄人俊，他拿了完颜长之王府里的总管班建侯的介绍信来见孟霆的。

孟霆起初不知他的来意，由于那日谷啸风和李中柱在镖局闹出的那桩事情，孟霆自知已是给完颜豪起疑，心中颇为忐忑不安，但这人既然是班建侯介绍来的，他当然不能不见。

孟霆看过那封介绍信，知道娄人俊的名字之后，心中更是暗暗吃惊。原来娄人俊是南方黑道上一个甚为厉害的角色，在江湖上的名声也很不好的。孟霆虽然从未见过他，也曾听得同行说过他的名字。

但在这样的情形之下，他只好佯作不知娄人俊的来历，寒暄了几句，便即问道："娄兄此来，不知有何见教？"

娄人俊道："我想找个事情，班总管叫我到贵镖局来，请孟老镖头赏我一口饭吃。"

孟霆吃了一惊，连忙说道："老兄说笑了，你是班总管的朋友，还怕没有功名富贵么？我们小小一间镖局，浅水焉能养好蛟龙？"

娄人俊道："我不耐烦做官，而且在王府里也没空缺，班总管的意思，最好我能够在贵局做个镖师。贵局执镖行牛耳，要是我能够当上一个镖师，我面上也有光彩了。"

孟霆心里想道："你面上有光彩，我可要提心吊胆了。"要知孟霆是个老江湖，听得娄人俊这么一说，自是立即便知"王府"介绍他的用意了。

试想虎威镖局若然安插了一个金廷鹰爪，孟霆的一举一动都在他的监视之下，如何还能够和江湖上的侠义道暗通声气？尤有甚者，这娄人俊不啻是完颜长之的耳目，他做了镖师，完颜长之对虎威镖局的动静了如指掌，实际就等于是控制了这间镖局，孟霆这个总镖头也就只是挂个虚名了。

不论是从大局着想或者是从本身利害着想，孟霆都不能够让这样的一个人混进他的镖局。

不过孟霆却又不愿意得罪他背后的靠山——完颜长之王府里的总管班建侯，当下只好说道："你老哥跑来找我们这间小小的镖局当个镖师，实在是大材小用，请恕我不敢委屈老哥。"

娄人俊怫然不悦，说道："这种言不由衷的客套说话请孟老镖头不必说了，我是个爽直的人，最好咱们还是打开天窗说个亮话吧！”

对方咄咄迫人，孟霆亦是不由得心头火起，便即说道：“我不懂说话，言语之中有何不对之处，请娄兄明白指出！”

娄人俊冷冷说道：“我以能进贵镖局为荣，孟老镖头一再坚拒，莫非是认为娄某本领低微，不能做你们的镖师？”

孟霆正在想不出什么借口可以拒绝他，听他这么一说，倒是忽地瞿然醒起了。当下微笑说道：“岂敢，岂敢。你老兄见知于班总管，当然是本领高强了。不过你老兄提起来，那我也不妨告诉老兄，镖行中确实是有这么一个规矩，新来的镖师，大家还没见过他的本领的，他须得抖露一手功夫。但你老兄是班总管推荐的，这条规矩，我可不敢用在你老兄身上。”

娄人俊气往上冲，皮笑肉不笑地打了一个哈哈。说道：“娄某并不是凭情面混饭吃的，你说得一点不错，我要来做镖师，当然得凭本领，就请你们贵局本领最高的镖师和我较量较量如何？倘若孟老镖头愿意亲自指拨在下，娄某更是求之不得！”孟霆笑道：“娄兄用不着如此认真，请当作是以武会友吧，我叫小徒陪你玩玩。”

孟铸把这个“恶客”的来龙去脉告诉了何李二人，何令威道：“想不到有这样一桩事情，我们就去看看热闹吧。”

孟霆虽然说得轻松，心情可是着实紧张，他想娄人俊是黑道上的厉害角色，只怕四大镖头也对付不了，因此一下场就叫他的大徒弟归伯奎出马。归伯奎已得他的衣钵真传，而且又正在壮年，除了火候稍逊之外，比起师父恐怕还胜一筹。

镖局上下人等闻风而来，围在场边观战，何李二人混在人丛之中，谁也没有特别留意他们。

此时正是场中搏斗得十分激烈的时候，归伯奎为了护卫师门，把全身本领尽都施展出来，勇猛进击，当真是捷如鹰隼，猛若怒狮。斗到分际，娄人俊不知怎的，忽地露出一个破绽，归伯奎心中大喜，呼的一掌，立即就劈下去。

孟霆以大摔碑手驰誉江湖，归伯奎已得乃师衣钵真传，更兼正在壮年，掌力比师父还胜三分，这一掌劈下去，只怕一块石头也会给他击碎。旁观的镖局人等轰然喝起彩来，只有孟霆的关门弟子赵武仲是想结交官府的，却是看得胆战心惊，不由得失声叫了起来："糟糕，大师兄打伤了客人，这可如何是好?"

不料话犹未了，娄人俊在众人喝彩声中，猛然一侧身，横掌往上一削，突然改用"钻拳"，上击敌手面门，这一招有个名堂，叫做"冲天炮"，后发先到，等于兵器交锋中的"回马枪"一样，是一招出其不意的制敌克胜的绝招。归伯奎识得厉害，疾忙变招，掌背一挥，改推为"挂"，用"崩拳"往外一挂，想要把他摔倒。哪知归伯奎变招得快，对方比他更快，众人还未看得清楚，只见娄人俊蓦然翻身一扭，猛地喝声"着!"归伯奎已是跌了个四脚朝天。原来就在这瞬息之间，他的一条手臂，已是给娄人俊扭断了。

这几招兔起鹘落，归伯奎从占了上风的位置到突然给敌人摔倒不过是霎那间事，众人的彩声都还正在此起彼落未曾停止，倒好象是给娄人俊喝彩了。

娄人俊双拳一拱，说道："得罪了!"随即便跑过去要扶起归伯奎，归伯奎也真顽强，他手臂脱臼，居然哼也不哼，一个"鲤鱼打挺"便跳起身来，忍着疼痛，硬生生的就把断臼按上去自己接好。

娄人俊得意洋洋，面向着孟霆说道："一时失手，误伤令徒，实在过意不去。不知孟镖头可肯亲自赐教么?"

孟霆心里想道："这厮的七十二把大擒拿手法果然名不虚传，我若在壮年，原也不必惧他，如今上了年纪，却只怕是难操胜券了。"但倘若镖局中没人胜得过他，就必须要让他来当镖师，孟霆又岂能低头忍让。

人丛中忽地钻出一个人来，说道："割鸡焉用牛刀，我是镖局中一个未入流的镖师，愿替老镖头接一接阁下的高招。"这个人不是别人，正是何令威。他这番话说了出来，众人都是大为惊诧。

镖局中除了孟霆父子和徐子嘉之外，谁也不知道何令威是谁。不过他是替虎威镖局出头，众人虽然明知他是冒充镖师，当然也没有谁揭穿他了。

孟霆心里踌躇不定，想道："令威若受了伤，我如何对得住老友？但听说他得明师授技，新近才学成回家的，或许他当真已练成了惊人的绝技。”

这一边孟霆尚还踌躇未决，那一边娄人俊已是怒不可遏了。要知他把孟霆都不放在眼内，如何能够忍受何令威出言不逊？心头火起，皮笑肉不笑的打了一个哈哈，立即冷冷说道：“你是入流的镖师也好，不入流的镖师也好，你既然口出大言，我倒要看看你的‘牛刀’是钝刀还是利刀了。好，闲话少说，发招吧！”

何令威微笑道：“阁下远来是客，主不僭客，请先赐招！”

娄人俊见他相貌清秀，像个文弱书生，心里想道：“我一出手，就要把你撕开两边。”当下更不打话，双臂箕张，立即便向何令威当头抓下。

何令威喝道：“来得好！”这一声大喝把众人的耳朵震得嗡嗡作响。娄人俊吃了一惊，想不到他长相文弱，却是声若洪钟。说时迟，那时快，何令威已是一招“推窗望月”，双掌推出。

俗语说得好：“行家一出手，就知有没有。”何令威双掌一推，掌风扑面，娄人俊就知对方的功力决不在他之下，抓下去定会吃亏。百忙中连忙变招，化抓为劈，双掌相交，“蓬”的一声，何令威身形一晃，娄人俊却已身不由己的登登登连退三步。

孟霆看得又惊又喜，心里想道：“原来他已得了丐帮伏魔掌的真传，料想是可以对付得了姓娄这厮了。”心中一块大石方始落地。

娄人俊又惊又怒，喝道：“好，我与你拼了！”心想何令威如此年轻，临敌的经验料当有限，于是战术倏变，采用绕身游斗的打法，以己之长，攻敌之短。

何令威笑道：“我不过替总镖头考考你的功夫罢了，阁下何必如此认真？拼命二字不嫌说得太重了吗？”他口中说话，手底丝毫不缓，呼呼呼接连拍出三掌，掌力有如排山倒海而来，娄人俊心头火起，可也只能勉强招架，分不出心神和他斗嘴了。

娄人俊的七十二把擒拿手法本来另有一功，变化莫测，狠辣非常的。但何令威拳打掌劈，每一招都似巨斧开山，铁锤凿石，他根本近不了身，又如何能够施展他的擒拿绝技？不知不觉斗了五七十招，娄人俊的身法渐渐迟滞。

娄人俊又惊又急，想道：“我要是连一个后生小子也打不过，当众丢面也还罢了，日后如何能够立足江湖？”心中烦躁，突使险招，身形一弓，一招“叶底偷桃”，向敌方右胁猛袭。何令威笑道：“当真要拼命么？”口中说话，步法已变，倏地回过身来，竟不救招，反取攻势，右掌向外一挂，左掌翻起，一招“羚羊挂角”，就朝娄人俊的面门直打过去。

娄人俊焉敢和他硬拼？迫得立即变招，他的大擒拿手法也当真是使得熟能生巧，在这间不容发之际，弓身一窜，居然闪到了何令威的背后，何令威反手抓他腕脉，娄人俊身形一斜，手腕一绕，登时使出了近身搏斗的分筋错骨手法，心里想道：“你舍长用短，合该是你倒霉了。”

旁观的镖师都是武学行家，一看这个形势，何令威抓不着对方，只怕先就要给对方拗断手臂，禁不住就有人叫出声来。

哪知叫声未绝，场中搏斗的形势已是顿然改了。只见何令威和身猛扑过去，娄人俊抓着他的手臂，何令威双臂一振，娄人俊就似一个皮球般的给抛了起来，“卜通”一声，直跌出三丈开外，跌了个四脚朝天。

原来何令威是有意卖个破绽，迫使对方非得和他硬碰硬接不可的。何令威得武士敦的传授，早已练成了丐帮的“混元一炁功”，双臂一振，坚硬如铁，娄人俊好像抓着一根铁棒，莫说不能拗断，连虎口都给震裂，何令威运力一撞，他如何禁受得起？

何令威也好像收不住脚步的样了，直冲出去，“轰隆”一声，撞着场边的一棵柳树，那棵柳树登时也倒了下来。

娄人俊一个“鲤鱼打挺”跳起身来，身体虽然感觉疼痛，骨头都似乎松散了，但幸在还未受伤。何令威走到他的面前，双拳一抱，赔笑说道：“一时收势不住，撞跌了娄先生，得罪，得罪。阁下本领高强，我只能说是勉强和你打成个平手。咱们不用再比了吧？”

他这番话是有意顾全娄人俊的面子的，娄人俊心里自然明白。何令威撞断那棵柳树，实是向他示威，这个他当然也是明白。

娄人俊看了看那棵给撞断的柳树，只见断口好像斧削一般，不由得心头大骇，想道：“幸亏这小子还是手下留情，否则我焉有命在?”

到了这个田地，娄人俊不认输也不行了，只好说道：“多谢你手下留情，我的确不配做你们虎威镖局的镖师，告辞了。”

一场风波，平静下来，娄人俊走后，众镖师都围拢来向何令威道谢。

孟霆笑道：“幸亏有贤侄挫了这厮的凶焰，否则我的虎威镖局恐怕只能关门了。贤侄，你离家数年，练成了这样高明的功夫，当真是可喜可贺。尤其难得的是你的说话也十分得体，不至于令这厮太过难堪。”

何令威道：“长辈有事，晚辈自当效劳，侥幸得胜，老伯太夸赞我了。”

赵武仲可还是有点惴惴不安，在旁边冷言冷语地说道：“大家且莫兴高采烈，我只怕这事还不能就此了结呢。”

孟霆说道：“兵来将挡，水来土掩。谁叫咱们要在大都开镖行混饭吃呢，也只能见一步走一步了。不过以完颜长之的身份，他的手下吃了一次亏，他总不好意思就来难为咱们。大不了关门就是，大家用不着过分恐惧。”

孟铸说道：“爹爹，何大哥是和一位朋友同来的。”李中柱上前向孟霆施礼，笑道：“孟老镖头不知可还记得晚辈?”

孟霆认出了他，心里暗暗吃惊，但脸上神色却是不露，笑道：“原来你们是相识的好朋友，我还不知道呢。好，请进里面谈吧。”他没有说出李中柱的姓名来历，众人只道李中柱是孟霆相熟的晚辈，当下也就散了。孟霆将他们请入静室，说道：“李兄，你是来打听丁老板的消息吗?”

李中柱说道：“正是。”当下将那晚在丁家的遭遇告诉孟霆，跟着说道：“那晚丁香主赶回城里，通知绸缎店的伙计逃避。如今他的店子已被封了，他的下落却还未知。”

孟霆说道：“我正要告诉你，丁实的下落我也不知，但他们绸缎店却有一个人在我这里。”

李中柱又惊又喜，说道：“是谁?”

孟霆说道："你们跟我来。"双掌在墙壁一按，现出一道暗门，进了暗门，走下地道，地道下面有个小小的房间，何李二人跟他进去，只见床上躺着一个人。孟霆剔亮油灯，说道："刘兄，有朋友来看你啦。"

原来这个躲在地窖养伤的人就是李中柱曾经和他打过交道的那个绸缎店的二掌柜，姓刘名鸿。

刘鸿"啊呀"一声，坐起身来，说道："李公子，原来是你，我们的丁老板呢？"

李中柱道："我正是来找你打听他的消息的，你的伤未好，别客气。"

刘鸿说道："我的伤已经好多了，我是店子被封那晚和丁老板失散的。"

当下刘鸿说出他的遭遇。

"那天晚上，丁老板回来，匆匆忙忙的把伙计遣走，最后就只留下了我一个人。"

李中柱道："你为什么不赶快走呢？"

刘鸿苦笑道："我是账房，店子里的来往账目，都是我经手的。人家欠我们的我们可以不要，我们欠人家的日后总得设法还人家才是。我们是老字号，生意也做到很大，要把全部账簿带走是不可能的，只能把欠人家的账目赶快抄个清单，这清单好长，变成了一本新账簿了。"孟霆赞道："在这样紧急的关头，你还紧守商德，当真令人佩服。"

刘鸿接着说道："还有更紧要的事情，丁老板和总舵的来往书信，以及任何足以连累朋友的白纸黑字，都得烧掉。

"正当我们把一切应当处理的事情都处理好的时候，来封铺的'官兵'亦已来了。

"丁老板和我从后门冲出，逃跑中我中了一支冷箭。

"我说丁老板你赶快走吧，我不能连累你。这账簿你拿去。怎样说丁老板都不肯依。这时我们躲入一条小巷，正在我要把账簿拿出来交给丁老板的时候，已有两个鞑子军官追来了。

"这两个鞑子军官竟是高手，我本领不济，又受了伤，帮不上老板的忙。丁老板发急喝我，他说：‘我是香主，你必须听我命令！走得一个就是一个，难道你要咱们都死了没人给总舵报讯吗！’他下了命令，我不能不负伤逃跑了。可怜他为了掩护我，独力拦阻那两个军官，他，他——”李中柱心头“卜通”一跳，连忙问道：“他怎么样了？”

刘鸿说道：“他被斫了一刀，我看见他的衣裳都已被鲜血染红，还在浴血苦斗！”

李中柱只道丁实已遭不幸，此时听说他被斫了一刀，虽然吃惊，情况总算不如他想象之坏，稍稍松了口气，问道：“后来呢？”

刘鸿神色黯然，说道：“当时我本想跑回去和他生则同生死则同死的，不料跑了几步，伤口疼痛，力已难支，我摔了一跤，迷迷糊糊的就晕过去了。

“迷迷糊糊中，似乎有人将我背起。但不久我就人事不知。待到醒来，已是第二天的清晨，那人把我放在虎威镖局的后门。当然在我初初醒来的时候，还不知道这是什么地方，是什么时分了。”

孟霆说道：“我有早起的习惯，每天一早，就打开后门出去散步。这天我发现刘掌柜躺在石阶底下，手里还牢牢抓着那本账簿。”

何令威诧道：“如此说来，那人竟似乎知道老伯这个习惯。”

孟霆笑道：“可不是吗？不过也幸亏刘掌柜手里拿着绸缎店的账簿，我才知道他是丁老板的掌柜。

“幸亏那时东方还正在吐出鱼肚白，后巷没有一个行人。我马上把刘掌柜抱回去，将他藏在这间密室。这事除了我的大徒弟归伯奎、副总镖头徐子嘉和我的两个儿子之外，没人知道。”

李中柱放了一点心，说道：“既然有人救你，想必也会有人救丁香主的。”

刘鸿叹口气道：“但愿如此，但丁老板已是受了伤的，我委实担心。”

李中柱道：“我们正准备到丐帮分舵打听消息，丐帮耳目众多，如果我们找到陆帮主，想必能够查出他的下落，过两天我就把消息带回来给你。”

刘鸿说道：“刚才我听得外面似有吵闹之声，是不是发生了什么事?”

孟霆道:“班建侯荐一个镖师给我，我没答应他。这件事已经应付过去了，你放心吧。”

刘鸿疑惑不定，说道:“班建侯?他可是完颜长之的‘王府’总管啊！莫非他们已经知道我藏在这里，派一个人来打听虚实的?”

孟霆道:“你莫多疑，我仔细听了他透露的口风，他只是想混进我们的镖局，并没知道你的事情。”

刘鸿兀是放心不下，说道:“孟老镖头，多谢你给我悉心调治，我的伤已差不多好了。我想今晚溜走，我有一个亲戚——”

孟霆说道:“不，不，你不要担心怕连累我。最少你要走也该在得到了你们丁老板的确实消息之后才走。”好不容易才劝得他安心留下。

何令威道:“刘大叔，我们和你一样，都是急于知道丁香主的消息。事不宜迟，我们现在就去丐帮打听。”

丐帮分舵的地址僻处城西，何令威和李中柱到了那个地方，只见满目荒凉，周围有苇塘环绕，走过一片野草丛生的荒地，发现有间古老大屋，后围塌了一堵墙，风吹过来，扑鼻一股肉香。

何令威道:“是这里了。”两人从后园缺口进去，只见有四个叫化子围着一堆火在那里大碗酒大块肉的吃喝。

一个叫化子瞪着眼睛注视他们，另一个叫化子道:“唔，这狗肉的滋味当真不错。你们来做什么，是不是想吃狗肉?”何令威忽地把衣裳撕烂一幅，上前唱了个喏。

何令威这一下突如其来的举动，和他同来的李中柱莫名其妙，但那四个叫化子却是耸然动容，不约而同一齐站了起来。

原来丐帮的规矩，帮中弟子必须穿破烂的衣裳。即使是一件新衣，也要故意打上破绽的。但何令威临时才把衣裳撕烂一幅，却不一定表示他是丐帮弟子，但至少也是和丐帮大有关系的了。

为首的一个老叫化还了个礼，朗声唱道:“手拿打狗棒，背上乾坤袋，走遍五湖四海。借问客从何处来，曾在蓬山几多载?”

叫化子随身的两件东西，一是防备恶狗的竹棒，称为“打狗棒”，一是讨米用的布袋，称为“乾坤袋”。弟子在帮中的级别，就按所背的布袋多寡而定，从一袋到九袋，背上九个布袋的就是帮主了。不过这是正常情形下一般的规矩，碰上特别的情形，例如有秘密任务须要掩饰身份的时候，当然用不着作叫化子的打扮。丐帮弟子不是在外面走动的时候，当然也不一定要拿“打狗棒”和背“乾坤袋”。老叫化因为摸不清何令威是本帮弟子还是和本帮有甚渊源，故此用这四句歌辞问他，问他若是本帮弟子的话，到底是几袋弟子，曾在本帮多久？若然不是本帮弟子的话，也须说明来历。按照规矩，何令威应该预先答第一个问题，待对方的疑问解除之后，再说本身来历。何令威想了片刻，也编出四句歌词来唱道：“曾在蓬山住八年，非僧非道亦非仙。此身跳出十界外，只缘曾到九重天！”

何令威是前任丐帮帮主武士敦的弟子，他是刚刚离开师门的，尚未正式加入丐帮。是以只能含糊其辞，如此回答，意思即是我并非丐帮弟子（丐帮术语，称叫化子为“仙”，称本帮为“蓬山”。），但和本帮发生关系也有八年了。我暂时不入丐帮，那是因为我曾侍奉过帮主，帮主特别准许我这样的。（帮主背九袋，“曾到九重天”即是曾经在帮主身边，亦即是帮主一个极为亲近的人的意思。）

何令威信口编出的歌辞，当然不能把他这特别的身份说得清楚。这四个叫化子一时间未曾想到本帮还有一个已经退隐多时的前任帮主，不觉都是大为惊诧，想道：“这小子不知是什么来历，要是他曾在本帮八年，又曾是接近帮主的人，为何我们都不知道？”

那老叫化忽地打了个唿哨，屋内突然窜出四条恶狗，四个叫化子一齐叫道：“啊呀，不好！我们吃狗肉，马上就有恶狗来给它的同类报仇了。”他们把手上的“打狗棒”抛下，登时各跑一方，逃避恶狗。正是：

欲上“蓬山”探消息，要驱恶狗见同门。

欲知后事如何，请听下回分解。

第一一七回　手握兵符图篡位
心悬故国计除奸

说也奇怪，这四条恶狗，不去追逐别人，却都朝着何令威扑来。李中柱取出暖玉箫，正要上去帮他驱逐恶犬，何令威叫道："李兄切莫上来，让我一个人对付。"说话的当儿，已在地上拾起一根竹棒。李中柱瞿然一省，心想："恶狗一定是有人故意放它们出来的，它们不咬旁人，只咬何令威，莫非就是这里的主人要试试何令威的功夫？我不懂得丐帮规矩，还是让他对付为妙。"他料想何令威也对付得了这四条恶狗，于是退过一旁，乐得袖手旁观。

说时迟，那时快，只见四条恶狗，分别从东南西北四方向何令威扑来，竟像训练有素的武士，懂得采用分进合击的战术，联手围攻敌人似的。

何令威滴溜溜一个转身，旁观的叫化子尚未看得清楚，他已是从群狗猛扑之下倏地窜过一边。于是转了几转，转眼间四面八方都是何令威的人影。那四条恶狗咬不着他，给他引得东赶西逃，倏时间"阵形"也就乱了。

其中一条最凶恶的狼狗似乎是沉不住气，忽地四脚腾空，疾似离弦之箭，朝着何令威当头扑下，张开大口就咬他的喉咙。何令威喝道："给我倒下！"那条狼狗应声倒下，但迅即又跃起来，三起三伏，终于躺在地上只有喘气的份儿，动也不能动了。这三起三伏，疾如电闪，旁观的叫化子只见何令威的竹棒青影晃动，连他的手法都看不清楚，那条恶狗已是给他打了三棒。不过虽然看不清楚，却也知道这是"打狗棒法"了。

说时迟，那时快，又是一条恶狗扑到了何令威面前。另外两条恶狗跟在后面，还有少许距离。何令威举起竹棒一挥，这次他似乎是有意让那些叫化子看清楚他的棒法，那根竹棒平直伸出，正好托着那条恶狗的腹部，信手一挥，那条恶狗飞出数丈开外。

屋内一个小童跑了出来，叫道："打狗也看主人面，你为什么打死我的龙儿？狮儿、豹儿，上去咬死他，咬死他！"

何令威笑道："别慌，别慌，你的狗没死！"话犹未了，那条叫做"龙儿"的狗果然就爬了起来，摇着尾巴，欢迎它的小主人了。

何令威这一手打狗的功夫，登时令得那四个叫化子大为佩服，要知打狗不难，难的是打得恰到好处，这条恶狗被他挥出数丈开外，居然并没有受伤，正是一招十分高明、功力也差不多达到炉火纯青的"打狗棒法"。那四个叫化子自问都是远远不如。

那小童破涕为笑，说道："原来果然没死，这位大哥，我错怪你了。唉，狮儿、豹儿……"那两条名唤"狮儿"、"豹儿"的恶狗，在他的指挥下，明知何令威的厉害，却都已拼了命似的向他扑咬，这小童想阻止也来不及了。

何令威笑道："不用担心，它们伤不了我，我也不会伤了它们。"竹棒横扫，两条恶狗同时仆地。说也奇怪，只见它们浑身发抖，就像人患了发冷病一样。原来是给何令威的竹棒戳着了它们关节的筋脉。虽没受伤，再要咬人已是不能。

那四个叫化子不约而同的叫起来道："好一招棒打双獒！"其中一个老叫化走过去给那两条狗搓揉足部，一面搓揉，一面说道："成哥儿，快叫你爹出来，这位大哥是本帮……"

话犹未了，只见一个背着九个布袋的老叫化和一个年约五旬的粗豪汉子并肩走出，那小童叫道："爹爹和武叔叔来啦。"那三个年轻的叫化子不认识那个小童叫做"武叔叔"的人是谁，那个年纪最大的叫化却已上前拜倒，说道："武长老，你老人家是几时来的？"原来这个"武叔叔"就是何令威的师父武士敦了。他来到丐帮分舵已有两天，不过，除了帮主父子之外，其他丐帮弟子还未知道。

何令威大喜道："师父，你老人家果然是在这儿。这位李大哥是檀大侠的高足。"两人一齐上前参见。

武士敦笑道："我知道，我和李世兄早已会过面了。"

李中柱一看，武士敦果然就是那晚在天坛暗地里帮忙他们脱险的那个"御林军军官"，连忙向他道谢。

武士敦笑道："我和你的师父是兄弟般的交情，那晚不是为了你，我还不会到天坛去呢。不过那晚的事，你大概还是觉得很奇怪吧？一个金虏的御林军军官，竟然会在暗中帮你的忙。"

李中柱道："是啊，真是意想不到。不过我在见着了何大哥之后，也已知道是武伯伯了。"

武士敦道："咱们一同进去吧，我慢慢告诉你。"

丐帮帮主陆昆仑责备那四个叫化子道："你们为什么不禀明我，就把这四条狗放出来咬人?"年老的那个六袋弟子说道："何大哥的口气透露他和本帮有很深的渊源，我们一时摸不清他的来历，所以试试他是否懂得打狗棒法，事先没有工夫禀明帮主，请帮主恕罪。"

那小童道："何大哥的打狗棒法真好，爹，你请他住下来吧，他在这里，我可不愁没人和我练招了。"

陆昆仑道："这是小儿向阳，前几天才跟我学会了十招八招打狗棒法，老是想找人试招，我可没那么多闲工夫跟他练习。"原来"打狗棒法"是丐帮的看家本领，但却并非每个丐帮弟子都会使的，必须五袋以上的弟子或对本帮立有功劳的，才能得到帮主的传授。通常的情形，传授也不过几招而已。陆向阳是帮主的儿子，故此例外，父亲从小就教他了。

陆昆仑接着笑道："我倒是想把你的何大哥留在丐帮，就只怕他不肯跟我做叫化子。"

陆向阳忙道："做叫化子很好玩的，何大哥，你不妨试试，我也跟叔叔伯伯们讨过饭的。"

何令威笑道："我这次来，本来就想跟你的爹爹学点讨饭的本领，做叫化子的。"

陆向阳大喜道："真的吗? 这就好了。讨饭用不着什么本领的，我教你。”小孩子的天真说话，逗得众人都忍不住发笑。

武士敦道：“这几年我和本帮没通音讯，是以也耽搁了小徒未能正式加入本帮。不过在他做了本帮弟子之后，我希望帮主多给他一点在江湖历练的机会。”

陆昆仑一听就懂得武士敦的意思，说道：“不错，在这风云紧急之秋，咱们丐帮也应该和各路义军、江湖同道更多联络，我们正需要令徒这样的人材给本帮办事。今后我就让他做本帮的使者，在江湖上行走，也不必把丐帮弟子的身份公开。”

陆向阳大为失望，说道：“如此说来，何大哥是不能在咱们这里住多少时候的了？”何令威笑道：“这次我大概会住三几天，不过我不会这样快离开大都，你也可以到我家里来玩。我住在西山，那地方很好玩的。”这才哄得陆向阳欢喜起来。

说话之间，一行人已是进入客厅，坐定之后，武士敦笑道：“你和李世兄一起来找我，大概还有别的事吧？”

何令威道：“不错，我们已经到过虎威镖局，见着鸿福绸缎店那位刘掌柜了。不过丁老板可未知下落……”

话犹未了，已听得陆昆仑说道：“这件事我正要告诉你，你等一等。”说罢，走进内堂，过了片刻，和一个中年汉子一同出来，这汉子正是以绸缎店老板的身份作为掩护的长鲸帮香主丁实。

丁实身上的伤尚未痊愈，精神却很好，见了李何二人，高兴自是不在话下。

丁实把那晚的遭遇说了出来，李中柱这才知道，原来他和那个刘掌柜都是丐帮的弟子救的。

陆昆仑道：“我和武长老（武士敦是卸任的帮主，被尊为长老。）见面之后，早已料到丁老板的绸缎店可能会有麻烦，是以我派了几名得力的弟子暗中帮助。幸好那晚鞑子的御林军高手，差不多都跟完颜豪到天坛去了，派遣来查封铺子的官兵，不过是些二流角色。本帮的弟子在那条小巷里杀了围攻丁老板的两个军官，把丁老板救回这里，那位刘掌柜则送往虎威镖局。”

武士敦跟着给他们解释：“本帮分舵的所在之处必须保守秘密，那位刘掌柜虽然是同道中人，但他并非长鲸帮的香主，救他的那个本帮弟子也还未曾弄清他的身份，按本帮的规矩，只能送他们到可以信赖的朋友家里。”

陆昆仑接着说道：“现在一切都弄清楚了，自是可以无须顾虑了。过两天我派人去偷偷把刘掌柜接回来，免得连累了孟老镖头。”

武士敦笑道：“好了，现在该说到我的事了。李世兄，你一定觉得奇怪，我为什么会变成了金国的御林军军官，那天晚上我在完颜豪的身边，何以又不动手杀他呢?”

李中柱道：“武大侠想是恐防打草惊蛇，杀了一个完颜豪也没有什么大用。”

武士敦道：“这当然也是其中一个原故。另一个更重要的原因，我是要让金国的皇族内乱。这次我来大都，探听到一个秘密，完颜长之意欲篡位，而完颜豪就是怂恿他的父亲篡位最力的一人。”

何令威又惊又喜，问道：“师父，你是怎么知道这个秘密的?”

武士敦道：“二十年前，我曾经在金国的御林军中混过，也交了几个正直的朋友。你要知道，金国的军官之中也有好人，并非完全和完颜长之一鼻孔出气的。他们之中甚至还有同情咱们汉人，反对他们本国的肆意侵略的呢。”

何令威点了点头，说道：“弟子明白。武林天骄檀大侠是李大哥的师父，他还是金国贝子的身份呢。”

武士敦继续说道：“在丁香主家里出事的前一晚上，我就换了金国御林军军官的服饰，偷入完颜长之的‘王府’了。我本意是想探听金国的军事秘密的，同时也想偷会我以前在御林军中结识的那几位朋友。想不到他们准备如何进攻宋国，如何对付义军的计划我没探听到，却偷听到了他们密谋篡位的计划。还有他们要去捉丁香主和李世兄的事也给我知道了。”

李中柱笑道：“噢，原来他们已经知道了我是那个绸缎店的小伙计。”

武士敦道：“那日你在虎威镖局用‘穴道铜人’图解上的‘惊神指法’点了野狐安达的穴道，完颜豪早已起了疑心了。当今之世，精通惊神指法的只有你的师父和他的父亲，最初他还疑心是你的师父亲自来呢。后来和他父亲一说，他父亲说如果是你师父点的穴道，以他这点功力，决计无法解开，因此他料想你一定是武林天骄的弟子，正因为他们父子对你不敢轻视，所以那天晚上，才要出动了任天吾和沙衍流这两个人在他们这边可算一等一的高手到丁家捉人。嘿嘿，你的师父和我是兄弟般的交情，我知道了此事，焉能不管？恰好你和任姑娘那天晚上，又误打误撞，撞进了天坛，省得我在外面动手打草惊蛇，这可真是再妙不过了。”

李中柱道：“有一事我尚未明，何以那天晚上，完颜豪和他的一部分得力手下躲在天坛，而不是到丁家去拿人呢？”

武士敦道：“这就和他们父子密谋篡位的计划有关了。‘天坛’是金国的皇帝每年元旦那天必定要去‘祭天’的地方，你们想必已经知道？”

李中柱道：“这和他们的密谋篡位又有何相干？”

武士敦道：“按规矩天坛每年必定要修葺一次，不管有没有损坏，都要派人去视察、整理和打扫的，若有需要兴工修建的地方，就必须马上动工。时间大都是选择在每年的冬季，大概是在元旦前四十九天之内，由‘钦天监’择好吉日，派出钦差大臣去专门处理这一件事。这个钦差大臣必须是皇室的人。”

李中柱道：“噢，我明白了。完颜豪求得了这个钦差大臣的差使。”

武士敦道：“不错，他对这个差使是深有用心的。天坛乃是‘圣地’，除了他以钦差大臣的名义和他所率领的随从之外，别的官儿都不能进去。他要找些什么人来和他商量大计，天坛里面，就是一个最好不过的开会地方。胜于在他的‘王府’聚众商议好多了！”

李中柱道：“原来如此。丁家在天坛附近，他于是顺便派遣手下到丁家抓人。其实最主要的目的，他还是要借天坛这个地方做密商的处所。”

武士敦道：“你说的不错，不过他对捉人之事也还是非常重视的。因为完颜长之最顾忌的就是你的师父，你是武林天骄的徒弟，他也害怕你奉了师父之命，跑来大都，刺探他们的秘密。”

李中柱笑道：“我师父对本国国事当然还是很关心的，不过他可从没想到完颜长之父子会有这样大的野心。”

武士敦道：“古往今来，凡是枭雄之辈，定必多疑。何况他们图谋如此大事！当然是要尽可能的防范一切可疑的人了。

“那天晚上，完颜豪用的是双管齐下之策，一面派遣任天吾、沙衍流率领武士到丁家拿人，一面在天坛和心腹手下密商大计。任沙二人是他们这边一等一的高手，只要你的师父不在丁家，他以为你们定然一网成擒，却想不到还会给你们闯进了天坛。”

何令威道：“他们父子准备如何篡位？师父已经知道了么？”

武士敦道：“完颜豪和心腹武士密商的结果，准备在明年元旦金国皇帝在天坛祭天之时，将他刺杀。陪同皇帝祭天的大臣也同时一网打尽。”

陆昆仑笑道：“这个计划倒真是毒辣，能够陪同皇帝祭天的大臣，当然也是忠于皇帝的心腹臣子了。这样一网打尽，省得他们父子一个个派人行刺。”

何令威笑道：“鞑子自相残杀，对咱们来说，这可是一件大大的好事了。”

武士敦若有所思，半晌说道：“此事对咱们是有利还是有害，我可还没有想得通透呢。我要把这消息赶紧设法送到金鸡岭去，听听笑傲乾坤和蓬莱魔女的意见。李世兄的师父，肯定不久会来到大都，但愿我能够很快的见到了他，也和他商量商量。”

何令威一时想不明白，说道：“咱们义军是要把金寇驱逐出去，恢复国土的。他们自相残杀，难道还有对咱们不利之处吗？”

李中柱则是惊喜交集，说道：“我的师父也要来么？武大侠，你可是在来大都之前，曾经和他见过？”

武士敦先答复李中柱的问题：“我这次潜入大都，正是和你师父商量的结果。详细情形，慢慢我告诉你。”跟着回答徒弟的疑问。

“不错，按普通的情形而论，鞑子自相残杀，应该是对咱们有利。但现在的情形却有点不同，是利是害，我也未敢就下结论了。”何令威道：“有何不同？”

武士敦道：“因为还有蒙古鞑子。蒙古在西征获得大胜之后，国力之强，已是远超金、宋，他们的计划第一步是灭金，第二步就是灭宋了。而金国现在所占的地方，大部分也是咱们汉人的地方，蒙古入侵，女真族的金国鞑子皇帝固然要被推翻，汉族的百姓和女真族的百姓也要同受其害！”

武士敦继续说道：“蒙古内部的王公大臣也分为两派，一派主张联宋灭金，一派主张联金灭宋。当然这不过是策略上的先后问题而已，它在联甲灭乙之后，回过头来还是要把甲吃掉的。”

陆昆仑道：“不错，这事我也听到一点风声。上个月江南的武林盟主文逸凡托人捎信给我，说是南宋在临安的小朝廷正在商量与蒙古秘密联盟。不过韩丞相则主张和金国讲和。”

武士敦道：“就目前的形势来说，蒙古内部也是主张联宋灭金这派较占上风。但联金灭宋这派的首脑人物却是蒙古大汗自己。”

李中柱道：“蒙古的大汗即是皇帝，何以他的主张反而落在下风？”

武士敦道：“蒙古现在最有权力的人，不是做大汗的察合台，而是做元帅的拖雷。他是主张联宋灭金的。不过拖雷这个人不但能征惯战而且甚有智谋，他虽然主张联宋灭金，另一方面他对金国的当权人物也还是曲意笼络的。他决不会让金国知道他的真意。”

陆昆仑大为佩服，说道：“武长老，我只道你隐居深山，不问世事，谁知你对蒙古的内情，竟是了如指掌！”

武士敦道：“这些年来，我曾去过几次蒙古，最近一次是三个月前的事，在和林碰见了武林天骄檀羽冲，这才知道他在蒙古的时候比我更多。他有一个朋友上官复，以前还曾经做过龙象法王的副手呢。上官复是辽国人，他为了图谋复国，才跑到蒙古去的。后来给龙象法王察破他的身份，他才逃出和林的。（按：上官复的故事，详见拙著《狂侠·天骄·魔女》。）我所知道的这些事情，大半是他们告诉我的。”

李中柱问道：“我的师父可曾说过什么时候回来？”

武士敦道：“当时他对我说，他还有一件未了之事要在蒙古多留十天半月，如今刚好是我来到大都半个月的日子，大概他也应该就快来了。”接着说道：“可是在你的师父未来之前，拖雷的一个密使却先来了。这个密使是奉命求见完颜长之的。那一天正是虎威镖局开业那天。”

李中柱想起那日的事，说道：“怪不得那日完颜豪匆匆赶回家去，原来是要去陪同父亲会见那个蒙古使者。”

武士敦道：“完颜长之图谋篡位，背后的靠山就是拖雷。当然，拖雷答应支持他做金国的皇帝，用意不过是想削弱金国的国力，好让他的灭金计划能够提早完成而已！”众人想不到内情竟是如此复杂，不禁相顾骇然。

李中柱道：“师父来到，那就好了。”

何令威道：“师父，你老人家还有什么吩咐？”

武士敦道：“虎威镖局孟老镖头那儿，我设法和他联络，你先回去吧。有事我会派人通知你的。”

何李二人向陆帮主告辞，走出丐帮分舵，此时才是中午时分。

李中柱道：“何兄，你先回家，省得你爹担心。”

何令威道：“为什么？”

李中柱道：“我本来是住在师父奶妈的家里的，后来我搬到丁实家中，曾对她说过，过几天就回去看她的，如今一晃眼已过了十来天了，她对我好像慈祥的祖母一般，我想我也该去探望她了。”

何令威笑道：“你也是想去打听你师父的消息吧？”

李中柱道：“不错。师父若然来到大都，必定会到奶妈家中的。”

何令威道：“既然如此，我和你一同去。一来我也想谒见令师，二来咱们 起来也该一起回去。否则我一个人回去，爹爹就更要担心了。”要知武林天骄的奶妈，如今已是完颜长之“王府”的下人，何令威怕李中柱一人遭遇意外，自是放心不下。

武林天骄那个奶妈年纪六十多岁，丈夫已死，只有一个儿子。武林天骄离家之后，檀家不再要她。完颜长之知道此事，一想他们母子或者还有可资利用之处，于是假作慈悲，叫府中总管收留他们母子。

奶妈的儿子在完颜长之的“王府”充当园丁，不过却不是在“王府”居住，而是住在花园外面的简陋的仆人房子。

李中柱带领何令威到了奶妈的住所，奶妈喜出望外，唠唠叨叨的问个不休，对何令威也是大表欢迎，说道："你们两位要是不嫌我这地方简陋，请在这里住下。何相公，你不知道，他的师父虽然是贝子身份，对我可是挺好的，长大了也从来不端主人的架子。前几年他曾回来过一次，他不住在家里，也曾在我这儿住过一晚呢。"

李中柱道："这位何相公是本地人，我正是住在他的家里。多谢你老人家的好意，我不想打扰你了。"

奶妈大为失望，说道："那么你们最少等到我的儿子回来再走吧。何相公，你是住在城里还是城外？"何令威道："我是住在西山的。"奶妈更为失望，说道："住在西山，路远一些。我不敢强留你们了，但请让我给你们弄一顿午饭，你们吃过才走吧。"

李中柱笑道："你老人家不用费神，我们是吃过午饭来的。我想向你打听一件事情。"

奶妈道："什么事情？"

李中柱道："这位何兄是我的好朋友，有话不用避忌。刚才你说起我的师父，我听说他最近要来大都，不知他已经来到没有？"

奶妈眼睛一亮，说道："真的吗？我可真是挂念他呢。不过我想他大概还未来到，要不然他一到就会来看我的。"

李中柱道："我在你这里住过几天，不知'王府'的人知不知道？我走了之后，有人来查问过吗？"

奶妈说道："有谁还会理会我这老婆子呀？我在这里住了十多年，最初还偶而有'王府'的人来看我，第二年开始，就一直没有人来了。你放心，你叮嘱过我不可告诉外人，我虽然是老糊涂了，也不会胡乱说出去的。'王府'的人，我更不会让他们知道。"

刚说到这里，忽听得屋子外面有人说话，一个说道："是这间屋子吧？"一个说道："总管告诉我是后园左角第三间泥房，大概不会错的。咱们进去看看。"声音竟似熟人！李中柱大吃一惊，原来这两个人不是别人，正是完颜豪和任天吾。李中柱连忙和奶妈悄声说道："来的是小王爷，我们不能让他看见，借个地方躲躲。"奶妈一指柴房，说道："昨天刚好买了几担柴，你们躲在柴堆后面，我来应付。"

他们刚刚把身藏好，两扇板门"砰"的一声给人踢开，完颜豪和任天吾进来。

奶妈吓得直打哆嗦，颤声说道："我们是穷家破户，什、什么东西也没有的。你，你们是——"李中柱在柴房里听得偷笑："想不到她还装得真像。"

任天吾又是好气，又是好笑，说道："老婆婆，你睁开眼睛瞧瞧，这位是小王爷，你竟敢把我们当作强盗吗？"

奶妈说道："你说什么，我耳朵有点背风，听不清楚。"

任天吾大声在她耳边喝道："这位是小王爷，知道了吗？"

奶妈这才"卜通"地跪下去，说道："老婆子无知，小王爷恕罪恕罪。"

完颜豪笑道："不知不罪。老婆婆，我们王府对你好不好？"

奶妈说道："好，好。我们母子多蒙王府收留。"

完颜豪大声说道："你知道好就好，那你可要对我说实话啊！"

奶妈道："小王爷要我说些什么？"

完颜豪道："听说檀贝子已经回来了，你见过他么？"

奶妈吃了一惊，心想："果然又是来查问檀贝子的。"佯作惊喜交集而又听得不大清楚的样子说道："你说什么，檀贝子，他、他回来了吗？"完颜豪道："是呀，他回来了，你——"奶妈叫道："他回来了？他在哪里？"

完颜豪眉头一皱，大声说道："他在哪里，我正是要问你呀！"

奶妈说道："唉，我以为你要告诉我他在哪里，谁知你是问我。我怎么会知道？檀贝子若是回来了，当然先去拜访王爷，怎会到这破屋子来看我这个老婆子呀？"

完颜豪道："你是他的奶妈呀，他父母早已双亡，唯一的亲人就是你了，怎会不来看你？"怕她听不清楚，这话说了两遍。

奶妈苦笑道："他是主子，我是奴婢。小王爷，你这样说，我这个苦命的老婆子可是担当不起。就算他还记得小时候吃过我的奶，只怕也以为我已经死了。"

完颜豪道："看来这老婆婆只怕真的不知，咱们是白走这一趟了。"

任天吾低声说道："我看这老婆婆却似有点奸诈，你再向她打听那个姓李的小子。给她一点甜头。”

完颜豪笑道：“对，利诱威胁必须双管齐下才行。”他只当这个奶妈真的耳聋，听不见他们小声说的诡计。当下拿出两锭元宝，放在奶妈的面前，大声说道：“你瞧这两锭大元宝，每个重五十两，两个就是一百两了。一百两银子，够你过下半世的啦。你要不要？”

老婆婆摇了摇头，说道：“无功不受禄，我老婆子纵然贪财，也不敢无缘无故受小王爷的银子。”

完颜豪笑道：“我要向你打听一个人，你老老实实告诉我，这银子就是你的了。”

奶妈道：“什么人？”

完颜豪口讲指画在她面前把李中柱的形貌仔细描绘一番，说道：“这人姓李，我知道你一定见过他。他在什么地方？”

奶妈装作好不容易才听懂之后，说道：“小王爷，你说的这个人是什么人呀？我从来没有见过！”

完颜豪皱眉说道：“你再想清楚一点，不要骗我。”随即拿出一管玉箫，说道：“这个人是檀贝子的徒弟，他有一管玉箫，和这管玉箫差不多模样的。”

奶妈“啊呀”一声，说道：“小王爷，你开玩笑了。”正是：

老妇亦能分善恶，为持正气作痴呆。

欲知后事如何，请听下回分解。

第一一八回　老妇义方能教子　英雄侠骨抗权臣

完颜豪已是有点着恼，怒声说道：“谁和你开玩笑？”

奶妈说道：“有这样宝贝东西的贵人，怎会踏进我这间破屋子？”

完颜豪“砰”的拍桌子骂道：“你这奸猾的老婆子，你是敬酒不吃要吃罚酒啦。你的儿子都已经告诉我了，你还要瞒我！”

奶妈吃了一惊，随即心里想道：“不会的，不会的。我那孩子再糊涂也不会卖友求荣，哼，小王爷是要骗我上当！”

完颜豪何等精明，一看她的神色，已知这条线索是找对了，哈哈笑道：“赖不掉啦，是么？其实，你又何须害怕，檀贝子是我表哥，难道我还能害他的徒弟？我正是要接他到我的王府去住呢，他在什么地方，你快快告诉我吧！”

哪知道奶妈仍是摇了摇头，说道：“我倒是很想要这 百两银子，可惜我不知道！”

躲在柴房里的李中柱暗暗赞叹：“这奶妈穷得骨头真硬！但只怕完颜豪决不肯轻易放过她，倒是连累她了。”

心念未已，果然便听得完颜豪勃然大怒骂道：“你这不识抬举的老糊涂，看来你是存心要吃罚酒啦。任先生给她一点厉害尝尝！”

任天吾立即一巴掌打去，打落了奶妈两颗门牙！奶妈“哇”的吐出一口鲜血。

这一巴掌就似打在李中柱的脸上，如何还能忍耐，登时就从柴房里跳出来。

忽听得完颜豪喝道：“什么人?”李中柱尚未出来，先有一个人踏进这间屋子。正是奶妈的儿子。原来他在“王府”里有两个朋友是总管班建侯的仆人，听得完颜豪向班建侯要他的地址，觉得很是奇怪，偷偷地告诉他。是以他提早告假回家。

奶妈的儿子悲愤交加，叫道：“小王爷，你为什么欺侮我妈?”

完颜豪冷笑道：“檀贝子那个姓李的徒弟在哪里?你说出来，我放你的亲娘。否则别说打她，我还要杀她呢!”

奶妈的儿子怒道：“小王爷，虽然你是主子，你不把我们下人当人，我和你拼了!”

完颜豪哈哈大笑：“你要和我拼命?你瞎了眼，丧了心啦!”举起玉箫，就要戳他的眼睛。

陡听得一声大喝：“姓李的在这里!”李中柱一跃而出，暖玉箫一挥，“乒乓”一声响，把完颜豪手上的玉箫打断两截!

何令威接着出来，硬接了任天吾的一掌。何令威的掌力刚猛非常，任天吾竟也占不了他的便宜。

李中柱道：“大哥，你和令堂快走!”他口里和那个奶妈的儿子说话，手上的玉箫却是丝毫不缓，暴风骤雨般的向完颜豪点去!

完颜豪的“惊神指法”和他倒是不相伯仲，但因不久之前，刚在天坛吃过他的亏，败军之将，先自怯了几分，何况如今李中柱手上有武林异宝暖玉箫，打得又是如此凶悍，他手上没有兵器，更是慌了。不过十数招，就险些有三次给李中柱点中，只能步步后退，退出前门。奶妈的儿子背起母亲，已经从后门走了。

任天吾和何令威对了三掌，丝毫也占不到便宜，吃了一惊，心里想道：“长江后浪推前浪，这几年来江湖上倒是出现了不少本领厉害的后辈。这小子年纪轻轻，居然也练成了丐帮的金刚掌法。今晚若不杀他，只怕再过几年，我又要多添一个劲敌了。”当下冷笑说道：“原来你是丐帮弟子，你师父是武士敦还是陆昆仑?功夫委实不错，可惜你碰上了我!”说话之间，左掌一挥，右掌插出，这一招是从“七修剑法”中化出来的，一招之内，遍袭对方七处要害。何令威喝道：“老匹夫，我和你拼了!”一招“雷电交轰”，双掌划成一道圆弧，同时劈下。这一招是丐帮金刚掌中威力最强的一招！

掌风人影之中，只见何令威身形一晃，任天吾闷哼一声，一个回身拗步，攻向李中柱，替完颜豪接了一招，叫道："小王爷，快出屋子！"

话犹未了，只听得"轰隆"一声，这间本来就是破烂不堪的屋子登时倒塌。

原来在刚才何令威以"金刚掌"应付任天吾的"七修指法"之时，掌心给他的指尖点着。说也奇怪，点着的是掌心，疼痛的地方却是胸口。这霎那间，何令威就好像给人在心房重重击了一拳似的，胸中气血翻涌。但任天吾也不好受，他出指伤人，掌力相应减弱，结果他的掌力就比不过何令威了。这间屋子就是由于任天吾的掌力不能和何令威的掌力对消，以致受震倒塌的。

李中柱如影随形的跟着完颜豪窜出，何令威慢了一步，一根横梁朝他的身上压下来，何令威振臂一格，"喀嚓"声响，碗口般粗大的横梁断为两段，逃出屋外，暗暗叫了一声"侥幸！"想道："任天吾这老贼果然厉害，幸亏我敢和他拼命，要是刚才稍有怯意，此时焉有命在？"

原来任天吾的指力能伤奇经八脉，但在何令威拼命的打法之下，他的内力却是不敢完全发挥，必须留下几分保护自己，免受对方掌力所伤。

饶是如此，何令威被他点了一指，胸中亦已气血翻腾，好一会儿才能平复。幸亏他的内功颇有基础，任天吾的内力未贯指尖，他的奇经八脉，尚未至于受伤。

完颜豪跑出屋子，身上满是泥沙，也是吓出一身冷汗。大怒之下，把手一扬，"呜"的一声，射出一支响箭。

李中柱喝道："你这没出息的小子，打不过人家，就只知搬取救兵！"身形疾起，扑到他的背后，暖玉箫点向"风府穴"。心里想道："任天吾这老贼太过厉害，何大哥只怕打不过他，我必须快刀斩乱麻，把这小子拿下。他的救兵来到，也不怕了。"

完颜豪给李中柱打得手忙脚乱，步步后退。任天吾见势不妙，一个"移形易位"，又是一掌向他打去。何令威连忙跟踪扑击。

连环扑击之中，任天吾陡地反手一掌，喝道：“你这不知死活的小子，先毙了你！”

这一招颇出何令威意料之外，本来他非受伤不可，幸而他刚刚吃了一点亏，心里亦正有所准备。任天吾翻身一掌打来，他已经抓起一根木头，那是塌屋之时飞到他身边的一根当中折断的窗木，使出了一招精妙绝伦的打狗棒法。

“喀嚓”一声，半截木头又再断为两截。可是任天吾的长衫衫脚，亦已给他的木棒一绞，扯烂了半边。任天吾躬身一窜，掌力未衰，冲开了李中柱，说道：“小王爷，我和你换一个对手。”

完颜豪这才松了口气，冷笑说道：“你们一个也跑不了，连那老虔婆和她的贼儿子我都要一并抓回来，你们等着瞧吧。”

李中柱大怒道：“小鞑子，你恃多为胜，大不了我舍了这条性命给你就是。欺负一个老婆婆，你还要脸么?”

任天吾冷笑道：“谁说我们恃多为胜，你能够接得了我一百招，我就放你！”另一边何令威和完颜豪亦已交上了手。

李中柱玉箫一举，指东打西，指南打北，招招不离任天吾的三十六道大穴。他的“惊神指法”乃是最上乘的点穴功夫，远在任天吾的七修指法之上，饶是任天吾本领高强，急切之间，亦是胜他不得。

任天吾挨了几招，业已发觉李中柱就是那天晚上和他的女儿一起逃走的那少年，便即“哼”了一声说道：“好小子，你把我的女儿拐到哪里去了?”

李中柱冷笑道：“你哪里还有女儿?你的女儿早已不认你了！”任天吾大怒，喝道：“好呀，你骗走我的女儿，我非杀你不可！”

大喝声中，立下杀手！任天吾的功力毕竟是比李中柱高出许多，一连十数招重手法过后，已是把李中柱累得大汗淋漓。还幸李中柱有暖玉箫护身，任天吾对他的“惊神指法”也还有些顾忌，李中柱但求自保，勉强尚可支持。

武学上有相生相克的道理，另一边何令威和完颜豪交手，也只是仅能占得少许上风了。何令威的长处在于内力雄浑，但因刚才和任天吾力拼数招，内力不无消耗，此消彼长，结果他的内力虽然还是胜过完颜豪一点，要想取胜却已不能。完颜豪的长处在于点穴功夫，身手也很矫捷。两人各以所长，攻敌所短，数十招过后，完颜豪居然能与他有守有攻。

李中柱记挂着师父奶妈母子的安危，心情更难平静。任天吾哈哈笑道："小子，知道厉害了吗，你是要死还是要活？要活的快快向我求饶，只要你把丐帮分舵的所在告诉我，我就饶你一命！"

李中柱叹口气道："我真不相信绡妹竟然会是你的女儿，唉，你在武林中也曾薄有声名，怎的如此不知廉耻！"

任天吾怒道："你死到临头，还敢胡说八道！"掌劈指戳，招招都是重手，眼看李中柱就要支持不住。

忽见两骑快马驰来，骑在马上的是两名御林军军官，不过他们跳下马来却并不上前帮手。

完颜豪喝道："你们把那两母子捉回来了没有？"

那两个军官躬腰说道："没有。"

完颜豪眉头一皱，说道："那你们来做什么？有任老先生在这儿，用不着你们帮手了。"要知他已经看出任天吾取胜在即，自是乐得逞强。

那两个军官讷讷说道："禀、禀小王爷……"完颜豪恼道："尚有何事啰唆？"那两个军官齐声说道："请、请小王爷和任老先生住手，不、不能打了！"

此言一出，完颜豪又是诧异，又是发怒，喝道："你们发昏了吗？为何竟给反贼求情，要我住手？"

话犹未了，忽听得一人朗声说道："怪不得他们，是我要你住手的！"声到人到，是个丰神俊朗的中年书生！

完颜豪大吃一惊，慌忙跳出圈子，李中柱喜出望外，失声叫道："师父，是你！"原来来的正是他的师父——"武林天骄"檀羽冲。

檀羽冲道："不错，是我。你们都给我住手！"

任天吾和李中柱正打到紧要关头，全副精神都用在如何克敌制胜之上，檀羽冲来的时候，他还未知道来的竟是大名鼎鼎的武林天骄。此时他正在使到一招"五丁开山"，这是一招十分狠辣的重手法，眼看这一掌劈将下去，李中柱已是难以抵挡，武林天骄喝令他们住手，任天吾如何肯依？

眼看这一掌李中柱即使全力抵挡，只怕也得重伤。不料李中柱竟不抵御，一听武林天骄说到“住手”二字，便即垂手说道：“是，弟子遵命！”

任天吾听见李中柱称呼“师父”，这才知道来的是武林天骄，不由得骤吃一惊，知道要糟。但此时他要想住手，亦已收势不及了。

就在这电光石火的霎那之间，只听得“啪”的一声响，任天吾已是给武林天骄打了一记清脆玲珑的耳光！

这记耳光打在任天吾的脸上，吓得完颜豪心头大震。试想任天吾已经算得是江湖上一等一的高手了，他给武林天骄打的这记耳光，竟是毫无反抗的余地，武林天骄这是何等功夫？完颜豪心头大震，想道：“爹爹号称金国第一高手，只怕也还未必打得过他。”“好汉”不吃眼前亏，他是早已住手了。

武林天骄一巴掌拍去，冷冷说道：“你是什么人？这样大胆，不听我的说话！好，那你就和我打吧！”

完颜豪连忙上前劝解，说道：“这位任老先生是家父的客人，你们以前还未见过的吧？任老先生，这位是檀贝子，想必你也早已闻名的了。小小一点误会，请大家都莫放在心上。”

任天吾摸摸脸孔，脸孔还在火辣辣的作痛，只好讪讪的赔笑说道：“原来是檀贝子，请恕老朽不知，得罪令徒。”

武林天骄哼了一声，不理睬他，对完颜豪冷笑道：“误会？请问你以小王爷的身份，纡尊降贵，到这里来做什么？”

完颜豪讷讷说道：“这个，这个……檀贝子，请你容我剖说，这个，这个……我，我对你一向是十分敬重的，到这里来，不过，不过……”口中支吾以对，心里则盼望：“为什么他们还不来呀？”

武林天骄冷笑道：“什么这个，那个，你们打了我的奶妈，拆掉她的房子，难道这样做也是敬重我吗？”

完颜豪面色一阵青一阵红，说道：“请贝子息怒，这，这——”

武林天骄亢声说道：“这，这怎么样？”

完颜豪道："这，这实在乃是误会。我听说贝子回来，特地到这里探问的。不料奶妈和令徒都以为我是恶意。"

武林天骄冷笑道："你派人追捕我的奶妈，这也是因为她对你的误会？幸好我刚刚在这时候回来，否则我的奶妈只怕已性命不保了。"

完颜豪赔笑道："不会的，不会的。我只是叫他们去请贝子的奶妈，焉能取她性命？啊，想必是他们言语无礼，行动粗鲁，以致贝子生气？好，我回去重重责罚他们。"

那两个奉令捉拿奶妈的军官受了冤枉，可还只能唯唯诺诺，替完颜豪认错。

完颜豪接着说道："家父十分思念贝子，听说贝子回来的消息，便叫我来打听，希望能够接到贝子的大驾——"

刚说到这里，只见一队御林军已是风驰电掣而来。率领这队御林军的竟然是身为御林军统领的金国皇叔完颜长之！

完颜豪喜出望外，说道："檀贝子，我的爹爹亲自来迎接你了，你可相信，不是我骗了你吧？"

完颜长之下了坐骑，哈哈笑道："羽冲，什么风把你吹来了？我可盼得你好苦呀！"

武林天骄淡淡说道："王爷，你是来捉拿钦犯的吧？"

完颜长之笑道："贝子说笑了。过去的事情早已过去了，还提它作甚？当今皇上前几天还曾和我说起，说是可惜不知你的下落，很想找你回来恢复你的世袭的王位的。如今天从人愿，你果然真的回来了，我是特地来迎接你的呀。"

原来武林天骄二十年前是因为反对当时的金国暴君完颜亮以致被列为"钦犯"，被迫离开金京的。后来完颜亮亲率大军侵宋，采石矶一战，给宋国名将虞允文杀得几乎全军覆没。完颜亮兵败瓜州，在瓜州给部下所杀。他的堂弟完颜雍继位，也有十多年了。完颜雍因为自己得登大宝，武林天骄也有间接的"功劳"，是以在他即位之后，不久就把武林天骄的名字，在"钦犯"的名单上抹掉。不过由于这是皇室内部的纷争，所以一直是保持秘密，并不公开的。（按：武林天骄和完颜亮的故事详见拙著《狂侠天骄魔女》。）

完颜长之这番话并非诳语，不过，当然也还是有不尽不实的地方。

真实的情形是金帝完颜雍对武林天骄虽然不如完颜亮那般的视他为眼中钉、肉中刺，却也止于不把他当作“钦犯”而已。对他最多只能说是没有恶感，但也并无好感。完颜长之说金帝要恢复他的世袭王位云云，当然乃是故意夸张，意图哄骗武林天骄的了。

完颜雍曾经和完颜长之谈及武林天骄，这件事倒是真的。有一天完颜雍退朝之后，特地叫完颜长之留下，在“御书房”中，只是和他一人密谈。

完颜雍未曾说话，先叹口气，完颜长之吃了一惊，问道：“皇上因何‘龙心’不悦，可否让微臣分忧？”

完颜雍道：“今天是什么日子，皇叔还记得么？”

完颜长之莫名其妙，说道：“微臣愚昧，请皇上赐示。”

完颜雍神色仿佛有点不大高兴，说道：“你再想想，十五年前的今日，发生过什么事情？”

完颜长之这才恍然大悟，原来这一天乃是“先帝”完颜亮在瓜州被杀的十五周年忌辰。

完颜长之忙道：“海陵王（按：完颜亮被‘杀’之后，被贬为海陵王。）残暴不仁，失尽民心，窃据帝位，理应受此报应。皇上继承大宝，正是上应天心，下遂民望。今天应该是皇上高兴的日子，何必还悼念他呢？”

完颜雍道：“朕不是悼念他，朕是为了目前的处境，因而在他的忌辰，不能不生感触啊！”完颜长之道：“如今风调雨顺，国泰民安，和当年的纷乱岂能相比？”

完颜雍眉头一皱，说道：“皇叔，我叫你来是要你和我说真话的，不是要你奉承我，讨我欢喜。”

完颜长之叩头谢罪之后，完颜雍继续说道：“目下蒙古崛起，灭国无数，看来就要出兵攻打咱们金国了，如何能说是国泰民安？当年完颜亮给宋国打败，咱们还能和宋国割江而治，要是蒙古兵打进来，恐怕形势要比当年还更不妙！焉知我的下场不是和完颜亮一样？”

完颜长之暗暗吃惊，心想：“难道他已经知道我暗中私通蒙古，意图篡位之事？”连忙矢誓效忠，说道：“蒙古若敢侵犯咱们大金，微臣定当誓死以报，也不见得会给它打败。”

完颜雍道：“我知道你的忠心，也知道你的能干。不过你一人也是独木难支，我倒想起一个人来了。”

完颜长之惴惴不安，问道：“皇上想起的是什么人？”

完颜雍道：“朕想起的是檀羽冲。一来他是一个人材，二来他是当年反对完颜亮最力的一个人，虽然他没有参加拥立，但朕之所以得以继承大宝，他也多少可说是有点功劳。朕已经取消了他的叛国罪名，他却一直不见回来，这许多年也不知在什么地方？”

完颜长之说道：“不错，檀贝子的确可算一个人材，只可惜——”完颜雍道：“可惜什么？”

完颜长之道：“可惜檀贝子当年虽然是反对海陵王的一个得力的人，但他却并非是为金国着想。非但如此，他身为皇族，胳膊反向外弯，帮的是咱们金国的敌人呢。”

完颜雍道：“他帮忙谁？”

完颜长之道：“他帮的是汉人！”

完颜雍道：“你有什么证据？”

完颜长之道：“金鸡岭有汉人组成的叛军，首领是个女的，‘匪号’蓬莱魔女，檀贝子和这个女匪及她的丈夫是好朋友。”

完颜雍道：“啊，真的有这样的事？”

完颜长之道：“我的部下秘密侦查，曾经见过他有一次从金鸡岭下来，决不会假。不过他的武功太高，我的部下拿不住他，因此也没有确切的证据可以献给陛下罢了。”

完颜雍半信半疑，说道：“如此说来，他岂非仍然应当列名钦犯？”完颜长之道：“念在他于陛下不无微劳，微臣不敢定他的罪。请陛下宸断。”

完颜雍道：“若然如此，朕也是不敢重用他。不过既没确证，朕也只好存疑。要是他回到大都，朕倒想见他一见。”

完颜长之道：“陛下不怕他怀有异心，图谋不轨么？”

完颜雍道：“他毕竟是金国的贝子，我想他应不至于要图谋害朕，把金国的江山交还汉人吧？”

完颜长之心头微凛，想道：“这个昏君倒是要比完颜亮精明一些，我须得小心对付才行。”当下便不敢再说什么，只能顺着完颜雍的口气，说是要照“皇上”的意旨办事了。

不过经过这一次谈话之后，完颜长之虽然未能达到把武林天骄重新列为“钦犯”的目的，却也打消了完颜雍对武林天骄的好感，不敢下旨要把武林天骄找回来重用他了。

完颜长之只道武林天骄决不敢再回京城的，他答应皇帝的话也只是说说而已。不料武林天骄竟然出乎他的意外回来了。由于金帝有过那番说话，他不敢当众把武林天骄杀害，只能骗他到“王府”去，见机而作。

武林天骄在御林军包围之下，神色自如，淡淡说道：“檀某何德何能，敢劳王爷迎接？”

完颜长之道：“檀贝子过谦了，你是圣上关心的人，今日回到大都，难道还能让你住在客店不成？请你在我家里暂住两天，待我禀明皇上，给你重建王府，那时你再回家，不是更风光么？”要知武林天骄在二十年前是背着“钦犯”的罪名出走的，他离开大都之后，应该是他世袭的王位已由他的族弟檀世英继承，他的“王府”当然也被檀世英占了。檀世英和武林天骄是兄弟，两人的行事却大不相同。檀世英一向巴结完颜长之，他之得以继承“王位”，也全是仗着完颜长之撑腰的。檀世英曾经领兵打过金鸡岭，大败而归。他对武林天骄的忌恨比完颜长之有过之而无不及。这也就是为什么武林天骄走了之后，他就把他的奶妈赶出来；而武林天骄每次潜回大都，也从不回家探望他的原故。

武林天骄笑道：“这太费王爷的神了，其实我这次回来，决无恢复家业之心。”

完颜长之道：“贝子虽无此意，皇上却有心，待我禀明皇上，或者是给贝子重建王府；或者叫令弟把旧王府让出来，总之会令贝子满意的。不过，在皇上御旨未下之前，无论如何要请贝子给我这个面子，到我家里暂且驻足。否则我也不好向皇上交代啊！”

在他说话之时，他带领的这队御林军早已弓上弦，刀出鞘，作前呼后拥之势，其实是围得更紧了。这形势，分明是“霸王硬上弓”的“请客”！

李中柱、何令威手心里捏着把汗，只道又是一场剧战在所难免，不料武林天骄对眼前这样紧张的形势竟似视若无睹，微微一笑，说道：“王爷盛意拳拳，我倘不遵命，那倒是我不近人情了。好吧，我就去叨扰王爷。”

完颜长之松了口气，哈哈笑道：“我早知道檀贝子是通情达理的，这就对了。”

武林天骄又道：“王爷，你请我去，小徒和他这位朋友呢？”

完颜长之道：“他们两位当然也一并请到小王家里。”

何令威冷冷说道：“我可没有这样大的面子，不敢高攀。”

李中柱则把眼睛望着武林天骄，心中疑惑不定，暗自想道：“师父决不会这样糊涂，自投陷阱的，莫非他另有脱身之计？”

心念未已，只听得武林天骄果然说道：“难得王爷对你们青眼有加，这番好意，你们也不可辜负了。就和我一同去吧。”

李中柱道：“是，弟子遵命！”何令威听他这样说，心想反正自己脱不了身，既然有武林天骄主持大局，自也不妨去闯一闯虎穴龙潭，于是也就不再持异议了。

一行人到了完颜长之的“王府”，完颜长之请武林天骄上坐，何李二人以晚辈的身份，由王府的总管班建侯陪他们坐在下首。

班建侯道：“今日得会两位少年豪杰，幸何如之！请坐，请坐。”在请他们就座之前，先和他们行了握手礼。何令威用上了金刚掌的掌力，只觉对方一股大力反击过来，虎口竟是有点隐隐作痛。李中柱拿出看家本领，也觉脉门有点发麻。两人都吃惊不小，心想完颜长之号称金国第一高手，武林天骄只怕也未必容易胜得了他，这个班建侯的武功却是在他们之上。完颜长之的王府里还有任天吾、完颜豪、西门牧野等许多高手，若是迫不得已，非要动武不可的话，只怕定是凶多吉少。

其实他们固然吃惊，班建侯也是心头一凛，吃惊不在他们之下。原来班建侯和何令威握手之后，胸中气血翻涌，只是他的内功造诣颇深，尚不至于现之形色而已。和李中柱握手之后，他也同样感到脉门发麻，而且这酸麻之感，蔓延直至肩头，原来他是给李中柱用“惊神指法”扣了他的脉门一下。

另一边，完颜长之也在暗中和武林天骄较量了一下内功。

“王府”的仆人捧出茶盘，完颜长之便接过来，亲自敬茶，说道：“这是皇上所赐的云雾茶，请贝子品尝品尝。”

武林天骄道：“不敢当！”完颜长之道：“别客气！”茶盘已是递到武林天骄面前。

武林天骄是个武学的大行家，一看便知完颜长之用上了上乘的内功，给他这茶盘一碰，若然抵挡不住，定必内伤。当下佯作不知，轻描淡写的便接着茶盘说道：“王爷太客气了，请放下来，我自己拿。”

两股内力一碰，茶盘微微一震，但茶杯里的茶却没有倾泻。原来两人的内力刚好是在伯仲之间，一碰之下，互相消解。

武林天骄心想：“他要害我，用不着下毒。我的本领，他也应当知道不是毒药所能害的。”当下便端起茶杯，和完颜长之同时喝茶，一喝而尽，笑道：“果然不错，好茶，好茶！”正是：

明知山有虎，偏向虎山行。

欲知后事如何，请听下回分解。

第一一九回　敢闯龙潭惊四座
假传圣旨走群豪

“王府”的仆人上来拿开茶盘，准备换上糕点。茶盘拿开之后，只见紫檀木的八仙桌上，现出盘底的凹印，入木三分！

完颜长之吃了一惊，心里想道：“想不到他的武功竟然精进如斯，只怕我这金国第一高手的称号是要保不住了。”不过他心里虽然吃惊，神色却是丝毫不露，当下哈哈一笑，说道：“檀贝子，好功夫！佩服，佩服。只是这张桌子遭了殃了。”

武林天骄道：“王爷，你是本国第一高手，我怎敢班门弄斧？只因王爷内功太过深湛，我是迫于无奈，只好献丑了。弄坏了王爷这张檀木桌子，实在不好意思。”言语之中，点破完颜长之适才暗中伸量他的伎俩。

完颜长之更是尴尬，说道：“没关系，我把它弄平就是。”手掌一抹，木屑纷飞，转瞬之间，桌子上的凹印已是给他抹掉。不过桌面仍是有点高低不平。

班建侯喝彩道：“王爷和贝子都是神功盖世，令我大开眼界！”这句话其实颇有语病，既云“盖世”，那就应是独一无二，不该两人“都是”，但他为了要捧主子，也就顾不得琢磨字眼了。

完颜长之瞪他一眼，说道：“建侯，你好好招待客人吧，别替我脸上贴金了。”

要知完颜长之这手功夫，虽然也算得上乘的内功，但比起武林天骄所显露的却还是稍逊一筹的。武林天骄刚才是在化解他的内力之后，仍然能够把茶盘嵌入桌子的，完颜长之则是在没有外力的干扰之下方能施展这手功夫。孰难孰易，不但完颜长之自己心里明白，班建侯亦是看得出来的。

完颜长之又惊又妒，心想："此人武功已是在我之上，即使他不是和我作对，我也是不能容他的了。嘿，好在他今日是自投罗网，武功再高，也绝不能逃出我的掌心！"

客气的话说过之后，完颜长之便即话入正题，问道："檀贝子，这许多年你在什么地方？皇上和我都是挂念得很。"

武林天骄道："我是流浪江湖，东飘西荡，到过的地方很多，也难以细说了。"

完颜长之道："贝子足迹遍天下，想必结识的英雄豪杰很是不少了。"

武林天骄淡淡说道："江湖上的朋友是认识一些的，是否英雄豪杰，哪就是各人的看法了。或许我认为的英雄却未必是王爷心目中的豪杰呢？"

完颜长之皮笑肉不笑地打了个哈哈说道："贝子赏识的人还会错吗，只不知你认为的英雄豪杰是谁？"

武林天骄道："我认识的人，包括我尊敬的长辈以及和我意气相投的平辈朋友，十九都是英雄豪杰，哪说得了这许多？"

完颜长之道："说一两个给我听听如何？"

武林天骄道："比如我的奶妈就是一位女英雄，她的儿子也算得是个豪杰！"

完颜长之怫然不悦，说道："檀贝子，我说的是正经话儿，你却和我开玩笑了！"

武林天骄正容说道："我的奶妈，她不为利诱，不受威胁，在须眉男子之中尚自不可多得，何况她是个风烛残年的老妇人？这样的人不是英雄，还有何人可算英雄？她的儿子，在你们王府里当个园丁，却也不怕你们王府的权势，当然也算得是个豪杰！嘿嘿，王爷，这就是你我的看法不同之处了！在我看来，英雄豪杰不必有丰功伟绩，也无须具武艺文才，只须他有侠义的心肠！"

完颜长之说道："檀贝子，我不想和你辩论什么样子算英雄。如今我说出两个人来，请教檀贝子认为他们是否豪杰？"

武林天骄道：“哪两个人？”

完颜长之道：“他们乃是一对夫妇，是汉人中极有名气的武功高强的人，他们就是有‘蓬莱魔女’之称的柳清瑶和有‘笑傲乾坤’之号的华谷涵！”

武林天骄道：“不错，依我看来，他们夫妻正是璧合珠联的人中龙凤，当然算得是豪杰英雄！”

完颜长之道：“贝子如此称赞他们，想必和他们也是相识的了？”武林天骄道：“是曾相识。”

完颜长之冷冷说道：“蓬莱魔女在金鸡岭啸聚暴民，反抗朝廷，檀贝子知道么？”武林天骄道：“知道！”

完颜长之道：“那么贝子心目中的英雄豪杰是咱们金国的敌人了！”

武林天骄道：“请问王爷，蒙古的成吉思汗，算不算得是位英雄？”

完颜长之道：“成吉思汗崛起漠北，灭国无数，当然算得是个大大的英雄。”

武林天骄道：“蒙古自成吉思汗开始到现在的数十年，和咱们金国打过无数大仗小仗，目下虽然暂时和好，它要并吞金国之心还是天下皆知的。在王爷的心目中，难道反而不算是咱们的敌人吗？”

完颜长之变了面色，说道：“我这只是就他的事功而言。”

武林天骄道：“如此说来，你我看法虽然不同，但有一点相同的是承认‘敌人’之中也有英雄了？”

完颜长之辩不过他，勉强说道：“但无论如何，你总是金人，不是汉人吧？”

武林天骄说道：“但说起来，金鸡岭也是他们汉人的地方。在我们看来，蓬莱魔女占山‘作乱’乃是叛逆，在他们看来，却正是理所当然。”

完颜长之道：“令弟檀世英的事情，贝子知道了没有？”

武林天骄道：“不知王爷说的是哪一桩事情？”

完颜长之道：“令弟带兵‘袭匪’，在金鸡岭几乎全军覆没的这桩事情。”

武林天骄道："此事天下皆知，我在江湖上也曾听人说了。"

完颜长之道："为了保卫咱们金国的江山，也为了贝子一家的荣誉，我想保举贝子领兵去讨伐金鸡岭，贝子意思怎样？"

武林天骄冷冷说道："在我看来，威胁咱们金国最大的敌人是蒙古，朝廷若是用重兵去'讨伐'金鸡岭，未免有点轻重倒置吧？"

完颜长之勃然变色，说道："与蒙古媾和，乃是圣上的决策。贝子如此议论，岂非说当今皇上乃是昏君？"说至此处，站了起来，便要发作。

原来完颜长之正是要作成圈套，套他说出这番话来，才好陷他以"欺君罔上，大逆不道"的罪名。他在"王府"内外，已经布置了许多神箭手，用的都是见血封喉的毒箭，屏风后面也早埋伏了许多高手，只待他的命令一下，就要把武林天骄师徒和何令威三人置于死地！

武林天骄神色不变的注视着他，静待他的发作。

就在这千钧一发之际，忽听得有人叫道："圣旨到！"

完颜长之吃了一惊，只好把手放下，叫班建侯打开中门，先行接旨。

只见中门开处，一个太监和一个大内卫士走了进来。完颜长之认得那个太监是最得皇上重用的"司礼太监"麻里哈，那个大内卫士，他就不认识了。

完颜长之上前迎接，正待跪下，麻里哈说道："王爷，圣旨不是给你的。请檀贝子接旨！"

武林天骄趋前接旨，麻里哈朗声说道："皇上请贝子接过圣旨，立即随我入宫觐见。"

这事大大出乎完颜长之意料之外，不过"司礼太监"麻里哈正是专职掌管传送"圣旨"的太监，他亲自来递"圣旨"，完颜长之可是不敢有所怀疑。

完颜长之心里想道："皇上的消息倒是灵通得很，怎的檀羽冲一到我的家里，他就知道了？这个卫士也不知是不是新来的，我好似没有见过此人。"

圣旨

司礼太监说道："王爷，圣旨不是给你的。请檀贝子接旨。"

不过他对于“司礼太监”麻里哈还是不敢怀疑的。他是个老奸巨猾之辈，马上想道：“莫非皇上亦已对我有了思疑，经常有人暗中监视我的行踪？这卫士说不定就是皇上的亲信，奉命监视我的一个人。故而没有常常派他出外办事，怪不得我不认识他了。”想到自己可能已给皇帝怀疑，心中不由得惴惴不安。盘算的只是如何可解除皇帝对自己的怀疑，更是无暇去怀疑别人了。

武林天骄接过“圣旨”，说道：“我的徒弟和我这个世侄呢？我可以带他们一起觐见皇上吗？”

麻里哈道：“皇上曾有吩咐，檀贝子的随从请一并带进宫去，由卫士总管量材录用。至于能否蒙受皇上殊恩，准于觐见，那可得再行禀奏，等候降旨了。”

武林天骄向完颜长之拱了拱手，说道：“多谢王爷招待，他日再来候教。”

完颜长之勉强笑道：“恭喜贝子深蒙圣眷，说不定今后我还要仰仗你的提携呢。”

武林天骄笑道：“我是向皇上请罪去的，刚才我礼貌不周，说话也不知避忌，还请王爷多多包涵。”

李中柱和何令威跟随武林天骄走出“王府”，“司礼太监”和那个大内卫士走在前头，完颜长之则在后面相送，一直送出大门。大门外停着一辆马车，那是漆有皇室标记的马车，拉车的是四匹毛色纯白的骏马。完颜长之一见这辆马车，更是不敢有所怀疑。唯一有点奇怪的只是那个大内卫士自始至终，都没有说过一句话。不过他是钦差太监的随从，没有特别需要他说话的地方，他不说话，也不是十分奇怪。

完颜长之不敢疑心，何令威和李中柱却是颇为惊疑不定，他们越看越觉得这个“大内卫士”似曾相识。李中柱苦苦思索：“我在哪里见过他呢？”何令威比他还更诧异：“这个人一定是我的熟人，怎的我却想不起他是谁呢？”

武林天骄与麻里哈坐在车厢，那个“大内卫士”则与何李二人坐在御者位置，“大内卫士”亲自驾车，何李二人分别坐在他的左右，不自禁的不停对他注视。

这个闷葫芦不久就打破了，马车走到一个比较僻静的地方，那个“大内卫士”忽地勒着马头，把车停下，笑道：“你们不认识我么？你们可以在这里下车了！”

此言一出，何令威又惊又喜，说道：“师父，原来是你！”李中柱也蓦地省起，这个卫士不是别人，正是那晚在天坛暗中助他脱险的那个御林军军官。

武林天骄哈哈笑道：“武大哥，你也应该在这里下车了，咱们分头办事，你送小徒回去，我和麻公公进宫。”

原来这个“大内卫士”不是别人，正是何令威的师父武士敦。

武士敦道：“怎么，你还要进宫？”

武林天骄笑道：“你不用为我担心，我会回来的。完颜长之的阴谋我已经知道，你想，这件事我岂能不管？”当下就接过武士敦手上的绳鞭，替他驾车。

武士敦道：“好，那么我和他们先回去，等待你的好音。”

下了马车，何令威道：“师父，这是怎么一回事情？”

武士敦道：“说也凑巧，你们离开丐帮不久，檀大侠就来了。他是昨天晚上刚刚回到大都的，本来准备今天去见他的奶妈，想不到你们就在他的奶妈家里出了事。”

李中柱道：“那个太监所颁的‘圣旨’又是怎么回事？”

武士敦笑道：“那圣旨当然是假的了。”

李中柱诧道：“那个太监何以肯帮师父如此大忙？”

武士敦道：“他是被我迫他来的。”

原来武林天骄熟悉金宫的人事和地理，武士敦曾经在金国的御林军中混过，也是进过皇宫的。武林天骄赶去救他奶妈的时候，早已料到可能会给完颜长之碰上，难以脱身，是以叫武士敦去绑架“司礼太监”麻里哈，圣旨也是早就拟好了叫武士敦带去的。武士敦扮成大内卫士，偷入麻里哈的卧房，麻里哈是深知他的武功的，在他挟持之下，焉敢声张。

李中柱听了又惊又喜，说道：“师父也忒大胆了。完颜长之意图篡位的阴谋，是武伯伯告诉他的吧？”

武士敦道：“他昨晚回到大都，曾偷入金宫见过他的旧友，已经稍微知道一点风声，不过没有我知道的详细罢了。”

何令威道：“师父，咱们现在是回丐帮那里还是先回弟子家里？”

武士敦道：“还是先回你家吧，免得你爹担心。你的住址我已经告诉檀大侠了。”

李中柱笑道：“完颜长之绝想不到咱们现在不是在皇宫而是在西山的路上，嘿嘿，即使他现在知道，也已迟了。”

李中柱说得不错，完颜长之是知道得迟了一点，不过他现在却是知道了。

原来武士敦假冒“大内卫士”，虽然瞒过了完颜长之，却瞒不过完颜长之的儿子完颜豪。他是给完颜豪识破的。

完颜长之送走了“司礼太监”麻里哈之后，回到客厅，他的儿子完颜豪已在那里等着他了，说道：“爹爹，此事有点可疑。”原来他刚才是躲在屏风后面偷看的。

完颜长之道：“什么可疑？”

完颜豪道：“那个大内卫士可疑。爹爹，你以前曾经见过这个卫士没有？”

完颜长之道：“似乎没有见过。不过宫中的卫士少说也有百数十人，新来的卫士我没见过，那也并不稀奇。你说他有什么可疑之处？”

完颜豪道：“这个卫士，爹没见过，我却似乎见过。”

完颜长之道：“噢，你见过他？什么时候，什么地方见过他的？”

完颜豪道：“就是那天晚上在天坛的‘圜丘’，我曾经见过此人出现。任老先生曾经和他交过手的。不过，他当时穿的却是咱们御林军军官的服饰。”

完颜长之诧道：“这是怎么一回事？”

完颜豪道：“当时任老先生正在追捕那个姓李的小子，忽然碰上此人，黑暗中他假装误会，和任老先生动起手来，让那姓李的小子逃了。后来他又假传我的命令，叫任老先生回去，由他自己追拿逃犯。”完颜长之道：“后来这个人呢？”

完颜豪道："当然是再也找不着他了。"

完颜长之听了儿子细说那晚的经过之后，沉吟半晌，说道："兹事体大，你当真没有看错人吗？"

完颜豪道："那晚天色如墨，我没看见他的面貌，任老先生也是未曾见得清楚。不过刚才来的那个'大内卫士'，身材和那人都是一样。不信你还可以问问任老先生，任老先生虽未看清他的面貌，但因曾经和他交过手，多少也还有点印象。"

任天吾刚才不敢在武林天骄跟前露面，但也曾躲在屏风后面偷看。此时出来作证，说道："我看这个大内卫士和那晚的军官多半是同一个人。"

完颜长之皱了皱眉，说道："如此说来，你也还是不敢断定呀。"

任天吾道："可惜那卫士没说过一句话，他一说话，我就知道了。他和钦差太监一起，我又不敢出去试他的功夫。不过，我却是越看越似。"

完颜长之眉头深锁，想了好一会子，说道："就是呀，那大内卫士即使可疑，那个来给皇上颁下'圣旨'的'司礼太监'麻里哈却是真的。此事万一是咱们弄错了，闹起来罪名可是非小。"

完颜豪道："我就是因为想到这层，所以刚才不敢声张。但倘若真是咱们上了当，咱们不加查究，岂非太过便宜了他们？"

完颜长之沉吟半晌，说道："好，我马上叫人查究，但在未查得水落石出之前，你们千万不可泄漏风声。"

当下完颜长之差遣心腹手下，飞快到皇宫打听消息。

不到一个时辰，那个手下回来报道："檀贝子和麻里哈的确是进了皇宫，檀贝子也的确是觐见皇上了。此际，檀贝子和皇上正在内书房说话呢。皇上似乎很相信他，内书房并无御前侍卫在旁，只是他们二人在内。书房外面则是防卫森严，谁也不许进去。"

完颜长之捏了一把冷汗，说道："幸好咱们没有鲁莽从事。如此说来，'圣旨'当然是真的了，那个大内卫士应当也不是假冒的了。"

那个心腹手下道："不过，有一件事却是太可疑。"

完颜长之道：“何事可疑？”

那手下道：“进宫的只有麻里哈和檀贝子，那个卫士和檀贝子那个姓李的徒弟和那个姓何的小子，这三个人，却是一个也没看见。”

完颜长之惊疑不定，说道：“麻里哈甚得皇上宠信，而且他敢和檀贝子入宫‘面圣’，按说此事应当无可怀疑。但既然发生了这样一件令人难以猜测的事情，咱们当然也不能就此罢手。”

完颜豪道：“爹爹意欲如何？”

完颜长之道：“咱们双管齐下，檀贝子由我应付。我马上入宫，设法单独求见皇上。那三个人的下落，你们马上给我搜查。依我推想，他们一定不敢留在京中。”

完颜豪道：“好，爹爹，你马上入宫吧，这件事你交给我办。”

完颜豪挑选了十多名高手，叫他们立即出城，分成四路，从东、南、西、北四路追踪！每一路追踪的人马，都有认识李何二人的人在内。

武士敦与何李二人回到西山的时候，天色已近黄昏，他们刚经过灵山寺，到秘魔岩还差一大半路程，正在上山之际，只听得急雨般的蹄声，已是有快马追来了！

武士敦回头一看，只见追来的共有四个人，任天吾也在其中。除了任天吾之外，还有一个身材瘦削的老者也是那晚在天坛和他交过手的。另外一个身材高大的老头和一个中年汉子他就不认识了。

身材瘦削的那个老者首先跃下马来，喝道：“你这厮冒充了御林军的军官又冒充大内卫士，好大的胆子！那晚在天坛给你蒙混过去，今日看你可能逃出我的掌心？”

武士敦冷笑道：“你这糟老头儿，有点什么本领，竟敢胡吹大气！”

这老者那晚和武士敦交手，并没吃亏，只道武士敦的本领最多也不过是和自己不相上下。他是江湖上人人害怕的三大魔头之一，几曾受过人家如此奚落？当下气极而笑，傲然说道：“糟老头儿？好，叫你知道我这糟老头儿的厉害！”

说话之间，这瘦老头已是来到武士敦面前，呼的一掌，便即向他劈去。

掌风扑面，奇寒彻骨。在旁边的李中柱和何令威都不觉机伶伶的打了一个寒噤，但首当其冲的武士敦却是神色自如，哈哈笑道：“我跑了这许多路，正自热得难受，多谢你给我送来这股凉风。”

双掌一交，瘦老头只觉如沐春风，暖洋洋的浑身慵倦，竟然想要打瞌睡似的。瘦老头大吃一惊，慌忙一咬舌尖，强振精神，呼呼呼连劈三掌。

武士敦双掌划了一道圆弧，冷笑说道：“你练这修罗阴煞功，不知害了多少人了。今日活该是你倒霉，碰上了我！”双掌一合，掌力有如排山倒海涌来，这瘦老头的内功造诣在完颜长之的手下也算得是顶儿尖儿的了，但给他这股强劲的掌力一震，亦是不由自己的登、登、登连退三步。原来武士敦练的金刚掌乃属于纯阳的内功，不但掌力的刚猛，远在瘦老头之上，而且恰好是他所练的修罗阴煞功的克星。那晚他在天坛和武士敦交手，武士敦的身份是“御林军的军官”，为了隐瞒原来的身份，自是不便打草惊蛇。正由于武士敦没有用出真实的本领，这才让他打成平手的。

不过这一次，“见了真章”，武士敦虽然大占上风，那瘦老头也还能够勉强抵挡，武士敦亦是不禁心头微凛，想道：“任天吾和这老儿联手，只怕我就不容易取胜了。还有那两个人不知本领如何，要是和这老儿都差不多的话，中柱和令威非败不可。”心念未已，身材高大那个老头已然扑到，替瘦老头硬接了武士敦的一掌。

双掌相交，“蓬”的一声，那身材高大的老头口角沁出血丝，和那瘦老头一样，也是不由自己的接连退出三步。显然业已受了一点内伤。但武士敦也觉得掌心火辣辣的隐隐作痛，而且有点麻痒痒的感觉。

武士敦大怒喝道：“原来你就是偷了桑家毒功秘笈的那个妖人，可惜你的‘化血刀’练得尚未到家，伤得了别人，伤不了我！我可不能容你再以这种歹毒的邪派功夫害人！”大喝声中，呼的又是一掌劈出。

那身材高大的老头本来只是口角沁出血丝的，此时“哇”的一口鲜血吐了出来，好像喝醉了酒似的，身躯摇摇晃晃，在距离数步之外，还了一掌。

说也奇怪，他在口吐鲜血之后，劈空掌力竟要比刚才打到武士敦身上的掌力还更强劲。两股劈空掌力激荡之下，发出的声音郁若闷雷。身材高大的这个老头仅仅退了一步，就站稳了脚步。

那瘦老头此时也是方才稳了身形，惊魂初定，失声叫道："陆昆仑的金刚掌比不上你，你敢情是曾任丐帮帮主的武士敦么?"

武士敦喝道："不错，你这厮练修罗阴煞功害人，我也不能容你!"

瘦老头冷笑道："武士敦，你的口气也未免太狂了。不错，单打独斗，我或者不是你的对手。你要胜过我们两人，那就最少还要加上一个像陆昆仑这样的高手!"说话之际，他和那个身材高大的老头已是联手合击，各自连劈三掌，果然把武士敦的排山倒海般的金刚掌力挡了回去。

任天吾喝道："武士敦，还有我呢！你是朝廷的钦犯，对不住，我们不能和你讲什么江湖规矩了。"

任天吾的七修掌也是武林一绝，功力不在那高瘦两个老头之下，武士敦用了一招"龙战玄黄"，化解了他的擒拿手法。可是，在高瘦两个老头劈空掌力的扑压之下，却是不禁感到吃力非常，只有招架之功，而无还手之力了。

何令威和李中柱双双抢上，任天吾见了李中柱，怒从心起，冷笑说道："你这小子来得正好，哼，你竟敢拐带我的女儿，我先要你的命!"李中柱疾挥暖玉箫，解开了他连环三招，遍袭七处穴道的七修掌法。

身材高大那个老头，也突然抽出身来，向何令威一掌击下，武士敦叫道："威儿，留神他的毒掌!"何令威道："我知道。"但仍是以攻对攻，长拳捣出，猛击敌手。

何令威已得乃师衣钵真传，这一拳有如巨锤凿石，刚猛非常。身材高大那个老头似乎亦是有点顾忌，掌势倏然一转，没有和他硬碰。何令威也登时变招，金刚掌中的"醉打山门"、"伏虎降龙"两招使出，以攻对攻，化解对方的凌厉攻势。双方都是一合即分，稍沾即退。那老头的毒掌没有打到何令威身上，何令威的金刚掌也是未能打着对方。

武士敦暗暗为徒弟赞了一个“好”字，想道：“威儿的胆色不错，只有这样打法，方能险中自保。”但他知道徒弟的功力毕竟还是和对方相差颇远，时间稍长，只怕难免要受毒掌之伤。当下霹雳似的一声大喝，强用金刚掌力，震退了和他缠斗的瘦老头，抢上前去，双掌齐出，左劈任天吾，右劈那身材高大的老头。

身材高大那老头移形换步，避开武士敦的掌力，任天吾叫道：“好，你来对付这两个小辈！”反手一抓，以大擒拿手法和那瘦老头的修罗阴煞功配合，抵住了武士敦的攻势。身材高大那老头则以一敌二，和李中柱、何令威交上了手。

掌风呼呼，沙飞石走，双方迅即陷于混战之中。任天吾这边还有一个中年汉子，但这个汉子面对着这样惊心动魄的恶战，竟是不敢插手。

原来这中年汉子乃是任天吾的大徒弟余化龙。身材高大那老头是西门牧野，瘦老头则是和他并驾齐名的朱九穆。他们二人再加上一个“黑风岛主”宫昭文，是被江湖人物称为当世的三大魔头的。“三大魔头”之中，武功最强的当然得数“黑风岛主”，不过朱九穆和西门牧野各有独门的邪派功夫，也是足以称为一流高手的。只是他们“不幸”碰上武林中顶儿尖儿的角色武士敦，武士敦功力之高，居然到了邪毒不侵的境界，却是大出他们的意料之外。

四人中本领最弱的是余化龙，他非但插不进手去，而且在朱九穆所发的奇冷的掌风之下，不由得浑身发抖。他生怕站得近了会受误伤，慌忙连连后退。

武士敦对付任天吾和朱九穆二人刚刚打成平手。另一边李中柱、何令威合力对付西门牧野，开头二三十招，也还可以打成平手，三十招过后，却就不免渐处下风了。西门牧野的毒掌虽没打到他们身上，但那毒气腥风，吸得多了，也是有点目眩头晕。李何二人必须一面运功御毒，一面化解对方的攻势。时间一久，当然就有点感到支持不住了。正是：

初生之犊不畏虎，秘魔崖下斗魔头。

欲知后事如何，请听下回分解。

第一二〇回　强敌寇边思国士
天骄面圣谏君王

还幸西门牧野在两个月前和厉擒龙交手所受的内伤刚刚痊愈，毒功不免受了影响，威力未能尽力发挥。李何二人虽然处在下风，也还可以勉强支持。

朱九穆与任天吾合斗武士敦，阵脚是稳住了，但也占不到便宜。武士敦已练成了护体神功，不惧阴寒侵袭，朱九穆的修罗阴煞功伤他不得。武士敦双掌使出不同的打法，右掌是金刚掌力，刚猛异常，左掌则把打狗棒法化到掌法上来，柔中寓刚，变化奇幻之极。朱任二人只觉对方掌力，时而猛若洪涛，骤然压至，时而柔如柳絮，随势屈伸。每一招都暗藏着几个变化，竟是教他们难以捉摸。

余化龙看得惊心动魄，生怕受了误伤，越退越远。任天吾喝道："蠢材，还不快去搬取救兵！"

余化龙瞿然一省，说道："是！"巴不得师父有此吩咐，慌忙转身就走。西门牧野道："你怎么又忘了，先发一支蛇焰箭呀！"

余化龙把手一扬，一溜蓝色的火焰射上半空。这是报警的讯号。原来"王府"的高手，是分四路出城的，每一路也都配备有后援的副手。任天吾估计后援的副手到来，也还是敌不住武士敦这样一等一的高手的，必须找到其他三路高手来援，方能稳操胜算。这就是要用到余化龙快马跑回去搬取救兵了。不过那一支蛇焰箭则是希望能够和他这一路的后援副手取得联络的。

余化龙的坐骑，系在山坡的一棵树上，正要跑过去解开马匹，还有十数步距离的时候，忽见两条人影，已是捷如飞鸟般从山上下来，刚好是朝着他这个方向。

余化龙定睛一看，大吃一惊，原来来的不是别人，乃是谷啸风和韩珮瑛。余化龙造过谷啸风的谣言，深知谷啸风恨他入骨，只怕来不及跨上坐骑，就给谷啸风发现，那时要跑也跑不掉。谷韩二人来得太快，他不敢冒这个险。急切间无暇思索，只好伏身莽草丛中。心里想道："他们听那边厮杀的声音，当然是必定先去赴援，帮忙他们的朋友。我待他们过去了，再跑不迟。老天爷保佑，切莫给他们发现。"

谷韩二人是看见蛇焰箭的蓝色火焰升起跑来的，跑得近了，武士敦高呼酣斗的声音也听得十分清楚了。不出余化龙所料，他们果然是无暇搜索草莽是否还埋伏有人，便从他的身边跑过。不过山坡上系的四匹坐骑，却给韩珮瑛斩断了系马索，放走了。谷啸风笑道："好，你的心思比我缜密得多。"

要知何家隐居在秘魔岩下，是不愿给外人知道的。韩珮瑛放掉对方的坐骑，那是为了不让敌人易于逃跑，希望能够把敌人一网打尽的。她只道敌我双方都在混战之中，想不到还有一个余化龙躲在草丛里面。

任天吾听得他们的脚步声，心里想道："蛇焰箭刚刚升起，怎的援兵就来得这样快呢？"说时迟，那时快，谷啸风和韩珮瑛已经转过山坳，现出身形。任天吾大吃一惊，这才知道来的并不是他们的人。

谷啸风怒道："好呀，任天吾，珮瑛的爹劝过你，我劝过你，你的女儿也劝过你，你不听良言，又来兴风作浪，可休怪我不认你这个为虎作伥的长辈了！"

韩珮瑛道："武帮主对付得了任天吾和朱九穆这两个老贼，咱们先打西门牧野这老魔头。"

谷啸风道："不错，馒头只能一口一口的吃。何兄、李兄你们歇歇，我来替你。"

谷韩二人双剑合璧，剑光匹练似的向西门牧野卷去。西门牧野怒道："你这小子是我手下败将，竟也敢来欺我！"

谷啸风冷笑道："你真是太欠自知之明，你以为你现在还可以胜得了我吗？看剑！"刷刷刷一连几剑，剑剑指向西门牧野的要害穴道，西门牧野大吃一惊，心里想道："才不过一年多工夫，这小子的剑法竟然精进如斯，还好像知道我的弱点似的，看来的确是不能小觑他了。"

谷啸风的剑法比以前练得高明多了，这是事实，但他之所以能够迅即抢到上风，却并不仅仅是由于剑法的精进。一来他和韩珮瑛所练的双剑合璧的打法，经过了一年多联手应敌的经验，已经配合到毫无阻滞，得心应手；二来他得好友公孙璞指点他应付桑家两大毒功的窍门，此时再和西门牧野交手，已有成竹在胸；三来西门牧野刚才和武士敦拼了一掌，又和李何二人恶斗一场，内力损耗不少，此消彼长，当然就不是谷韩二人联手之敌了。

谷啸风运剑如风，出手越来越快，剧斗中西门牧野冒险进招，"化血刀"欺身向他劈下。谷啸风喝道："来得好！"刷的一剑，突然向他意想不到的方位刺来，剑尖虽然给他的掌力震得稍稍歪斜，但还是刺着了他掌心的"劳宫穴"。

西门牧野大吼一声，猛地向韩珮瑛冲过去，韩珮瑛身法轻灵，一飘一闪，西门牧野扑了个空，但却也冲出去了。

谷啸风笑道："穷寇莫追，让这老贼走吧。他的毒功是最少也得三年才能恢复了。"

说话之际，谷啸风向韩珮瑛使了一个眼色，示意叫她唱唱双簧。韩珮瑛心领神会，说道："只是废他毒功三年，岂非还是便宜他了？"

谷啸风笑道："这你就不知道了，公孙璞和我说过，桑家的两大毒功，功夫练得越深，体中蕴积的毒素愈多，一旦没有相当的功力支持，随时都有走火入魔的危险。嘿嘿，这老魔头对桑家的毒功秘笈未曾参悟得透，他这秘笈就给人抢去，要解救走火入魔之危，更是难上加难。亦即是说他在三年之内，随时都有危险，只怕未等得到他的毒功恢复，他早已走火入魔了。哈哈，走火入魔的苦楚，可是比死还要难受的呀！"

西门牧野飞快逃跑，不过谷啸风的话语，他还是清清楚楚的听见了，登时瞿然一省，想道："厉擒龙抢了我的毒功秘笈，他说过是为了要送给黑风岛主的，那我为什么不可以找黑风岛主想想办法？虽然到了口的馒头，黑风岛主未必肯吐出来，但我若能请得龙象法王出头，也还是有手段迫他吐出来的。"他可不知，谷啸风使的正是一石二鸟之计。

谷韩二人与西门牧野交手之时，武士敦正在与朱九穆、任天吾打得难解难分。替换下来的何令威和李中柱便即加入战团，李中柱攻向任天吾，何令威攻向朱九穆。

任朱二人合力，才堪堪抵敌得住武士敦的金刚掌，怎禁得起武士敦这边又多了两个年轻力壮的好手。

朱九穆一见西门牧野已经逃跑，更是心慌，蓦地大叫一声，喷出一口鲜血，呼的一掌，向武士敦当头劈下。

朱九穆用的是邪派中最怪异的功夫——"天魔解体大法"，这天魔解体大法在自伤身体之后，功力可以骤增一倍。但过后却是元气大伤，纵然不死，也得大病一场。

只听得"蓬"的一声，朱九穆像皮球般地抛了起来。武士敦也不禁身形连晃，打了一个寒战。

与此同时，任天吾也由于吓得心慌意乱，被李中柱的暖玉箫点着了他的一处穴道。任天吾大叫一声，转身就跑。不知他是怕跑得不快，还是业已支持不住，跑了几步，忽地身躯仆倒，骨碌碌地滚下了山坡。

何令威回头一看，只见武士敦面上笼罩着一层青气，不禁吃了一惊，问道："师父，你怎么啦？"武士敦深深吸了口气，说道："不碍事。这魔头施用天魔解体大法，他的修罗阴煞功已经给我废了。"

李中柱忽地叫道："咦，那边还有个人！"

只见草丛里钻出一个人来，面色苍白如纸。钻了出来，晃了两晃，忽地一声尖叫，又倒下去。

原来余化龙躲在茅草丛中，本想伺机逃跑的，不料给武士敦那股掌力和朱九穆的修罗阴煞功波及，虽说距离在数十步开外，但以余化龙这点本领已是难以抵受了。朱九穆的修罗阴煞功是在他使了

“天魔解体大法”之后发出来的，那股奇寒的阴煞之气，已是足以令他血液为之冷凝。

谷啸风双眼一瞪，喝道：“好呀，原来是你这奸徒！”

余化龙吓得魂不附体，他本来是受了内伤的，一吓之下，心胆俱裂，谷啸风跑来要把他活捉，只见他动也不动，原来早已是吓破了胆，一命呜呼了。

何令威笑道：“谷兄，你们怎的来得这样快呀？”

谷啸风道：“我见你们今天还没回来，在家里呆不住，故此下山走走，本是想探探消息的。不料刚下到半山，就看见这边升起的那支蛇焰箭了。”

李中柱笑道：“这支蛇焰箭是余化龙射的，他想搬取救兵，不料反而变成了他的催命符。这也当真可以说得是自取灭亡了。”

谷啸风道：“这一战废了朱九穆和西门牧野的毒功，吓死了余化龙。也可以说是大获全胜了。可惜的只是跑了一个任天吾。”

武士敦忽地笑道：“李世兄，你真不愧是檀大侠的得意弟子，刚才使的那招暖玉箫点穴手法精妙绝伦，看来是已经点着了任天吾的气愈穴了。不过，你好像还是有点手下留情，不知是也不是？”

李中柱面上一红，说道：“武伯伯真好眼力。小侄这，这——”

谷啸风笑着替他解释，说道：“李兄和我的表妹是青梅竹马之交，任天吾虽然执迷不悟，我的表妹可还是希望她的父亲有回头之日的。”

原来李中柱正是为了看在任红绡的份上，这才对任天吾手下留情，在点着他的穴道之时，未曾用上重手法的。否则任天吾即使内功深湛，不至于立即摔倒，穴道被封，也是难以逃跑的了。

韩珮瑛接着说道：“红绡本来是和我们一起下山的，我们跑在前头，比她先到。不过此际她也应该来了。李兄，你快去迎接她吧。”

话犹未了，果然便见任红绡在山坳那边出现，向着他们跑过来了。

任红绡道：“你们怎的今天才回来，把何伯伯都急死了。”

韩珮瑛笑道：“其实最着急的还是她。李大哥，你不知道，这两天她每天都要出大门张望几次，看你回来没有，晚上也睡不着觉呢！”

任红绡面上一红，说道：“何大哥和他一起都没有回来，这两天你不也着急么？我出去探望，可并不仅仅是为了他呀。”

李中柱笑道：“好了，现在我们都回来了，也都没有受伤，你们可以放心啦。不但我们回来，还多了一位你意想不到的客人呢。”

武士敦穿的还是大内卫士的服饰，任红绡已经注意到了，知道李中柱说的客人是他，不觉大为诧异。

李中柱笑道：“这位武大侠是何大哥的师父，也就是那天晚上在天坛暗中帮忙咱们的那个‘御林军’军官。”

任红绡恍然大悟，连忙道谢。武士敦道：“我离开中原，将近十年，今日回来，始知侠义道中，又添了许多少年豪杰，我实在高兴得很。任姑娘，你出于淤泥而不染，更是难得。我虽然比你们年长，咱们走的可是同一条路，你们的事情也就是我的事情，谈得上什么帮忙不帮忙呢。”

任红绡听到这位前辈大侠的恳切言辞，心里热呼呼的，又是感激，又是难受。她与李中柱走过一边，低声问道：“你可见着我的爹爹没有？刚才你们好像是在和敌人厮杀，那些人是谁？”

李中柱踌躇片刻，说道：“要是你早来片刻，你也可以见着你的爹爹。”

任红绡吃了一惊，更为难过，说道：“原来我的爹爹也来了，他，他怎么样了？”

李中柱道：“他没受伤。希望经过这一次之后，他或者可以悔悟过来。”当下将刚才的一番剧斗的经过告诉任红绡。任红绡在惊心动魄之余，也是甚为高兴，说道：“我爹的为人最会转风使舵，朱九穆和西门牧野这两个魔头已给废了武功，他就是仍然执迷不悟，也该心里有点害怕了。但愿他在受了这次挫败之后，不敢再为鞑子卖命，那就好了。”

回到何家，何令威的父亲看见武士敦和他们一起回来，当然又是一番高兴，不在话下。不过由于朱九穆与西门牧野虽然受伤，但却已逃跑，大家也还是不免有所担心。担心完颜长之手下的鹰爪，会不会再来搜索。

何令威的父亲道：“我这居处在秘魔崖下面，很难发现，而且我也早有准备了，这屋底下有条地道可以从后山出去的。”

何令威把他们这次在金京的遭遇告诉父亲，听得他的父亲又是吃惊，又是欢喜。当下笑道：“你们这次入京，我本来料想你们会碰上一些意外的危险的，但料想不到的是，你们碰上的事情，比我所想象的还更凶险得多。”

何令威笑道：“但我们毕竟还是逢凶化吉，遇难成祥，从龙潭虎穴里闯出来了。爹，这个你恐怕更是意想不到吧？”

何令威的父亲满怀高兴，含笑说道：“是呀，我真是料想不到你们竟会在完颜长之的王府里碰上你的师父，更想不到你们还是和武林天骄檀大侠同在一起。”不过在他欢喜之余，却又不免有点担心，跟着说道：“檀大侠虽然身具绝世武功，但他一个人冒险入宫，只怕难逃完颜长之的暗算，但愿他能够平安回来才好。”

武士敦道：“他已经把可能遭遇的暗算估计在内了。我也曾劝过他不要如此冒险，但他似乎颇有把握，看来即使此行不能成功，脱险大概还是可以的。”

话虽如此，但武士敦的语气，显然是他自己也不免有点为武林天骄担心。

何令威道：“他已经知道了我家的地址么？”

武士敦道：“我已经告诉他了。要是没有太过出人意料的事情，这两天他会来到这里的。不过，只不知道他先到还是鞑子的鹰爪先找到这里，咱们可得分外留神。”

这个谜底很快就揭开了。

这晚他们轮班守卫，小心戒备。结果是平安度过，什么事情都没发生。

第二天近午时分，忽听得一声长啸，宛若龙吟，武士敦大喜，说道：“武林天骄回来了！他倒是回来得快呀，我本来以为他还要在金宫耽搁一两天。”当下发啸相应，啸声未了，只见一条人影已是出现门前，哈哈大笑，走进来了。不出所料，果然是武林天骄。

只见武林天骄身上血迹斑斑，但却是精神奕奕，并无受伤的模样。

武士敦放下了心，笑道："檀兄，你怎的这样快就回来了？你身上的血迹想必是经过一场大厮杀了，是和什么人交了手来？"

武林天骄笑道："幸不辱命，此行的结果比我原来的希望还好。不错，我不但经过厮杀，而且是经过两场厮杀。你别心急，我慢慢告诉你。"

何令威的父亲笑道："好，你喝了这杯热茶，再慢慢的说。"

武林天骄喝过了茶，便把昨日的经过，详详细细告诉大家。

"司礼太监"麻里哈在他胁持之下，只好和他入宫去见金主完颜雍。

说也凑巧，完颜雍正在"御书房"批阅一本奏折，这本奏折是边关总兵的告急文书，禀报皇帝，说是蒙古在边境大大增兵，目前虽没战事发生，看迹象正是大举入侵的模样。

完颜雍正在忧心如焚，忽听得背后声响，回头一看，只见麻里哈跪在地上，武林天骄却站在他的面前。

原来麻里哈是皇上最宠信的太监，他进来是无须惊动别人的。他说是"奉诏"和"檀贝子"来见"皇上"的，"御书房"外面的侍卫也不敢阻拦他们。完颜雍正在全副心神看奏折，他们进了"御书房"，完颜雍这才发现。

完颜雍大吃一惊，奏折不觉掉在地下，正待喝问之时，武林天骄已然说道："这不关麻里哈的事，是我有十分紧急的事情，迫于无奈，是以要他带我来见皇上的。希望皇上能够信我。"一面说话，一面把那本奏折拾了起来，交还完颜雍。那本奏折是打开的，武林天骄有一目十行之能，只看了几行，已知是告急文书。

完颜雍虽是惊疑不定，心中也自有点惴惴不安，但他深知武林天骄是本国数一数二的高手，莫说此际叫"御前侍卫"前来救驾已来不及，即使书房外的四个卫士此际就在他的身边，也决计不是武林天骄的对手，保不了他的"圣驾"。

在这样情形之下，完颜雍只好硬着头皮，不相信他也要装作相信他了。当下强笑说道："檀贝子，你当年被前废帝所逼，离开京城，说起来其实是对国家有功的。朕之得登大宝，说起来也该感谢你呢。这些年朕无日不思念你，你来得正好。有什么事要和朕说的，尽管说吧。”

武林天骄道：“我要奏禀的是机密大事，只能入于皇上之耳。”

完颜雍一听会意，便即吩咐麻里哈退下，并叫麻里哈传下“圣旨”加强守卫，任何人都不许进入“御书房”。

武林天骄说道：“我是从完颜长之的家里来的。”

完颜雍又是一惊，说道：“噢，你从他那里来？啊，不错，朕是曾吩咐过他，叫他帮朕找你的。”

武林天骄微笑道：“我可并不是他找来的。”

完颜雍道：“啊，是你去找他的，那么你说的机密之事——”

武林天骄道：“正是和完颜长之有关。”

完颜雍道：“这里没有人了，那你说吧。”

武林天骄道：“皇上请恕我的无礼，我倒想要先知道完颜长之和皇上说了我的一些什么。”完颜雍道：“不错，前几天朕是曾经和他谈及了你，他也承认你是一个人才。”

武林天骄道：“我只想知道他说我的坏话。”

自从完颜雍继承“大宝”以来，完颜长之自恃拥立有功，飞扬跋扈，完颜雍并不是一个糊涂的皇帝，表面不敢发作，心中亦是颇为不满，感到自己大权的旁落的。当下想道：“要是檀羽冲真心向我效忠，那就让他和完颜长之互相牵制也好。”于是便不隐瞒，说道：“他也没说你的什么坏话，只不过可惜你——”

武林天骄道：“可惜什么？”

完颜雍勉强笑道：“可惜你身为贝子，却不肯为朝廷所用，反而和叛逆朝廷的汉人结交朋友。不过，朕可并不相信他的说话。”

武林天骄道：“他这话倒也不假！”

完颜雍面上变了颜色，一时之间，竟然不知如何说下去才好。

武林天骄缓缓说道：“请问皇上，以目前的形势而论，咱们金国的大敌，是汉人呢，还是蒙古人呢？”

完颜雍跟着武林天骄的目光，看一看那本摊开来放在书桌上的奏折，说道：“目前来说，当然是蒙古人了。但汉人人多，将来只怕他们终究要从咱们的手里，抢回他们的江山。”

武林天骄说道："事有缓急轻重之分，汉人要夺回他们的江山，对是不对，咱们暂且不谈。但对皇上来说，当务之急，应该是先对付蒙古人才是，对么?"

完颜雍道："不错。"

武林天骄说道："好，那么我可以把完颜长之的奸谋告诉皇上了！他业已与蒙古暗中勾结，图谋篡位!"

完颜雍大惊道："你这话当真?"

武林天骄道："决不虚假。他准备如何举事，在何时何地动手，我都已打听得清楚了。"当下把武士敦那晚偷听到的和自己所探听到的，有关完颜长之密谋篡位的计划，详详细细的都告诉了完颜雍。

完颜雍当然还是未能完全相信武林天骄的说话，但他身为皇帝，最怕的就是给人"篡位"，对飞扬跋扈的完颜长之也是早已有了猜忌的。是以虽然还是半信半疑，却已吓得直打哆嗦。

就在此时，忽听得御书房外面，有人低声说话。完颜雍听不见，武林天骄是有深湛内功的人，听觉特别灵敏，却已听见了。

说话的人正是完颜长之。原来他要求御前侍卫代他通报，想要单独"觐见"皇帝，给侍卫所拒。想必是完颜长之给了那个侍卫贿赂，那卫士说道："檀贝子还在御书房，皇上吩咐是不许任何人进去。待檀贝子告退之后，我再替王爷密奏圣上吧。"完颜长之道："好，那么我先去找麻里哈。"说罢就走了。

武林天骄何等聪明，已知完颜长之定是入宫布置阴谋，要想陷害他了。心中暗自冷笑，想道："很好，你来和我勾心斗角，我就将计就计。"

完颜雍惊魂略定，说道："那怎么办，兵权都在他的手里。"

武林天骄道："皇上切勿声张，只当作不知，到了那天，布置好了，完颜长之要把忠于皇上的人一网打尽，皇上也正可以反其道而行之，把他们的人一网打尽。"

完颜雍道："成吗?"

武林天骄道："只不知皇上愿不愿意听我的话去做。"

完颜雍道："你说。若是可行，朕一定依你之计。但可不能让完颜长之知道咱们是对付他。”

武林天骄道：“我想要说的正是这一句话。我敢断定，待会儿完颜长之一定要来叩见皇上，皇上，你可以装作完全相信他，不相信我。他要你逐我出宫，甚或要你杀我，你都可以答应。”

完颜雍怔了一怔，说道：“要杀你，我也答应？”

武林天骄道：“这是演戏给他看的，当真皇上要杀我之时，我自有脱身之计。不过皇上派来杀我的人，必须是皇上的心腹卫士。”

完颜雍心领神会，说道：“我懂得了。你说下去。”

武林天骄道：“皇上在这一段期间，不可发兵攻打汉人的义军。据我所知，完颜长之最近就要去打金鸡岭，有这事么？”

完颜雍听他说的是“义军”两字，不禁眉头一皱说道：“不错。但你说的什么汉人义军，可也是朕的心腹大患啊！”

武林天骄道：“总不会大过蒙古人吧？我现在是设身处地为皇上着想，必须先行对付就要大举入侵的蒙古人。至于对汉人的义军，我不敢勉强陛下的看法与我相同，不过那大可以将来再说。”

完颜雍苦笑道：“俗语说头痛医头，脚痛医脚，朕也只好如此了。”

武林天骄继续说道：“目下边关告急，皇上下旨把完颜长之准备用来攻打金鸡岭的兵力，调去增防边关，这不正是一举两得么？”

完颜雍沉吟道：“一举两得？啊！朕明白了，你说是可以借这机会，削弱完颜长之的兵权？”

武林天骄道：“不错。完颜长之暗中勾结蒙古，他是决不敢让人知道的。皇上下旨增援边关，谅他不敢违旨。这样，一来可以抵御外敌，二来可以削弱完颜长之的实力，将来对付他就比较容易了。”

完颜雍恍然大悟，说道：“果然是一举两得的妙计。不过——”

武林天骄道：“陛下尚还有何疑虑？”

完颜雍道：“你叫朕不去‘袭匪’，要是蒙古人入侵的时候，你所说的这些汉人‘义军’乘机作乱那怎么办？”

武林天骄道：“蒙古人入侵的时候，汉人的义军决计不会和蒙古人联手，而且一定会抵抗它的，这点陛下可以放心。”

完颜雍道：“你敢担保?”

武林天骄道：“我敢担保。金鸡岭的义军首领与我相识，我可以替陛下和他们磋商。”

完颜雍仍然颇有疑虑，说道：“你怎么知道他们一定答应?”

武林天骄说道：“这道理十分浅显，中原本来就是他们汉人的地方，他们不愿意让咱们金人霸占，当然也就不能让蒙古人霸占。蒙古兵侵入中原，陛下‘江山’固然不保，但受害最大的还是汉人的老百姓，汉人的义军能够不保护他们的老百姓么？因此，我虽然不敢担保他们不反对你，但最少我可以担保他们在蒙古入侵中原之际，一定会打蒙古兵的。”

完颜雍倒是有几分见识的皇帝，想了想这个道理，毅然说道：“你说得不错，将来的事将来再说，咱们现在最要紧的还是应付当前大患。但求你所说的汉人义军如你所言，咱也就心满意足了。不过御林军可还是在完颜长之的手中啊!”

武林天骄道：“御林军也不是全听他的。陛下暂且不动声色，暗中布置好了，到了他要举事那天，便可先发制人了。”当下将他拟好的具体计划，说给完颜雍知道。完颜雍见他计虑周详，这才放下了一半心事。

不出武林天骄所料，在他告退之后，完颜长之果然就来“觐见”金主完颜雍。正是：

权臣篡位，贝子入深宫。

欲知后事如何，请听下回分解。

第一二一回　贝子深宫惊异变
名都旧友喜奇逢

完颜长之"觐见"金主，不但是向完颜雍进谗，而且还在暗中布下陷阱，陷害武林天骄。

这晚，武林天骄留宿宫中，半夜时分，忽闻人声鼎沸，他跑出去看，只见完颜雍的"寝宫"附近，黑影憧憧，有人高叫"捉刺客呀!"

武林天骄吃了一惊，心想难道完颜长之提前动手，派遣刺客就来行刺完颜雍了?

心念未已，只见一大群大内侍卫，已是向他包围过来，为首的完颜长之喝道："檀贝子，皇上待你不薄，你为何竟要行刺皇上!"

武林天骄这才知道是完颜长之嫁祸于他，当下喝道："我和你到皇上跟前分辩!"

话犹未了，只见麻里哈亦已现身，向卫士传下"圣旨"，大声叫道："皇上已经亲眼看见你是刺客，你还想狡赖么?皇上有旨，谁人能把檀贝子擒获的，官升三级，赏金千两!"

他这么一嚷，武林天骄倒是放下了心了，知道这是完颜雍实行和他商量好的计划，故此要诬赖他是刺客，以图取信于完颜长之的。不过有完颜长之插足其间，却也并非完全依照原来的计划，而是假戏真做了。

武林天骄说到这里，众人都是听得惊心动魄，李中柱道："师父，那你是怎么能够脱身的?"

武林天骄笑道："虽然假戏真做，但'假戏'与'真做'，也还是各占一半而已。完颜雍的心腹侍卫是知道底细的，他们装作卖命，其实是演假戏。只有完颜长之和他带入宫中的几个御林军官，才真正是要把我置之于死地。

“我杀伤了那几个御林军军官，完颜长之不敢和我当真拼命，我这就逃出来了。”

何令威道：“何以完颜长之不敢提前行刺完颜雍呢？”

武林天骄说道：“御林军的军官是不能大举入宫的，只能以完颜长之的随从身份，最多不过五个人跟他入宫。效忠于皇帝的大内卫士本领高强的也很不少，完颜长之未有十分把握，怎敢冒险？我初时被他吓了一惊，那是我还未曾仔细想过其中利害之故。而且完颜长之野心极大，他是要一网打尽效忠皇帝的大臣的，行刺乃是下策。他已经布置好了在‘祭天’时才动手，那又何须急于行刺呢。”

武士敦道：“昨天我们也曾遭遇一场惊险。”正要把昨日的经过告诉武林天骄，武林天骄笑道：“我已知道了。”

武士敦道：“哦，你早已知道了？这么说，敢情你是已经碰上了朱九穆和西门牧野这两个魔头了？”

武林天骄道：“不错，我在山下还碰见和他们同在一起的五个御林军军官呢。这两个魔头是给你废掉他们一半的武功的吧？”

武士敦道：“朱九穆的修罗阴煞功是我废掉的，西门牧野的毒功则是给啸风老弟破去的。可惜尚未能够将他们的武功完全废掉。”

武林天骄笑道：“你们已经帮了我的大忙了，要不是他们的独门邪派功夫已经废掉，这两个魔头联手，只怕我还不能这样轻易打发他们呢。”

任红绡知道她的父亲没有给武林天骄碰上，放下了心，问道：“檀大侠，你杀了两个魔头没有？”

武林天骄笑道：“那五个御林军军官我倒是一个不留，都杀掉了。这两个魔头，我本来要杀他们的，可惜有人救了他们的性命。”

任红绡吃了一惊道：“是谁？”

武林天骄笑道：“就是你的这位武叔叔和你的表哥谷少侠。”

任红绡怔了一怔，听得莫名其妙，武士敦深知好友的性情的，当下就笑着给任红绡释疑，说道：“这两个魔头好歹也算得是武林中的成名人物，要是他们丝毫也没受伤，檀大侠一定会把他们杀掉。现在他们已经给废了一半武功，檀大侠可能觉得胜之不武，再要杀掉他们，更是有失自己的身份，因此就饶他们不死了。檀兄，猜得对不对?”

武林天骄笑道：“江山易改，品性难移。谁叫江湖上的朋友给我脸上贴金，称我为武林天骄呢。”原来檀羽冲是一个极有“傲气”的人，“武林天骄”的称号，不仅仅是说他的武功高明而已。“傲气”和“骄傲”不尽相同，但在对敌之时，说要顾着自己的身份，不愿杀伤业已受伤的敌手，这一点则是相同的。

武林天骄接着说道：“不过起初我并不知道他们业已失了独门武功，一交上手，他们也是不免给我添上几处伤了。不错，我是有意让他们逃跑的，但我也警告了他们，要是再给我在大都碰上他们的话，那我可就不能放过他们了。我这是因为不想让他们回去给完颜长之报讯。”

武士敦笑道：“他们失掉一半武功，料也无颜再回王府。”又道：“怪不得昨晚平安无事，完颜长之派遣到这一路来的手下原来都已给你杀掉。何大哥，那你也可以不用担忧了。”

话犹未了，忽听得一阵狂笑之声从山坡传来，转瞬间那笑声已是有如在耳边一样。

何令威的父亲大吃一惊，只道又是完颜长之派来的高手。武林天骄却道：“何大哥别慌，来的是好朋友。”

只见一个中年书生踏进门来，哈哈笑道：“贤主人请恕我这个不速之客冒昧闯来。武兄、檀兄，原来你们果然都在这里，这许多年没见面，可把我想死了。”

武林天骄道：“何大哥，我替你介绍，这位是华谷函华大侠。”

何令威的父亲方始知道，来客原来就是和武林天骄并驾齐名的“笑傲乾坤”华谷函。华谷函是北五省绿林盟主“蓬莱魔女”柳清瑶的丈夫。

何令威的父亲大喜道：“久仰华大侠英名，难得华大侠光临寒舍，这真是请也请不到的。”

武林天骄道：“你怎么找得到这个地方的?”他这一问也正是何家父子心中的疑问。

笑傲乾坤道：“我已经见过丐帮的陆帮主了，他叫我到这里来找武兄，却想不到檀兄你也在此。不过你要回来大都的消息我是知道的。”

武林天骄道：“怎的你也来了大都?”

笑傲乾坤笑道：“你在大都，我还能不来找你么?”

坐定之后，武林天骄依次给小一辈的介绍，谷啸风、韩珮瑛二人是在金鸡岭和笑傲乾坤见过面的，李中柱、何令威、任红绡三人和他则还没有见过。

笑傲乾坤十分欢喜，说道：“武兄、檀兄，你们都收了好徒弟，真是令我羡慕。听说你们在大都要干一桩大事，这桩大事进行得怎样了?”

武林天骄道：“这桩事说来话长，还是先听听你的吧。”

笑傲乾坤笑道：“你不相信我是特地来找你的么？实不相瞒，我在未到大都之前，在路上已经知道你就要回来大都的消息了。”

武林天骄诧道：“你是听谁说的?”

笑傲乾坤道：“我碰见了刚从蒙古回来的上官复。”

武林天骄颇感意外，说道：“哦，他也回来了么？他现在在哪里?”

笑傲乾坤道：“他要到洛阳打一个转，然后再来大都。”

武士敦道：“华兄，你来大都，难道就没有别的事了?”

笑傲乾坤道：“不错，另外是还有一点小事，我是要来大都杀三个奸贼。”

武士敦道：“哪三个奸贼?”

笑傲乾坤道：“一个是史天泽，一个是乔拓疆，一个是钟无霸。”

谷啸风诧道：“这三个奸贼也逃来了大都么？一个多月前，我们和东海的明霞岛主厉擒龙曾在禹城的仪醪楼和他们碰上。”武林天骄、武士敦等人尚未知道禹城之事，谷啸风给他们补述一遍。说道：“那天厉岛主本来不肯放过他们的，只因厉岛主的女儿女婿在他们手上，无可奈何，只好和他交换，当时黑风岛主也是和这三个奸贼同在一起，黑风岛主的女儿是公孙璞的未婚妻，厉岛主为了成全他们，只好与黑风岛主也作了交易。”

笑傲乾坤道：“公孙璞已经回到金鸡岭，我就是得到他的消息之后，跑去追踪这个奸贼的，黑风岛主也给我碰上了。”

谷啸风道：“黑风岛主已经答应了女儿要回家的，他还留在中原么?”

笑傲乾坤道：“我碰上他的时候，正是他刚好要和那三个奸贼分手的时候，他们正在争吵。可惜我不知道，黑风岛主已有改邪归正之心，还以为他们是在做戏，第一个就和他先交上手。想不到他的武功比以前增进许多，我在三十招之后，方能占得上风，却给那三个奸贼逃了。那三个奸贼弃友而逃，看得出他们是想假手于我除掉黑风岛主，我方始知道他们已经不是一路。”

武士敦道：“你已经知道了这三个奸贼的下落么?”

笑傲乾坤道：“我一路追踪他们，追到了大都。如今已经打听清楚，他们是躲进了完颜长之的‘王府’了，这倒是颇出我的意料之外。”

武士敦道：“何以你感到意外?”

笑傲乾坤道：“这三个奸贼的靠山是蒙古鞑子，给蒙古鞑子策动他们在江南作乱的，难道你们还不知道么？蒙古和金国如今虽然尚未交兵，可也已经是敌国了呀。”

武林大骄笑道：“华兄，你有所不知，完颜长之早已私通蒙古，图谋篡位，这三个奸贼跑到大都来投奔他，正是在情理之中。”当下才把他大都这几天的遭遇，所见所闻，一一说与笑傲乾坤知道。

笑傲乾坤喜道：“好，那么咱们这两件事情正可以并作一件办了。反正金兵暂时不攻金鸡岭，我在大都就留到明年元旦亦是无妨。”

武林天骄道：“你留在这里，我正是求之不得。不过——”

笑傲乾坤道：“不过什么?”

武林天骄道：“蒙古大军明春必将进犯中原，咱们留在大都布署，可也得有人回去金鸡岭联络。”

谷啸风道：“我本来要回去报告消息的，檀大侠在这里的事情反正我也帮忙不了，不如就是我和珮瑛回去吧。”

笑傲乾坤道：“对，公孙璞正在挂念你们，你们回去最好。”

武林天骄笑道：“华兄，我倒是怕你挂念你的娘子呢，你愿意把这桩差事交给他们去办，对我来说，自是最好的安排，但对你来说，却是未免委屈你了，要累得你们夫妻要分隔更多的时候才能见面呢。”

笑傲乾坤笑道：“你的老脾气还是不改，一见面就拿我开玩笑。我不说你不知道，这十年来，我在金鸡岭的日子可还不及我在外面的日子多呢。”

李中柱道：“师父，我——”

武林天骄道：“你怎么样？哦，我明白了，你是不是意欲和谷少侠一同去见见世面？”

李中柱道：“师父猜得不错。只不知师父需不需要我留在大都以供奔走？”

武林天骄笑道：“有丐帮帮我的忙，用不着你在这里了。你和任姑娘都一起去吧。”众人听他这么一说，知道他已是看出李中柱和任红绡情侣关系，不禁对他们二人相视而笑。

任红绡羞红了脸，说道：“我正是想和珮瑛姐姐一起走的，多谢檀大侠替我说了。”

安排已定，第二天一早，谷、韩、李、任四人便即离开西山，赶回金鸡岭去。

一路无事，这一天到了山东境内的阴平县。阴平是和河北省相邻的一个小县，县城只有两家客店，谷、韩等人在规模较大的那家客店投宿。

吃过晚饭，已是入黑时分，这家客店忽地来了六个军官，一来到就大呼小叫，要店主人腾出三间上房。

谷啸风他们是分别要了两间上房的，不过此时他们四个人都是聚在谷啸风的房间谈天，他们偷偷张望出去，不禁吃了一惊。

这六个军官正是程氏五狼和野狐安达。

韩珮瑛想起那次老狼窝被他们拦途截劫的事，恨恨说道：“好，这次碰上他们，可不能让这窝恶狼和这野狐再跑了。”

谷啸风道：“他们都是投奔完颜长之的，奇怪，完颜长之正要用人之际他们却不留在‘王府’。”

韩珮瑛道：“管他们是为了何事溜出金京，咱们只知除狼歼狐就是。”

谷啸风笑道：“放是不能放过他们的，但也无须急急。再说在这里动手要连累店主人呢。”

他们在房间里小声说话，程氏五狼和野狐安达则是在外面大发脾气。

原来这家客店都已住满人了，莫说三间“上房”，一间普通的客房都腾不出。

安达提起马鞭，呼的一响，作势向店主人虚打一鞭，喝道：“我们就是喜欢住你这间客店，这是给你面子，你懂不懂？你叫客人通通给我滚出去！”

店主人吓得发抖，说道：“大人，你别发气，我这就去给你老想想办法，房间一定会有的。”

结果有两个富商怕事，愿意让出个“上房”，还差一间，店主人情知普通的客房，这些如狼似虎的军官一定不肯要的，就来和谷啸风商量，说道：“你们反正是两对兄妹，出门人就将就点儿吧，让你们挤一挤，让出 间上房。”

谷啸风道：“好，你把她们两位的行李悄悄拿过来，她们可不能出去。”店主人不知韩珮瑛是为了避免和那些军官见面，只当两个小姑娘是胆小怕见公差，当下便即依言行事。

店主人只道风波可以平息，不料“老狼”程彪仍不满意，说道：“好，瞧在你苦苦求情的份上，让你多做一点生意，客人不用都滚出去了，但所有的客人还是都要出来让我们问一问话。”

店主人哀求道：“在小店住宿的都是正当商人，大人，你们的房饭钱我不敢收，但请大人高抬贵手，不，不要……”要知官兵借口盘查，讹诈店主和客人乃是常有的事。店主人最怕的也是这一套。

程彪的次子“黄狼”程挺说道：“谁稀罕你不收房钱，但你说在你这里的都是正当客人，你敢担保么?”

店主人见他似乎比较容易说话，当下硬着头皮说道：“都是常来常往的客人，我知道的。”

安达道：“不许，非一个个的盘问不可!”

谷啸风在房间里小声冷笑道：“要是他们当真不知死活，那就只好在这里把他们干掉了!”

正在剑拔弩张之际，忽有一个“混混”（无赖）模样的汉子走进客店来。

此时程挺正在向那店主人喝问：“有没有一个花白胡子的老头儿和一个小姑娘在你的店子里?”店主人道：“没有，当真没有。”

那个混混进来笑道：“现在没有，待会儿就会有了。”

程彪喜道：“你有了消息么?”

那混混说道：“回大人，这两个人已经进了县城，正在前门一间饭店吃晚饭。吃过晚饭，他们就要找客店了。城里只有两间客店，这间最大，他们多半会到这里来的。”

原来这个混混乃是衙门的“线人”，和程彪他们相识的。

程彪哈哈笑道：“好，那咱们乐得歇一会儿，以逸待劳，让他们自投罗网。”

安达说道：“不过也得提防他们投宿另一间客店，你再给我去打听他们的行踪。”

那混混道：“是，小人理会得。”

程彪说道：“快给我准备酒菜，我们吃饱了好办公事。”

店主人诺诺连声，当下便叫伙计带他们进房歇息。

那混混又再进来，向店主人龇牙咧嘴地笑道：“我给你说了好话，免了你一场灾祸，你说你该怎样——”那店主忙把一锭银子递过去说道：“小二哥，你不说我也要酬谢你的，这点银子，不成敬意。”那混混收了银子，这才真的走了。

程彪这伙人只道一间小客店里能有什么“奢拦”（江湖术语：“了不起”的意思）人物，是以放言无忌，丝毫也不理会“隔墙有耳”这句老话。

谷啸风这才知道他们之所以要盘问客人，倒并非是故意和店主为难，而是要搜查人犯。

韩珮瑛悄声道："只不知那老头儿和那小姑娘是什么人?"

任红绡笑道："坏人要捉拿的当然是好人了。"

韩珮瑛道："不错，咱们撞上了，这桩事情，好歹理它一理。"

店主人加意奉承，杀了两只鸡拿了一坛老酒给程彪他们吃喝。几杯下肚，他们的话也就更多了。不过却始终没有说出他们要捉拿的人是谁。

安达搓搓肚皮，说道："今天赶了一天路，真是饿得要命。想不到这间小客店的酒菜倒还不错呀。"

程彪道："你少喝两杯吧，待会儿还要动手呢。"

安达说道："怕什么，咱们六个人还怕对付不了一个糟老头儿和一个小姑娘。"

程挺说道："安大叔，这老头儿可不能说是'稀糟'（本领不济之意）啊，好像你也曾经吃过他的亏吧?"

安达哼了一声说道："此一时，彼一时。如今他没有帮手，我还怕打不过他么?待会儿你们瞧着，我一个人就要把他们祖孙'拾掇'（收拾之意）下来。"

程彪最小的儿子"白狼"程玉笑道："安大叔，你舍得难为那如花似玉的小姑娘?"

安达哈哈笑道："老弟，你倒是真懂得你老哥哥的心意，说真个的，这小姑娘虽没有韩珮瑛和奚玉瑾那样花容月貌，可也算得是个标致的小媳妇儿，这回你可不能和我抢了。"

程玉笑道："安大叔，君子不夺人之所好，你要的人，我怎能和你争夺，不过，你也得小心点儿才好，别像那回在老狼窝抢新娘子一样，新娘子没抢成，你却吃了大亏。"原来安达的一只眼睛，就是那次要抢赴扬州完婚的韩珮瑛，给韩珮瑛戳瞎的。提起这件事情，程玉的三个哥哥哄然大笑。程彪喝道："你喝醉啦，说话都不知轻重了，怎能和安大叔开这样的玩笑?"

崩口人忌崩口碗，安达最忌讳的就是别人揭他这个疮疤，登时怒气上冲，拍案骂道："韩珮瑛这野丫头可惜在大都没有给我碰上！”

程玉笑道：“碰上了她，你又能怎样？”

安达说道：“不错，我是打不过她。难道‘王府’里的人都打不过她么？捉着了她，我求小王爷把她赏给我，我挖掉她的两只眼睛，废掉她的武功，再迫她做我的新娘子。”

程玉笑道：“你打的如意算盘，当真捉到了她，小王爷自己不要，会让给你？”

韩珮瑛在隔壁房间听得他们污言秽语，说到自己头上，气得炸了心肺。谷啸风连忙拦阻她过去，在她耳边低声说道：“狗嘴里不长象牙，何必急于去理会他们？让他们多活些时，也好多听一些消息。”

程彪说道：“安老弟，小儿胡乱说话，你别见怪。其实我们这次都是诚心来帮你的。你要知道王爷是吩咐咱们到兖州递送文书，吩咐过咱们，路上不许闹事的啊。”

安达说道：“我知道，但既然恰好遇上，反正也耽搁不了咱们的正事。那老头儿和你们也是有梁子的啊。”

程彪说道：“对，我和他们的梁子虽然不深，这口气还是要出的。不过我可不想抢人家的花姑娘。”

从他们的口中总算又透露了两个消息，其一，那老头和少女乃是祖孙；其二，他们是给完颜长之送公函到兖州去的。

金鸡岭正是在兖州境内。谷啸风瞿然一省，暗自想道：“虽说金国的皇帝答应了檀大侠不对金鸡岭用兵，却难保完颜长之不是阳奉阴违。他们送到兖州去的莫非就是完颜长之的什么密令？”

安达已有几分醉意，还要添酒，那个混混却已回来向他们报告消息了。报道那“糟老头儿”和他的孙女是在另一间客店投宿。

程彪说道：“安老弟，你的酒不能喝啦。”

安达把酒杯一掷，说道：“好，咱们这就抢新娘子去，回来你们吃我的喜酒。”

店主人躲在大堂墙角，看他们呼啸而去，心里十分害怕。忽见谷啸风等人也跟着出来，谷啸风把一锭银子塞在他的手里，说道：“房钱给你，我们走了。”店主人又是吃惊，又是诧异，说道：“你们不回来了么?”谷啸风笑道:“不错，非但我们不会回来，这班鹰爪孙料想也不能回来了，你大可以放心啦!”

安达堵住那客店的大门叫道:“周老头儿，你也是老江湖了，识相的快给我滚出来!瞧在你孙女的份上，我不会难为你的，我还要尊你二声老爷爷呢!”

只见屋顶上蓦地现出二人，正是那个老头和他的孙女。

那少女斥道:“淫贼看镖!”一支凤尾镖破空飞下，安达虽有几分醉意，本领却没稍减，把一柄扇子滴溜溜地一转一托，那支凤尾镖落在他的扇面，竟然给他平平稳稳的便收了去。安达歪着独眼笑道:“好精致的手工，凤姑娘，这算作是你给我私定终身的礼物吧。”

少女大怒，便要跃下去和他拼命，那老头说道:“狗嘴里不长象牙，凤儿，别中他们激将之计。”口中说话，一把铜钱撒下来，跟着就把他的孙女一拉，祖孙俩便在屋顶上施展轻功，掠过几重瓦面，前面已经没有相连的房屋，这才跳下地上，发足飞奔。

这老头的钱镖可比他孙女儿的凤尾镖厉害多了，程彪使开他的独门兵刃一支铁烟杆泼风似的乱扫，加上安达的一柄折铁扇拨打，才能把那十几枚铜钱打落。那老头和他的孙女儿已是逃过了二条长街了。

安达叫道:“新娘子要跑，那可不行!”飞身上马，望影疾追。程氏“五狼”也都跨上坐骑，跟在他的后面。

谷啸风和韩珮瑛等人出来的时候，刚好看见屋顶上那个少女和她的爷爷逃跑。不过还隔着一条街道，“野狐”安达和程氏“五狼”却未瞧见他们。

韩珮瑛又惊又喜，说道:“原来是周老爹爹和他的孙女儿，我真是糊涂，早就应该想到了。”

原来这老头子名叫周中岳，是奚玉瑾的管家，他的孙女儿周凤自小和奚玉瑾一同长大，更是亲如姐妹。那次韩珮瑛在老狼窝遇劫，他们也是曾经在场的。

当下谷啸风、韩珮瑛、李中柱、任红绡四人立即跟着追去。

阴平县是个小小的县城，只有两个兵丁把守城门，城墙很矮，只比普通的民房略高一些，不过却是天黑之后就关上城门的。

周氏祖孙已经翻过城墙逃出郊外，程氏“五狼”和“野狐”安达是骑着马的，只能喝令兵丁开门，兵丁见他们是军官，哪敢不依？

城门尚未关上，谷啸风等一行四人又已来到，那两个兵丁连他们是什么模样都还未曾看得清楚，他们已是从打开的城门冲出去了。

他们一路跟着骤雨般的蹄声追去，韩珮瑛正在担忧程氏“五狼”的马快，追赶他们不上，忽地看见他们的六匹坐骑，空骑散在路旁的一座山边吃草。原来周氏祖孙躲入林中，“野狐”安达和程氏“五狼”追上了他们，就跳下坐骑跑入林中搜索他们了。黑夜密林，骑着马在崎岖的山道上不易追逐敌人，而且目标较大，易遭暗算，故而他们一追上了，自是以放弃坐骑为宜。

谷啸风等人来得正是时候。周中岳和他的孙女儿被六个敌人围攻，刚刚到了十分危险的关头。

“野狐”安达笑道：“周老爷爷，我是诚心想做你的孙女婿的，做了亲家，这就免伤和气了。只要你点一点头，咱们马上就可以化干戈而为玉帛。”

周中岳喝道：“放你的狗臭屁！”自忖已是难逃敌手，一怒之下，索性豁了性命，飞身一脚，猛扑“野狐”安达，与他硬拼，准备与他同归于尽。

安达笑道：“哎呀，周老头儿，你怎么这样狠，你要你的孙女儿守活寡吗？”他的身形溜滑之极，口中说着话，一闪就闪开了。但听得“卜通”一声，另一个人却倒在地上。正是：

仇人见面，分外眼红。

欲知后事如何，请听下回分解。

第一二二回　重创狼狐搜密件
严惩虎伥破奸谋

给周中岳踢翻的是“老狼”程彪的第三个儿子程苏。程氏“五狼”之中，他的本领最弱。

这一脚踢得着实不轻，程苏惨叫一声，摔出一丈开外，躺在地上动也不动，也不知是死是生？

程彪的独斗兵刃是一根铁烟杆，他本来是好整以暇的一面抽烟一面应敌的，此时见儿子被周中岳踢倒，死活未知，又惊又怒，登时也对周中岳施了杀手。

程彪一口浓烟喷出，周中岳这一脚用力太猛，身形未稳，又正在应付安达的反扑，被他喷出的浓烟遮眼，冷不及防，登时着了他的铁烟杆一戳，伤了小腹，血流如注。

安达哈哈大笑，正要上去活捉周凤，忽听一个清脆的声音斥道：“淫贼，你看看我是谁？你说你想碰上我，好，我现在来啦！”

声到人到，首先来到的正是韩珮瑛。这一下可把安达吓得魂飞天外。

说时迟，那时快，韩珮瑛的青钢剑已是化作一道银虹，向安达疾刺过去，和他交上手了。谷啸风等人跟着来到，也各自找上了对手。

韩珮瑛道：“小凤，你料理你的爷爷，这窝野狼和这个妖狐交给我们，管保他们一个也跑不掉。”

周凤喜同天降，说道：“韩小姐，我预先多谢你啦。”当下连忙扶了祖父，远远躲开，她随身带有金创药，便即给祖父敷药裹伤。

谷啸风冷笑道："程老狼，我正要找你算账！"抢先就和程氏五狼中本领最强的程彪交上了手。

李中柱挥舞玉箫，跟着截住"三狼"，任红绡笑道："李大哥，让一个给我。"拔出双刀，敌住程彪的第四个儿子"白狼"程玉。

程彪咬了咬牙，喝道："今日不是你死，便是我亡！"一甩腕子，烟管挟着风声，点打谷啸风的左肩井穴。他已知凶多吉少，但想谷啸风虽然是武学名家之子，但年纪轻轻，本领也许不会太强，自己未必就胜不了他。

哪知谷啸风的"七修剑法"已是练到差不多登峰造极的境界，本领不弱于他父亲盛年之时。程彪烟杆向他戳来，他一声喝道："来得好！"剑光疾闪，一招"拨草寻蛇"，不但把烟杆拨开，而且剑锋迅即就向对方膝盖削下。

程彪功夫确也老辣，只见他身躯往后一仰，腰背几乎贴着地面，烟杆支地，反手一撑，一个筋斗倒翻过去，在间不容发之际，居然避开了利剑削足刺腹之危。但虽然如此，衣服亦给剑尖戳破，吓出了一身冷汗。

谷啸风冷笑道："莫说你是一头老狼，就是一头猛虎，我也要抽你的筋，剥你的皮！"声出招发，如影随形，剑尖刺向程彪脐旁的"商曲穴"。程彪用了一招"横云断峰"，烟杆横胸遮拦，不料谷啸风的剑术端的是虚实莫测，兵器未曾碰上，倏地又是一个变招，右腕微沉，剑尖已是刺向他的右面的"肩井穴"。

程彪招架不住，忽地一口浓烟喷了出来。谷啸风刚才见过周中岳吃他的亏，早已料到他迟早有这一着，对方口一喷烟，他立即挥袖成风，不让浓烟迷眼。烟雾迷漫之中，双方的身形都已被遮盖了。程彪倒提烟杆，滚热的烟锅向谷啸风腕骨敲下，这是他的看家本领，利用烟幕偷袭，百无一失。

哪知谷啸风也会听声辨器，而且剑招奇快，远远在他之上。他的烟锅还未沾着谷啸风的衣裳，谷啸风的剑尖已刺着了他腰胁的"气愈穴"。程老狼闷哼一声，登时倒下。

"野狐"安达败得更惨。韩珮瑛恨他口齿轻薄，出手招招凌厉，剑尖都是刺向他的穴道要害。安达在黑道上虽也算得上是一流好手，却怎抵敌得住她这精妙的剑法？

激战中只听得“嗤”的一声，韩珮瑛一招“玉女投梭”剑光匹练似的向前刺去，安达折铁扇一拨，遮拦不住，扇面洞穿。他这柄折铁扇本来是罕见的奇门兵器，这一下中间穿了个洞，兵器的威力登时大减。哪里还能是韩珮瑛的对手？

安达情知不妙，吓得慌了。百忙中一个“鹞子翻身”，转身便逃。匆忙中他也不想韩珮瑛的轻功岂是他所能及，他脚尖尚未沾地，只听得“呼”的一声，韩珮瑛正是从他的头顶“飞”过，堵着他的去路。安达身形未稳，待想招架之时，韩珮瑛出剑如电，刷刷刷连环三剑，安达一声惨呼，只剩下的一只右眼，又已给韩珮瑛刺瞎，肩上的琶琵骨也给挑断，另加两只给击落的门牙！

韩珮瑛这连环三剑不但把安达变成了瞎子，而且已是废了他的武功。韩珮瑛冷笑道：“你这无耻之徒，看你今后还能作恶吗？杀你污了我的手，让你去吧。”安达以手掩面，好像受了伤的野狗，一路狂嗥，一跷一拐地走了。

和李中柱交手的是程彪的长子“青狼”程浩和次子“黄狼”程挺。程浩使的是一柄链子锤，程挺使的是一对狼牙棒。他们两人用的都是重兵器，力大招熟。

可是李中柱的玉箫点穴却是世上无双的点穴功夫，他的暖玉箫更是武林异宝，岂是这两人的一身笨气力所能抵挡的？

斗到分际，程浩的链子锤给李中柱一拨拨开，让过锤头，一抓抓着铁索，李中柱猛的就抛过去，铁索反缠，缠着他的双足，程浩立足不稳，“咕咚”倒了。

程挺大怒，狼牙棒用尽全力向李中柱天灵盖劈下来，李中柱玉箫一挥一带，使出“四两拨千斤”的上乘功夫，程挺身向前倾，一棒打下去，恰好打着程浩的头颅，把他的长兄的头颅打得变成了一团烂泥，他倒了下去，正好也是压在程浩身上。

程挺爬了起来，双眼火红，拾起了狼牙棒，看来是要和李中柱拼命，却忽地咬了咬牙，嘶声叫道：“我斗不过你，你杀了我的长兄，我也不想活啦！”狼牙棒竟然朝着自己的额门打下。

"程氏五狼"之中以"黄狼"程挺性子梗直，比较好些，李中柱心中不忍，挥剑打落他的狼牙棒，说道："饶你不死，你去吧！"

程挺还是不肯走，程彪喝道："你不想给你的父亲和你的兄弟报仇了么？留得青山在，不怕没柴烧，你不走为我陪丧又有何用？我做鬼也不原谅你的。"程挺听得父亲这样说，只好走了。

此时还在交手的只有"白狼"程玉和任红绡这一对了。

程玉在"程氏五狼"之中，本领只比父亲稍逊，比他三个哥哥都高。任红绡稍微占了一点上风，尚未能取胜。

程玉甚为奸狡，和他三哥程挺的梗直性子不同，此时看见自己这方已是一败涂地，保命要紧，突然一个猛攻，以进为退，倏地转身便逃。

任红绡心地最为慈悲，见他两个哥哥已经惨死，不忍再去杀他，也就让他跑了。

一场恶斗，终于结束。"五狼"中的程英给周中岳踢死，程浩给自己的兄弟失手打死，安达武功已废，虽然逃脱，此后也只能苟且偷生了。没受伤走掉的只有一个"白狼"程玉。

谷啸风从程彪身上搜出完颜长之给兖州知府的密函，说道："论理你死有余辜，不过上天有好生之德，我就只废掉你的武功吧。"

韩珮瑛道："让我先看一看这封公函说的是些什么机密大事？"

谷啸风把那封密件交给韩珮瑛，冷笑说道："程老狼，你也有今天！不过从今之后，你若是真正能够洗心革面，纵然武功废了，也未尝不可以重新做个好人。"

他说了这几句话，正要下手废掉程彪的武功，韩珮瑛展开那封公函，看了几行，忽地叫道："且慢！"

谷啸风一愣，回过头来，问道："什么事情？"就在此时，忽听得程彪一声惨叫，七窍流血。韩珮瑛顿足道："糟糕，他自杀了。"

原来程彪自知不免，他是一生作恶逞惯威风的，心想一旦武功废掉，只有别人欺负他，没有他欺负别人的了，他有多少仇家，那些仇家能够放过他吗？"纵然能够保全性命，成了废人，又有何用?”思念及此，一口浊气涌了上来，便即自断经脉而亡。

任红绡道：“这条老狼，本来罪该万死，他死了也就算了，管他作甚。”

韩珮瑛道：“你不知道，这封文书——”

任红绡道：“这封文书怎样?”

谷啸风已经料到几分，说道：“是否这封文书提及的事情，有些你看不懂，要想盘问他的口供。”

韩珮瑛道：“正是。你看这几句话，似乎金鸡岭上还有金寇的内应呢。”

原来这封密函，是完颜长之写给兖州知府和驻在兖州的金国总兵的。除了吩咐他们继续监视金鸡岭义军的动静之外，还透露了一个秘密，要他们和暗藏在金鸡岭上的“自己人”联络，但信内却没开列“自己人”的名字，只说他们倘若持有“王府”所发的“信物”来到兖州府衙，那就可以证明他们是“自己人”了。“信物”为何，也没有说。想必那是完颜长之早已知会兖州知府和总兵的了，所以不必多提。

谷啸风沉吟片刻，说道：“这是有点麻烦，金鸡岭上咱们有近万兄弟，不知谁是奸细，可不能一一搜查。不过知道了总比不知道好，到了金鸡岭，咱们再和柳盟主计议吧。”

此时周凤已替爷爷敷上金创药裹好伤了，谷啸风等人过去和他们重新相见，周中岳自是感激他们救命之恩，不在话下。

韩珮瑛笑道：“小凤，那次在老狼窝，多谢你来接我。想不到今天会在这里碰上你们。这几年我倒是曾经两次到过百花谷的，却不知你们是在哪里?”

周凤听了她的说话，不禁面上一红。

要知那次在老狼窝，周凤是奉了奚玉瑾之命，中途拦截韩珮瑛的车驾，“接”她们到百花谷的。说是“迎接”，其实却是绑架。为的是奚玉瑾要破韩珮瑛和谷啸风的婚事。

周中岳一声咳嗽，替女儿掩饰窘态，说道：“自从公子和小姐离开百花谷之后，家人各散东西，我们也没有再回百花谷了。谷相公，韩姑娘，你们虽然是好事多磨，终于还是在一起了！我还没有恭喜你们呢。”

韩珮瑛笑道：“过去的事，不要再提了。今天能够见着你们，我很高兴。咱们现在不是大家都很好么？”

周中岳道：“多谢韩姑娘贵言，这话也真说得不错，我和小凤这次是从苏州回来的，我已经替小凤找到了婆家啦。”

周凤羞得满面通红，说道：“爷爷，你怎么一见韩姑娘就说这个。”

韩珮瑛大喜道：“小凤，恭喜你了。是哪一家？”

周中岳道：“是苏州杨家。”

谷啸风道：“江南大侠耿照的外祖父有个徒弟名叫杨雁声，也是苏州人氏，不知可是他们这一家。”

周中岳道：“不错。小凤的夫婿是杨雁声的侄儿。我已经替他们定下婚事，这次是想让小凤回去禀告小姐，再择日子为他们完婚的。”

韩珮瑛道：“那你们就不用回百花谷了，奚姐姐不在家，她是在金鸡岭。”

周凤忽道：“韩小姐，我想问你一件事情。”

韩珮瑛道：“何事？请说。”

周凤说道：“听说我家小姐已经嫁了人，她的丈夫名叫辛龙生，不知是真是假？”

韩珮瑛苦笑道：“人事变化往往出人意料之外，你听到的这个消息并没有假，不过现在已是又有变化了。”周凤问道：“什么变化？”

韩珮瑛道：“这个，这个……”周中岳道：“是不是他们闹翻了？”韩珮瑛叹口气道：“不错，听说他们因为性情不合，终于又告分手。不过他们并没有吵架，是和和气气分手的。”

周凤叹道：“我家小姐真是苦命。唉，原来如此，这就怪不得了。”

韩珮瑛怔了一怔，说道：“什么怪不得？”

周凤道：“前两天，我们在路上曾经碰见那个辛龙生，他和一个很漂亮的小姐作伴。我不认识辛龙生，爷爷却是见过他的。他们亲热得很，我还只道他是背着我家小姐做出对不住她的事呢。”

韩珮瑛道：“那个少女一定是车淇了。”周凤问道：“车淇是谁？”谷啸风道：“二十年前，有个名震武林人物，名叫车卫……”

话犹未了，周中岳已是吃了一惊，说道：“原来那位姑娘就是这个大魔头的女儿吗？”

谷啸风说道：“这位车老前辈倒不像一般人所说的那样邪恶，恐怕只能算是介乎邪正之间的人物，如今则更是改邪归正了。”

周凤恨意未消，说道：“他找到这样一个奢拦的岳父做靠山，怪不得不要我家小姐了。”

谷啸风知道周凤和奚玉瑾的感情，名虽主仆，实如姐妹，再向她解释，她也是不能释然于怀的，当下转过话头，说道：“周老伯，原来你和辛龙生是早就相识的，他和你说了一些什么，我正想知道他的消息。”

周中岳道：“我认识他，他可不认识我。”谷啸风道：“为什么？”周中岳道：“我是在十年前在他的师父文大侠那里见过他的，那时他刚进师门不久，已是眼睛长在额角上了。他只肯和成名的人物结交，我不过是仆人的身份，他眼中哪里有我。”

谷啸风笑道：“你说得不错，辛龙生以前是有这个毛病。不过据我所知，现在他也渐渐改了。”

周中岳继继续续说道：“说来我也几乎不认识他了，以前他是个小白脸，现在脸上却是交叉两道刀疤，仔细的看，才看得出他是当年文人侠那个小徒弟。”

谷啸风笑道：“要是你在一年前见着他，他还更难看呢。是车卫给他求得灵药，给他整好容颜的。”

周中岳道：“不错，要不是我们后来听得别人在谈论他，我也不敢断定就是他的。”

谷啸风道：“什么人谈论他？”

周中岳心想：“辛龙生这小子虽然惹人讨厌，毕竟是文大侠的徒弟，是谷啸风的好友，这件事情，我是应该告诉他的。”当下说道：“是两个假扮金人的蒙古武士。”

谷啸风吃了一惊，说道：“你怎么知道他们是蒙古士兵？”

周中岳道："我少年时候，曾经在蒙古做过马贩子，懂得一些蒙古话。"

谷啸风道："他们说些什么？"

周中岳道："这两个武士似乎正是奉命去追踪辛龙生的。我只听到了他们的几句话，他们的言语之中透露出辛龙生的身份。"

谷啸风道："不错，辛龙生是江南武林盟主文大侠的掌门弟子，蒙古鞑子的野心是吞金灭宋，自是巴不得有机会除去他们师徒，以便减少将来南侵灭宋的障碍。"

周中岳道："那两个武士交谈，透露出辛龙生的身份，不过他们首先提起的倒不是他的师父文大侠，而是辛十四姑和另一个从前也是名震江湖的人物。"

韩珮瑛心里想道："辛十四姑已经给谷啸风和我废掉她的武功，难道她又投奔蒙古去了？"

谷啸风道："那人是谁？"

周中岳道："就是从前曾经和车卫齐名的那个上官复。我没有会过上官复，不过我知道他也是一个介乎邪正之间的人物，听说他因为避仇，逃到了蒙古，而且做了蒙古国师龙象法王的副手了。"

谷啸风怔了一怔，说道："那两个蒙古武士是怎样提起上官复的？"

周中岳道："一个说道：'想不到车卫的女婿竟然是辛十四姑的侄儿，嘿嘿，这可妙极了。'另一个道：'是呀，捉不着上官复捉着这个小子，倒也是一件很好的礼物，可以送给完颜长之。'他的同伴说道：'我也是这个心思，如今既然发现了他们的行踪，咱们赶快追上去吧。嘿嘿，还有一个好处呢……'这两个武士是骑着马的，他们走过之后，我伏地听声，听至此处，后面的说话就听不见了。不知他们说的另一个好处却是什么？"

周凤说道："爷爷把他听到的说话告诉我，我又是奇怪又是气恼。"

韩珮瑛笑道："你想必是气恼辛龙生会变成了车家的女婿了？"

周凤道："这是其一。"韩珮瑛道："那么其二呢？"周凤道："我爷爷刚才不是说过吗，那个上官复是投靠蒙古鞑子的武林败类，但那两个蒙古武士的口气，却似乎辛龙生和上官复竟是一路，但既是一路为什么蒙古鞑子又要捉拿他呢？”

周中岳道：“这事我也是百思莫得其解。”

谷啸风笑道：“我告诉你们真相吧。上官复是辽国志士，辽国被金所灭，他是图谋复国，是以隐瞒身份躲到蒙古去做了龙象法王的副手的。早在三年之前，他的身份已给龙象法王识破，又再逃出和林了。他是珮瑛的爹的好朋友，也曾帮忙过咱们汉人的义军的。据我所知，这几年来，龙象法王曾经不止一次派出高手要捉拿他。”

周中岳道：“原来如此，这倒是我的孤陋寡闻了。”

谷啸风道：“这件事情，除了我的岳父之外，真正知道底细的人，只有丐帮帮主和武林天骄、笑傲乾坤、蓬莱魔女等有限的几人。辛龙生是绝不会知道的，他也不可能和上官复见过面。”

韩珮瑛道：“他们既是风马牛不相及，何以在那两个蒙古武士的口中，却又有了牵连？”

谷啸风道：“是呀，所以我对这件事也是百思莫得其解，觉得甚为奇怪了。”

韩珮瑛道：“周老伯，你是在什么时候，什么地方碰上他们的？”

周中岳道：“我是前天中午时分途中碰上辛龙生和那位车姑娘的。过了约莫两个时辰，才碰上那两个蒙古武士。碰上辛龙生的地点是符离集，碰上蒙古武士的地点是黑石岗。”

谷啸风道：“符离集和黑石岗倒是同一个方向，不过却不是同一条路呀。”

周中岳道：“不错，我正是在三岔路上碰上辛龙生的，我和他也是走的同一方向而不同路。那两个蒙古武士走的则是和我既同方向又同一路，不过他们马快，如今恐怕最少也在前面一百多里了。”

韩珮瑛道：“想必那两个蒙古武士追踪辛龙生也是误入歧途了。”

谷啸风道：“黑石岗是不是前往金鸡岭的必经之路？”

周中岳道：“是的。”

谷啸风道：“那两个蒙古武士一定以为他们前往金鸡岭，所以从这条路追去。不过辛龙生却为什么要走第二条路，不去金鸡岭呢？难道他知道有人跟踪他了？”

周凤冷笑道：“他知道我家小姐在金鸡岭，如何还敢到金鸡岭去见她。”

谷啸风暗自好笑，周凤对辛龙生总是怀着成见，不过以辛龙生的性格而论，周凤的这个推测却可能是不错的。

他沉吟半晌，说道：“辛龙生兼正邪两派之长，那位车姑娘的武功我虽然没有见过，但她是车卫的女儿，料想亦非泛泛。不过那两个蒙古武士倘若当真是龙象法王派来捉拿上官复的，他们的本领恐怕就更是非同小可了。”

谷啸风对辛龙生甚是关心，周凤则是颇不高兴了，说道：“他们走的不是同一条路，谷相公，你用不着担心辛龙生会碰上他们。”

韩珮瑛道：“那可不一定，要是那两个蒙古武士追了一程，没有发现他们，又回过来向符离集那边追下去呢？”

接着笑道：“据我所知，你家小姐如今也都不恨辛龙生了，要是她知道了这件事情，恐怕她也会关心的。”周凤撅着小嘴儿道：“我可比不上我家小姐那样宽宏大量，不过我并不反对去帮他的忙，我还可以给你们带路呢。只是我要把公私分开，救他是公事，恼他是私事。即便救了他，我也还是要恼他的。”

谷啸风笑道：“小凤姑娘识得大体，我很佩服。好，那咱们就动身吧。周老伯，你的伤怎么样？”

周中岳道：“已无大碍了。跑路纵然不行，骑马总还可以。”

他们一共是六个人，“程氏五狼”和“野狐”安达留下的马匹恰好供他们一人一骑。

周凤道：“先走哪一条路？”

谷啸风道：“先走黑石岗，打听那两个蒙古武士的行踪。”

韩珮瑛笑道：“对，这正是应了一句老话‘螳螂捕蝉，焉知黄雀在后’了。他们追踪辛龙生，咱们却又紧蹑他们。辛龙生走的是另一条路，未必会给他们碰上，咱们碰上他们的机会却大得多。先对付这两个蒙古鞑子，间接也还是帮了檀大侠的忙呢。”

周中岳莫名奇妙，问道：“这与武林天骄檀大侠又有什么相干?”

谷啸风道：“檀大侠有件大事要办，这件事情，上官复是可以助他一臂之力的，如今檀大侠正在大都等候他来。上官复是武林有数的高手，当然咱们用不着替他担忧。不过咱们要是能够抢在前头，替他打发了追踪的鹰犬，可以省得他分心对付敌人，这就是等于给他扫除了路上的障碍了，不更好么?”

周凤笑道：“黑石岗是前往金鸡岭必经之路，我家小姐在金鸡岭，反正我现在是非往金鸡岭不可了。你选这一条路，对我正是最好不过。这就走吧!”

辛龙生为了避免和奚玉瑾见面，故而改走另一条路，这一点周凤和谷啸风是猜对了，不过事情的变化，却又出乎他们意料之外。

还有谷啸风以为辛龙生和上官复是风马牛不相及，不可能有任何关系，这也是他有所不知了。

谷啸风这一路按下暂且不表，回过头来，先说辛龙生和车淇的遭遇。

走过了那三岔路口，车淇若有所思，辛龙生说道：“淇妹，你在想些什么?”车淇忽地问他道：“龙哥，刚才那女子，和你是相识的吗?”

辛龙生道：“你说的就是刚才在三岔路口碰上的，和她的爷爷一起走路的那个女子吗?”

车淇说道：“不错。她的爷爷似乎也认识你。”

辛龙生摇了摇头，说道：“我可并不认识他们。”

车淇说道：“那倒有点儿奇怪了，她那样出神地望着你，她的爷爷也是一样。”

辛龙生道：“我也不知道他们为何这样望着我呀。”

车淇笑道：“这还不算呢，那位姑娘向我投射过来的目光，似乎充满恨意，我看得出来的。”

辛龙生心头一凛，苦笑说道：“淇妹，你多疑了。我过去虽然行为不端，尚不至于随便拈花惹草。再说，我得到你的真情相爱，也决不会还有什么事情瞒着你的。过去我的种种错误，都已经对你说了。”

车淇听他说得这样坦诚，不由得心里感到甜丝丝的，嫣然一笑说道："龙哥，你误会了，我并没有疑心你呀，只不过我觉得奇怪罢了。素不相识的人，却这样注视咱们。"

辛龙生道："我在师父身边的时候，见过的宾客很多，或许他们认识我，我却想不起来了。"话是这样说，他自己的心里也是觉得有点奇怪的："要是那个老头儿当真是师父的朋友，他认识我，却为何不和我打个招呼呢？"

车淇心里充满柔情，可没工夫思索这些疑点，她只是呆呆地望着辛龙生。

辛龙生笑道："你还不相信我吗？"

车淇说道："我当然是相信你的。龙哥，我知道你、你也是真心爱我，不过——"

辛龙生道："不过什么？"车淇笑道："我知道你爱我，不过你为什么不敢去金鸡岭呢？"

辛龙生面上一红，说道："我，我暂时不想和旧日相识的朋友见面。"

车淇柔声说道："我知道你是避免和奚姐姐见面，对不对？"辛龙生默然不语。车淇又道："龙哥，你爱我的心是什么也改变不了的吧？"辛龙生急得涨红了脸，说道："我恨不得把我的心挖出来给你看。不错，我是暂时不想见奚玉瑾，这，这，这是——咱们相处得这样好，何必，何必……"

车淇笑道："你不用解释，更不你挖出心来，我早已知道你的心了。但你想要知道我的想法吗？"辛龙生道："唉，你在想些什么，那你赶快说吧。"正是：

但愿两心常皎洁，不教云掩月华明。

欲知后事如何，请听下回分解。

第一二三回　岂是余情犹未了　每思前事辄黯然

车淇缓缓说道："我是这样想的，既然咱们是真心相爱，不论发生任何事情都影响不了咱们的相爱的了，那为什么还要害怕去见奚姐姐呢？不瞒你说，我也是在想念着她啊。"

辛龙生讷讷说道："不是我害怕见她，我是怕、怕——"

车淇柔声笑道："你是怕我心里还有芥蒂么？或是怕奚姐姐见到咱们也许难免尴尬么？要是我仍然芥蒂于心的话，我也不会劝你去金鸡岭了。至于奚姐姐的为人，虽然我只是和她见过一面，我已经知道她是一个拈得起，放得下的女中丈夫，我敢相信，她的心里一定也是不会藏有芥蒂的了。"

辛龙生默然不语，过了一会，说道："我也相信她是欢喜见到咱们的，不过，我过去做了错事，并不是普通的偶然的错误——"

车淇说道："你早已改过自新了，金鸡岭上的朋友也是知道的啊！"

辛龙生道："不错，我知道他们会原谅我的，但我自己、自己觉得惭愧。"

车淇笑道："你的毛病之一，就是太过重视自己的面子，生怕人家看不起你。所以你一定要做出一两件有意义的事情，博得人家的称赞，你的脸上才有光彩，是么？"

辛龙生苦笑道："你一定认为这种想法不对了。"

车淇说道："你这想法也不是不对，不过一个人的力量总是有限，要和大伙儿在一起，才能干出轰轰烈烈的事情。这是上官伯伯说的，他的本领不在我爹爹之下，比咱们胜过不知多少，他都是这么说，何况咱们呢？”

辛龙生给她说得心思不定，说道：“上官复此际不知到了金鸡岭没有？”

车淇说道：“他是三天之前动身的，应该已经到了。奚姐姐和谷啸风、韩珮瑛他们想必此际也已知道咱们的消息的了。要是咱们不到金鸡岭去，我倒是觉得有点愧对他们呢。不但上官伯伯，爹爹也是赞同咱们到金鸡岭的。”

辛龙生主意业已动摇，但仍是默然不语。

车淇诚恳说道：“你还在踌躇什么？其实只要你的心境开朗，你就不会斤斤计较于个人的得失了。这道理我以前是不懂的，自从见过奚姐姐和你的一班好朋友之后，前几天又见过了上官伯伯，我才渐渐懂了。”

辛龙生放眼一看雨后新晴的满地阳光，心上的阴霾也似乎在阳光下消失了。笑道：“好，我听你的说话就是。不过，咱们可得走一段冤枉路啦。”

车淇笑道：“回头未晚，这也是上官伯伯劝过我爹爹的话啊。”话意双关，因为他们要回过头来，回到那个三岔路口，再走黑石岗这一条路，才能到达金鸡岭。

辛龙生心情开朗许多，想起那晚惊心动魄的恶斗，说道：“上官复原来是你爹爹的好朋友，我一点也不知道。”

车淇说道：“我也是那天晚上才知道的。爹从来没有和我提过。”

辛龙生道：“上官复的名字我是早就听人说过的。我一直以为他是蒙古国师龙象法王的副手，也就是咱们汉人的敌人呢。谁知他是有所为而投身蒙古，他不但不是咱们的敌人，还是汉人义军的朋友呢。”

车淇说道：“我想正是因为这个原故，所以爹爹连我也没告诉。当然我也知道爹爹的想法，自从我出世之后，我们父女隐居舜耕山，他已是意冷心灰，决意不理外间的事了。他只盼我能无忧无虑过这一生，所以不让我知道外间那么多争斗的事。他从前在江湖上经历过的事情他也不告诉我的，不仅是上官伯伯这件事。”

辛龙生笑道：“他想与世无争，但终于还是卷入漩涡了。而你受我牵累，恐怕也不能再像从前一样，过那无忧无虑的日子啦！”

车淇说道：“其实你不管别人，别人也会管到你的头上，怎能躲避得了。龙哥，你别对我说抱歉的话，我能够跟着你，在你身边，我只有感到幸福。就只怕我本领不高，拖累你呢。”

辛龙生心花怒放，说道：“淇妹，今后咱们是生则同生，死则同死。两个人是一个人，谁也不必再分彼此了。”

车淇嫣然一笑，说道：“不错，你这样说才是对了。”

辛龙生道：“你爹劝咱们去金鸡岭，不知他何以自己不去？”

车淇说道：“爹要到别个地方去找朋友，或许他是有另外的更紧要的事情。”

辛龙生道：“你爹那样高强的武功，那晚也受了伤，幸喜伤得不重，想起那晚的恶斗，真是我生平从所未经的一场恶斗！”

车淇道：“是啊，我现在想起来还在心跳呢！”

那是七天之前的事情。车卫在舜耕山的隐居之处，忽然来了一个不速之客。这客人就是上官复了。

上官复找来的时候，辛龙生刚从外面回家，先见到他。

辛龙生不认识他，自是要加盘问。上官复当然也是不敢和盘托出，反问他道：“你是什么人？”辛龙生道：“我就是住在这间屋子里的人。我不认识你，你找我做什么？”上官复颇为纳罕，说道：“你贵姓？”辛龙生道：“你到底是要找谁？你不肯说，为何却要我说？”上官复道：“我不是说过是来拜访这里的主人吗？即使你当真是住在这间屋子，也总不会是主人吧？”

辛龙生道：“你怎么知道我是不是？再说这里的主人有名有姓，你说不出来，我焉知你不是招摇撞骗？你自己也好歹总得有个姓名吧？”坚持要他通名求见。

两人越说越是误会，辛龙生知道车卫隐居此地，是从来不让外人知道的，只道他是车卫的仇家。心里想道：“岳父从前乃是介乎邪正之间的人物，这人多半是他的仇家了，不过是好人还是坏人，可还不得而知。以岳父的脾气，知道此人业已发现他的行藏，一定会把他杀了。”

辛龙生恐防车卫误杀好人，也就唯有阻拦上官复进去。

上官复则是心里想道：“难道车卫已经不在人间？事隔多年，此地亦经易主？不过，我既然来到此间，却是不能不看个明白。”于是说道：“我不想和你歪缠，你的主人见了我自然知道。”

辛龙生拦堵大门，想令上官复吃点苦头，让他知难而退，不料上官复一闯就闯进去。

辛龙生使了一招“云手”，一推之下，给上官复的反弹之力震得倒退数步，这才知道来人身怀绝技，大吃一惊。上官复见他居然没给自己摔倒，也是颇出意外，“噫”了一声。

辛龙生退而复上，压低了声音喝道：“你别以为武功能够胜我，就可以胡来，我劝你还是快快滚开的好，否则大祸临头，后悔莫及。”

上官复笑道：“是吗？好，那我倒要先试试你的功夫。”此时他又怀疑辛龙生是车卫的徒弟，心想只要试他三招，就可知道是真是假。

哪知辛龙生的所学乃是兼有三家之长，剑术是他姑姑所授，内功和点穴本领是文逸凡衣钵真传，这一年来又跟车卫学到正邪合一的几种功夫。三家武功混合来使，霎时过了二三十招，上官复仍是看不出他的师门来历，不由得更是惊疑不定。搏斗中辛龙生稍为躁进，给上官复衣袖一拂，把他抛了起来。

辛龙生半空中一个“鹞子翻身”，缓和下跌之势，心里正自想道：“这一跤只怕摔得不轻。”忽然有个人蓦地现出身形，刚好守候在他落下之处，张开双臂，把他接住。

这个人不是别人，正是车卫。

车卫一搭他的腕脉，见他脉息如常，便知是上官复手下留情，辛龙生并没受到内伤了。当下哈哈笑道：“我道是谁，原来是老朋友来了。”

上官复道：“这位少年豪杰是——”

车卫笑道：“他名叫辛龙生，正是小婿。”

上官复道：“原来乃是令婿，怪不得如此了得。嘿嘿，我和令婿倒是不打不成相识了。”

车卫笑道：“他的本领可不是我教的，他的姑姑是辛柔荑，他的师父是江南武林盟主文大侠。龙生，快来和上官伯伯重新见过，多谢上官伯伯对你手下留情。”

上官复听说他是女魔头辛十四姑的侄儿，颇感意外；辛龙生知道他是上官复之后，却是更为惊异了。上官复笑道：“你想必听人说过我的来历了，许多年来，在侠义道中，把我当作大大的坏人。好在令岳知道我的底细。”

车卫笑道：“我遵守十八年前和你的约定，你的底细，我和女儿都没有说过呢。”原来他们当年一个遁迹深山，埋名隐姓，一个投奔蒙古，图谋复国，大家约好了不泄漏对方的秘密的。

当晚两个阔别了十八年的老朋友酣饮畅谈，辛龙生和车淇在旁伺候，这才知道上官复之委屈自己充当蒙古国师龙象法王的副手，原来正是抱着一片孤臣孽子之心。

酒逢知己千杯少，他们不知不觉喝了一坛美酒，兴犹未尽，车卫叫女儿再取一坛。上官复说道：“咱们还是留点酒量的好，说不定今晚有一场厮杀。”

车卫已有几分酒意，哈哈笑道：“我虽然比不上打虎武松的英雄，有一样倒是和武松相似的。武松醉打老虎，醉打蒋门神，多喝三碗烈酒，就多一分力气，我也是喝醉了酒才见功夫。不过为了谨慎起见，龙生，你陪阿淇同去取酒也好。”

辛龙生还只道是上官复的过虑，岳父是怕他担忧，才叫自己陪伴车淇。哪知他们到酒窖取酒，刚刚回来，在天井就碰上敌人。

来的共是三人，最先翻过墙头的是一个披着大红袈裟的喇嘛僧。

辛龙生双臂一振，把捧着的酒坛就掷过去，那喇嘛僧大笑道：“出家人不喝酒，多谢你了。”说时迟，那时快，已是脱下了袈裟，袈裟一展，就似平地涌起一片红云，把酒坛一卷一送，反掷回来。辛龙生急忙闪避，“乓”的一声，酒坛破裂，酒香四溢，破片纷飞。辛龙生舞剑防身，车淇却给那股强烈的旋风震得身不由己的连退数步，幸亏没给破片伤着。

陡听得车卫的声音喝道："你不喝敬酒，我要你喝罚酒！"大口一张，酒浪匹练似的向那喇嘛喷去！那喇嘛飞舞袈裟，溅起满天"酒雨"，饶是他功力深湛，脸上也溅了几点，火辣辣的作痛。

那喇嘛大怒喝道："你是车卫吧？好，叫你知道洒家的厉害。"大红袈裟迎头罩下，车卫一掌拍出，蓬蓬声响，声如击鼓，竟然震得辛龙生的耳朵嗡嗡作响。

就在这瞬息之间，敌方的另外两个人亦已越墙而进，一个是金国军官，一个是蒙古武士。

辛龙生一剑刺去，一招两式，分刺二人，那军官笑道："你这小子也真是太不知自量了。"他用的是一柄月牙弯刀，弯刀倏地挥了一道圆弧，把辛龙生的一招两式全都接了过来。那蒙古武士双臂箕张，就向车淇扑去。

车淇给掌风一震，胸口如受重压。幸亏上官复业已来到，一招"手挥琵琶"，以柔克刚，把那武士牵过一边，那武士打了两个盘旋，方才稳得住身形。

上官复脚步一停，接着又是一招"玄鸟划砂"，横掌如刀，削那军官脉门，那军官也给他迫得回刀对付。辛龙生刚在吃紧，此时方始松了口气。

上官复冷笑道："原来金国的王爷和蒙古的国师业已联上了手，好呀，今日我就会会你们两国高手！"

原来那个喇嘛乃是完颜长之的师兄无妄上人，他虽然是金国亲王的师兄，本身却是个蒙古人。完颜长之与龙象法王互相结纳，就是他穿针引线的。

那个金国军官来头也很不小，他是完颜长之最得力的助手，金国御林军的副统领蓟长春。那个蒙古武士则是龙象法王的大弟子乌蒙。三人之中，乌蒙本领较弱，但他的"龙象功"亦已练到了第七重，本领远胜车淇，与辛龙生则是各有所长，不相上下。

当下展开一场恶战，车淇插不上手，只能提心吊胆的站在一旁观战。

辛龙生想起这场恶斗，虽然事隔七天，心中犹有余悸。

他和乌蒙交手，初时还是有攻有守，不多一会，但觉四面八方，都有一股无形的压力，压得他透不过气来。百忙中偷眼一看，只见车卫和无妄上人、上官复和翦长春正在高呼酣斗，打得难解难分，他们似乎也是占不到便宜。

辛龙生不禁倒抽一口凉气，心里想道：“岳父即使可胜这个喇嘛，恐怕也得一些时候，我已是不能支持了。”

心念未已，忽听得“轰隆”一声，一面墙壁塌了下来，裂开一个大的缺口。幸而辛龙生不是首当其冲，没给伤着。

车卫喝道：“好，咱们到外边打去！”他们是在院子里恶斗的，墙壁一穿，已经是身在屋外了。

这霎那间辛龙生忽觉四面的无形压力突然一松，这才叫得出来：“淇妹，你怎么啦?”车淇躲在一角叫道：“我没事，你放心！”辛龙生精神一振，随即便与乌蒙一路翻翻滚滚的打了出去。

到了外面的空旷地方，辛龙生和乌蒙交手，虽然还是未能占得便宜，但对方攻来的掌力，他已是可以勉强抵受。周围那股无形的压力，也似乎大大减弱了。

原来辛龙生的功力虽然不及乌蒙，但也不是相差得那么远的，他之所以感到周围的压力压得他透不过气来，那是因为车卫与无妄上人全力拼斗，掌风激荡，汇成一股无形的压力，从四面八方汹涌而来。在一个小的院子里，功力较弱的他，就不能不感到压力的特别沉重了。那堵墙壁就是给车卫和无妄上人的掌力震塌的。

不过压力虽然松了许多，辛龙生仍然只能和乌蒙堪堪打成平手。这还是凭着他那奇诡莫测的剑法，令乌蒙也不能不有所顾忌之故。倘若只凭本身功力，恐怕他早已落败了。

双方越斗越烈，辛龙生全副精神应战，已是无暇眼观四面，耳听八方。心中只有一个念头，无论如何也要支持下去。只要车卫和上官复任何一人先胜对手，战局立即就可扭转过来。

他作了持久战的打算，倒是镇定下来了。相反，乌蒙却比他焦急得多。

原来他无暇旁观，乌蒙却是已经察觉了形势渐渐对他们这边不利，因为他们这边，无妄上人似乎还可以和车卫打成平手，但翦长春已是渐渐不敌上官复了。

乌蒙久战辛龙生不下，不由得大为焦急，想道：“若是让这小子再斗三五十招，翦长春恐怕定然落败，只有我先击倒这个小子，才能助他。”可是辛龙生的剑法，守中带攻，既奇诡而又狠辣，要想速战速决，也不是容易的事，非得冒险扑击不可。乌蒙一咬牙龈，全力施为，登时使出了第七重的“龙象功”。

以第七重“龙象功”发出的掌力果然非同小可，辛龙生只觉对方的掌力仿如排山倒海而来，霎那间眼睛发黑，长剑已是掌握不牢。辛龙生无暇思索，立即使出家传剑法的绝招，长剑脱手掷出。这一招有个名堂，叫做“潜龙飞天”，是败中求胜的绝招，但要是刺不着敌人，那就不堪想象了。

就在这一瞬间，忽听得车卫与无妄上人同时一声暴喝，一幅红云一团黑影也同时向他们这边压下来！

说时迟，那时快，只见乌蒙大叫一声，如飞疾跑；无妄上人闷哼一声，红云突然消失；接着“当啷”一声，翦长春的月牙弯刀坠地。他们也跟着乌蒙逃跑了。

车卫身形晃了几晃，俨似风中之烛，摇摇欲坠。车淇连忙跑了出来，将他扶稳，叫道：“爹，你怎么啦？”车卫笑道：“一点点轻伤，并无大碍。那秃驴被我劈了一掌，料他非得十天半月难以复原，你的爹爹总算没有落败！”

原来车卫是因为见辛龙生形势危急，故此对无妄上人作全力的一击，结果拼了个两败俱伤的。不过虽然两败俱伤，无妄上人的伤却是比他重得多了。

车卫接着笑道：“翦长春给上官兄刺了一剑，料他在十天半月之内也是不能拿刀弄剑的了。龙儿，你那一招‘潜龙飞天’使得也很不错，乌蒙给你伤了左肩，虽然不是要害也够他受了。”

上官复苦笑道：“龙象法王是不肯放过我的，恐怕追踪我的人还会接续而来的，车兄，你这里恐怕不能久住了。连累了你，真是，真是——”

车卫不待他把话说完，便即哈哈笑道：“老朋友说这样的话，不嫌太生疏了吗？依你估计，他们还有多少个这样的高手会跟着来？”

上官复道："龙象法王是不会亲自出马的，像无妄上人这样的高手虽然不多，也有几个。"

车卫说道："他们总得等无妄与翦长春回去报讯之后，才能再来吧？"

上官复道："蒙古派来的高手据我所知，除了他们之外，其余都是留在金京。"

车卫说道："如此说来，我倒是还可以在家里多住几天了。他们再来，最少也得在十天半月之后，那时我的伤早已好了。"

上官复道："车兄，你准备上哪儿？"

车卫说道："还未一定。不过你用不着为我担心，我会有我的去处的。上官兄，我知道你有要事在身，反正我的伤也不打紧，你不必留在这里陪伴我了。"

上官复是和武林天骄早已有了约会的，说道："不错，我要到金鸡岭先打个转，会会蓬莱魔女，然后再赶往大都去见武林天骄，这里是不能逗留了。车兄，要是你没有别的地方好去，金鸡岭倒不失为一个可以容身之地，我可以替你和蓬莱魔女先说一声。"

车卫笑道："多谢你的好意，金鸡岭暂时我是不想去了。一来我闲散惯了，不惯拘束；二来金鸡岭的好汉是侠义道，我可是早已恶名昭彰的魔头呢。"

上官复笑道："你是'魔头'，那位绿林盟主柳女侠，她的绰号也是'蓬莱魔女'呢。我和他们道清楚了，那就不至于对你有什么误会了。"

车卫说道："笑傲乾坤和蓬莱魔女这对夫妻乃是人中俊杰，我也希望能够认识他们。不过还是留待将来再说吧。"

上官复道："既然你另有去处，那我就不勉强你了。我走啦。"

车卫忽地想起一事，笑道："我虽然不能去，不过小婿和小女我倒是想让他们去金鸡岭的。"

上官复瞿然一省，说道："对了，辛世兄是文大侠的掌门弟子，他和令嫒一起到金鸡岭去，那是最好也没有了。"

辛龙生道："上官伯伯，你先走吧。去不去金鸡岭，我也得等到岳父的伤好了之后才能决定呢。"他用这个借口委婉谢绝了与上官复结伴同行，其实是他自己不想去金鸡岭的。

但现在，他在车淇苦劝之下，终于还是回过头来，走黑石岗这条路，准备前往金鸡岭了。“淇妹说得对，丑媳妇也总是要见翁姑的。我如今好像再世为人，但求能够得到一个赎罪的机会，和金鸡岭的义军一起抗敌，正是可以给我一个赎罪的良机，我又何必怕见玉瑾和谷啸风他们呢？”辛龙生想得通透，心中豁然开朗，脚步也轻快起来了。

“辛大哥，你又在想些什么了？”车淇问道。此时他们已是不知不觉走过了黑石岗了。

辛龙生从沉思中醒了过来，说道：“没什么，我是在想，上官复此时不知是不是还在金鸡岭。他是比我们早三天动身。”

“上官复不在那里，谷啸风、韩珮瑛和奚姐姐总会有一个人在那里的。咱们还怕没人相识吗？怎么，你还是怕见他们？”车淇笑道。

辛龙生轻轻握着车淇的手，笑道：“有你和我在一起，我还会有什么害怕的？”

车淇面上一红，心里却是甜丝丝的，甩开了辛龙生的手，说道：“既然如此，那就赶快走吧。你瞧乌云满天，恐怕要下雨了，咱们快点走，说不定还可以赶到前面的小镇。”

果然走了没多一会，天就下起雨来，雨势越来越大。

天黑沉沉，倾盆大雨之下，两人衣裳湿透。车淇不觉打了一个寒噤。

辛龙生苦笑道：“看来是赶不到前面的小镇了，咱们找个地方避雨。”

雨势稍微小了一些，天色还是十分昏暗。辛龙生听得水流的奔腾澎湃的声音，吃了一惊，说道：“糟糕，咱们走错了路了。前面是大汶河。”

车淇说道：“咱们走这条路，不是也要渡过大汶河，才能去金鸡岭的吗？”

辛龙生道：“不错。但如果能在有人烟的地方，先找个人家投宿，待天晴再走，那就方便得多。如今来到江边，却哪里去找人家?”

雷轰电闪之中，车淇眼前一亮，喜道:“龙哥，有避雨的地方了，你瞧前面是不是有个木棚。”

辛龙生道:“不错，里面好似还有人声呢。”

原来那是一个堆放木材的厂棚，当地的木材商人是利用水流来运送木材的。不过现在这个厂棚却是空着，只有还未运送完毕的木材堆在一角。

辛龙生和车淇踏入那个木棚，只见有十多个人正在围着一堆火取暖。

辛龙生施了个礼，说道:“对不住，打搅你们了。我们走错了路，没别的地方躲雨。”

那些人倒是甚为和气，笑道:“客气什么，这个厂棚也不是我们的。哎，你们衣裳湿得这样厉害，赶快来烤火吧。”说话之间，已是腾出两个人的空隙。

辛龙生谢过他们，坐下来和他们聊天，这才知道他们是一帮做药材生意的商人，因为河水暴涨，找不着渡船，迫得在这木棚过夜的。

这个做药材生意的老板名叫安陀生，另外十一个人，七个是脚夫，四个是他的伙计。自称是从凉州采购药材到兖州去做买卖的。辛龙生也捏了一个假名说了。

安陀生道:“辛兄，这位小娘子是宝眷吧?”辛龙生一想，要是冒认兄妹的话，他和车淇的相貌可是差得太远，便道:“不错，正是内人。”车淇羞得低下了头，红晕满脸。

安陀生又道:“你们想是新婚未久?”辛龙生故作惊诧说道:“安老板，你怎么一猜就着?”

安陀生哈哈笑道:“新娘子总是特别害羞的，要是连这点也看不出来，那也未免太没阅历了。嫂子，你可别嫌我们这些人粗鲁，挪近一点烤火，快把衣服烘干，否则你会着寒的。”他叫手下的伙计更挤紧一些，腾出更多的空位。

辛龙生见这安老板为人直爽，和他倒是很谈得来。安陀生道:“你们小两口是上哪儿?”辛龙生道:“我有个朋友在兖州做点不大不小的生意，我们准备去投奔他找个事做。”

安陀生忽道：“兖州境内有个金鸡岭，金鸡岭有股绿林好汉，首领是个女的，名叫蓬莱魔女，近年闹得很凶。辛大哥，你知不知道？”

辛龙生道：“好似听人说过。”

安陀生道：“那你们两小口子不怕碰上她吗？”

辛龙生笑道：“我们身无长物，用不着害怕被人抢劫。而且我听说金鸡岭这伙绿林好汉也不是胡乱抢劫客商的。”

安陀生道：“你倒是打听得很清楚啊！”

辛龙生道：“许多人都是这样说的，并非我特意打听。难道这不是真的么？”

安陀生笑道：“你听到的消息一点不假，否则我们也不敢到兖州去做药材生意了。不过，据我所知，消息虽然不假，许多人还是不肯相信的。”

经过这番交谈，双方不觉都起了一种疑心。辛龙生心想：“莫非他是有意套我口风，试探我和金鸡岭有没有关系？”安陀生也是想道：“这人像个书生，他的妻子又是这样年青貌美，这种人本来应该害怕强盗的，他却敢于相信金鸡岭的好汉乃是侠盗，倒是难得。不过人不可貌相，或许他貌似书生，实是鹰爪，故意这么讲的也说不定。”双方都起猜疑，说起话来倒是不觉小心多了。

就在此时，忽然又来了两个不速之客。正是：

陌路相逢旧相识，相逢何必论恩仇。

欲知后事如何，请听下回分解。

第一二四回　雨暴风狂留异士
灰飞烟灭戏胡奴

一个是二十来岁的少年，衣服华丽，像是贵公子模样；另一个却是身材魁伟的壮汉，大概是他的跟班打手之类。这壮汉一进来就嚷道："让开，让开，我们公子爷要烤火！"此时外面的雨势已经小了，他们也持有雨伞，不过由于是从大雨中走来，还是给淋得像个落荡鸡模样。

辛龙生吃了一惊，原来这个"贵公子"不是别人，正是南宋的宰相韩侂胄的第二个儿子韩希舜，那个壮汉则是相府的教师爷史宏。

安陀生怒道："你懂不懂礼貌？这火是我们生的，你要烤火，该向我们请求。大呼小叫的，你当是在你们的公子爷家里，可以随意呼喝下人么？"

史宏哼了一声说道："我们公了爷和你一起烤火，这是抬举了你，你识不识抬举？真是斗胆，还敢要我们的公子爷向你求情。"

安陀生冷笑道："他是你的公子爷，可不是我们的公子爷，我们用不着巴结他！说话客气一点，或许我看在你们给淋得这样可怜的份上，说不定会答应你家公子爷的请求。"

药帮众人给史宏的说话激怒，有的冷笑，有的斥责，都是不值他的所为。只有辛龙生和车淇默不作声。

辛龙生去年曾代表他的师父，和韩侂胄商量义军与朝廷合作抗金之事，是以他和韩希舜不但相识，而且是曾经在他的"相府"住过的。

韩希舜的目光从安陀生身上移到辛龙生身上，只觉此人似曾相识，但因辛龙生面貌已变，一时间却是想不起来。

有个脚夫伸开双脚，搓搓脚板，故意把仅有的一点空隙都占住了，说道：“哪里闯来的一条蛮牛，我们可以让给懂礼貌的人，可不能和蛮牛挤在一起！”

史宏大怒道：“什么，你说我是蛮牛？”一掌就向那脚夫推去。

安陀生伸手一格，说道：“要打架么？”双掌一交，相持不下。不过安陀生是坐在地上招架的，显然是他的功力比史宏要胜一筹了。辛龙生心里想道：“原来这位安老板果然不是常人。”要知以史宏的本领而论，也算得是江湖上的二流高手了，安陀生的本领比他更高，当然是个大有来头的人物。

辛龙生忽道：“出门人与人方便，自己方便，你们客气一些，安老板自会给你们方便。”一面说话，一面和车淇站了起来，跟着说道：“我让地方给你们烤火，不要吵了。”

原来辛龙生是不愿意安陀生和韩希舜动武。史宏不足惧，韩希舜的武功却是曾得丐侠张大颠的真传的，通晓“惊神指法”，辛龙生自问也未必胜得了他，安陀生单打独斗，可以胜得史宏，决计不是韩希舜的对手。要是当真打起来的话，安陀生不敌，势必要把辛龙生卷入漩涡，辛龙生却不想在韩希舜面前暴露身份。是以他赶忙做个和事老，免得安陀生先吃眼前亏。

韩希舜看了辛龙生一眼，哈哈一笑道：“这位兄台说得对。史宏，你说话太不客气，是该向这位老板赔个不是。老板，你贵姓大名，请你们挤紧一些，让我们也烤个火好吗？”

安陀生道：“你早说这两句话不就成了。我姓安，做药材生意的。来烤火吧。”当下劝止手下伙计的喧哗，叫他们腾出地方。那脚夫哼了一声说道：“我是看在老板和这位辛大哥的面上让你。别以为我是怕了你了。”史宏满肚皮不好气，但因少主人吩咐，却也无可奈何，只好向安陀生赔了个罪，不睬那个脚夫，心里想道：“奇怪，二公子这次怎的如此怕事，几个粗人，也要对他们这样客气。”

韩希舜听那脚夫叫出“辛大哥”三个字，不由得心中一动，又朝着辛龙生望了望，想道："他也姓辛，倒是有点和文逸凡那个掌门弟子有些相似。但辛龙生听说早已死了，该不会是他吧？辛龙生是个美少年，即使死而复生，也不该是这副丑陋模样？"

辛龙生也是满腹狐疑，心里想道："韩希舜是相府的二公子，他来金国做什么？"

史宏见韩希舜目不转睛的朝着辛龙生望去，辛龙生是和车淇挤靠在一起的，他只道韩希舜是看上了这个美貌的小姑娘。当下就道："喂，姓辛的，这位姑娘是你的妹子吗？你们是干什么的？"

辛龙生道："我是无业游民。"却不答他另一个问题。

史宏哈哈笑道："哦，原来你是没事干的穷酸，这个容易，我们公子爷可以赏给你一口饭吃，你和你的妹子从今天起就跟了我们公子吧。看在你妹子长得这么标致的份上……"

话未说完，安陀生已是喝道："姓史的，你莫胡说八道，人家是夫妻。"

史宏道："哦，是夫妻吗？唉，这可真是鲜花插在牛粪上了。"

车淇目露怒气，就想出手惩戒史宏，辛龙生悄悄将她按住。但安陀生却是忍不住了。

安陀生斥道："你嘴里放干净些，这位辛大哥是我的朋友，你再胡说八道，可休怪我不客气了！"

史宏道："我也没有说他什么，他生来貌丑，我说的不过事实而已。要你多管闲事？"

安陀生喝道："闭嘴！"

史宏冷冷说道："你不客气又怎么样，是不是要和我再打一架？"

车淇在辛龙生耳边轻声说道："辛大哥，你能够忍受，我可不能忍受了。"

辛龙生忽道："安老板你别动气，你替我打抱不平，我是十分感激你的。不过这位史先生说的可也是实话，小弟生来貌丑，这也是没法的事。"

史宏哈哈笑道："你瞧，这小子自己承认我说得对了。嘿，嘿，好小子呀好小子，瞧不出你倒很是识趣，你和这位小娘子跟了我们吧，我一定设法提拔你。”

辛龙生道：“好，那我先多谢你了。”他是坐在史宏对面的，当下微一欠身，抱拳一揖。

史宏笑道：“别客气，别客气，瞧你娘子的……”话犹未了，忽地咕咚一声，向后便倒，跌了一个仰八叉，前足踢进火堆之中，烧得他哇哇大叫。

原来辛龙生用的是“童子拜观音”的招式，不过他以施礼为名，招式又加以变化，史宏哪知他有这本领，根本就未提防。辛龙生的掌力隔着火堆，刚好震麻了他膝盖的“环跳穴”。

辛龙生显露了这手功夫，韩希舜不禁吃了一惊。安陀生则是又惊又喜，心里想道：“这姓辛的果然是个武学高手，看他好像还是正派中人呢。此去金鸡岭，沿途只怕险难尚多，难得和他同路，交上了这位朋友，说不定对我会有帮助。”

安陀生笑道：“姓史的，你口齿轻薄，活该遭此报应。起来吧，别弄熄了这堆火。”

史宏爬了起来，想要发作，韩希舜白他一眼，说道：“你就会给我丢脸，别胡闹了。”

韩希舜教训了史宏之后，跟着说道：“辛大哥，真人不露相，露相不真人，原来你是位大有本领的人物，小弟失敬了。”

辛龙生淡淡说道：“韩公子，你说什么，我可不懂。”

韩希舜道：“辛大哥倘不嫌弃，咱们交个朋友。”伸出手来，便与辛龙生握手。

辛龙生道：“我是个穷小子，可不敢高攀。”他情知躲避不开，话是这样说，手却伸了出来，只好和韩希舜较量一下了。

双手相握，双方都是不由得心头一凛。辛龙生想道：“这小子的功力倒是比以前精纯多了。”原来韩希舜虽然行为不正，却是名门弟子，练的是正宗内功。自从那次他用诡计囚禁公孙璞，接连和公孙璞比了几天功夫，又偷得了公孙璞所学的一些上乘武学之后，内功更是与日俱增。

但韩希舜却是要比辛龙生还更吃惊：“这小子的内功好生怪异，不知是哪一门派的？”原来辛龙生怕他看出底细，用的是车卫所授的内功心法。他这正邪合一的内功施展出来，韩希舜自是捉摸不透。

韩希舜正要使出“惊神指法”，忽觉对方一股内力震来，震得他胸口发热。韩希舜大吃一惊，只怕时间久了，会给他这怪异的内功所伤，只好连忙松手。

安陀生在一旁也是不由得暗暗吃惊，他初时只道韩希舜是个纨绔子弟，史宏是保护他的打手，此时方始知道，这个“贵公子”模样的人，本领原来比史宏高得多，史宏只是听他使唤的下人而已。

韩希舜满腹狐疑，捉摸不透，正要说话，再套辛龙生的口风，忽听得外面有人哈哈大笑，声到人到，笑声初起之时好似还在半里路之外，转眼间已是有两个人踏进这个大木棚来了。

闯进来的这两个人，一个是身材高大的粗豪汉子，一个是短小精悍的汉子，一高一矮，腰间挂的都是一把式样相同的长刀。矮子挂的长刀，尖端触地，铿锵作响。

那粗豪大汉哈哈笑道：“咱们可找对地方了，又有地方避雨，又有生好的火可以烤肉来吃。”那矮子笑道：“是呀，还有许多朋友在这里，不愁寂寞了。”

粗豪汉子一面说话，一面脱下身披的斗篷，用力一抖，水珠四溅，溅得围着火堆烤火的一班人脸上都着了水珠。

药帮的伙计瞪起眼睛，安陀生摇首示意，暗示他们别忙发作。

那矮子大声说道：“好朋友，你们怎么不招呼客人呀，也该让让我们烤火了！”口中说话，大踏步走上前来，忽地一脚踢翻一个药篓。

这药篓本来是放在一边并非当路的，是以一看就知他是故意踢翻这个篓。

那矮子骂道：“岂有此理，什么劳什子放在这里，害得老子几乎跌了一跤！”拿下连鞘的长刀，一刀就插下去。

药篓踢翻，大包小包的药已经滚了出来，再给他这长刀一插，包的是什么药材也都暴露出来了。这人的刀法也的确算得是罕见的快刀，他只是这么一插一撩，药篓里凡是用厚纸包裹的药材，都给他的快刀割开。不用纸包的药材，当然更是滚了满地。

这短小精悍的汉子看着那滚了满地的药材，哈哈笑道："当归、党参、何首乌、麝香、阿胶、鹿茸、犀角、海狗肾、黄芪、苏合香、五灵脂……嘿嘿，哈哈，贵重的药材倒是不少呢！"麝香、苏合香之类的粉状药材，包裹割开之后，撒在地上，和潮湿的泥土混在一起，已是不能复用。药帮的伙计又是心痛，又是恼怒。

安陀生打个手势，叫手下沉着应付，不可起哄。随即站了起来，喝道："两位朋友，意欲何为？"

那粗豪大汉笑道："安老板，你也是老江湖了，难道你还不知道我们已经跟踪了你两天，还用得着问吗？"

安陀生哼了一声，说道："这么说，你们是冲着安某而来的了！那就划出道儿来吧，何必糟蹋我的药材。"

那粗豪大汉说道："不用着忙，咱们可以慢慢商量。你运的这批药材，我们也用得着，看在你安老板的面子，我卖你一个交情，只要一半。好，你们现在就出来整理一下，把各种药材平均分为两半，我信得过你们。待到天明，料想也可分配好了。安老板，你再拨一半伙计给我们搬运。"

安陀生冷笑道："你倒想得好美！"

那短小精悍的汉子道："怎么样，你是嫌我们要得多么？我们开的'价钱'已是格外克己了。"

那粗豪大汉说道："明天一早，我们就要登程。安老板，你少说废话，快快督促你的伙计按照我们的吩咐分好药材，也好让我们烤火。"

安陀生面色一沉，亢声说道："你们才是说的废话！"

那粗豪大汉道："安老板，你是想四六分账还是三七分账，还有两个时辰方才天亮，咱们可以商量商量。"

安陀生沉声说道："用不着等到明天，你们给我滚出去！"

那短小精悍的汉子笑道："我们既然来了，可就没有这么容易走了！嘿嘿，照你这么说，你是毫无商量余地了？"

安陀生道："不错。你们不肯走，那就按规矩办事吧！"

那粗豪大汉道："好，你说你要怎办？"

安陀生道：“你是想要群殴还是想要单打独斗？”

那粗豪大汉道：“动手之前，咱们可得说个明白。”目光横扫众人，忽地哈哈笑道：“怪不得你安老板有恃无恐，原来你已邀了高手助拳。咦，这位不是史宏史大哥吗？”

史宏说道：“巴老大，原来你还认得我。可是你误会了，史某纵然不材，也还不至于当药材商人的伙计。”

那粗豪大汉道：“不错，自从那年一别之后，我听说你已得遇贵人，用不着干没本钱的生意了。史老哥，这些年你在哪里发财呀？”

史宏说道：“你的消息倒是灵通，这位韩公子就是我的少主人。嘿嘿，这位安大老板可还不配做我们公子的朋友。”

安陀生哼了一声，说道：“姓安的虽是江湖上的无名小卒，也还不屑于和鹰爪交朋友呢。你们是老相识，要联手和我们群殴嘛，那也可以。”

韩希舜轻摇折扇，淡淡说道：“你们闹你们的，你以为我也会跟着你们闹吗？”神气傲岸，显然是对这种江湖上的纷争意殊不屑。

史宏笑道：“安老板，你别担心，我们公子爷不会插手的。当然我也是两不相帮的了。巴老大，韩老二，凭你们两位的本领，收拾一个小小的药帮绰绰有余，料想也不会怪我袖手旁观吧？”

那粗豪汉子哈哈笑道：“你不趁这趟浑水，我已领情，我知道你的公子爷看不上我们这桩小买卖，不过对你史老哥我们总还要尽一份心意的，待会儿你抽 成彩头。”

安陀生听史宏说出这两个强盗的姓氏，瞿然一省，想道：“原来是黑道上以快刀驰名的巴天福和韩天寿。”原来那粗豪汉子名叫巴天福，短小精悍的汉子名叫韩天寿，两人是同门师兄弟，合伙在黑道上干没本钱的买卖也有十多年了，在黑道上名头很不小。不过安陀生却从没会过。

韩天寿目光移到辛龙生身上，说道：“这位朋友呢？”

辛龙生正要说话，安陀生却已抢先道：“人家夫妻是避雨来的，别把他们牵扯进去。”

巴天福道：“好，不管你们有多少人，都是我们两人接下！你安老板若是要想单打独斗，那也可以！”

安陀生道：“很好，你说话可得算数，我与你一决雌雄！”

巴天福笑道：“安老板，你若输了给我，这批药材，我就不止只要一半啦！”

安陀生怒道：“我若输了给你，药材你都取去，另外奉送你我的一颗头颅！你若输了给我呢？”

巴天福道：“你说吧！”

安陀生道：“我也不要你的人头，你们两人给我滚出去！”

巴天福道：“好，就这样，二弟，你监视这批人！”

韩天寿道：“我会的了。只要他们不动手，我就不动手。”

安陀生喝道：“话已经说清楚了，来吧！”巴天福道：“安老板的七十二把擒拿手我是久仰的了，很好，我就来领教你的空手入白刃的功夫。看刀！”说到一个“刀”字，呼的一刀就劈过去。

巴天福的快刀果然名不虚传，顿时间在木棚里站立观战的十几个人，都觉得刀光耀眼，掌影飞舞。木棚当中虽然只有两个人交手，但重重叠叠的人影，却似走马灯一样此去彼来，把众人看得眼花缭乱！

安陀生沉着应付，在刀光缭绕之中穿来窜去，巴天福一欺到他的身前数尺之地，他立即便是一抓抓向对方要害，每一招“擒拿手”都是狠辣之极的分筋错骨手法，巴天福一口气斫了六六三十六刀，竟然都是斫他不着。好几次还险而给他抓着。

辛龙生松了口气，心里想道：“目前是这姓巴的攻得狠些，但久战下去，他一定不是安老板的对手。”

巴天福料不到安陀生的空手入白刃功夫竟是如此的沉稳狠辣兼而有之，不禁暗暗后悔：“早知如此，我不该答应和他单打独斗。”原来他在开始之时，自以为有刀在手，是一定能胜安陀生的一双肉掌的。由于他看出了辛龙生是把“硬手”，虽说安陀生有言在先，不把辛龙生牵扯进去，但辛龙生并未表明态度，说是决不插手。故此他为了避免夜长梦多，这才答应和安陀生单打独斗的。

辛龙生看得出来的，巴天福的师弟韩天寿自然也是看得出来了。心里想道：“我若等待师兄显露败象之时才去帮他，面子上甚不好看。”眉头一皱，计上心来，忽地又是一脚踢翻一个药篓。

那个药帮的脚夫骂道：“臭贼，你是不是存心捣乱！再捣乱，老子可不和你客气！”韩天寿喝道：“臭小子，我又没有踢你，你胆敢骂我！”

那脚夫骂道：“谁叫你老是捣乱，骂你又怎么样？”

韩天寿“呸”的一口唾液就吐过去，喝道：“你这臭脚夫好大的胆子！闭上你的鸟嘴，老子非教训教训你不可！”

那脚夫避开正面，但饶是他闪得快，衣裳已给唾液沾上。脚夫大怒，抄起扁担，喝道：“不错，是要教训教训你这小子才成！”扁担一起，迎头就打。

韩天寿叫道：“这是你们先动手，可怪我不得！”原来他是有心挑衅，才好群殴的。喝骂声中，刀光疾闪，只听得“当”的一声，那脚夫的扁担给斫了一截。说时迟，那时快，韩天寿一个“盘龙绕步”，转过刀锋，已是朝着安陀生劈下来了。

安陀生在双刀夹击之下，登时险象环生，药帮的伙计抄起家伙，争着加入战团。

巴天福哈哈笑道：“我不怕你们人多，来吧！来吧！”本来是他们有意造成群殴的，说来倒好似变成了他们“有理”了。安陀生无暇和他们分辩，双掌一伸一缩，在间不容发之际，化解了对方三招极为凌厉的攻势。

但药帮的伙计可没有这样本领了。巴韩二人双刀合璧，只见刀光霍霍展开，药帮伙计立足不稳，纷纷后退。有两个脚夫，中了一刀，幸而只是轻伤。那个和韩天寿吵架的脚夫，倒是勇猛得很，拼着受伤，兀是不肯后退。

韩天寿冷笑道：“好呀，你这臭脚夫要抢先去见阎王，我就成全你吧！”刷刷刷连环三刀，把这脚夫的扁担又斫了一截，刀光笼罩之下，眼看这脚夫就要性命不保。

安陀生一招“龙顶夺珠”，双指朝巴天福门面一戳，这招来得狠辣之极，巴天福若是一刀硬劈过去，可以将他斫得重伤，但两只眼珠只怕也要给他挖去。巴天福如何敢冒这个大险，当下霍的一个“凤点头”，只好先闪后攻。安陀生抢先一步，一招将他迫退，已是闪电般的欺到韩天寿身前，韩天寿回刀护身，防他突袭。不得已放松了那个脚夫。

安陀生以声东击西的战术替那脚夫解困之后，叫道："你们挑了药材快走，我来对付这两个强盗！"

药帮的伙计如何肯弃他而去？那脚夫大声说道："安大哥，咱们生则同生，死则同死，恕我不听你的命令了！"安陀生顿足道："唉，你们真是糊涂……"话犹未了，巴天福的钢刀又已从他背后斫来了。

安陀生情知手下义气深重，不肯舍他不顾。激斗中，他没法和手下说明其中利害，只好狠咬牙根，和对方拼死恶斗。眼观四面，耳听八方，一见那个伙计碰上险招，立即扑去解救。仗着人多，暂时还勉强可以抵敌得住。

原来巴天福与韩天寿乃是同门的师兄弟，一个使左手刀，一个使右手刀，练成了一套"双刀合璧"的快刀本领，两人联手之时，威力可增三倍。

安陀生若是单打独斗，可以胜得他们，在"双刀合璧"之下却是难以抵敌了，他又要分神照顾手下，形势越来越是恶劣。

史宏哈哈大笑，说道："我这一成彩头是抽定的了。"韩希舜轻摇折扇，意殊不屑的淡淡说道："打得倒是热闹，可也没有什么好看。"

辛龙生心里想道："再不出手，只怕安老板的手下定有死伤。我一插手，这韩希舜恐怕也非插手不可。论形势还是敌强我弱。不过救死要紧，也顾不了这许多了。"

正当辛龙生想要出手之时，忽听得蹄声得得，在木棚前面戛然而止。此时大雨早已停了，听得出来的乃是三骑快马。

辛龙生想道："来的不知是什么人，如果是这位安老板的朋友，那就好了。"

心念未已，只见那三个人已经踏进木棚，辛龙生一看之下，不由得大吃一惊。原来是两个蒙古武士和一个金国军官。

那金国军官喝道："都给我住手。"双方激斗方酣，一时间哪里喝阻得住？

那军官冷笑道：“你们乱打一场，我可没有兴致看你们打架。好，劝你们不听，只好给你们一点苦头尝尝了！”

冷笑声中，陡然间一道银虹横空卷出，只听得叮叮当当之声不绝于耳。巴天福、韩天寿的两口钢刀断为四截，安陀生的衣袖给削去一幅，脚夫的扁担也短了一半。其他给打落的兵器落在地上不计其数！

这军官只以一招“横云断峰”的剑法，就把双方的兵器或是削断或是打落，众人都是惊愕不已，不罢手也只得罢手了。

辛龙生也是不禁吃了一惊，想道：“我曾听得师父说过，完颜长之手下有个剑术大名家，名叫金光灿，莫非就是此人？”果然便听得一个蒙古武士笑道：“金大人，你的龙形一字剑当真是名不虚传。”

金光灿笑道：“这些人不值得你们两位动手打发，只好我来献丑了。”说罢回过头来喝道：“你们站好，听我问话！”

辛龙生不愿暴露身份，心里想道：“这两个蒙古武士的本领不知如何，但金光灿加上了韩希舜，我和淇妹已经不是他们对手。”无可奈何，只好站了起来。史宏跟着也站起来。只有韩希舜仍然是大马金刀的坐着烤火。

金光灿喝道：“你是什么人？胆敢——”话犹未了，韩希舜打开那把描金扇子，拨了两拨，傲然说道：“你是御林军的军官吧，想必认得这把扇子？”

金光灿吃了一惊，说道：“原来你是我们小王爷的朋友，失敬了。”原来这把扇子是完颜豪送给韩希舜的，上面有完颜豪的题字，金光灿认得完颜豪的笔迹。

韩希舜大模大样地说道：“不知不罪，我不阻碍你的公事，你盘问他们吧。”

那两个蒙古武士忽地迈步上前，一个盯着韩希舜，一个盯着史宏。盯着韩希舜的那个武士说道：“哦，你是完颜豪的朋友，从哪里来的？”韩希舜道：“从江南来的。”那武士道：“从江南来的？你姓甚名谁？”金光灿连忙向韩希舜递一个眼色，抢着替他答道：“他姓金，是奉了我们小王爷之命，到江南打探敌情的。并非宋国人。”韩希舜瞿然一省，登时省起不该向这蒙古武士吐露真言。辛龙生一时间却是想不明白，倒给他们弄得糊涂了，不解这金光灿何以要为韩希舜遮瞒身份。

那蒙古武士已然起疑，说道：“你刚才还不认识他，怎么又知道他是姓金了?”

金光灿道：“我听得小王爷说过这一回事，他拿出这把扇子，我就知道他是谁了。”

那蒙古武士道：“他姓金？不对吧!”突然一抓抓着韩希舜的手腕。

韩希舜骤吃一惊，他是身有上乘武功的人，突然受人袭击，本能的就使出了看家本领反抗。手腕一缩，右掌平伸，中、食二指反点那个蒙古武士的虎口。那蒙古武士一甩手腕，韩希舜踉踉跄跄的倒退三步，不过却是挣脱了对方的掌握。只听得“乓”的一声，史宏却是跌了一个仰八叉。原来他要上来帮他的少主人，给另一个蒙古武士摔倒了。

盯着韩希舜的那个蒙古武士哈哈笑道：“你姓韩，你是韩侂胄的儿子，是不是?”韩希舜连忙说道：“不是，不是。我委实是——”话犹未了，那蒙古武士突然使出摔角绝技，一个“肩车式”把韩希舜扯上他的肩头，就向后摔。正是：

权臣公子遭凌辱，忍向胡奴递降章。

欲知后事如何，请听下回分解。

第一二五回　富贵迷心宁叛国
强梁使气太欺人

韩希舜忙使“惊神指法”点那武士的“肩井穴”，金光灿则是又惊又急地叫道：“请给我们小王爷一点面子，这人委实是我们小王爷派去江南的。”

话犹未了，只听得嗤的一声，韩希舜的长衫已给撕破，一封火漆封口的书信到了这个蒙古武士的手中。韩希舜却咕咚一声倒在地下了。

这一下突如其来的变化，不但金光灿大吃一惊，辛龙生也是惊愕不已。辛龙生本来是担忧韩希舜和金光灿与这两个蒙古武士一路的，不料却是他第一个先给蒙古武士击倒了。辛龙生暗暗吃惊，心里想道：“韩希舜本领不在我下，怎的不过两个照面就给蒙古武士摔倒了？”

辛龙生心念未已，忽见那蒙古武士向他招手，说道：“你过来帮我仔细看看，这上面的汉字写些什么，这印信是不是宋国的相府的？”

辛龙生心想：“韩希舜虽然可恶，但我也不能去帮蒙古鞑子。”于是说道：“对不住，我没读过书，不认识字。”

那蒙古武士道：“好，我总会找到认识汉字的人。”正要把这封信先藏起来，手指忽地一颤，信落在地上。原来他被韩希舜点着“肩井穴”，仗着有深湛的闭穴功夫，未遭伤害，不过“惊神指法”乃是最上乘的点穴功夫，韩希舜虽因功力未到，伤不了他，但还是能够令他手颤腕麻，他要把手缩回来，一不小心，信就跌下来了。

韩希舜一脚横扫过去，把那封信踢入火堆之中，登时烧成灰烬。

蒙古武士大怒道："好呀，你要灭迹！"抓起韩希舜就往火堆里摔。金光灿一跃而前，把韩希舜接着，说道："请看在我们王爷的面子，饶了这个人吧。"

那蒙古武士冷笑道："你们的王爷要与我们联盟，两国合兵灭宋，你们的小王爷却又鬼鬼祟祟的和宋国的宰相勾结，是否要阴谋对付我们蒙古？嘿嘿，我不相信父子二人会各干各的，恐怕还是出于你们王爷的主意吧？"

此言一出，辛龙生这才知道原来他们乃是各怀鬼胎。完颜长之意图勾结蒙古图谋篡夺金主的皇位，而韩侂胄父子和完颜长之勾结，也是想要卖国求荣。

金光灿赔笑道："拓跋大人，你多疑了，我们王爷怎会如此？要是王爷怀有异心，还会派遣小人帮你们贵国缉捕逃犯吗？咱们以后合作的日子还长着呢，目前还是先办公事的好。"

韩希舜给这蒙古武士抛来掷去，他是相府公子的身份，几曾吃过如此大亏，心中气愤不已。金光灿将他一放下来，他立即双目圆睁，又要向那蒙古武士扑去。

另一个蒙古武士喝道："怎么，你还想和我再打一架么？"他手上拿着一根杆棒，杆棒一戳，抖起棍花，似左，似右，似中，棍尖指向韩希舜的三处穴道，饶是韩希舜是个精于点穴的大行家，在这急切之间，竟也难分虚实，只听得"咕咚"一声，韩希舜已是给他戳着一处穴道，又倒下去。这一回可是再也爬不起来了。

原来最先把他摔倒的那个蒙古武士名叫拓跋图，是在蒙古仅次于龙象法王的高手，内功深湛，摔角的本领更是在蒙古数一数二的。不过若是正式交手，韩希舜虽然打不过他，也还可以招架十数回合，刚才之所以两个照面便给他跌翻，那是因为韩希舜事先没有防备，冷不防就吃了他摔角绝技的亏。

另一个用杆棒点了韩希舜穴道的蒙古武士名叫宇文化及，是龙象法王的第三个弟子。虽然排行第三，在同门中却是武功第一。点穴的功夫尤其了得。韩希舜先给摔了一跤，筋骨尚自酥麻，是以也只是一个照面，便给他点倒了。他用的是龙象法王秘传的独门点穴功夫，韩希舜虽会运气冲关，亦是无法自行解穴。

拓跋图说道："好，看在你金大人的份上，我暂且饶了这厮。待公事办完之后，我可还要带他回去审问。"

金光灿心想，只要回到大都，完颜长之自有办法解救，只好暂且委屈韩希舜一遭吧。于是回过头来，叫安陀生和巴天福、韩天寿等人上前，问道："你们是些什么人，为何打架？"

安陀生道："我们是做药材生意的，他们是强盗，要抢我们的贵重药材。"

巴天福道："大人容禀，我劫他的药材是有道理的。"

金光灿道："哦，什么道理？"

巴天福道："这人姓安，是私通金鸡岭的匪帮头子，他的药材正是运去接济金鸡岭的贼人的。"

安陀生斥道："胡说八道，你自己是强盗，却血口喷人。"

金光灿听说安陀生是私通金鸡岭的匪人，心中一凛，忙向巴天福问道："你说他们是金鸡岭贼人的党羽，可有什么证据？"

巴天福道："证据没有，但我确实是打听得清清楚楚的。"

韩天寿恐怕师兄这样回答，会给金光灿斥为"口说无凭"，连忙接下去说道："金大人，你是完颜王爷手下的御林军军官吧？"

金光灿哼了一声道："你查问我的底细干嘛？"

韩天寿赔笑道："小的不敢。御林军中的呼延化大人，他是认识我们师兄弟的。"

金光灿道："哦，你是要和我套交情么？不错，呼延化是我的同僚，他认识你们，这又怎样？"

巴天福得他师弟提醒，跟着说道："禀金大人，我们师兄弟早已有心替完颜王爷效力，这次我们截劫这个私通金鸡岭药帮，是想图个人赃并获，好押上京去托呼延大人献给王爷的。"

拓跋图似乎已是很不耐烦，说道："金大人，你让他们啰哩啰唆地说个不停，我可没工夫听了。咱们还有正经的事儿要办呢。"

金光灿道："好，你们的是是非非，我暂且不管，先问你们，你们可曾见过这样的两个老人，一个叫上官复，一个叫车卫。"跟着说了上官复和车卫的形貌。

安陀生没有回答，巴天福道："没有见过。"金光灿道："车卫有个女婿，名叫辛龙生，你知不知道？"巴天福道："不知道。不过——"金光灿道："不过什么？"巴天福道："我虽然不知道辛龙生这个人，却也听人说过他是文逸凡的弟子，正是金鸡岭同党。金大人，你拷问这个姓安的，说不定可以查问出辛龙生的下落。"

金光灿眉头一皱，说道："又扯到你们的私事来了，你是想公报私仇吧？"

巴天福吃了一惊，不解金光灿何以对这样紧要的事情好像也不放在心上，连忙呼起撞天屈来，说道："金大人，我只是想为大金国效忠，金鸡岭的贼人叛逆朝廷，贼人的党羽，这个——"

拓跋图却不知金鸡岭的"贼人"是何等人物，眉头大皱，喝道："这些人一问三不知，却老是胡扯乱缠，还让他们啰唆作甚？"

金光灿道："不错，先把他们料理，是谁通匪，让兖州知府审问。我可没工夫理了。"说罢，长剑出鞘，刷刷两下子，剑尖已是刺着了巴天福和韩天寿的穴道，两人同时跌在地上，宇文化及杆棒一戳，跟着也戳了安陀生的麻穴。药帮的人一拥而上。

拓跋图施展蒙古武士最擅长的摔角功夫，抓着那个向他猛冲过来的脚夫一抛，抛到堆满药篓的角落里，那个脾气暴躁的脚夫破口大骂："妈巴子的……"只骂了半句便骂不出声，想要挣扎也不能动弹了。原来拓跋图将他摔出去的时候用上了分筋错骨手法，令他筋酥骨软，半点气力也使不出来。

宇文化及笑道："这个法子很好。"如法炮制，抓住药帮的人，就朝那角落里摔，不过他用的则是独门点穴的功夫。药帮的脚夫和伙计虽有十数人之多，每人也会一点武功，却怎敌得过这两个一等一的武学高手，片刻之间，十数个人都给抛在角落，叠成了人山。拓跋图哈哈笑道："腾出了地方，咱们可以舒舒服服的烤火啦。"

金光灿把韩希舜放在一边，但却一手一个把巴天福和韩天寿抓了起来，依样画葫芦地抛出去，巴天福叫道："咱们是自己人，金大人，你——"话犹未了，金光灿斥道："谁和你们是自己人，给我躺下！"顺手点了他们的哑穴，巴韩二人头下脚上的摔下去，摔得着实不轻，却如哑子吃黄连，有苦说不出来。但见他同样的点了安陀生的穴道，把安陀生抛了出去，又显然不是厚此薄彼，而是一视同仁，巴韩二人大惑不解。

原来巴韩二人走的是金国御林军军官呼延化的门路，金光灿与他虽然份属同僚，却是彼此怀有心病。金光灿自视为御林军中的第一剑术高手，偏偏呼延化也是以剑术见长，两人明争暗斗，已非一日。呼延化是“龙形一字剑”的掌门，这个剑法有个特别的地方，是必须双剑合璧，才能发挥最大的威力的。他的师弟司空涛就是和他同时练成这套剑法的搭档，也是同在金国的御林军中。金光灿只因自忖没有把握破得他们的“双剑合璧”，这才忍让多年，否则早已和他们公开比武了。巴韩二人不知个中曲折，在金光灿的面前，却把呼延化抬出来当作护符，这就无怪乎要碰个大大的钉子了。

韩希舜给宇文化及点了穴道，但点的不是哑穴，仍能说话，他在药帮一众和巴韩二人都给摔到角落之后，忽地说道：“你们是要找寻辛龙生吗？我倒知道！”金光灿喜出望外，说道：“他在哪儿？那你赶快说吧！”

韩希舜冷笑说道：“我现在是囚犯的身份还是客人的身份，我自己也不知道，怎好说话？”

金光灿甚是尴尬，只好说道：“宇文大人，他委实是我们小王爷的朋友，又有消息告诉我们，请你替他解开穴道好吗？”

拓跋图道：“你叫他先说出来，消息证明属实，我自会叫他赔礼解穴。”

金光灿道：“韩金金兄，这辛龙生是我们小工爷的仇人，你是知道的。请你看在小王爷的份上，提供一条线索，让我把他抓来。你和拓跋大人的误会，那时自然也就冰消瓦解了。”

韩希舜道：“好，我看在小王爷的份上，卖你这个交情。不仅提供线索，你立即便可以抓得着他。”

金光灿半信半疑，说道：“真的吗？他在哪儿？”

韩希舜淡淡说道：“远在天边，近在眼前。”

金光灿呆了一呆，说道：“你是说——”

韩希舜道：“就是这个小子，我曾经和他交过手了，知道他确实是辛龙生！”

辛龙生力持镇定，冷笑说道：“你打不过我，就诬告我，这手段也未免过于卑鄙了吧？”

金光灿喝道：“是真是假，我一试就知！”呼的一掌就向辛龙生拍下。

辛龙生见他一出手就是取命的绝招，那是只有招架，无法装作不懂上乘武功的了。双掌一交，蓬的一声，金光灿给他的掌力震得抛了起来，倒跃出数丈开外，辛龙生也是不由得在地上打了两个盘旋，方能稳住身形。这一招比试下来，双方都未能够取胜，不过却是辛龙生稍稍占了一点上风。

金光灿勃然大怒，喝道：“小子，还想狡赖？快快束手就擒！”

辛龙生道：“我根本不知你说什么，你倚仗官势欺人，我没话说！”

陡然间只见剑光一闪，金光灿已是拔剑出鞘，指到他的胸前，喝道：“你是不到黄河心不死，叫你知道我的厉害！”

话犹未了，只听得叮叮当当的金铁交鸣之声已是不绝于耳。金光灿攻得快，辛龙生的反击也并不慢。他斜身闪避，拔剑还招，一气呵成，看得那两个蒙古武士也不禁暗暗点头，心里想道：“金光灿号称金国剑术第一高手，看来这小子也不见得就不如他，只怕多半真的是辛龙生了。”

金光灿一剑刺出，剑尖颤动，嗡嗡作响，抖起三朵剑花，这是他最得意的一招“三才剑法”的绝招，一剑刺出，分成三个剑点，似左似右似中，虚实莫测，对手殊难防御。辛龙生不退不闪，长剑挥了一道圆弧，反卷过去。

拓跋图叫道：“好剑法，两家都好！”一串金铁交鸣之声宛如奏乐，两条人影倏地分开。

原来辛龙生在这间不容发之际，无可奈何，还了一招辛十四姑所授的剑法。这招剑法奇诡之极，饶是金光灿在剑术上是个大行家，在这急切之间，也是捉摸不透他的剑势去向。武学高手，骤遇险招，不求有功，先求无过。金光灿的剑术已到随心所欲的境界，心念一动，便即把强攻之势改为防守，双方的长剑在闪电之间碰击了七八下，依然打个平手。

不过金光灿虽然不懂辛家的剑术奥妙，在接了辛龙生的这一招之后，却也知道他是“辛家剑”的传人了。不但如此，他还可以判断和他交手的这个面有伤疤的少年，既是辛十四姑的侄儿，又是文逸凡的弟子，亦即是说是辛龙生无疑了。因为辛龙生使的这招剑法，招数虽是辛家剑术，所用的内力却是名门正派的正宗内功。能够兼有这两者之长的，除了辛龙生还有何人？

金光灿冷笑道：“好小子，你露了底啦，还要狡赖？”退而复上，刷刷刷连环三招，登时把辛龙生的整个身形，笼罩在他的剑光之下。跟着说道：“拓跋大人，我已经试出真假了。这小子确是车卫的女婿，那丫头一定是车卫的女儿。请你替金兄解开穴道，拿下那个丫头。”

拓跋图笑道：“忙什么，待你拿下了他，问出了口供之后，我知道确实无讹，再给这人解开穴道，也还不迟。至于这小姑娘嘛，我给你看着她，不让她逃走也就是了。我们蒙古武士可不惯先动手去打一个小姑娘的。”

这并非拓跋图的“好心”，原来他是存心要看看这号称金国第一剑术好手的金光灿的剑法，心想：“让他受点挫折，我再拿下姓辛这个小子，也好叫他佩服我的本领。”要知名家剑法的精微之处，平时是难得看到的。拓跋图料想辛龙生和车淇已是插翼难飞，乐得抱着“看戏看全套”的心情，看他们两人施展上乘的剑术了。这对他的武学修为是颇有益处的。

金光灿心中有气，想道：“我若是拿不下这小了，倒叫他小看我了。”不料他心里越急，越是难以克制对方。辛龙生沉着应付，时而以家传的奇诡剑术扰他耳目，时而以文逸凡所授的铁笔点穴的奇招化到剑法上来，刺他穴道要害。不多一会，双方斗了一百余招，金光灿非但占不到便宜，反而有点相形见绌了。

只听得叮当两声，火花四溅，金光灿剑锋上损了一个缺口，大吃一惊，倒退三步。

拓跋图哈哈一笑，说道：“金大人，还是让我来吧！”此时金光灿的一套剑法都已经反复使了两遍了。

辛龙生拼着把性命豁了出去，冷笑说道：“反正我也只有一条性命，你们车轮战我又何惧！”拓跋图面色一沉，双掌箕张，呼的一抓向他抓下。

辛龙生剑锋斜展，划成半圆弧形，反圈回来，这一招攻守兼备，一招之中暗藏数种变化。拓跋图若然硬抓下去，一条右臂势必要伸进剑光圈中，必断无疑。

拓跋图的大擒拿手法也真个了得，掌缘一沉，削向辛龙生膝盖，这一招是攻敌之所必救，还幸辛龙生的剑法亦已到了变化随心的境界，剑圈倏地伸长，由圆形的剑势变成直行的“一炷香”剑式，截击拓跋图的手腕。

这几下子兔起鹘落，双方的变化都是迅速之极，辛龙生虽然化解了对方这一招凶狠之极的擒拿，但他原来剑式中暗藏的几种可以克敌致胜的变化，却也全都未能施展，就给对方化解了。

掌力震荡之下，辛龙生一剑刺空，说时迟，那时快，拓跋图一个“游空探爪”，劈面抓来，离辛龙生面门不过少许。辛龙生剑术再精，亦是无法在这闪电之间回剑防身，无可奈何，迫得连忙倒纵。

拓跋图哈哈大笑，说道：“小子，你能够抵挡我的三招，已经很不错了。打你是打不过我的，投降了吧！看在你能够抵挡我的三招份上，我必定为你向国师求情，饶你性命。”他和辛龙生说话，眼睛却朝着金光灿。

金光灿尚在一旁吁吁喘气，心中愤愤不平，想道：“你有什么了不起，不过是捡我的便宜罢了。”

辛龙生斥道：“放你的屁，打不过你，我也要打！”拓跋图摇了摇头说道：“你这小子真是不识好歹。”双掌盘旋飞舞，劈、斫、切、削、擒、拿、点、打，凌厉凶狠的大擒拿手法配合上沉雄的内力把辛龙生迫得离身一丈开外，辛龙生空有一柄长剑，却是只有招架的份儿，近他不得。

不过片刻，拓跋图便攻上去，把圈子越收越小。原来他的擒拿手法分为“大抓”“中抓”“小抓”三套功夫，先用“大抓”把敌人逼开，待到对方气力渐衰，这才以“中抓”把距离缩短，最后则以“小抓”和敌手作近身的搏斗。

到了他敢用“小抓”作近身搏斗之时，已是成竹在胸，稳操胜算了。但金光灿却在旁冷冷说道：“拓跋大人端的是好功夫，不过五十招就占了这小子的上风。虽说他曾经和我打过一场，你能够五十招打败他，也是很难得了。”这话似“褒”实贬，说得拓跋图不禁面上一红。

拓跋图喝道：“好，你瞧着，用不了五十招，我把这小子擒来给你！”他自己没有细数，但大概知道是刚刚过了四十招左右，剩下不到十招，必须使用最凌厉的手法。

辛龙生已是强弩之末，如何还能抵挡他这凌厉之极的小擒拿手法，只觉对方掌影飞舞，就似在自己的面门闪来闪去，每一招都可能打着自己。辛龙生叫道：“淇妹，快走！”

车淇忽地跃起，说道：“龙哥，咱们生则同生，死则同死！好，你们都上来吧！”一刀向拓跋图劈出。

这一刀霎的从拓跋图意想不到的方位劈来，拓跋图险些给她斫着，好在他的功力深湛，一觉不妙，听声辨向，挥袖一拂，把车淇的柳叶刀拂开。“嗤”的一声轻响，他的衣袖给削去了一幅，但车淇的虎口却也给他的内力震得一阵酸麻，柳叶刀几乎掌握不牢。

拓跋图笑道：“不错，我是占了车轮战的一点便宜，如今让你们两个打我一个，这样总算可以扯直了吧。要是我不能将你们一并擒下，我让你们走开！”

他有意在金光灿面前炫耀本领，以一敌二，掌抓兼施，猛攻不已，果然仍是颇占上风。

车淇是车卫的独生女儿，家传的刀法变化奇诡，非同小可，可惜她的功力远远不及对方，二来又太欠缺临敌的经验，帮不了辛龙生的大忙。辛龙生又已是强弩之末，是以虽然两人联手，结果还是不能不屈处下风。不过她虽然帮不了大忙，却也多少能够为辛龙生减少一点压力，令他可以支持多一些时候了。

金光灿在旁观战，见拓跋图在对方刀剑合璧攻击之下，应付裕如，心里也不禁暗暗佩服，想道：“拓跋图果然不愧是蒙古有数的武士，本领的确是比我高明一些。但他的为人却未免太骄傲了。”正因为金光灿恨拓跋图看不起自己，是以心里虽然服了他，口里却不肯服他。他在一旁默数招数，过了一会，又再淡淡说道："天恐怕快要亮了，拓跋大人，你已打了将近一百招啦，要不要我来助你一臂之力。"

拓跋图沉声喝道："走远一些，看我手段！"话犹未了，只见木棚摇动，急骤之极的"喀喇，喀喇"之声有如爆豆，突然间"轰隆"一声，木棚的一面塌了下来。原来是拓跋图全力施为，使出了第九重的龙象功把木棚震塌。

金光灿幸而给他提醒，拔剑出鞘，一招"飞龙在天"，把向他头顶压下来的一块木板劈断，从裂开的棚顶"飞"了出去。百忙中无暇去救韩希舜，只能在跃起之时，脚尖一挑，将他挑开。他使的乃是巧劲，韩希舜并没有受伤，不过仍然身处木棚之中。木棚塌了一面，余波未了，另一面也在摇摇晃晃，不过片刻，棚架也接二连三的塌了。韩希舜滚到了空地上，其他的人却给横七竖八的木板压住。幸而那一面木棚是受余波之及的，虽然终于塌倒，塌倒之势，不算十分猛烈，他们被压在下面，尚未至于丧命。

在那危急瞬息之间，辛龙生一觉对方的掌力有如排山倒海般的涌来，立即拔剑归鞘，一掌拍出，左手抱起车淇，在满空飞舞的木块之中，也从棚顶的缺口冲了出去。原来他自从得那赛华佗王大夫传授他调和正邪两派的内功心法之后，功力日增，虽然比起拓跋图还是有所不及，但在危急之际，却自然而然的把体内的潜力发挥出来了。这一掌不但抗击了拓跋图第九重的龙象功，而且还能保卫车淇逃出险地，颇出拓跋图意料之外。

拓跋图说道："好小子，果然是有几分'硬份'（真功夫），但再打你是不行的了，看在你能够抵敌我这一掌的份上，英雄重英雄，我卖你一个交情，你跟我走，你这位心爱的姑娘我可以放过她了。你叫她走吧！"原来拓跋图是个武学的大行家，辛龙生没有受伤虽然是他始料不及，但此际他却已看出了辛龙生乃是强弩之末，难以再战。

辛龙生道："你这话当真？"车淇连忙叫道："龙哥，咱们生则同生，死则同死。你是男子汉大丈夫，我宁可和你一同死掉，不能让你屈服敌人。"

辛龙生豪气陡生，心里感到甜丝丝的，喝道：“不错，咱们生则同生，死则同死，你能如此慷慨轻生，我岂可不如你了？拓跋图，来吧！”

拓跋图摇了摇头，说道：“我有意放你们一个逃生，你们却是不知好歹。好吧，你们既然甘心同死，那就成全你们吧。”

就在双方即将再度交锋之际，忽听得马蹄踏地之声，宛如暴风骤雨。拓跋图喝道：“你们看看，什么人来了？”

金光灿叫道：“想必是兖州守备带来的官兵。喂，我是御林军的军官金光灿，来的可是王守备么？”原来在他出京之前，完颜长之曾经行文知会兖州知府，叫他派人接应的。

话犹未了，只见五骑快马已经疾驰而来，五匹马的马背上却一共坐有六个人，有男有女，有老有少，但全都不是金国的官兵。

原来是谷啸风这一行人来了。这六个人是：谷啸风、韩珮瑛、李中柱、任红绡和周中岳、周凤祖孙。周中岳那日是受了一点伤的，周凤与他合乘一骑，以便照顾祖父。

说时迟，那时快，谷啸风、韩珮瑛两骑快马，已是最先跑到。谷啸风怔了一怔，叫道：“是辛大哥吗？”辛龙生又惊又喜又是羞惭，应道：“不错，是我！”

谷韩二人心念相通，不约而同的从马背上飞身掠起，身子悬空，已是双剑齐出，同使一招“鹰击长空”，向着拓跋图当头刺下。

拓跋图双掌斜飞，右掌使出了第九重的龙象功，左掌勾打，使的则是大擒拿手法，硬夺韩珮瑛的兵刃。谷啸风的长剑给他掌力荡开，但他的大擒拿手法却克制不了韩珮瑛的剑招，只听得“嗤”的一声轻响，衣袖给削去了一幅。幸而他变招得快，没给伤着。

李中柱跟着来到，宇文化及使出独门的点穴手法，杆棒一挥，点戳他的胸前“气愈穴”，李中柱喝道：“来得好！”暖玉箫一圈一划，迅即点出，箫影变幻，一招之间，点向对方的三处大穴。宇文化及吃了一惊：“这人的点穴功夫，似乎比我还更高明！”杆棒收回护身，和玉箫碰个正着，咔嚓一声，杆棒断为两截。

原来李中柱得自师父的“洞仙箫法”，是从“穴道铜人图解”

上最上乘的点穴法变化出来的，比之宇文化及的独门点穴功夫有过之而无不及。他用的暖玉箫更是一件武林异宝，坚逾钢铁，宇文化及的一条杆棒如何能够和它硬碰?

宇文化及大吃一惊，心想:“这小子有点邪门!”不过，虽惊不乱，抛开杆棒，便取出他的另一样独门兵器日月双轮，这双轮是精钢所铸，不怕给玉箫砸断，在兵器上先不吃亏。正是:

风雨中宵惊恶斗，箫声剑影慑群豖。

欲知后事如何，请听下回分解。

第一二六回　敌友未明成混战
恩威兼济指迷津

宇文化及的功力本来胜过李中柱不止一筹，换了兵器，果然便即挽回颓势。双轮并举，一招“三转法轮”，把暖玉箫夹在银光之中。只听得一片断金戛玉之声，在这电光石火之间，李中柱的玉箫已经抽了出来，和宇文化及的日月轮碰击了十七八下。匝地银光，漫空绿影，穿梭交织，打得个难解难分。宇文化及胜在功力深湛，李中柱胜在招数精妙，各有千秋，百招之内实是难分高下。

跟着来到的是任红绡和周中岳祖孙，任红绡却不是金光灿的对手了。数招一过，任红绡只有招架的份儿，双刀几乎给他击落。但金光灿看了她的几招刀法，却也不禁怔了一怔，问道：“你是不是任天吾的女儿？”任红绡斥道：“是也好，不是也好，用不着你管！”金光灿疑惑不定，一时间倒是不敢骤下杀手。

辛龙生抽出身来，喝道：“刚才的架还没打完，我与你分个胜负！”金光灿怒道：“打就打，你以为我怕你不成？”双方都用快剑抢攻，叮叮当当之声，不绝于耳。辛龙生吃亏在连场恶斗，又是刚刚和拓跋图的第九重龙象功硬拼了一掌的，强弩之末，和金光灿再度交锋，数十招过后，可就渐渐有点显得力不从心了。

谷啸风一声长啸，使出七修剑法的绝招，抖起七朵剑花，一招之内，遍袭拓跋图的七处要害。拓跋图双掌齐出，掌风呼呼，以刚猛之劲破解敌招，反击对方。韩珮瑛一招“玉女穿针”，乘隙即进，和谷啸风的剑法配合得妙到毫巅。饶是拓跋图是蒙古数一数二的高手，亦自感到有点遮拦不住。说时迟，那时快，谷韩二人一面打一面向辛龙生靠近，本来是分成三处交手的，登时变成了双方的混战。周中岳的伤刚刚痊愈，功力尚未恢复，周凤的本领差得太远，他们祖孙俩可是插不进手。

辛龙生松了口气，说道："有许多人压在木棚下面，大部分是咱们的朋友，周老爷子，请你把他们救出来。"

谷啸风道："辛大哥，你也歇一歇吧，帮他们认人。"金光灿刷的一剑向辛龙生刺来，叫他无法摆脱战斗。辛龙生道："淇妹，你帮他们认人。"车淇本来想要加入战团的，转念一想："不错，那个安老板对我们很好，应该赶快救他。我的本领有限，反正也帮不了龙哥的大忙。"辛龙生这边此时已经颇占优势，车淇也就放心去救人了。

金光灿心念一动，叫道："拓跋大人，快请帮手！"特别着重一个"请"字。

拓跋图怔了一怔，心道："哪里来的帮手？"金光灿似乎知他的心思，连忙接着叫道："有一个现成的好帮手就在这里！"拓跋图这才恍然大悟，原来他说的是刚才被自己点了穴道的那个韩希舜。

拓跋图呼的一掌向对方最弱一环的任红绡打去，任红绡身形一飘一闪，避开正面，仍是不禁踉踉跄跄的退了三步。李中柱急忙抢上前去，遮在任红绡身前，玉箫挥了一道圆弧，把任红绡和自己的身形都笼罩在箫影之下，以防拓跋图续施杀手。他本来已料到对方的企图的，但为了保护任红绡，只能放松了对敌人的堵截了。

宇文化及倏地就从缺口冲出，奔向独自躺在一个角落的韩希舜。谷啸风喝道："哪里走！"身随剑走，剑随臂扬，剑尖直指宇文化及背心的"风府穴"。

可惜他还是慢了半步，说时迟，那时快，宇文化及已是解了韩希舜的穴道，迅即反手一招"推窗望月"，左手月轮一推，荡开谷啸风的长剑。

韩希舜"哼"的一声站了起来，宇文化及说道："咱们的一点点过节，往后再算，目前应该同舟共济！"

辛龙生叫道："韩公子，大是大非，你该分别清楚，可不能一错再错了！只要你不和鞑子同流合污，我们也可以不念旧恶，把你当作朋友的。”

金光灿叫道：“韩公子，请你看在我们王爷和令尊的交情，别受‘奸人’挑拨!”这话既是“劝告”，又是“警告”，言下之意，要是韩希舜不肯就范，就要抖露他们父子与完颜长之勾结的阴谋。可是他这么一说，已是把韩希舜的身份完全揭露，等于承认了自己刚才和拓跋图、宇文化及说的全是假话了。拓跋图心里想道：“原来他果然乃是骗我，完颜长之也果然不是一心一意的向着我们大汗。哼，这事慢慢再和他们算账。”

韩希舜必须作出抉择，他毕竟是相府公子的身份，从他们一家的“尊荣”出发，迅即权衡利害，终于还是决定了和金光灿站在一边。

说时迟，那时快，韩珮瑛亦已飞身掠至，与谷啸风双剑合璧，攻得拓跋图手忙脚乱。

韩希舜喝道：“你们是反叛朝廷的贼子，我岂能和你们结交!”立即折扇一挥，替拓跋图挡了韩珮瑛的一招。

韩珮瑛怒道：“你们父子认贼作父，卖国求荣，给你一条自新之路你也不要，哼，我们才不稀罕结交你这个‘朋友’呢!”刷刷刷连环三剑猛攻韩希舜。韩希舜的本领本来不在她下，只因穴道方解，给她攻得险象环生。

不过拓跋图的功力却是高于谷韩二人，得了韩希舜之助，运起第九重的“龙象功”催动掌力，转而替韩希舜解了受攻之困。韩希舜抽出身来，又替史宏解了穴道。李中柱、辛龙生、任红绡等人跟着杀来，双方又再形成混战。

这时双方都是五个人，一边是谷啸风、韩珮瑛、李中柱、任红绡和辛龙生，一边是拓跋图、宇文化及、金光灿，韩希舜和史宏。双方强弱相捋，以五敌五，刚好打成平手。但论实力，还是拓跋图这边稍胜一筹，久战下去，胜算较大。金光灿看到了这一点，笑道：“韩公子，咱们也用不着太过和他们拼命，缠斗下去，咱们的人就要来了。”

辛龙生冷笑道：“韩希舜，你和完颜豪合谋害我，我还未曾和你算账呢。如今我不念旧恶，你却执迷不悟。哼，你可知道‘一失足成千古恨，再回头是百年身’这两句话么?”

韩希舜老羞成怒，喝道：“我没功夫听你胡说八道，看招!”辛龙生冷笑道：“好，你不愿做人定要做鬼，那也由你!”运剑如风，钉着了韩希舜猛攻。他的本领是胜过韩希舜的，但在连场恶斗之后，此消彼长，却是只能打个平手。好在韩希舜穴道方解，功力也未完全恢复。韩希舜采取绕身游斗的打法，避免与他硬拼。急切之间辛龙生固然是胜不了他，双方以五敌五的混战也是打得难解难分。

周中岳、周凤和车淇去救被压在木棚底下的众人，周中岳虽然刚刚痊愈，数十年的功力毕竟是非同小可，他独力搬开几根大木头，竟是面不红气不喘。车淇赞道：“周老爷子，好气力。”

没有多久，压在众人身上的木头都给搬开。幸好没人重伤。药帮众人是给摔倒的，有些人脱了臼，周中岳擅于驳筋续骨的手法，一一给他们接好断肢。但安陀生是给宇文化及用独门手法点了穴道的，他却不会解了。

周中岳正在替巴天福和韩天寿二人解穴，车淇叫道：“这两个是坏人!”话犹未了，巴天福已是一跃而起，抓着了周凤。

周中岳大吃一惊，伸手来抓。巴天福喝道：“姓周的糟老头子，你要不要孙女的性命?快快给我退下!”巴天福抓着了周凤作为人质，他的师弟韩天寿跟着便过去要捉安陀生。

周中岳正自后悔，忽见巴天福笑声未绝，双臂突然软绵绵的垂下来。说时迟，那时快，周凤已经挣脱他的双臂，反手就给他一记耳光。只听得“咕咚”一声，正在向安陀生跑去的韩天寿和他的师兄同时倒下。原来是车淇以迅雷不及掩耳的手法，用两枚铜钱打中了他们的穴道。巴韩二人的本领本是远在车淇之上的，只因他们的穴道刚刚解开，气血尚未畅通，又看不起车淇这个年纪轻轻的小姑娘，这就冷不防着了她的道儿。

周中岳气恼不过，左右开弓，噼噼啪啪，又打了他们几巴掌。安陀生道：“暂且留下他们的狗命，还有用处。”车淇说道：“周老爷子，这位安老板是自己人。”周中岳这才醒起，应该先替安陀生解开穴道。

但安陀生是给宇文化及的独门手法点了穴道的，周中岳虽然内功深厚，却解不开，试了几次，都没成功。

车淇说道："让我试试。"一试之下，居然解开了安陀生的穴道。原来她的武功虽然并不很高，但她的父亲车卫却是通晓正邪各派武学的宗师，对于点穴解穴，尤甚擅长，车淇家学渊源，试用父亲别出新裁的"解穴诀"，竟也把宇文化及的独门点穴功夫破解了。

她这手解穴的功夫一显，拓跋图和宇文化及都是不禁心头一凛，同时也知道了她是车卫的女儿无疑了。拓跋图暗暗后悔刚才没有将她擒下。

但此时双方的混战，却还是拓跋图这边稍占上风。拓跋图心里想道："倘非速战速决，待会儿就是敌众我寡了。"金光灿、宇文化及与他同一心思，当下趁着车淇、周中岳等人给药帮一众救治的时候，加紧攻击。拓跋图的"龙象功"最为厉害，一掌猛过一掌，掌力有如排山倒海而来。谷啸风、李中柱还不怎么，功力稍弱的韩珮瑛已是感到有点支持不住，功力更弱的任红绡和业已到了强弩之末境地的辛龙生更是感到呼吸都有点困难了。

正在剧斗之中，忽见尘头大起，一彪人马疾驰而来。打的是金国官军的旗号！

金光灿大喜道："王守备，快来捉贼。那帮药贩子都是金鸡岭强盗的同党！"拓跋图纵声笑道："你们去捉那些小贼，这几个强盗你们就不用管了。"

安陀生筋络已舒，一肚皮闷气正自无处发泄，最先冲上来的几个官兵登时倒了霉，给他像捉小鸡似的一手抓着一个，就摔出去，霎眼间摔倒了六七人之多。车淇挥舞双刀，也斩伤一个军官。药帮的伙计，脚夫，扶创跃起，用扁担、用虎撑（卖药用的长柄铃铛）也把许多官兵打得头破血流。

那个兖州的统兵官王守备大怒喝道："不要活的，把这伙悍不怕死的强盗通通给我射杀！"

金国官兵退出十丈之外，乱箭就向周中岳和药帮众人射去。安陀生叫手下围成一个圈，他和周中岳、周凤、车淇四个武功较强的人各护一方，拨打乱箭。但金国的官兵太多，乱箭如雨，时间一久，他们终须支持不住。不过片刻，已是有几个伙计受伤了。

正在十分吃紧之际，忽见官军阵形大乱，原来又有另一彪人马杀来，这彪人马打的却是金鸡岭的旗号。

只见一个手舞雨伞的乡下少年，冲入官军之中，所到之处，宛如波分浪裂。给他雨伞扫着的无不筋断骨折。王守备挺起长枪迎击，只听得震耳欲聋的“当”的一声，火星四溅，王守备的长枪竟然给这少年的雨伞打断。王守备虎口流血，吓得当真是魄散魂飞。说时迟，那时快，这乡下少年模样的人猛地一声大喝，已是把王守备曳下马来，高高举起，一个旋风急舞，叫道：“安老板接着!”这位“守备大人”就像皮球一样给他抛了起来，飞过一众官兵的头顶，直向塌下的木棚那边飞去。安陀生站稳马步，接着这位“守备大人”的时候，仍是不禁晃了两晃。

官兵见金鸡岭好汉杀到，早已慌了。此时长官又已被擒，焉能还有斗志？每个人都是只恨爹娘生少了两条腿，发一声喊，登时四散奔逃。

谷啸风大喜叫道：“公孙大哥，你来得可正好呀!”原来这乡下少年正是他的好友公孙璞，他手里拿的是玄铁宝伞。

公孙璞道：“你们歇歇，让我会会龙象法王的高足。”宇文化及不识他的玄铁宝伞厉害，日月双轮一推，和玄铁宝伞碰个正着!

轮伞相交，当啷一声巨响，火星蓬飞，宇文化及虎口酸麻，月轮脱手飞上半空。这一惊非同小可，转身就跑。

李中柱一招“玄鸟划砂”，如影随形，疾追过去，暖玉箫指向他背心的“风府穴”。宇文化及喝道：“日轮也给了你吧!”反手一掷，磨盘大的一团银光压将下来，竟是隐隐挟着风雷之声！他在龙象法王门下武功最高，这一掷又是他的救命绝招，是以虽然是在和玄铁宝伞硬碰之后，这一掷的力道仍是非同小可。

李中柱霍的一个“凤点头”，玉箫轻轻一带，日轮从他的头顶飞过，余势未衰。公孙璞喝道：“谁要你的破铜烂铁，拿回去吧!”宝伞一张，挡个正着。日轮飞了回去。

只见一个手舞雨伞的乡下青年，冲入官军之中，所到之处，宛如波分浪裂，给他雨伞扫着的无不筋断骨折。

飞回去的力道比他掷过来的力道更大，宇文化及哪敢接，慌忙抢了官军的一匹战马，落荒而逃。李中柱和他距离最近，但因闪避他的飞轮，迟了片刻，追之已是不及。公孙璞笑道："他已经把兵器留下，虽未投降，亦已缴械，由他去吧。"

辛龙生看见公孙璞来到，想起自己从前给完颜豪愚弄，几乎害了他的性命之事，心里又是欢喜，又是惭愧。

金光灿趁着他心神不宁之际，刷的一剑便刺过去。公孙璞刚刚回过身来，一声大叫，飞扑过去。人未到，掌先发，一股劈空掌力，把金光灿的剑尖震得歪过一边，但虽然如此，剑尖划过，依然划破了辛龙生的衣裳，设若没有公孙璞的劈空掌力荡开他的剑尖，给他刺个正着，那就真是不敢设想了。

说时迟，那时快，公孙璞身形一起，宝伞张开，俨如摩云巨鸟，凌空劈下。金光灿见过玄铁宝伞的厉害，焉敢硬接？身躯一矮，迅即变招，刺他双足。公孙璞一个盘旋，宝伞自下而上反挑上来，金光灿想要变招，哪里还来得及？当的一声，长剑反弹回去。幸而他是剑法轻灵，用的力道不大，反弹之力，尚不至令他长剑脱手。但长剑反弹回去，亦已把他的肩头割伤了。金光灿慌忙也学宇文化及的做法，抢了官军的一匹战马，把那名小官军踢下马去，抢了马匹便逃。

拓跋图喝道："好小子，竟敢如此猖狂。你敢和我硬拼一掌么？"公孙璞放下玄铁宝伞，喝道："你以为你练成了第九重的龙象功就可横行无忌吗？来吧！"双掌一交，发出郁雷般的声音，震得众人耳鼓都是嗡嗡作响。

拓跋图闷哼一声，倒退三步，心头大震："这小子怎的如此厉害？年纪轻轻，功力竟似还胜于我！"眼见宇文化及和金光灿都已跑了，自忖孤掌难鸣，如何还敢恋战？其实若是只论本身功力，公孙璞还是稍有不如的。只因他在剧斗之后，虽然是第九重的龙象功亦已打了折扣，此消彼长，反而就比公孙璞稍逊一筹了。

拓跋图从官军丛中硬闯出去，官军怕他又来抢马伤人，四下躲避。哪知拓跋图却不抢马，双掌呼呼乱劈，用龙象功开道。距离较近的官军给他的劈空掌力打得人仰马翻，反而阻碍了随后追来的义军，这就给拓跋图趁机逃脱了。

韩希舜吓得慌了，但他没有拓跋图这等功力，要跑也跑不掉。

公孙璞笑道："韩公子，去年多谢你的'招待'，曾在尊府'叨扰'多时，今日难得相逢，可也该让小弟稍尽地主之谊了。"话犹未了，已是堵住了韩希舜的去路。

韩希舜硬着头皮，喝声："我与你拼了！"折铁扇用了个斜飞形，一招之内，点戳公孙璞的三处大穴。正是"惊神指法"的一招绝招。

公孙璞笑道："韩公子，你还要和我切磋武功吗？可惜你这一招学得似乎还不怎样到家？"话犹未了，左掌一穿，右掌骈指戳出，夹手夺了他的折扇，"卜"的一下，右掌的中食二指，已是点着了他的穴道。公孙璞使的这招，也正是韩希舜刚才使的那招"惊神指法"。

谷啸风笑道："史宏，我们请了你的'公子爷'作客，也就不争在多请你一个了。"史宏颤声叫道："饶了我吧，我只是一个下人，我不去。"谷啸风笑道："不错，你是下人，但你的'公子爷'可要你随行服侍啊！"笑声中便一个近身搏斗的小擒拿手法，登时就把史宏擒了。

韩珮瑛道："这位相府的大少爷是代表他的父亲去见完颜长之，阴谋卖国求荣的，公孙大哥，你准备处置他？"

公孙璞道："这件事柳盟主亦已得到消息了，我这次下山，一来是奉命接应安大叔，二来也正是想请这位韩公子上山。"

韩珮瑛诧道："柳女侠当真是想请他作客吗？"

公孙璞道："不错，柳女侠是这么说的。"谷、韩等人虽然不懂盟主的用意，但想柳清瑶这样做法必定有其道理，于是也就不再难为他了。

这一战大获全胜，不但救了安陀生的药帮一众，打败了拓跋图、宇文化及等人，还活捉了韩希舜、史宏、巴天福、韩天寿四个俘虏，众人都是非常高兴。

安陀生过来多谢公孙璞的援救，公孙璞说道："你不怕冒险，给金鸡岭的弟兄偷运药品，说到一个'谢'字，正是我们应该多谢你呢。这次我接应来迟，累得你们受苦了。”

安陀生道：“也没受到什么苦，这位辛大哥刚才也曾帮了我很大的忙，说起来我们只是受了一场虚惊而已，算不了什么。”

公孙璞笑道：“辛大哥，这几天我们都在盼着你来，我还恐怕你不肯来呢。想不到果然就在这里碰上了你。我这可放下心上的石头了。”一片对朋友的诚恳之情见于辞色。

辛龙生又是感激，又是内疚，尴尬之极，讷讷说道：“公孙大哥，我，我，我不是人，实在对不起你——”

话犹未了，公孙璞已是紧握他的双手，说道：“辛大哥，一个人在一生之中，谁没做过一件错事呢？过去的事，请莫再提。今天你替我们的山寨立了功劳，我也未曾多谢你呢。客气话大家都不必说了，咱们仍然是好朋友。就不知辛大哥，你愿意把我当作朋友吗?”

辛龙生既惭愧又感动，流下眼泪，说道：“你们待我这样好，我只怕不配做你们的朋友。从今之后，我是再世为人了。”

一行人回到金鸡岭，自寨主柳清瑶以下，一众头目和在山寨作客的人，都出来迎接他们。奚玉瑾也在其中。辛龙生见了她不免又是感到尴尬，但奚玉瑾却是落落大方，和车淇尤其亲热。辛龙生这才镇定下来，神态也渐渐恢复自然了。

上官复和寨主“蓬莱魔女”一同出来迎接，哈哈笑道：“我劝你们来金鸡岭，你们果然来了。你瞧，这里可真是不错呀，我没有骗你吧。”辛龙生苦笑道：“上官叔叔，我来迟了。”蓬莱魔女若有深意地说道：“这里的人都是给逼上‘梁山’的，有的来早，有的来迟，只要来了，就都是自己人了。”

“蓬莱魔女”吩咐手下把俘虏暂行收押，特别吩咐给韩希舜一间房间，以礼相待。然后吩咐摆设庆功宴，给谷啸风、韩佩瑛、辛龙生、李中柱、任红绡、车淇等人接风。席上谷啸风说起在大都的事情，众人听得眉飞色舞。

上官复道：“原来武帮主和华大侠都已经到了大都了，这个热闹我可不能不去凑一凑啦。”

车淇说道：“龙象法王和完颜长之都要捉你，你怎么还去冒这个险？”

上官复笑道：“不入虎穴，焉得虎子？何况我和武林天骄檀羽冲是约了在大都相会的，我怎能不去帮他的忙？”又道：“拓跋图是蒙古第二高手，宇文化及是龙象法王门下本领最强的弟子，他们二人折在你们手下，业已铩羽而归，我这一路之上大概也可以少冒许多风险了。”

蓬莱魔女微一沉吟，说道：“武林天骄在金京所要应付的事情十分重要，上官先生既是和他有约，那是应该去的。不过最好多一个人和你同去，这事明天再说吧。”

谷啸风道：“另外还有一件十分紧要的事情，我要禀告盟主。”

蓬莱魔女道：“什么事情？”

谷啸风道：“我们在路上碰见程氏五狼和野狐安达，他们是奉完颜长之之命送信到兖州去的。目前金国的皇帝虽然听从檀大侠的劝告，首先对付蒙古的入侵，撤销了对金鸡岭围袭的命令，但完颜长之却还是要兖州的兵马对付咱们。纵然不是明动干戈，或许也会暗中偷袭。”

蓬莱魔女道：“这个早已在我意料之中。”

谷啸风道：“但密函中还透露了一件事情，咱们山寨里，有完颜长之派遣来的奸细。”当下将那密件呈上。

蓬莱魔女吃了一惊，说道：“这事倒是出乎我的意料之外了。我已经防范得相当严密，想不到还是有他们的奸细混了进来。”

谷啸风道：“这奸细是谁，程氏五狼和野狐安达都不知道。”

蓬莱魔女道：“好，咱们审问那位‘守备大人’。”

那个姓王的守备以为蓬莱魔女是捉他们出来行刑，吓得浑身直打哆嗦。蓬莱魔女请他坐下，淡淡地问他道：“你是金人还是汉人？”

王守备道：“我，我是汉人。”

蓬莱魔女道：“好呀，你是汉人，为何却替女真鞑子卖命，残害自己的同胞？”

王守备颤声说道：“我，我知错了。请寨主开恩，饶我一命。”

蓬莱魔女道：“要想饶命，那也不难，我还可以放你回去呢。

但我问你的事情，你必须老老实实的告诉我，不许有半句虚言。”

王守备但求活命，当然是满口应承。当下蓬莱魔女便把完颜长之那封密件交给他看，说道：“这本来是完颜长之写给你和兖州知府的，你总应该知道这个奸细是谁吧？”

王守备吓得面如土色，说道：“小人委实不知，请寨主明察，完颜王爷的信上也只是这么吩咐，说是那个奸细若有‘王府’的信物带来，我们便和他联络。我们只是认物而不认人。”

蓬莱魔女道：“那是什么信物？”

王守备道：“是一面刻有雄鹰的铜牌，背面有蒙古文字，我不认识。”

蓬莱魔女大为失望，想道：“这个铜牌可是没法仿制。山寨有上万弟兄，也是无法一一搜查。”眉头一皱，计上心来，说道：“你说的都是实话吗？”王守备道：“怎敢欺瞒寨主。”蓬莱魔女道：“好，我暂且相信你，但也不能就放了你，你先退下去吧。”

谷啸风道：“此事如何是好？”

蓬莱魔女道：“事已如斯，咱们也不能操之过急，只好想个法子，让那奸细自投罗网吧。”谷啸风见她似有成竹在胸，稍稍放了点心。

第二天一早，公孙璞求见蓬莱魔女，说道：“柳姑姑，我想求你一件事情。”

蓬莱魔女已经料到他的几分来意，笑道：“你是想向我讨个差事，是吗？”

公孙璞说道：“正是。我想和上官先生一起前往大都。”

蓬莱魔女笑道：“明年元旦，檀大侠他们要和完颜长之大干一场，我早料到你心痒难熬了。”

公孙璞说道：“大都的事情完了之后，我想到明明大师的光明寺去打一转，见见他老人家和我的爷爷，我已经有许多年未见他们了，他们年纪老迈……”

蓬莱魔女笑道：“你用不着向我解释了，我答应你就是。只是你刚刚回山又要出外，就只怕宫姑娘不肯让你离开啊。”

公孙璞满面通红，说道：“我已经问过她了，她也想和我同去。”

蓬莱魔女心想宫锦云的本领虽然弱一些，但有上官复与公孙璞两人照顾，大概也不会有太大的危险，于是笑道：“好吧，你也应该带你这位宫姑娘见见我的义父，你的爷爷啦。实不相瞒，昨晚我考虑人选之时，本来就是先想到你的。”公孙璞大喜告退，蓬莱魔女说道：“请你帮我把辛龙生请来。”正是：

分道扬镳图大事，八方风雨会金京。

欲知后事如何，请听下回分解。

第一二七回　奸细匿藏谋寨主
高人暗助惑英雌

辛龙生心中惴惴，不知蓬莱魔女何事找他，见过礼后，蓬莱魔女说道："难得你平安归来，大家都很欢喜。但令师尚未知道这个消息，恐怕还是难免担心。我想请你到江南去走一趟，顺便给我捎个信与令师。"

辛龙生喜出望外，说道："这正是我的愿望，不知何日可以动身？"原来他到了金鸡岭之后，虽然大家都对他很好，但想到要与奚玉瑾朝夕相见，总是觉得有点尴尬，若能回到师父身边，自是最好不过。

蓬莱魔女说道："大都发生的事情必须让令师知道，今后局势可能发生的变化，大家也须及早商量。是以事不宜迟，我想你今天就去。"

辛龙生道："那车姑娘呢？"

蓬莱魔女道："当然是和你一同去拜见令师。"

辛龙生便要告辞，蓬莱魔女笑道："车姑娘已经在我这里了，行装她也收拾好啦，你等会儿。"

过了一会，蓬莱魔女的侍女果然就把车淇从内堂带领出来，但除了车淇之外，还有一个奚玉瑾。原来车淇昨晚是和奚玉瑾联床夜话的。

辛龙生见她们好像姐妹一般，心里又是欢喜，又是觉得有点不好意思，说道："瑾姐，我要向你告辞啦。淇妹，寨主叫你和我到江南去见师父。"

车淇说道："我已经知道啦。不过我有一件事情，先要禀告寨主。"

蓬莱魔女说道："车姑娘，你刚刚来到，就要麻烦你做许多事情，累你昨晚没有好睡。"

车淇说道："柳女侠，你对我这样好，只恨我帮不了你的什么忙。饭菜里有毒是验出来了，但什么人下的毒，却还没有查明。"

辛龙生吃了一惊，说道："什么下毒？"

蓬莱魔女说道："昨晚有人在送给韩希舜吃的饭菜里下了毒，幸亏我早有提防，叫玉瑾和车姑娘帮忙我先行查验。"

原来蓬莱魔女料想那个已经混进山寨的奸细会借刀杀人，破坏她的计划，是以在各方面已作了预防。奚玉瑾为人精明干练，车淇家学渊源，对毒药的知识虽然不能算是大行家，却比山寨中所有的人都强，故此蓬莱魔女便叫她们负责检查食物，奚玉瑾更在人事方面负责调度。果然在防范得相当严密的情形底下，还是出了岔子。

奚玉瑾跟着说道："厨房里做事的弟兄都是十分可靠的，我已经仔细调查过了，他们委实没有可疑之处。就不知那奸细用了什么法子，居然能够下毒。"

蓬莱魔女道："此事你没有声张吧？"

奚玉瑾道："就只厨师知道，我已经吩咐过他了，他是不会说出去的。"

蓬莱魔女道："很好，咱们现在可不能打草惊蛇，让那奸细提防。"

奚玉瑾道："饭菜我们立即就换过了，连韩希舜也不知道这桩事情呢。"

车淇有点担心，说道："我走了之后，奚姐姐少了一个帮手，精神万一不到……"

蓬莱魔女笑道："你不用担心，我已有了安排了。"

车淇笑道："其实像韩希舜这种人，他给人毒死了，也是死不足惜，不过寨主要我们保护他，我当然只能尽心尽力。"

蓬莱魔女笑道："我是为大局着想，也想给韩希舜一个改过自新的机会。侠义道就是应该与人为善，除非那人十恶不赦而又至死不悟，否则咱们决不轻易杀一个人。”

辛龙生听了这番说话，大受感触，又是感激，又是惭愧，心里想道：“我以前虽然是江南武林盟主的掌门弟子，和‘侠义’两字可还是沾不上边呢。”

心念未已，只听得蓬莱魔女微笑和他说道：“还有一位朋友要和你们一同过江，你不嫌弃他吧?”

辛龙生道：“有自己的弟兄和我们作伴，我是求之不得，不知是哪一位?”

蓬莱魔女笑道：“他不是山寨的弟兄。”

辛龙生道：“哦，不是弟兄，那他是谁?”心中业已料到几分。

蓬莱魔女道：“他已经来了。”只见一个山寨的头目带领一个少年进来，果然不出辛龙生所料，正是那位相府的二公子韩希舜。

韩希舜以为落在他们的手里，不死也要受一番折辱，硬着头皮，傲然说道：“你们要杀就杀，我爹爹是宰相，他会给我报仇的。大丈夫宁死不辱，你们要用非刑逼供，那可休想!”

蓬莱魔女说道：“很好，你还记得你是相府公子的身份，但说到‘大丈夫’三字，你的所作所为，可还不配!”

韩希舜心中有愧，口头却是不肯服输，色厉内荏，摆出一副傲岸的神气，说道：“你们也配骂我!”

蓬莱魔女说道：“我们怎么样?不错，在你的眼中，我们是强盗。可我们取的只是不义之财，并没有为祸百姓，更重要的，我们是和百姓站在一起，大家同心合力，保家卫国，不像你们父子，自居高位，却和鞑子偷偷摸摸的勾结。”

韩希舜面上一阵青，一阵红，说道：“这是军国大事，你们不懂，休要胡说!”

蓬莱魔女冷笑道：“我有什么不懂，你们父子是想看风使舵，保持你们的荣华富贵罢了。可惜在鞑子的眼里，你这位相府的二公子，也不过是奴才的奴才而已!”

韩希舜满面通红，亢声说道：“你杀了我吧，我不能受你侮辱!”

蓬莱魔女淡淡说道：“你是读过书的人，物必自腐而后虫生，人必自侮而后招辱，这两句古话想必你曾读过。我的话虽然说得很不客气，可没有说错了你，你想想，你们父子想把完颜长之当作靠山，而完颜长之却又暗中投靠蒙古，甚至他还攀不上蒙古大汗的交事，要认龙象法王做主子。完颜长之是蒙古人的奴才，你们要倚靠他，那你们是什么，不是奴才的奴才吗？你本是一个‘堂堂的相府公子’，但小小的一个蒙古武士，那天就公然将你侮辱，甚至还要杀你，奴才的奴才，也是不容易当的啊！你想想值不值得？”

韩希舜恨不得有个地洞钻下去，对方说的全是事实，要想反驳也不可能。

蓬莱魔女继续说道：“你们父子要想保持荣华富贵，也并非没有别的法子，但可不能依靠别人，只能依靠百姓！也只有这样，人家才会尊敬你！你想清楚吧！”

韩希舜面红耳赤地说道：“我落在你们手上，早已知道难免一死。你杀了我吧，痛痛快快的杀了我吧！”

蓬莱魔女笑道：“你错了，我叫你来，不是要杀你的，更不是存心侮辱你的。不过，你既然要和我们辩论，我们也就和你讲讲道理罢了。”

韩希舜怔了一怔，说道：“你不杀我，那你叫我来做什么？”

蓬莱魔女说道：“韩公子，我是打算给你送行的！”

韩希舜几乎不敢相信自己的耳朵，呆了一呆，失声叫道：“什么，你是要把我放回去吗？”

蓬莱魔女说道：“不错，为了预防鞑子对你途中暗算，我们还准备派人护送你回转江南。”

韩希舜道：“我得把话说在前头，你肯放我回去，我是感谢你的。但我可不能答应你们什么，我的爹爹是宰相，但我是做不了主的。”

蓬莱魔女说道：“你以为我一定有什么条件吗？不，我是无条件放你回去的，只盼你回去之后，把我的这番说话告诉令尊，我们希望他与我们联手抗敌，依不依从，那是他的事。说句老实话，我们对令尊，也并不存有太多的奢望。”

韩希舜想起那日被两个蒙古武士殴辱之事，再想想蓬莱魔女的说话，心里不由得又是惭愧又是感激。虽然他不能一下子就改变自己全部的想法，但至少对义军方面的人，是没有从前那样的恶感，甚至有点儿好感了。当下说道："好，我回去之后，一定听你的话，劝劝家父。"

蓬莱魔女道："好，那你现在和辛少侠、车姑娘一起走吧。"

韩希舜这才知道送他回去的人是辛龙生，不由得又是颇感尴尬。

蓬莱魔女道："你们是老相识，对吗？"

韩希舜道："不错，辛兄曾代表他的师父文大侠和家父商谈过军国大事。"

蓬莱魔女道："那么你们结伴同行，就更好了。"

辛龙生道："过江之后，我回到师父那儿，不会到你的相府的。"他说这话，是解除韩希舜的疑虑，免得韩希舜怀疑他是蓬莱魔女派去监视他的。

韩希舜讷讷说道："辛兄，那次你在我的家里，我，我很对不起……"

辛龙生笑道："过去的事莫要再提，你肯劝告令尊，不管成不成功，咱们还是朋友。"

韩希舜道："辛兄，那天我说的话很是无礼，多谢你不介意，仍然把我当作朋友。"

当下蓬莱魔女等人送他们下山，车淇甚是舍不得离开奚玉瑾，临别之时，两个人的眼眶里都有晶莹的泪珠。

跟着又是给上官复和公孙璞、宫锦云三人送行，气氛与给韩希舜送行又不相同，他们是到金京干大事去的，是以分手之时，虽有惜别情绪，更多的却是兴奋心情。

但有一人，心情却是甚为黯淡。她是奚玉瑾。

奚玉瑾送别了车淇回来，回到自己房间，只见周凤正在刺绣，绣的是鸳鸯枕，那对鸳鸯，差不多已绣起来了。奚玉瑾想起自己也曾绣过这样的鸳鸯枕，触景伤情，不觉更添惆怅。

周凤是她的贴身侍女，自小一同长大的，名虽主仆，实如姐妹。这两天周凤就是住在她的房间的，见她回来，问道："辛龙生和那位车姑娘走了吗？”

奚玉瑾点了点头，笑道：“小凤，你是在赶嫁妆？”

周凤杏脸泛红，半晌，忽地叹了口气。

奚玉瑾笑道：“你是就要做新娘的人了，还有什么不高兴吗？”

周凤说道：“我有时想想，实在觉得心寒，真的不想嫁人了。”

奚玉瑾道：“我听得你的爷爷说，你那夫婿人品武功都很不错，是保定刘家五虎断门刀的传人呢。你何须担着心事？”

周凤看了她一眼，说道：“小姐，不是我有心事。恐怕是你有心事吧？”

奚玉瑾佯嗔道：“我有什么心事，你莫乱说。”

周凤说道：“小姐，你瞒不过我的。我是为你叹气啊。”

奚玉瑾道：“哦，原来你刚才说什么‘觉得心寒’，是因为想起我的事情？”

周凤说道：“是啊，想起小姐的事情，我觉得天下男人没有一个好的。”

奚玉瑾苦笑道：“所以你就不敢嫁人了？真是傻丫头。天下固然有许多坏的男人，但可不能一概而论。我的遭遇，也不能证明你这句说话。”

周凤说道：“我说的不对吗，那姓辛的小子，好歹也和你做过一场夫妻，你哪一样比不上车姑娘，他却移情别向，如今还当着你的面，带了他的新人前来气你。”

奚玉瑾道：“我一点也没生气啊。你不知道，是我决心成全他们的。那位车姑娘人很好啊！”

周凤说道：“我不是说车姑娘不好，我是说那姓辛的小子。小姐，你也太宽厚了，你不介意，我可——”

奚玉瑾低声说道：“这也怪不得辛龙生，我和他性情不投。虽然成亲了一年多，其实还是挂名夫妻的。”

周凤面红耳热，吃吃的笑，说道：“小姐，那么你还可以嫁一个如意郎君。”

奚玉瑾苦笑道：“我只是要告诉你，我的身子是清白的，并不是我想嫁人。你是我的妹子，我才和你说心里的话。”

周风说道："我知道。小姐，我也有一句心里的话，不吐不快——"奚玉瑾道："那你说吧。"周风在她耳边说道："小姐，我是弄不明白，你，你和谷啸风——"

奚玉瑾心里一酸，截断她的话道："别提他了，难道你不知道他和韩姑娘就要成婚了吗？"

周风却非打破沙锅问到底不可，说道："是呀，我就是因此为你不平。他从前对你那么好，为了你不惜大动干戈，怎么说变也就变了。从前我一直以为他对你是一片真情的，唉，谁知他也是这样反反复复的男人。连他都是如此，你说叫我怎能还相信男人呢？"

奚玉瑾叹道："这只能怪我命苦，是我以为他已经死了，先嫁了辛龙生的。"

周风说道："但你和辛龙生只是挂名夫妻，现在也还可以和他说个明白呀。"

奚玉瑾急道："这话你千万不能乱说，若给别人听见，我更要羞得无地自容了。小凤，你为我好，我明白，但许多事情，你都不懂的。珮瑛是我最要好的朋友，她和啸风其实比我更为适合。"

周风见她说得十分认真，眼眶里已是隐有泪光，心里为她难过，却也不敢再说下去了。叹口气道："好，我不说了。小姐，你累了一天，也该睡啦。"

奚玉瑾翻来覆去，哪里睡得着觉？听得周风的鼾声，知她业已熟睡，便即披衣而起，到后山巡视。

只见月似镰钩，已过天心，是二更的时分了。奚玉瑾不知不觉走到她惯常散步的树林深处，但听得虫声寂寂，一片静寂。

夜深人静，她却是心事如潮。

要知她是个好强的姑娘，正由于她的好强，自己心里的苦痛，决不愿在人前表露，是以她在韩珮瑛和车淇的面前，方能显得那样落落大方。但在没人的时候，她可是压抑不了自己的伤心。

和辛龙生的分手虽也曾令她深受刺激，还不怎么感到难过，但想到了与谷啸风的往事，却是难免伤心了。

"一子错，满盘落索。"奚玉瑾暗暗叹了口气，心里想道。正在她怅怅惘惘之际，忽见一个人影，从山中掠过。

奚玉瑾吃了一惊，急忙追上前去，喝道：“是谁？给我站住！我是奚玉瑾！”那人非但没有止步，跑得更加快了。

奚玉瑾叫道：“快来人，捉奸细呀！”“奸细”二字刚刚出口，那人忽地转过身来，奚玉瑾只觉微风飒然，那人已是在她耳边低声说道：“噤声，我不是奸细！”奚玉瑾刷的一剑便刺过去，喝道：“你不是奸细，为何要跑？”她用的是一招刺穴剑法，心里想道：“管他是不是奸细，先捉着他再说。”要知奚玉瑾来到金鸡岭已有数月，大小头目都认识她。树林里虽然黑暗，但她已经表露了自己的身份，这人仍不和她打话，分明是个陌生人了。

此时这人已经来到奚玉瑾身边，距离极近，奚玉瑾这一剑刺得又快又准，本来非中不可。哪知这人身手端的敏捷，只听得“铮”的一声，这人中指一弹，竟然毫厘不差的弹着无锋的剑脊，把她的长剑弹开。

这是上乘武学中“弹指神通”的功夫，金鸡岭上，除了蓬莱魔女和公孙璞、谷啸风三人之外，无人会使。那人弹开她的长剑，说道：“过一个时辰，你就明白，你快回去，别阻拦我！”

黑暗中，奚玉瑾看不见他的面貌，但却听见是个陌生的声音。他既然不是谷啸风和公孙璞，而又会使“弹指神通”的功夫，奚玉瑾如何肯放过他？心里想道：“即使他不是奸细，那也是可疑之极！”当下一声长啸，刷刷刷连环三剑，疾刺过去，冷笑说道：“你想骗我，让你逃走，你当我是小孩子么？”

奚玉瑾的内功还未达到可以“传音入密”的境界，但这一声长啸，附近的人也应该可以听得见的。那人也似乎是害怕惊动了山寨的高手，突然间向奚玉瑾反击。他只凭着一双肉掌，便施展出“空手入白刃”的功夫，攻势有如暴风骤雨，迫得奚玉瑾透不过气来，不能再发啸声。

那人占了上风，说道：“百花剑法，果是不凡，可惜我没工夫奉陪你了。奚姑娘，对不住，可要委屈你在这里躺一会啦！”话犹未了，突然欺身直进，骈指一点，点着了奚玉瑾的麻穴。

奚玉瑾晃了两晃，却没倒下。但那人却已跑了。奚玉瑾又惊又怒又是有点诧异，原来这人的武功远远在她之上，但却没用重手法点穴，是以她才没有倒下，显然他对奚玉瑾的功力也是估计不足。

奚玉瑾先是大吃一惊，但跟着却又不禁颇为诧异了。她最初给点了穴道之时，本来以为这人不知要如何将她难为的，谁知这人点了她的穴道便即走开，对她竟是秋毫无犯，而且用的还不是重手法点穴。“为何他对我似乎手下留情，难道他当真不是奸细?”奚玉瑾思疑不定，只好先行运气解穴。

心念未已，忽听得有脚步声跑来。奚玉瑾穴道未解，但已是可以开口说话，她只道来的是寨中的头目，便即叫道：“奸细刚从西面逃走，你们快去捉拿奸细!”

来的是两个灰衣人，看不清楚面貌。奚玉瑾这一扬声，他们立即向她跑去。一个陌生的声音问道：“你是奚姑娘吗？你怎么样了?”

奚玉瑾大喜答道：“不错，我正是玉瑾，奸细点了我的穴道，并无大碍，我自己会解。你们不必顾我，赶快去拿奸细!”

不料这两个人听见她给点了穴道，突然不约而同的哈哈大笑起来。一个说道：“咱们的老大可也太没怜香惜玉之心了。这样美貌的娇娘既然点了她的穴道，就该带走，他却不要!”另一个道：“那不正好吗？他不要，咱们要!”先头那个说道：“对，我打的也正是这个主意。万一有人阻拦，有这位奚姑娘作为人质，也可当作护符呀！奚姑娘，你不必解穴了。你走不动，我们带你走!”

奚玉瑾这才知道这两个人原来乃是“奸细”的同党。这一下当真是又惊又急!

她心里一着急，真气就难凝聚，本来有希望在半支香的时刻内解开穴道的，此时却是怎样也解不开，须得从头做起了。

说时迟，那时快，这两个奸细在哈哈大笑声中，已是来到她的身旁，哪里还容她有余暇从头做起，运气冲关!

奚玉瑾惊怒交并，正在打算用凝聚起来的一点真气，用来自断经脉。心想：“我宁可自尽，也不能落在奸人手上。”就在这千钧一发之时，忽地又有一件她绝对意想不到的事情发生。

不知从什么地方飞来一颗小小的石子，打着了她膝盖的“环跳穴”，她足部的气血登时畅通，原来这枚石子是给她解穴的。

就在此时，只听得“当”的一声响，一个灰衣人手上的钢刀也给石子打着，脱手飞出，另一个人身形晃了两晃，看来也是给什么暗器打着的样子，作势要跪下去。

奚玉瑾喝道：“鼠辈胆敢猖狂，想要活命，快快束手就擒吧!”刷的一剑刺出!

这一剑刺向那个身形摇晃的灰衣人，那人叫道：“啊呀，不好！幸亏没刺着!”原来他在这间不容发之际，使出非常奇怪的身法，好像醉汉一样，脚步踉跄。但不知怎的，奚玉瑾这一剑疾如电光石火般的刺将出去，竟然没有刺着。

说时迟，那时快，另一个人拾起钢刀，飞快的反手一刀，将她的长剑架住。

身法古怪那个灰衣人展开空手入白刃的功夫，和同伴联手，与奚玉瑾斗了几招，喝道：“哪个小子偷施暗算，有胆的出来。”话犹未了，一枚石子又飞过来，这次那人已有准备，一个移形换位，石子擦着他的额角飞过。但饶是他躲避得快，没给打着“太阳穴”，额头给石子擦过，也给打得头破血流。

只听得一个声音远远传来，冷冷说道：“你们急什么，迟早我会收拾你们的，有胆的你们在这里等着。”这人似乎是有紧要的事情赶着去办。声音越说越细，显然他是越去越远了。不过说到后来，声音虽然细如蚊叫，却还是听得相当清楚。

奚玉瑾诧异之极，几乎不敢相信自己的耳朵。原来这个现在暗中帮忙她的人，不是别个，正是刚才那个点了她的穴道的人。

那两个灰衣人则是又惊又喜，吃惊的是有这样一个大高手暗地和他们作对，欢喜的是这个大高手业已远走，他在交代了那番说话之后，果然没有暗器再飞来了。

空手的那个灰衣人道：“奇怪，我只道是沙老大，原来不是!”他一面说话，一面用手自己揉搓刚才给石子打着的穴道。只凭左手应敌。他的武功并不怎么了得，不过身法却是十分怪异，而且虽然刚给打着穴道，气血未曾畅通，但腾挪闪展的小巧功夫，也还是十分灵活。

使刀的那个灰衣人快刀倒是使得不错，但也不比奚玉瑾更为高明，奚玉瑾使开百花剑法，剑花错落，护着全身，与他斗得旗鼓相当。不过由于是以一敌二，奚玉瑾还是略处下风。好在那个身法古怪的灰衣人，虽能自解穴道，气血尚未畅通，帮不了同伴的大忙。

斗了片刻，那两个人不由得心虚胆怯。他们起初本是想把奚玉瑾擒来做人质的，却不料奚玉瑾的本领在他们估计之上，二三十招过后，他们还只是仅能稍占上风，估量要想把她活擒，非得百招开外不可，他们如何敢拖延到百招开外。一个说道："沙老大已经得手，咱们还是走吧。"另一个笑道："到口的馒头你不要了么?"

使刀的那灰衣人笑道："烫口的馒头不吃也罢。"以进为退，一口气疾斫七刀，转身就跑。

奚玉瑾恼他出言侮辱，气怒交加，不顾孤掌难鸣，便追下去。空手那个灰衣人自行推血过宫，气血已经畅通，跑得非常之快，使刀那个灰衣人刚才没给打着穴道，是以轻功虽然稍逊，但奚玉瑾穴道解开未有多久，却是追他不上。

距离越来越远，不久影子也看不见了。奚玉瑾提一口气，加快脚步，正在追赶之际，忽觉背后风生，知是有人追到，恐防是奸细的同党，连忙凝身止步，挥剑护身。

只听得一个熟悉的声音叫道："奚姐姐，别动手，是我!"

奚玉瑾回过头来，定睛一看，月色朦胧之下，只见一对少年男女，已是站在她的面前，原来是邵湘华和杨洁梅，他们是几个月前从苗疆跟谷啸风、韩珮瑛等人一起来的，杨洁梅与奚玉瑾本是旧时相识，在金鸡岭重逢，相处数月，交情更好。

奚玉瑾连忙说道："两个奸细刚刚逃跑，你们赶快去追!"

杨洁梅怔了一怔，说道："什么，还有奸细?"

邵湘华已经察觉奚玉瑾纵跳不灵，说道："好，我们去追，你回去吧!"奚玉瑾正要说话，杨洁梅笑道："柳姑姑正在找你呢，你放心，大奸细已经抓着了，两个小奸细谅他们也跑不掉。"

奚玉瑾又惊又喜，说道："首脑已经抓着了么，是什么人?"

杨洁梅道："我们也还未曾知道。但柳姑姑叫你回去，想必就是为了这件事情!"

杨洁梅一面说话，一面飞奔。她和邵湘华已是不想耽搁时间，因此马上去追奸细了。

奚玉瑾一来因为自己确实已经疲劳，要跑也跑不过他们，倒不如由他们去追那两个奸细；二来也想快点知道蓬莱魔女抓着的那个奸细首领是谁，于是便即转身回去。

踏进蓬莱魔女办理公事的房间，只见谷啸风和韩珮瑛都在那儿。蓬莱魔女笑道：“听说你追奸细去了，但这个奸细我们已捉着了啦！”正是：

高人暗助擒奸细，变化离奇煞费猜。

欲知后事如何，请听下回分解。

第一二八回　揭破诡谋多变幻
难言心事倍迷茫

奚玉瑾连忙问道："是什么人？"

蓬莱魔女道："可能是我认识的人，不过究竟是谁，还要过一会儿，方能确切知道。"

奚玉瑾诧道："为什么还要待一会儿？"

蓬莱魔女说道："这奸细是蒙着人皮面具的，面具与他血肉相连，是以必须小心谨慎的替他剥开，才不至于毁了他的原来容貌。"

奚玉瑾道："怎么捉着的？"

蓬莱魔女道："山寨里有咱们不知道的奸细，也有咱们不知道的朋友暗中帮忙。"

奚玉瑾吃了一惊，问道："这个奸细是有人暗地帮忙方始擒获的么？"心中疑云大起，暗自想道："莫非就是刚才点了我的穴道，后来又暗地帮忙我的那个人？这个人行事如此诡异，他究竟是友是敌？"

心念未已，只听得蓬莱魔女已在说道："不错。今晚这个奸细之所以失手被擒，固然是由于他自投罗网，但假如没有那位朋友暗地里帮咱们的忙，恐怕不但会给他漏网而逃，我还要在他手上栽一个筋斗呢。"

原来蓬莱魔女在审问了那个王守备之后，就想好了一个"安排香饵钩金鳌"的计策。用王守备作"香饵"，引那奸细上钩。

完颜长之写给兖州知府和王守备那封密函只告诉他们奸细有"王府"的铜牌，凭铜牌与他们联络，却没告诉他们奸细是谁。

但这封信蓬莱魔女看过，那奸细却没有看过。

蓬莱魔女据此推断，那个奸细可能并不知道王守备不知道他。

当然，凭信物去联络的方法，完颜长之是不会在事前告诉那个奸细的，但由于兖州知府与王守备是完颜长之的亲信，他在密函中告诉他们那个奸细的姓名也是合乎常理的事。这封信的内容事先就未必会让那奸细知道了。最少这是值得试一试的成败各占一半的方法。这个方法也就是蓬莱魔女的“安排香饵钩金鳌”的计划了。

蓬莱魔女故意泄漏风声，叫一些小头目去散布消息，让奸细知道她是什么时候在刑堂审问王守备。而这个审问其实只是她和王守备串演的一出戏。

刑堂大门关上，外面的人看不见里面的情形。时间是在晚上，她又故意放松戒备，只叫几个小头目担当守卫，好让那个奸细跑来偷听。

她在刑堂里假装对那王守备严刑拷打，“打”得他杀猪般的大叫。在审问他时拿着完颜长之那封信，高声的念出来。

当然她念的这封信是经过篡改的，并非完全依照原文。假造的密函是透露出王守备知道那个奸细是谁的。蓬莱魔女“拷打”那个王守备，目的就是要迫他招供出来。

王守备本领不高，演戏倒是演得很好，他装作十分忠于完颜长之的模样，死也不肯招供，但后来却又佯作熬不起严刑拷打的痛苦，口风略略放软，说是要蓬莱魔女以礼相待，并答允他的若干条件，他才答允“考虑”。

蓬莱魔女便即说道：“好，让你考虑一个晚上，明天不招出来，还有更大的苦头让你尝尝。但你想我以礼相待，可得在招供之后才行。”审问完了，便叫手下将那被“打伤”了的王守备关在“黑风洞”里，要令他受那寒风透骨之苦。

“黑风洞”在后山，周围是荆刺丛生，乱石遍布，地形甚险，但却也是利于轻功高明之士容易躲藏的地方。洞口当然也派有头目把守，但那几名头目却并非山寨中第一二流的高手。

蓬莱魔女估计，那个奸细十九会来杀人灭口。她在黑风洞里预先作了安排。黑风洞里又有地窟，她把王守备藏在地窟，外面只是一个假山。而她自己也隐藏洞中，只待那奸细上钩。

谁知安排虽好，那奸细却没上钩。

将近午夜时分，忽地有一支箭嗖的射进洞来。蓬莱魔女只道奸细已经上钩，追出去却人影不见。

那支箭是把一封信射进来的，蓬莱魔女打开一看，大大出乎她的意料之外。

信上说他是金鸡岭的朋友，他知道奸细的阴谋，请蓬莱魔女务必相信他的话。

写信那人说那奸细老奸巨猾，已经防备这是蓬莱魔女安排陷阱叫他上当的了。但由于疑心不定，王守备他还是要暗杀的，不过在暗杀王守备之前，他会在山寨里先行捣乱。

奸细的计划是，他料到蓬莱魔女是躲在黑风洞，山寨里其他头目的武功都不如他，他便大着胆子要跑到蓬莱魔女的机密文书房中放火。这么一捣乱，蓬莱魔女势必要回来察视，那时他的同党便可以偷入"黑风洞"害人。他的同党之中，有一个是江湖上著名的偷儿，轻功极高，身手也是十分溜滑的。

蓬莱魔女说到这里，笑道："我看了这封信，起初还恐怕这是调虎离山之计，不敢相信。但想一想也不妨双管齐下，试试真假。反正王守备藏在地窟之中，有人看守，奸细要害他亦非容易，我就跑回来了。"

奚玉瑾暗自想道："这个告密的人想必就是我刚才碰上的那个人了，后来那两个人才是奸细的党羽。"

蓬莱魔女继续说道："幸亏我当机立断，赶回来恰是时候。那奸细刚要放火，给我撞上，这就给我拿下啦。"

谷啸风道："那奸细是什么门派的？"

蓬莱魔女说道："他的武功倒是大出我的意料之外，不但高得出奇，而且是少林派的嫡传家数。"

谷啸风吃了一惊，说道："竟是少林派的弟子吗？"

蓬莱魔女道："是呀，所以我叫你和珮瑛来帮我认人。"

奚玉瑾不解其中原故，心想蓬莱魔女见多识广，少林派有什么可疑的人物，她若然不知，谷啸风怎会知道。

她还没有发问，蓬莱魔女却已先问她道："你现在碰上的奸细又是怎样的人？"

听了奚玉瑾所说的遭遇，蓬莱魔女怔了一怔，说道："那两个奸细的首领是姓沙的么？"

奚玉瑾道："不错，我听得他们在谈论首领已经得手的时候，称呼为沙老大。"

蓬莱魔女笑道："本来我已经怀疑是这个人了，既然他是姓沙，那就错不了啦。"

谷啸风道："我和这姓沙的曾经交过手，若然是他，我一定会认识的。"

奚玉瑾道："这姓沙的是什么人？"

蓬莱魔女笑道："谜底就要揭开了，你等着瞧吧。"她说到这里的时候，那个奸细已是给一个头目押解出来。他的人皮面具业已揭开，露出本来面目。

奚玉瑾本来还有点捉摸不定的，不知道这个奸细会不会是点了她穴道的那个人，虽然那个人后来又帮了她的忙，但她还是不能全然无疑。此时定睛一看，只见这个奸细是个年约五十开外的秃头汉子，而她所碰上的那个人黑暗中虽然看不清楚面貌，但却可以看出是个年纪不会超过三十岁的少年人。奚玉瑾这才释然于怀，心里想道："如此看来，那个人果然是朋友而非敌人了，但却不知他的行事何以如此古怪。"

谷啸风陡地站了起来，喝道："好呀，果然是你！你这少林派的叛徒，金虏的走狗！"

蓬莱魔女则冷笑道："沙衍流，你好大胆，我的师兄公孙奇昔年给你累得身败名裂，我正要找你算账，你竟然还敢混进我的山寨里来，来做完颜长之的奸细！"

原来这个奸细乃是少林派的叛徒沙衍流（按：沙衍流的出身来历，详见拙著《狂侠天骄魔女》）。

二十年前，公孙奇就是因为和他结交，给他逐渐引入歧途的。

沙衍流自知不见容于正派中人，三年前索性公开投入完颜长之的"王府"，数月前谷啸风、韩珮瑛、李中柱、任红绡等人在大都的丁实家中，被完颜长之派人捉拿，捉拿他们的人之中，就有这个沙衍流和谷啸风的舅父任天吾一起。幸亏谷韩二人双剑合璧的威力奇大，抵挡得住他的伏魔杖法，这才得以免于受伤。

沙衍流刚才与蓬莱魔女一场恶斗，给蓬莱魔女以拂尘的丝当作梅花针使，射入他的穴道，此时武功已是使不出来，而且体内好像有无数小蛇乱啮乱咬一样，饶他内功深厚，亦是痛苦难当。在蓬莱魔女斥骂之下，怒声说道："倘非有人向你告密，谅你也识不破我的计谋。如今我落在你的手里，你要杀要剐，我姓沙的决不会皱眉，何必多言！"

蓬莱魔女冷笑道："你居然还要冒充好汉！"提起拂尘，在他身上一拂，沙衍流身上的三十六道大穴，更好像给小蛇吮吸骨髓一样，痛得他死去活来。

蓬莱魔女笑道："是什么人告密，说出来听听，看你说得对不对？"

沙衍流咬牙说道："我若知道他是谁，我早已把他杀了。"原来最近这几天，他已经觉察有人和他作对，但却不知是何等人物。只知这个人大概不会是山寨中的头目。

蓬莱魔女道："你那两个同党又是什么人？这你总可以说得出来了吧？"举起拂尘，作势又要给他用刑。

沙衍流硬不起来，只好说道："一个是神偷包刚，一个是崆峒派的快刀韩五。他们都是在完颜长之的王府当差的。"

蓬莱魔女拂尘朝他身上一拂，这一次却不是用刑，而是令他稍减一点痛苦，以免他熬不住晕了过去。

沙衍流道："柳女侠，求求你，你杀了我吧！"

蓬莱魔女说道："你是少林寺的叛徒，自有少林寺的门规管你。"当下叫那个头目将他推回去暂时收押，听候处置。

蓬莱魔女道："啸风，这件事可要麻烦你走一趟了。"

谷啸风道："你是要我押解沙衍流往少林寺么？"

蓬莱魔女笑道："你知道我要派你和珮瑛同往少林寺的用意么？"

谷啸风的父亲谷若虚生前和少林寺十八罗汉之首的大智禅师交

情甚好，但谷啸风却是从未到过少林寺的，和主持少林寺的几个高僧也不认识，是以对于这个差事，也是觉得有点意外。听得蓬莱魔女这么问他，便即说道："请寨主明白指示。"

蓬莱魔女笑道："我给你这个差事是让你得以公私两便，你的岳父如今正是在嵩山的少林寺。"

韩珮瑛喜道："怪不得不见爹爹到此，他本来说过，迟则一年，早则半载，要到这里找我的，却原来是和少林寺的方丈谈禅去了。"

谷啸风笑道："他老人家和咱们分手，如今也还未满一年呀。"

韩珮瑛说道："爹和少林寺的方丈晦明上人是三十年的交情，后来由于爹得了那场大病，一直没通音讯，咱们倘若不去催他，恐怕他还要在少林寺逗留一年半载呢，我已经是很盼望见到他了。"

蓬莱魔女笑道："那你这次和啸风同去，一定可以见到令尊了。但你可要帮我的忙，邀请令尊早一点来这里啊。我想请他在这里安居呢。"

韩珮瑛笑道："我相信我一定不会有辱使命的。爹爹本来说过要来这里，他来了之后，你要他走，我也不会放他走的。我们在洛阳的家早已没有了。"

蓬莱魔女说道："好，那你们明天就动身吧。现在已经是四更时分，你们可以回去歇息了。"

奚玉瑾也想和谷韩二人一同告辞，蓬莱魔女说道："玉瑾，你没有别的事情，我想请你多留一会。"看情形她似乎是有什么话要和奚玉瑾单独说的。

谷啸风、韩珮瑛告辞之后，奚玉瑾便即问道："寨主有何吩咐?"

蓬莱魔女笑道："我比你痴长几岁，我不客气把你当作侄女看待，你也不用客气，就当我是姑姑吧。玉瑾，你刚才的遭遇，虽然已经说过一遍，但我还想知道得详细一些。那个点了你穴道后来又暗中帮忙你的人大约是什么年纪?"

奚玉瑾道："黑暗中看不清楚，不过年纪似乎不大，最多三十岁左右模样。"

蓬莱魔女道："是哪一派的武功?"

奚玉瑾道："他的武功家数十分古怪，请恕我孤陋寡闻，我实在看不出他是什么门派?"

蓬莱魔女若有所思，半晌说道："他和你说了些什么话?"

奚玉瑾道："他说他不是奸细，我不相信，他说过一会你就明白的。但他却不肯说出他的姓名。当时他好像赶着去做什么紧要的事情，我却以为他是借辞脱身。"

蓬莱魔女笑道："所以你要截他，而他则是迫于无奈，非得点了你的穴道不可了。不过他对你还是十分手下留情的，是么?"

奚玉瑾面上一红，说道："不错，他的武功的确是远远在我之上。"

蓬莱魔女又再笑道："他说得不错，现在咱们是可以明白了，这人是咱们的朋友，不是敌人。"

奚玉瑾心中一动，说道："柳姑姑可是已经知道了这个人的来历么?"

蓬莱魔女说道："这人可能是我一位朋友的弟子，不过我还不敢断定。我这位朋友的脾气十分怪癖，行事往往出人意料之外。俗语说有其师必有其徒，故此我有这个怀疑。但由于未敢断定，这个朋友是不愿意给人知道他的，所以我也只好暂时姑隐其名了。"

奚玉瑾笑道："这人的行事的确是怪得可以，令人百思难解。他在山寨里想必已有一些时候，既然他肯暗中帮咱们的忙，不知何以又是一直不肯露面?"

刚说到这里，刚才去追奸细的邵湘华和杨洁梅已经回来，和他们一起的还有山寨中的大头目金刀雷飙。

蓬莱魔女道："那两个奸细擒获没有?"

雷飙说道："已经找着了。不过不是活的。"

蓬莱魔女道："哦，你们已经把这两个奸细杀了么? 这，这——"神情好似有点不悦。

杨洁梅道："我们知道姑姑要留活口，但这两个奸细不是我们杀的。"

雷飙接着说道："这两个奸细死得有点古怪。"

蓬莱魔女道："如何古怪？"

雷飙说道："我们在山下的草丛里发现这两个奸细躺在地上，起初还未知道他们死掉，只看出他们是给人用重手法点了穴道。"

雷飙武功甚高，是目前在金鸡岭上仅次于蓬莱魔女的高手。蓬莱魔女便问他道："想必你试过给他们解穴了。"

雷飙说道："不错。但那个点了他们穴道的人，手法十分怪异，惭愧得很，我只看得出是点了大椎和风府两处麻穴，本是没有本事解开。后来再仔细察视，才知道这两个奸细在给点了穴道之后，又给人用绵掌的功夫击毙了。"

奚玉瑾为人精细，听了雷飙所说的情形，不禁大吃一惊，说道："这就奇了。"

蓬莱魔女说道："点了奸细穴道的人，想必就是暗中向我们告密的那个人。"

奚玉瑾点了点头，说道："不错，我也是这样想。但猜得到的事情没甚奇怪，奇怪的是谁后来又杀掉那两个奸细？"

雷飙说道："那人的绵掌功夫高明之极，外表毫无伤痕，五脏六腑则已震裂。我也是仔细察视，才看得出这是绵掌击石如粉的功夫的。以我粗浅的武学看来，那人绵掌功夫和点了奸细穴道的那人功夫，似乎不是属于同一门派。"

杨洁梅说道："当然不是同一个人。若是同一个人，他何不干脆把奸细杀了，何须先行点他们穴道？"

雷飙说道："是呀，所以我怀疑——"奚玉瑾和他的想法一样，是以两人不约而同的几乎是同时说道："山寨里恐怕还有别的奸细？"

蓬莱魔女说道："那个向我告密的人在信上说，据他所知，沙衍流只有两个党羽，就是包刚和韩五。按说不应该还有奸细。听这语气，似乎她很信赖这个告密的人。"

杨洁梅道："或者有第四个奸细，那人还未知道的呢。这第四个奸细因为无法把同伴救出去，因而就把他们杀掉灭口。"

邵湘华问道："包刚和韩五是何等样人？"

蓬莱魔女说道："包刚是江湖上著名的神偷，行事介乎邪正之间。不过他素来贪财，当上了完颜长之的鹰爪我倒不觉奇怪。死了也不足惜。我有点可惜是那快刀韩五。韩五是崆峒派掌门无极道长的得意弟子，在辽东有几个大牧场，是个家财万贯的富豪，颇有慷慨好义的美名，不知何故，竟也甘心为虎作伥?”接着说道：“杨姑娘，你的疑虑也是很有道理。不过有没有第四个奸细，咱们总是以小心为上。在未曾水落石出之前，山寨的每一个人，都不能放松戒备。”

雷飙和邵杨二人一同告退之后，蓬莱魔女笑道：“玉瑾，你瞌不瞌睡?”奚玉瑾笑道：“我现在倒是毫无睡意了，反正天就快要亮了，我也不打算睡啦。”蓬莱魔女道：“好，那你就陪我多谈一会吧。”奚玉瑾道：“姑姑有何吩咐?”蓬莱魔女笑道：“我是想和你谈点私事。”若有所思的过了一会，似笑非笑的和奚玉瑾说道：“我知道你和辛龙生是个挂名夫妻，如今亦已光明正大的分手了。你是个七窍玲珑的姑娘，应该知道我想和你说什么了。”

奚玉瑾脸上发烧，心里已是猜到几分，说道：“这是我自己的命苦，多谢姑姑关心。但请恕我愚昧，我却不知姑姑说什么。”

蓬莱魔女知她言不由衷，笑道：“你自谦愚昧，天下就没有聪明人了。你这样聪明的姑娘，难道还会相信什么红颜多薄命这套说法吗?我是相信这一个人的命运总是由他自己决定的，就是‘命运’当真不好，也可以将它扭转过来。”

奚玉瑾道：“姑姑说得是。我也相信‘命运’可以改变，但我是‘认命’了。”

蓬莱魔女道：“你年纪轻轻，不该如此消沉。”接着笑道：“女孩儿家总要找个归宿的，你的终身大事也该有个打算了。”

奚玉瑾叹口气道：“天下也有丫角终老的姑娘，我已经嫁过一次，虽然只是挂名夫妻，但弄得今日的下场，亦是早已心灰意冷了。”

蓬莱魔女笑道：“古井也会重波，何况你还是如此青春年少。你之所以心灰意冷，只因为没有碰上合意的人。要是有一个样样都能令你满意的男子——”

奚玉瑾道：“多谢姑姑关怀，但我委实是不想再嫁人了。”

蓬莱魔女笑道："我倒想替你做媒呢，希望你能够改变主意。"

奚玉瑾心中一动："不知她要替我撮合的是哪个男儿？"但虽然心里好奇，却是不便动问。而且她在两度的情场失意之后，也的确是心灰意冷，不想再嫁。于是说道："姑姑，我感激你的好意。但婚姻之事，请你不要再提。要是你不嫌弃我的话，我宁愿这一生都跟着你，给你执鞭随镫。"

蓬莱魔女笑道："这可不敢当。山寨当然是需要的，但这也不妨碍你重缔室家之好啊。"

奚玉瑾道："姑姑，你提起家庭，我倒想起我的老家来了。我想回家见见哥哥，整理整理家园再来跟你。我有我自己的家，不需要另外的家了。"奚玉瑾的哥哥奚玉帆和厉赛英也曾在金鸡岭住过，但在奚玉瑾来到金鸡岭之前，他们已经回家。

蓬莱魔女听她说得如此决绝，笑道："可惜，可惜，我想给你做媒的那个男子，你也曾经见过他，知道他的本领，他的确是个文武双全的少年英雄。可惜你无意于此，人各有志，我也不勉强你了。不过，我还是希望你有一天能够改变主意。"

奚玉瑾听了这话，不由得又是心中一动。

"是我曾经见过的，而又知道他的本领，那是谁呢？难道，难道就是今晚我碰上的那个神秘男子？"奚玉瑾心想。

虽然她的好奇之心大炽，很想知道那个人的姓名来历，但少女的矜持，令她不能不按捺着自己的好奇心，这段谈话就算告一段落了。

蓬莱魔女道："你回家一趟也好。我告诉你一些关于你的家乡的情形，顺便请你替我做两件事。"

奚玉瑾道："请姑姑吩咐。"

蓬莱魔女道："扬州知府岳良骏在那次被劫了粮仓之后，受到朝廷革职留任的处分。他也知道那次的事是金鸡岭背后主持的，不过似乎还未知道你们兄妹也曾参与其事，你住的那个百花谷还是安静如常。但虽然如此，你这次回去，也须分外小心。你哥哥的病倘已痊愈，最好也请他回到这里来。"

奚玉瑾道："姑姑放心，我会小心谨慎的。"

蓬莱魔女道："你聪明能干，我当然放心得下。岳良骏目前正是惊弓之鸟，海砂帮最近也在和他作对呢。他大概还不敢无事找事。"跟着说道："我想趁你回家之便，替我做两件事情。第一件是告诉你的哥哥，他的岳父金霞岛主厉老前辈正在找他。厉老前辈还会再来金鸡岭的，要是他再来的时候，你们兄妹还没回来，我就叫他到百花谷去找你们。"

奚玉瑾笑道："厉岛主打算要我的哥哥回金霞岛继承他的岛主之位，我哥哥可不愿意。"

蓬莱魔女说道："我会替你哥哥疏通的。厉老前辈倒是个很有正义感的人，和黑风岛主大不相同。相信是说得通的。"

奚玉瑾道："我知道。第二件事是什么？"

蓬莱魔女道："海砂帮的罗帮主，业已暗中加盟，如今是和咱们一路的人了。你回到扬州，可以和他联络。"海砂帮是做运私盐的生意的，帮主亦即是官府所称的"盐枭"头子。扬州是海盐集散之地，故此海砂帮的总舵设在扬州。帮主罗雨峰也是个江湖上一个颇有名气的人物。

奚玉瑾答应下来，说道："小凤我准备将她带走。"

蓬莱魔女道："听说她和保定五虎断门刀刘家的人订了婚了，是么？"

奚玉瑾道："正是为了她的婚事，我想让她在百花谷成亲。"

蓬莱魔女道："哦，那是要新郎入赘女家了？"

奚玉瑾道："这是小凤爷爷的主意，还没有和男家说好，但料想他们可以应承。"

蓬莱魔女道："新郎是刘正杰的什么人？"刘正杰是五虎断门刀的掌门。

奚玉瑾道："新郎名叫刘毅夫，是刘正杰的侄儿。刘正杰有三个儿子，但本领可都比不上这个侄儿。据小凤的爷爷说，刘正杰可能把掌门之位，将来不传子而传侄呢。"

蓬莱魔女道："你的侍女嫁得这样好的婆家，真是一桩大喜事了。但新郎既有继任五虎断门刀一派的掌门之望，他肯远离家乡，来到扬州入赘吗？"

奚玉瑾道："新郎父母早已双亡，他是自小在伯父家里长大的。是以他若入赘女家，可以由他自己做主。另外我还听说刘正杰也有意思把五虎断门刀一派的总舵搬到南方。"

蓬莱魔女道："为什么？"

奚玉瑾道："保定和金京距离太近，他不能和金虏的当权人物来往，又怕侠义道不谅解他。搬家之后，可以避免许多麻烦。"

蓬莱魔女道："五虎断门刀也算得是江湖上颇具规模的门派，要是他能够和咱们携手，倒是好事。"

奚玉瑾道："据小凤的爷爷说，他这孙女婿对咱们金鸡岭是颇为向往的，不过——"

蓬莱魔女道："不过什么？"

奚玉瑾道："创立五虎断门刀的刘家祖先定下规矩，不许门人子弟做官，也不许他们做强盗。即使咱们不是普通的强盗，恐怕他也是不能'上山落草'的。小凤爷爷想我准许他的孙女婿入赘到百花谷来，也正是因为这个原故啊。"

原来周中岳因为已经知道奚家兄妹将来都要到金鸡岭聚义，小凤若然还是跟着奚玉瑾的话，只怕对孙女的婚事会有阻碍，是以想要安排这样一个两全其美的办法。

蓬莱魔女笑道："我也并不想要勉强刘家的人'落草'，只五虎断门刀这派在暗中和咱们联手就行。"

奚玉瑾道："这是一定可以的。百花谷有他们夫妻替我看管，我也更可以放心。"

奚玉瑾和蓬莱魔女商量定妥之后，第二天谷啸风和韩珮瑛押解沙衍流去嵩山少林寺，她也和周凤同一天离开山寨回家去了。周凤的爷爷周中岳则北上保定，带他的孙女婿南下。正是：

两度情场遭失意，岂知古井又重波。

欲知后事如何，请听下回分解。

第一二九回　抱恨难消自作孽
忏情独有劫余灰

周凤一直还没有知道爷爷这个主意，直到离开山寨那天，奚玉瑾方始告诉她。听得她又羞又喜。

奚玉瑾笑道："你舍不得离开我，也很喜欢住了十多年的百花谷，这可如了你的心愿了。"

周凤心里甜丝丝的低下了头，说道："小姐，你待我这样好，我真不知道怎样感激你才好？"

奚玉瑾笑道："你我情如姐妹，我的家就是你的家，你还和我说这样的话，不显得生疏么？再说，我将来要麻烦你们夫妻给我管家，我还要感激你们呢。"

周凤目蕴泪光，这是欢喜的眼泪，也是有所感触而流的眼泪，半晌说道："小姐，我、我……"

奚玉瑾笑道："你怎么啦？"

周凤说道："我只盼小姐你也能找到一个如意郎君，入赘到百花谷来。"

奚玉瑾黯然说道："傻丫头，天下哪有这样如意的事情，我是决定不嫁的了，你少为我操心吧。"

奚玉瑾口里这么说，心里可也着实有一番感触。

她在回家的路上，想起昔年韩珮瑛来扬州就婚男家，将来小凤的夫婿也要来扬州入赘女家，走的都是这样一条路。只有自己还是形单影只，无所归依。尤其想起谷啸风那场婚变，心中更为酸痛。

不知怎的，她在伤心往事之余，也突然想起那晚她所碰上的那个神秘男子。

“柳姑姑想给我做媒的那个人，想必多半就是这个人了。当然我不会再婚，但这个人却不知是何等样人物?”在她心里忽地有个奇妙的感觉，心想总有一天，很可能还会碰上这个人。

出乎她的意外，一路平安无事，这一天，终于回到百花谷她的老家了，既没碰上敌人，也没有再碰上那个神秘男子。

回到家门，正是入黑的时分，但见大门紧闭，檐头上蛛网遍布，好像这个家已经很久没人住了。

周凤笑道：“老王怎的这样懒，门口也不打扫。”

奚玉瑾道：“你可不能怪他，在那年我离开百花谷之时，家丁早已遣散了，只留下他一个人。他要管理花园，又要管家，一个人怎忙得过来?”

周凤笑道：“那咱们不要拍门，径自从后园进去，吓他一跳。”

哪知进了后园，给吓一跳的不是别人，却是她们自己。

只见园中蔷薇架塌，花径荒芜，乱草丛生，败叶堆积。一片荒凉景象，令人触目兴嗟。

但使得她们最吃惊的还是，园中一角，竟有一抔黄土，泥土未干，显然是个新坟。周凤擦燃火石，照亮墓碑，失声叫道：“王伯死了!”原来那墓碑上刻的字是：“奚府王家人王福之墓。”王福正是那老花匠的名字。

奚玉瑾一颗心卜卜地跳，突然想起韩珮瑛那年回家的遭遇。那年韩珮瑛在扬州婚变之后，回到洛阳老家，一进门便发现家人的尸首，卧病的老父也失了踪。后来才知道是朱九穆和西门牧野这两个魔头曾到她家肆虐。她的父亲则被辛十四姑带回家里软禁。

如今自己的遭遇和韩珮瑛那次的遭遇竟是何其相似!饶是奚玉瑾如何镇定，也是不禁忐忑不安。

周凤说道：“不知是否仇家下的毒手?但有人给王福造坟，家里总还应该有人在吧?”

奚玉瑾道：“咱们进去看看!”一路进去，一路叫道：“哥哥!哥哥!”几道门户都是锁上的，奚玉瑾急不可待，拔出宝剑，斩开铁锁，进去搜查。里面毫没回声，搜遍家里的每个角落，也不见一个人影。

周凤吓得慌了，说道："小姐，咱们先找个人打听吧。"

奚玉瑾力持镇定，说道："好的，你去村头找周大娘打听，我在家里看守。小心点儿，快去快回。倘若碰上什么意外，你发蛇焰箭报讯。"

周凤接过奚玉瑾递给她的蛇焰箭，说道："小姐，我会小心谨慎的，你一个人在家里也得提防点儿。"

周凤走后，奚玉瑾走入自己的卧房，心里想道："家里并没给人捣毁的迹象，倘若是仇家来下毒手的话，哥哥和厉姑娘决不至于束手就擒，不和他们搏斗的，看这情形，家里的东西还是原来布置，又不像曾经有人来过捣乱。"

她稍稍放下一点心，点燃蜡烛，烛台上那半截蜡烛，显然还是她离家时点剩的那半截蜡烛，没人动过。

奚玉瑾仔细看房中景象，一切还是原来模样，虽然锦帐沾尘，床上的被褥可还是折得齐齐整整。那对她自己未曾绣完的鸳鸯枕，也还是放在原来的地方。

这对鸳鸯枕本是她绣来准备给自己出嫁用的，想不到后来情海生波，发生了那许多变化。如今重回绣阁，睹物思人，奚玉瑾又不禁一阵心酸了。

她把房中打扫干净，细心察视，在清理垃圾之时，发现烧剩的纸片，拼凑起来，隐约可以认出"家里不可"四个字，不可什么，下面的字已经烧掉了。

奚玉瑾心里想道："这不是我哥哥的字迹，但又不像是女子的书法。"她没有见过厉赛英写的字，也不知是不是她写的。心里又再想道："不可下面，总不会是什么好事。大概是说家里不可居留的意思吧？那么，写这纸条的人，当然是想留给我看的了？倘若不是厉姑娘，也应该是认识我的人吧？"

正在她怔忡不定，乱想胡思之际，忽听得有夜行人的声息，奚玉瑾喝道："是谁？"周凤说道："小姐，是我！你可发现了什么没有？"

奚玉瑾笑道："想不到你这样快就会回来，几乎吓了我一跳呢。目前我还没发现什么，你在周大娘处打听到的消息怎么样？”

奚家是扬州世家，百花谷是她家产业。在百花谷里住的人家，也差不多都是奚家的家人婢仆的家属。后来经过那场变乱之后，奚玉帆遣散家人，他们十九都带了家属渡江，到江南投奔义军去了。只有一两家的老人还留在百花谷。这周大娘就是其中之人，她的死去的丈夫是奚家花匠老王的襟兄。

周凤说道：“周大娘倒还硬朗，她所知道的情形也全都对我说了。我怕你牵挂，细节我就不问她了，赶紧回来见你。小姐，你可以安心，老王是病死的，并非被害。”

她先给奚玉瑾吃了一颗定心丸，然后才说详细的情形。

“大少爷和厉姑娘是曾回过家里，住了也差不多半年，他们是大约一个月之前走的。”

“周大娘知道他们往什么地方吗？”奚玉瑾问道。

“少爷临走之时，还曾经去看过周大娘，送给她银米，但可没有对她说去什么地方。”

奚玉瑾又放了一点心，想道：“哥哥走得这样从容，大概不是给仇家迫走的了？”但心里却还是有个疑团。

奚玉瑾心里想道：“哥哥是回来养伤的，他能够离开百花谷，当然是已经痊愈了。为什么他却不来金鸡岭呢？即使另有别的地方要去，也该给柳姑姑捎个信呀。这里的海砂帮和金鸡岭又是有联络的，捎个信并不为难。照周大娘所说，他是一个月前离开的，若然托人带信，这封信也早该送到金鸡岭了。”

周凤继续说道：“王伯则是十天之前死的，似乎没有什么可疑。”

奚玉瑾道：“周大娘怎么知道他是病死的？”

周凤说道：“王伯是经常到周大娘那里闲聊的，他们最后一次见面的时候，王伯说起他这两天正患伤风，所以没来串门，不过他自己采了一些草药服食，也差不多好了。是以周大娘还不怎样在意呢。”

奚玉瑾道：“伤风按说是不应该致命的。”

周凤说道：“是呀，周大娘也想不到他这样快就会死的。但王伯年老体衰，突然病死，那也并不稀奇。”

奚玉瑾道：“刚才你说他的死似乎无可怀疑，理由就是因为他年老体衰吗?”

周凤说道：“第二天周大娘来看他，见他面带笑容，躺在床上，还未知道他已死了，后来叫他，他没答应，一探他的鼻息，这才知道他早已断了气。他死得这样安详，要是给人害死的，大概不会如此。”

奚玉瑾道：“我听得杨洁梅说，她曾经是个天下最擅于使毒的女魔头辛十四姑的侍女，她说辛十四姑有一种毒药，给人吃了，那个人会笑着气绝!”

周凤说道：“辛十四姑不也是早死了么?”

奚玉瑾道：“我不是说王伯是辛十四姑害死的，但我觉得并非全无可疑而已，当然我不希望王伯是死于非命。”

周凤呆了一会，说道：“小姐，听你这样说我也觉得有件事可疑了。屋子里总有一个月以上没有打扫，三道大门又都是锁上的。难道王伯预知死期将至，是以特地把门户锁上么?”

奚玉瑾恐防周凤太过害怕，把发现纸片的事瞒住不提，说道：“小凤，你若害怕，咱们明天就离开百花谷。”

周凤笑道：“我可舍不得丢弃这百花谷呢。小姐，我跟着你什么也不怕。咱们是不是可以另找些临时的雇工，整顿整顿这个园子，人一多就更不怕了。”

奚玉瑾道：“我也有这个意思，不过这还是留待以后再说了。你累了一整天，现在是该睡了。”

周凤说道：“小姐，我的房间还没打扫。”奚玉瑾知她心里害怕，笑道：“你的准新郎未曾入赘之前，由我权充新郎，陪伴你这位准新娘好了。你就睡在我的房间里吧。”周凤红了脸道：“小姐好没正经，不过，说句实话，这么大的屋子里只有咱们两个人，我若不在你的身边，当真还是有点害怕呢。”

周凤委实是太疲倦了，上了床片刻便即熟睡。奚玉瑾却是心事如潮，翻来覆去，睡不着觉。

约莫三更时分，奚玉瑾忽听得嘎嘎的乌鸦叫声，从窗外飞过，叫声甚为难听。奚玉瑾心中一动，想道："乌鸦在树上栖息得好好的，为什么突然飞了起来?"饶她胆大，也是不禁有点心里发毛。当下披衣而起，推窗外望。

月色朦胧之下，只见一条黑影在假山石后隐现。就在此时，好像听得有个人在她的耳边轻轻说话似的，说道："奚玉瑾，你别害怕，我不会伤害你的，你出来见我。"是个似曾相识的老女人的声音。

黑影出没的那座假山离开她的卧室少说也有七八丈远，但那人说话的声音却是如在她的耳边，这是"传音入密"的上乘内功，奚玉瑾自是不由得大吃一惊了。

周凤仍然呼呼熟睡，毫不知道外面有人。奚玉瑾情知不能逃避，拿起佩剑，便即穿窗而出。也不叫醒周凤。

假山后面那个影子现出身形，阴恻恻地说道："奚姑娘，请恕我这个不速之客深夜拜访，你想不到是我吧?"

这个老妇人不是别个，正是扬州知府岳良骏的夫人。

奚玉瑾是曾经和岳夫人交过手的，深知她的本领高强，又是吃惊，又是诧异，心想："她的消息倒是好灵通呀，我刚刚回到家里，就给她知道。"她以知府夫人的身份，独自前来，亦是颇出奚玉瑾意料之外。当下奚玉瑾按剑说道："岳夫人深夜前来，有何指教?"

岳夫人说道："你跟我回去，我有话和你说。"

奚玉瑾道："有话这里说了。"

岳夫人道："我不想惊动别人，还是请你到我那儿吧。嘿嘿，上次你闯进知府衙门，我尚未得稍尽地主之谊，如今可要好好招待你了。"

奚玉瑾刷的拔剑出鞘，说道："我打不过你，可也不能任你呼唤。"

岳夫人道："我只是想请你做我的客人，绝无恶意。"

奚玉瑾道："我不去!"

岳夫人一皱眉头，说道："奚姑娘，我已经对你很客气了。你当真是不吃请酒要吃罚酒么?"说到"罚酒"二字，蓦地把手一扬，向奚玉瑾抓下。

奚玉瑾刷的一剑削去，只听得“嗤”的一声，衣袖给岳夫人撕破，她的这一剑却是削了个空。

岳夫人没抓着她，似乎亦是始料所不及，噫了一声，说道：“你的剑法比从前高明许多啦，可喜可贺。不过，你还是脱不出我的掌心的，你瞧着吧。”原来这几个月奚玉瑾在金鸡岭，得到蓬莱魔女指点她的武功，确是已经大大精进。刚才那一剑，要不是岳夫人缩手得快，险些就要给她伤了。

但也正如岳夫人的所料，奚玉瑾武功虽然精进，也还不是她的对手。斗到十数招开外，岳夫人提起了龙头拐杖，指东打西，指南打北，把奚玉瑾的剑光圈子迫得越缩越小。岳夫人欺身直进，左掌平伸，使出空手入白刃的功夫，便来抢她的宝剑。

奚玉瑾一招“横云断峰”硬劈过去，刚中带柔，正是“百花剑法”中的得意绝招。岳夫人一抓没有抓着她，说时迟，那时快，奚玉瑾已是刷的一剑，从她意想不到的方位刺来。

岳夫人哼了一声，说道：“奚玉瑾，你真是不识好歹，还不扔剑，可休怪我不客气了！”只听得“当”的一声，奚玉瑾那一剑刺来的方位虽然出她意料之外，但还是给她的拐杖一立，恰好碰个正着，荡过一边。

剑杖相交，火星蓬飞，奚玉瑾只觉虎口一震，青钢剑几乎掌握不牢。她心里明白：岳夫人的确还是手下留情，否则只怕自己已受内伤。

岳夫人道：“知道厉害了吧？乖乖地跟我回去吧。我可真的不想伤你！”

奚玉瑾喝道：“谁要你假慈悲，你杀了我，我也不会依你。”

岳夫人道：“女孩儿家别这么执拗，嗯，我杀你做什么？”拐杖稍加一点力道，把奚玉瑾的宝剑压得抽不出来，左掌骈指如戟，便来点她穴道。

奚玉瑾把手一松，当的一声，宝剑掉在地上，抽出身子便跑。岳夫人道：“跑不了的！”奚玉瑾刚刚跑出几步，只见岳夫人又已截住她的去路。奚玉瑾仗着熟悉地形，绕着假山逃避。但却无法摆脱如影随形的对手。奚玉瑾情知时间一久，决计逃不出她的掌心。正在只道要糟之际，忽听得周凤的尖叫之声，而岳夫人也突然身形一晃，不再追她。

奚玉瑾又是吃惊，又是诧异。吃惊的是不知周凤遭遇什么凶险，诧异的是这岳夫人何以突然放松自己？依理推测，周凤那一声惊呼，多半是碰上了敌人才会失声惊呼的，周凤的敌人，即使不是岳夫人手下，也该是她同党，她来了援兵，为何反而退走？

抬头一看，只见屋顶上现出三条人影，当中的是周凤，一左一右两条人影正在向她扑去，她果然是碰上敌人！

奚玉瑾在假山后面，周凤在屋顶当中。一上一下，距离甚远。奚玉瑾不但赶不及去救她，暗器也是决计打不到这么远的。

正在奚玉瑾大大吃惊，暗暗为周凤担心之际，岳夫人忽地把手一扬，喝道："我早已吩咐你们，不许你们来惊吓奚姑娘的，为何不听我的说话！"话犹未了，只听得"卜通、卜通"的声响，竟有三个人跌了下来！但那第三个人却不是周凤！

原来正在岳夫人发出暗器之时，屋顶的另一边又跳上来一个人，他一现身就给暗器打着，滚了下去。可是他滚下去的方向和另外那两个人却是恰好相反的。这一下令得奚玉瑾更是奇怪了，"难道岳夫人的暗器还会拐弯不成？"显然这第三个人中的不是岳夫人所发的暗器。

奚玉瑾料得不差，就在此时，只听得一声长啸，宛若龙吟，这园子里果然是又来了一个高手。

岳夫人面色大变，喝道："好呀，我知道你这老贼早晚要来找我麻烦，你果然来了！"口中喝骂，身形疾起，也不知是要逃走还是去追那个"老贼"，转瞬之间，不见人影。但她所说的那个"老贼"，却始终是只闻其声，不见其人。

周凤跳了下来，说道："小姐，你没事吗，吓死我了。"

奚玉瑾笑道："险是好险，侥幸没事。看来似乎还有高人暗中保护咱们呢。"

周凤说道："不错，我看也是这样。"

奚玉瑾道："你碰见什么了？"

周凤说道："我给兵器碰击的声音惊醒，跑出来看。刚刚看见你给那贼婆子追赶，忽然似乎听得有人在我的耳朵旁边叫道：'小心！'那两个人就向我扑来了。幸亏我得这人提醒，这才得以及时避开。跟着袭击我的那两个人就中了暗器，滚下去了。不，应该说是三个人才对。"接着笑道："不过那第三个人却是直到他滚下去我才知道。"

奚玉瑾惊疑不定，当下便和周凤去看那三个躺在地上的贼人。仔细察视之后，不由得更是惊疑了。

这三个人都是穿着军官服饰，其中一个，奚玉瑾还依稀记得是曾在扬州知府的衙门里和自己交过手的。

三个人分作两处躺在地上，前面两个是岳夫人的暗器打下来的，后面距离颇远之处躺着的那一个则是另一个人的暗器打下来的。

奚玉瑾先看那两个被岳夫人的暗器打下的人，仔细察视之下，只见他们的太阳穴插着一枚小小的梅花针，面色黑漆如墨，显然中的乃是毒针。一摸他们的脉，早已死了。

周凤毛骨悚然，说道："这妖妇手段好狠，小姐，你知道她是什么人吗？"奚玉瑾道："她是扬州知府岳良骏的妻子。这三个人看来都是她丈夫的手下。"

周凤怔了一怔，说道："那她为什么要把丈夫的下属杀掉。"

奚玉瑾道："我也不知。不过猜想这位知府夫人来咱们这里定是瞒着丈夫的。甚至她不能让任何人知道，故而要杀了丈夫的下属灭口！"周凤说道："这可真是太过令人难解了！"奚玉瑾亦是猜想不到岳夫人的行动何以如此诧异，说道："咱们再去看看那第三个人中的又是什么暗器吧。"

那个人却没有死，也没发现他身上中了什么暗器，但却是丝毫不能动弹。

奚玉瑾是个武学的行家，仔细察视之后，沉吟半晌，说道："奇怪！"周凤道："什么奇怪？"奚玉瑾道："这个人看来是给人打着穴道，暗器可能是一颗小小的石子。"

周凤心里想道："我也看得出这是给暗器打着穴道的，但这又有什么奇怪？”

她哪里知道，奚玉瑾不仅是看出那人穴道被封，而且还看出了发暗器打穴的人的独门手法。

那晚在金鸡岭上，包刚和韩五给人用重手法点了穴道，穴道被封，脸上的肌肉也因而抽搐变形。和现在躺在她面前的这个人正是一模一样。

周凤说道：“小姐，你解开他的穴道，问一问他，或者可以找到什么线索。”

奚玉瑾摇了摇头，说道：“我可没有这个本领。”心里想道：“看来用暗器打了这人穴道的人，就是那晚点了包、韩二贼的穴道的同一个人了。不过我那天晚上碰上的那个人，虽没见着他的庐山面目，决不会是个老人。岳夫人为何将他骂作‘老贼’？”

周凤说道：“小姐，咱们现在怎办？”

奚玉瑾心念一动，说道：“你留在家里，我出去看看。务必要查个水落石出！”心想岳夫人去追那人，想必还有好戏可看。

奚玉瑾所料不差，她出去查探究竟，走了不多一会，在屋后的松林之中，便听到了金铁交鸣之声。岳夫人果然是追上了那个神秘人物，正在和他恶斗。

奚玉瑾悄悄走入松林，林中剧斗方酣，交手双方，好像都未发觉有旁人来到。奚玉瑾爬上一株大树，居高临下，借着朦胧的月光，凝神瞧去。

只见和岳夫人交手的那个人，是个大约三十岁还未到的汉子，从他的身材和所用的武功家数看来，也果然是奚玉瑾那天晚上，在金鸡岭碰上的那个神秘男子。

这汉子用的是一口青钢剑，剑术轻灵迅猛兼而有之，斗到紧处，当真是“攻如雷霆疾发，守如江海凝光”，剑尖所指之处，每一招都是不离岳夫人的要害穴道。奚玉瑾看得又是吃惊，又是佩服。心里想道：“这样的刺穴，才真的说得是出神入化。谷啸风的七修剑法，也似乎还要逊他一筹。”

但岳夫人的功夫更是非同小可，只见她的龙头拐杖使开，呼呼轰轰，沙飞石走，四面八方都是一片杖影。奚玉瑾精于剑法，对拐

只见和岳夫人交手的那个人，正是那天晚上在金鸡岭碰上的神秘男子。

杖的用法则非所长，看不出岳夫人杖法的奥妙。但见她的攻势有如排山倒海而来，俱有风雷夹击之威，心里想道："刚才她果然是对我手下留情，倘若她是用上了这样威猛的杖力，莫说给她拐杖打中，只怕受她的杖风震荡，我也要五脏俱伤。"不禁暗暗为那少年捏了一把汗。

心念未已，只见岳夫人拐杖挥了一道圆弧，杖影如山，向那少年猛压下来。看这形势，不论他向旁闪避或是向上跳跃，都是难逃一杖之灾。这霎那间，奚玉瑾几乎按捺不住，叫出声来。

幸而她没有叫出声来，就在这电光石火之间，形势倏地变化。只见那少年一个"黄鹄冲霄"，身形平地拔起，长剑一伸，剑尖在杖头上一点，整个身子登时反弹起来，借着岳夫人那一杖打来的千钧之力，"飞"出数丈开外。这一招用得险极，不但显出了超卓的轻功，也显出了过人的胆识。奚玉瑾松了口气，暗暗为他喝彩。

说时迟，那时快，奚玉瑾刚刚松了口气，岳夫人却是如影随形，又追上了那个少年。那少年反手一剑，隔开拐杖，汗如雨下。奚玉瑾躲在树上，和他的距离少说也在三十步开外，也似乎听到了他吁吁气喘之声。

岳夫人冷笑道："你的功夫的确是得了师父的真传，很不错了。但要和我打成平手，最少还得再练三年！你的师父躲在哪儿？是他特地差遣你来和我捣乱的？"

那少年打了个哈哈，说道："你当真要找我的师父？"

岳夫人道："不错，你和我说实话，我就只找你的师父算账，可以饶你。另外我还要问你一件事情，你也必须老老实实的告诉我，不许隐瞒。好，你先说你的师父吧，他躲在什么地方？"

那少年笑道："岳夫人，你一定要找我的师父，那就请到府中去问阎罗王。"

岳夫人怔了一怔，叫道："什么，你的师父已经死了？"

那少年道："早在十年之前，他已经去世。你的消息也未免太不灵通了！"

岳夫人道："好呀，那你今晚跑来和我作对，是谁叫你来的？是不是车卫？"

那少年道："车卫，这位老前辈的大名我倒曾听过。可惜还未有机缘和他结识呢。第二，我要告诉你，并不是我要来特地和你作对，谁叫你跑到百花谷来欺侮奚姑娘，恰巧给我碰上？"

岳夫人喝道："我找奚玉瑾当然有我的事情，你也配来管我的闲事？"

那少年道："奚姑娘是柳女侠的得力助手，你既然和我的师父结有梁子，难道不知道他和柳女侠的渊源？我不管你找奚姑娘做什么，这'闲事'我是管定的了！"

岳夫人大怒道："你拿蓬莱魔女欺压我么？不错，或许我是打不过她，但可惜远水不救近火，她如今决不能身在扬州。我在这里一拐杖就可以打死了你。"

奚玉瑾躲在树上，偷听他们的对话，听到这里，不禁心头一动，想道："原来柳姑姑说的她那个好朋友的徒弟，果然就是此人。"想起柳清瑶要为她做媒，脸上也不禁发烧了。

那少年道："打不过我也要和你打。嘿嘿，你想一拐杖打死了我，恐怕也没有这么容易！"

岳夫人冷笑道："你师父当年也要忌我三分，你真是不知天高地厚，好呀，你以为我不能杀掉你吗，你等着瞧吧！"

奚玉瑾见这少年和她素不相识，只是因为大家和金鸡岭都有关系，就不惜为她拼命。是以虽然还未曾和他有什么特殊的感情，也是不禁颇受感动了。

双方又再剑拔弩张，眼看一触即发。岳夫人忽地说道："我再给你一个机会，宇文冲现在是怎么样？他的消息你总该知道吧？你据实告诉我，惩罚我还是要惩罚你的，死罪则可免了。"正是：

故里重回日，恩仇俱了时。

欲知后事如何，请听下回分解。

第一三〇回　岂缘无意曾相识
但得知心便有情

奚玉瑾早已知道宇文冲是岳夫人的侄儿，岳夫人且曾有意把女儿嫁给他的。听到这里心里想道："敢情她深夜跑来找我，为的是打听她这侄儿的消息？但这又何须要我跟她回去才能说呢？"

心念未已，只听得那少年已在说道："宇文冲的消息我不知道，不过我倒可以指点你去问一个人？"

岳夫人喝道："谁？快说！"

那少年道："金鸡岭常有四方好汉来往，蓬莱魔女想必知道，有胆的大可到金鸡岭去问一问她。否则你去问丐帮的陆帮主，他也可能知道。丐帮的消息素来灵通。"

岳夫人大怒道："好呀，你是有意消遣我了！"话犹未了，龙头拐杖猛地就打下来，嘿嘿嘿地冷笑道："你的师父既然死掉，你替他还债吧！"

这一杖击下，隐隐挟着风雷之声，又快又狠。那少年身形一晃，挥剑侧迎，脚步好像醉汉似的歪斜不定。奚玉瑾暗暗喝彩："这一招春云乍展，配合了醉八仙的步法，当真是妙到毫巅。若非如此，也不能消解这恶妇的凶招猛力。"

岳夫人冷笑道："我倒要看看你还能接我几招？"少年脚步未曾站稳，岳夫人的拐杖又已打来，攻势有如长江大河滚滚而上。原来这少年竭尽所能，虽不至于一下子就给岳夫人的凶招猛力所伤，但也只能化解她龙头拐杖这一击的七分力道。

奚玉瑾自忖帮不了这个少年的忙，心里又再想道："不管她来找我，是否为了打探侄儿的消息，我把实情告诉她，倒不失为可以帮忙这个少年的一个法子。”

岳夫人确实不愧是个武学高手，虽在剧斗之中，也能眼观四面，耳听八方。奚玉瑾尚未跃下，她已听得树叶沙沙作响，便知藏的有人，立即喝道：“是谁躲在这儿?”

奚玉瑾使个“燕子穿帘”的身法，飘身落地，说道：“我知道宇文冲的消息，你放开他，问我好了!”

岳夫人道：“他怎么样了？说!”

奚玉瑾道：“你那宝贝侄儿早已死了!”

岳夫人呆了一呆，陡地喝道：“怎么死的？是车卫杀他的么?”

奚玉瑾道：“他是走火入魔，自己害死自己的，死在湘西苗疆。”

岳夫人喝道：“我不相信，多半是你们两个人联手害死他的!”

奚玉瑾峭声说道：“自作孽，不可活！这句老话难道你都未曾听过?”意思当然是说她的侄儿之死与人无由。

那少年说道：“我不怕和你说实话，宇文冲要是碰在我的手上，我也不会饶他。但可惜我还没有本领将他杀掉!”

这霎那间，只见岳夫人双眼布满红丝，蓦地一声怒吼，就像发了狂的野兽一样，喝道：“好，我的仇人死了，我的亲人也死了，我要你抵债，我要你填命!”猛地扑来，比刚才还更凶悍！拐杖一起，劲风呼呼。

“当”的一声，剑杖相交，震得那少年虎口欲裂，长剑几乎掌握不牢，胸中气血翻涌。饶是这少年艺高胆大，也是不禁大惊。要知在刚才的一场恶斗过后，他的气力已是不加，但岳夫人的气力却胜过和他最初交手之时，怎能不大大出乎他的意料之外？心里想道：“这泼妇敢情是疯了，怎的气力大得如此出奇?”

看来岳夫人的确像是失了理智，她一杖荡开少年的长剑，余势未衰，倏地杖头转，戳向奚玉瑾小腹的“血海穴”。这一下可完全不似手下留情的样子了。“血海穴”乃是人身三十六个死穴之一!

幸亏奚玉瑾早有准备，而岳夫人这一杖已是强弩之末，奚玉瑾才能闪开。在那间不容发之际，她飞身一跃，拐杖呼的一声，从她脚底扫过。她虽然没给打着，但在掌风激荡之下，身形落地，也是不由自己地打了几个盘旋。

奚玉瑾身形未稳，要是岳夫人跟着立即一杖打来，奚玉瑾决计躲闪不了，那少年失声惊呼，连忙回身为她救招。但高手搏斗，只争瞬息之机，他回身救招之时，奚玉瑾早已在岳夫人杖影笼罩之下，哪里还能及时赶到？

不料岳夫人的龙头拐杖高高举起，第二杖却并没有向着奚玉瑾再打下来，而是停在半空。忽地好似哭喊似的，嘶哑着声音叫道："我的宝贝女儿，快来亲亲妈妈，你不要怕我，不要怕我呀！妈怎舍得打你呢？"拐杖顿地，跑上来扯扯奚玉瑾，竟是把奚玉瑾当作她那早已死去的女儿了。

"嗤"的一声，奚玉瑾的衣袖给她撕去一幅，心中的害怕，实是难以形容。她把宇文冲的死讯告诉岳夫人，原是想她乱了心神，好让这少年可以取胜的。岳夫人的发疯在她意料之中，但发疯之后的可怖，却还超过她的想象。

少年生怕奚玉瑾遭她毒手，如影随形的连忙扑过去，刷的一剑，刺向岳夫人背后的"风府穴"。

岳夫人失了理智，但听风辨器的本领并没有失掉，少年这一剑悄没声的刺来，仍然给她反手一拐架开了。

岳夫人忽地哈哈哈大笑三声，叫道："我认得你，你是车卫！是你害死了我的女儿！"

龙头拐杖暴风骤雨般地打来，已是完全不依章法。这少年是个武学行家，情知只要自己能够支持一些时候，必定可以获胜。但问题在于岳夫人发疯之后，气力大得出奇，拐杖打来，虽然不成章法，他只怕也是难以再过十招了。

奚玉瑾叫道："这泼妇已是发了疯，难以力敌！"

那少年道："不错，咱们快跑，各走一方！"

岳夫人叫道："好呀，你是我亲生的女儿，你也骂我？好呀，你是我的仇人，你就想这样轻易地跑了？"

她似乎是在想，去追"女儿"的好还是去捉"仇人"的好，略一踌躇，终于向那少年追去。

奚玉瑾跑出数十步开外，叫道："岳夫人，我跟你回家，你来给我带路呀！"那少年也在叫道："不错，宇文冲是给我杀掉的，有胆的你来找我报仇吧！"两人都想把岳夫人引到自己这一边，好让另一个人安然逃跑。

奚玉瑾正想又跑回去引岳夫人追她，忽听得蹄声得得，来得有如骤雨，抬头一看，只见四骑骏马，正在跑上山坡。

这四个人穿的都是军官服饰。奚玉瑾认得其中一个乃是曾经参加过围攻百花谷之役的管昆吾。管昆吾本是独脚大盗，行为介乎邪正之间的。不知怎的，在百花谷之役过后，却受了官府的招安，做了扬州知府岳良骏手下的一个不大不小的军官。

管昆吾哈哈笑道："奚姑娘，你回来了。我们的知府大人正要请你去会他呢。"

另外一个军官叫道："咦，知府夫人也在这儿！喂，喂，岳夫人！这女娃儿是金鸡岭一党，把她先拿下来！"

管昆吾道："夫人或许是要捉另一个更重要的人犯。这女娃儿咱们四个人难道还怕对付不了，用不着麻烦她老人家了。"

管昆吾是左臂刀的好手，奚玉瑾自忖单打独斗也未必准能赢得了他，而另外那三个军官看来亦非庸手。

奚玉瑾一咬牙根，当机立断，先发制人，迎着正在向她跑来的一骑快马，扑将过去。脚尖点地，倏地跃起一丈多高，刷的一剑，便向那人凌空刺下。

那人的武功比起奚玉瑾是稍有不如，但骑术却是甚为精妙，在这间不容发之际，一个镫里藏身，足挂雕鞍，身子钻过马腹底下。只听得"嚓"的一响，奚玉瑾一剑劈下，劈烂马鞍，马背也给她的剑锋划过，划开了一道长长的伤口。那匹马负痛狂奔，马上的骑客则早已滚在地上了。

说时迟，那时快，管昆吾和另外两个军官已是跳下马来，一柄月牙弯刀，一柄厚背斫山刀，一对流星锤，同时向奚玉瑾打来。奚玉瑾使出浑身本领，闪展腾挪，一招"夜战八方"的剑式，架开管昆吾的左臂刀，流星锤和另一个人的月牙弯刀则都是给她闪开了。

不过数招，那个坠马的军官亦已爬起身来，加入战团。使的是一柄长剑，剑术不及奚玉瑾的轻灵迅捷，但剑风虎虎，剑光霍霍，劲道却是比她有力得多。奚玉瑾以一敌四，焉能抵挡得住，转眼间圈子越缩越小，迭遇险招。

管昆吾笑道：“奚姑娘，你要拼命，我倒是有怜香惜玉之心，舍不得你这样标致的姑娘送命呢。我劝你收剑入鞘，乖乖的跟我们走吧，我们不会难为你的！”

奚玉瑾斥道：“放你的屁！”刷刷刷连环三剑，向他疾刺。无奈力不从心，划不着管昆吾，险些还给另外一个军官的月牙弯刀斫着。奚玉瑾把心一横：“与其落在他们手中，不如自己死掉。”打算拼到最后关头，拼得一个就是一个，当真拼不过的时候，便即回剑自刎。

正在十分危险之际，忽见岳夫人披头散发，飞跑回来，那匹受了伤的马，也正在朝着她的方向跑去。管昆吾叫道：“夫人小心。这个女娃儿我们对付得了，用不着你老人家来帮忙了。”

话犹未了，只听得那匹马发出喑哑的嘶鸣，突然便像一堆烂泥的卧倒地上，原来是岳夫人一掌把它的头颅击碎。

管昆吾这才发现岳夫人神色有异，和平时“雍容华贵”的“知府夫人”竟是完全两样。

管昆吾呆了一呆，说时迟，那时快，岳夫人已似旋风一般卷来，叫道：“好呀，你们都是我的仇人，还要欺负我的女儿，嘿嘿，哼哼，你以为我们母女是容易给人欺负的吗?”

管昆吾大吃一惊，心道：“敢情夫人竟是疯了?”那个使长剑的军官叫道：“夫人，你怎么啦?”“怎么啦”三个字刚从口中吐出，忽觉颈项如给铁箍箍住，底下的话说不出来，登时气绝。

管昆吾见机得早，慌忙逃跑。另外两个军官发觉不妙之时，却已迟了一步了。他们分向两边逃跑，岳夫人身形一掠，抓着那个使月牙弯刀的军官，举起他来，一个旋风急舞，抛将出去。那军官一声惨叫，显然也是不能活了。

说时迟，那时快，岳夫人一个转身，几个起伏，又已追上了右边那个军官。那军官活命要紧，也顾不得她是什么“夫人”不

“夫人”了，他一听得背后劲风飒然，便把流星锤飞出，明知岳夫人武功高强，这对流星锤伤她不得，只盼能够挡她一挡。

岳夫人哼了一声喝道：“什么东西，胆敢和我动手！”龙头拐杖一挥，当的一声，那对流星锤疾飞回去。那军官可是没有本领接回自己的流星锤，天灵盖给流星锤打个正着，登时也是一命呜呼。

奚玉瑾在她追那两个军官的时候，早已悄悄地钻进茅草丛中躲起来。岳夫人望不见她，嘶声叫道：“我犯了什么罪过，女儿也不认我！”那个少年正跑回来，叫道：“你的女儿早已死了！”

岳夫人似乎恢复了两分清醒，忽地一声狂吼，追上一匹奔马，跨上马背，疾驰而去，不多一会，前面又是传来一声惨呼，是管昆吾惨叫的声音。奚玉瑾瞧不见，但料想定是管昆吾也给她打死了。

奚玉瑾定了一定心神，从草丛里钻出来，和那少年相见。一时之间，却是不知与他说些什么话好。

那少年微笑道：“奚姑娘，你受了惊了，这都是我连累你的。”

奚玉瑾道：“你是什么人我都未知道呢，说什么连不连累。你两次帮我的忙，我倒是应该向你说一声多谢呢。”

那少年笑道：“奚姑娘好眼力，不错，我正是那一晚在金鸡岭上给你怀疑是奸细的人。我姓赵，名叫一行。”

奚玉瑾道：“赵大侠，那天晚上你帮了我们的大忙，却何以不肯和我们见面？”

赵一行道：“我知道你们一定奇怪我的行径为何那样诡秘，这个，这个说来话长！”

奚玉瑾想起“交浅言深”这句老话，说道：“你不方便说的，不说也罢。咱们就此别过。”赵一行连忙说道：“不，不。奚姑娘，你等一等。”

奚玉瑾停下脚步，说道：“怎么？”赵一行道：“我送你回家。”奚玉瑾道：“用不着。”赵一行笑道：“你总不能站在这里听我说一两个时辰吧？”奚玉瑾道：“哦，你是要把你的事情告诉我了？”赵一行道：“我并没有说不告诉你呀。只不过我预先告诉你说来话长而已。”奚玉瑾这才知道是自己性急误解了他的意思，笑道：“我还只道你是不方便说呢。柳女侠你也没有告诉她。”赵一行笑道：

“咱们现在也算得是患难之交了，奚姑娘，你不嫌我高攀吧？”奚玉瑾面上一红，说道：“你是金鸡岭的朋友，当然也是我的朋友了。你的本领远远在我之上，说起‘高攀’，还是我高攀你呢。”

赵一行心里乐滋滋的，说道：“奚姑娘，你太客气了。你的聪明能干，我是十分佩服的。”奚玉瑾笑道：“咱们别互相标榜了，说吧。”

赵一行道：“咱们既然算得是患难之交，还有什么不方便说的。柳女侠那儿，暂时我倒是不便向她详言，将来也还是要告诉她的。不过我猜想她一定也已经猜到我的来历了。”

奚玉瑾不由得又是面上一红，想道：“柳姑姑要给我撮合的那个男子，恐怕十九就是他了。”好在是在黑夜之中，赵一行瞧不见她的窘态。奚玉瑾微笑说道：“可我还未曾知道你的来历呢。”

赵一行道：“我现在就要告诉你了。你听过屠百城这个名字么？”

奚玉瑾道：“你说的是冀北人魔屠百城么？”

赵一行道：“不错，冀北人魔是金虏给他起的绰号，其实他并非是一般人想象的那样残暴的魔头。他生前杀的只是欺负咱们汉人的女真鞑子。屠百城也并非他的真名，他本来的名字是屠剑豪，屠百城是由于他的行事才给人叫开的，后来他的真名反为所掩了。”

奚玉瑾道：“我听得老一辈的侠义道说过，他曾经杀了许多城镇的金国贪官酷吏，并曾发下誓言，要杀了一百个城市的鞑子掌权的文武官员方才罢手。他恰巧姓屠，是以人家就叫他做屠百城了。不过后来听说并未如他心愿，就给鞑子的高手联合起来对付他，迫得他不能在中原立足，听说后来是死在蒙古的，也不知是真是假。”（按：屠百城的故事详见拙著《瀚海雄风》。）

赵一行道：“奚姑娘，你说得一点不错。屠百城确实是十多年前死在蒙古的。”

奚玉瑾已经猜到几分，说道：“你怎么知道得这样清楚，莫非你——”

赵一行亦已知道她想说的是什么，笑道：“不错，屠百城正是家师。”

奚玉瑾心里有点怀疑，说道："我听说屠百城只有一子一女和一个姓龙一个姓石的徒弟。他的儿子屠龙不肖，早已死了，姓龙的大徒弟也死了。她的女儿屠凤嫁给二师兄石璞，如今是琅玡山的寨主。"

赵一行道："我是家师在蒙古收的弟子，师姐屠凤恐怕还未知道有我这个师弟呢。"

奚玉瑾道："你是刚从蒙古回来的？"

赵一行道："回来已有一年了，不过我还未曾上过琅玡山。"接着笑道："据我所知，家师在蒙古还有一个弟子，名叫风天扬。现在恐怕只有十三四岁年纪，我也未曾见过的。他是我师父死后才入门的。"

奚玉瑾诧道："怎么令师在死后还能收徒？"

赵一行道："家师在蒙古是给仇家害死的，风天扬的父亲是家师好友，家师遗命，把拳经剑谱传给他的儿子，作为他死后的关门弟子，不过，这是另一个故事了，我也知道得不很清楚。家师死后的事情，前两年我方才打听到这点消息。"（按：风天扬的故事，另见拙作《风云雷电》。）

奚玉瑾道："那就只说你的故事吧。"

赵一行笑道："言归正传之前，我还得先说一说岳夫人的事情。岳夫人本来是另有丈夫的，前夫死了，才嫁给这位扬州知府岳良骏的。听说他们还是挂名夫妻呢。"

奚玉瑾道："她这件事我知道。是我的一位好朋友韩珮瑛在见到车卫之后告诉我的。岳夫人的前夫据说是当年一个江湖大盗，他有结拜兄弟三人，后来这三人合谋害死他，岳夫人为了替前夫报仇，这才嫁给了岳良骏，帮助他做到知府大官。然后借官府之力，把害死她前夫那三个人杀了。她的女儿也是和前夫生的，本来想许给宇文冲，但她的女儿却爱上了车卫。因此才闹出后来那场风波。"

赵一行道："不错，不过其中还有一件事情是车卫也不知道的。岳夫人的前夫武功极高，他那三个结拜兄弟本来是杀不了他的。但恰好在发难之前几天，他和家师曾经打过一场，元气大伤，是以他们方能得手。当时家师和岳夫人的前夫虽然同是绿林中的成名人物，但行事有异，一邪一正，路数却是不同。”底下的话他没说出来，意思则是明白的。“正”的当然是他的师父屠百城，“邪”的则是岳夫人的前夫了。

奚玉瑾恍然大悟，说道：“怪不得岳夫人口口声声要找令师算账。”

赵一行道：“岳夫人夫妻情笃，她杀了丈夫的三个结拜兄弟之后，认为我的师父才是他最大的仇人，发了毒誓，誓报此仇，不死不休。我的师父逃到蒙古，其实还不仅仅是逃避鞑子的鹰爪呢。”

奚玉瑾道：“宇文冲呢？你和他——”

赵一行道：“不错，我和宇文冲也结有梁子。你已经知道宇文冲是岳夫人的侄儿，希望能够做她女婿的。他为了讨岳夫人的欢心，曾经偷偷到过蒙古，侦察我师父的行踪，却不知我的师父已经死了。我在蒙古和他打过一架，那时我武功尚未练好，吃了他一点亏。一年前我从蒙古回来，一回来就碰上他，又打了一架，那一架则是他吃了我的亏了。”奚玉瑾一算时间，一年之前正是她现在业已知道的辛龙生碰上宇文冲的差不多时候，心想大概是宇文冲吃了赵一行的亏之后，伤未痊愈，就碰上辛龙生，故而辛龙生那次方能挣脱他的魔掌。

赵一行继续说道：“我回来之后，本来想上琅玡山拜见师姐的，但因为碰上一件意外事情，我就先来金鸡岭了。”

奚玉瑾道：“什么意外事情？可以告诉我吗？”

赵一行笑道：“我正是要告诉你，因为说到这件事情，就和咱们那天晚上在金鸡岭捉奸细的事情有关了。”

奚玉瑾道：“对了，奸细混入金鸡岭的秘密你是怎样知道的？”

赵一行道：“奸细之一的韩五，他的父亲快马韩鹏，本是在辽东开牧场的，为人豪侠，是家师生前好友。”

奚玉瑾道：“柳女侠也知道快马韩鹏其人的，那天晚上她发现了韩五也是奸细之后，曾经颇为此事叹息呢。不过像令师那样一代豪侠，也有一个不肖之子，这事也就不足为奇了。”

赵一行叹道：“是呀。我回来之后，听到消息，说是韩五在金京很是得意，经常出入完颜长之的‘王府’，很可能已经做了鞑子的走狗。我听了这个消息，初时还不大相信，希望他是另有图谋。是以我就偷偷去一趟大都，找到了韩五，把我们上一代的渊源告诉他，同时也想知道他的真意，不料他果然是贪图富贵，做了完颜长之的爪牙，而且比我听到的谣言更糟!"

奚玉瑾道："你也太冒险了，你们上一代的渊源虽深，你和他却没交情，不怕他暗害你吗?"

赵一行道："家师生前与韩五的父亲情如手足，他曾不止一次和我说过，希望我将来和韩家的后人也能保持上一代的交谊的。为了遵守家师的遗命，我不能不冒这一个险。"奚玉瑾心里想道："人家都说屠百城不近人情，喜恶随心，因此有许多人还认为他是个魔头。哪知他却是个性情中人，对朋友的情义生死不渝，如此深厚！有其师必有其徒，这赵一行的行事，也是颇有乃师的风骨呢。以前我不识他的为人，只觉他的行事诡秘难测，似乎介于邪正之间，这倒是错疑他了。"想至此处，对赵一行的好感，不知不觉多了几分。

赵一行道："奚姑娘，你在想些什么?是否笑我行事不识大体?"

奚玉瑾道："没什么。与人为善，本是侠义道之所当为，我怎会笑你。你见了韩五，后来怎样?"

赵一行继续说道："韩五的为人似乎还不太坏，虽然他的堕落也是比我听到的传言还更糟糕!"

奚玉瑾笑道："此话怎说?这两者不是似乎有点矛盾吗?"

赵一行道："韩五听我表白了身份之后，十分欢喜，说是他早已知道我们上一代的交情了，难得见到了我。他问了我的年龄，便以长兄自居。他的一片喜悦之情，似乎不是可以伪装出来的。当时我还不敢毫无保留的说出心里的话，只是试探他的口风。他告诉我要和沙衍流等人混入金鸡岭，充当内应，还邀我入伙，说是要给我求取个大大的富贵功名。"

奚玉瑾道："不知他是甘心作伥，还是由于没人教导，以致想法糊涂，不过他这样醉心富贵，人品却是十分恶劣了。"

赵一行道："他当然不能算是好人，不过他肯把这样重大的机密告诉我，对上一代的交情也那样重视，似乎也不能说是坏得不可救药。”

奚玉瑾道：“那你就该劝劝他呀。”

赵一行道：“我劝过了，苦苦劝了他一晚，晓以利害，他也似乎有点动摇了。但却似有什么难言之隐，还是不肯爽快的表示回心转意。快天亮的时候，沙衍流来找他，他让我从后门溜走。第二天他和沙衍流等离开金京了。”

奚玉瑾道：“因此，你就追踪他，而来到了金鸡岭了？”

赵一行道：“不错，我希望能够找得着他，劝他最后一次。”

奚玉瑾道：“这件事情，你为何不早点告诉柳女侠？”

赵一行道：“一来是因为我存有这点私心，不想韩五与沙衍流玉石俱焚。因为我到了金鸡岭，还没找着他，恐怕蓬莱魔女未必肯饶他一命。”

奚玉瑾笑道：“柳女侠虽然绰号‘蓬莱魔女’，却也并非真的不近人情的魔女。”

赵一行道：“你和她相处的时日较长，知道她的为人，我和她可没见过。”

奚玉瑾点了点头，说道：“不错，对一个人未曾彻底认识之前，的确是难免有所疑虑的，这也怪不得你。”她这话是有感而发，想起自己与谷啸风与辛龙生的两次情海波澜，不觉黯然。

赵一行道：“另外我还有一层顾虑，只想暗中帮忙柳女侠清除奸细，待到适当时机，才能和她说个明白。”

奚玉瑾忽地想起蓬莱魔女所曾说过的话，说道：“柳女侠和令师似乎也是朋友吧？”

赵一行道：“不错，他们是相识的。但却也有一点间接的梁子。”

奚玉瑾怔一怔道：“什么叫做间接的梁子？”

赵一行道：“家师和笑傲乾坤本来也是相当要好的，但不知为了什么事情，有一次在蒙古相遇，谈论武功，一言不合，比试起来，结果两败俱伤，伤得虽然不重，却也伤了和气。后来两人就没有见过面。家师一直为此耿耿于心。笑傲乾坤是蓬莱魔女的丈夫，你当然是早已知道的了。”

奚玉瑾心里想道：“华大侠号称‘笑傲乾坤’，少年时候，定然十分骄傲，那是可想而知的了。屠百城想必也是自负得紧，是以才会各不相让，闹出那场风波。”当下笑道：“这点小事，蓬莱魔女哪会放在心上？甚至有可能笑傲乾坤根本未曾告诉她呢。”

赵一行道：“我那未曾见过面的师姐，她和金鸡岭一直尚未有往来。我虽未见过她，却也知道其中有点嫌隙。”

奚玉瑾道：“对了，这个原故我正想问你。柳女侠和我曾经说过一次的，她也不知其中原因。由于她事情太忙，几次想去拜访令师姐当面问明，却都未如愿。”

赵一行道：“因为我未曾见过她，所以也不是十分清楚。不过，据我打听到的消息，其中似乎是有人挑拨。因为师姐是奉李思南为武林盟主的，蓬莱魔女则是北五省的绿林盟主，可能为了名位之争，她不肯先向蓬莱魔女低头。”

奚玉瑾道：“其实为了大局着想，这点名位的争执算得了什么？我相信柳女侠根本就没有这种念头。李思南大侠我虽然尚未认识，但武林中人交口称誉，我相信他也是没有这种念头的。”正是：

难得情缘天合作，谁知死水又扬波。

欲知后事如何，请听下回分解。

第一三一回　拼死护花凭一剑
求生盗酒斗双魔

赵一行道："我知道李大侠和柳女侠都不是这样的人，师姐也未必不明事理。不过为了避免将来给她手下某些不识大体的人见疑，我先到金鸡岭的事情，还是不让他们知道为妙。"

奚玉瑾是个精明能干而且颇懂世故的人，听了这话，点了点头，说道："你的顾虑也有道理。要是你能够暗中帮了柳女侠的忙，然后替他们疏通，那就更是妥当不过了。"

赵一行继续说道："我打的本来是这个主意，但那天晚上，我终于还是不能不惊动蓬莱魔女，也不能不亲自出手了。"

奚玉瑾笑道："我早已料到你是那晚上告密的人了。你是怎样发现他们的阴谋的？那天晚上，要不是你的告密，柳女侠都几乎中了他们的调虎离山之计呢。"

赵一行道："我就是那天晚上，才找着韩五的。这次我最后劝告他，终于生了点效。"

奚玉瑾道："原来那天晚上沙衍流所安排的阴谋诡计，是韩五告诉你的？"

赵一行道："不错，但他没有勇气向蓬莱魔女自首，沙衍流的阴谋，他更没勇气阻拦。他只答应我当晚就逃下山去，置身事外。但后来却与包刚同行，想必是受了挟持，不由自主。"

奚玉瑾恍然大悟，说道："怪不得你那晚没空和我多说，匆匆忙忙的就去追赶他们。"

赵一行道："山寨的头目亦已发觉他们在逃，有人追下来了，事机紧迫，是以我只能用重手法点了他们的穴道。我想韩五在做了俘虏之后，他会向柳女侠招供，也会把我和他的关系说出来的。”

奚玉瑾道：“追下去发现他们的那位山寨头领是金刀雷飙，可是他发现的不是活人，是两具尸体。”

赵一行吃了一惊道：“韩五给人害死了？”

奚玉瑾道：“不错，还有包刚。害他的人是谁，却还未知道。至于沙衍流，则给谷啸风押解往少林寺了。”

赵一行道：“原来沙衍流还有一个同党，连韩五也不知道的，这倒是出乎我的意料了。不过沙衍流被押解往少林寺倒是在我意料之中的。当时我认为金鸡岭之事已了，因此我就跑到你这里来了。”

奚玉瑾佯怒道：“原来你在暗中侦查我的行踪。”其辞若有憾焉，其心则是喜之。

赵一行道：“岳夫人的来历我是早已知道的，虽不知道你和她也结有梁子，也恐防她来找你麻烦。你不怪我跟踪你吧？”

说话之间，不知不觉已经回到奚家了。

奚玉瑾笑道：“这次你帮了我的大忙，我当然不会怪你。但我可不喜欢你鬼鬼祟祟的行为。”

赵一行笑道：“以后我当然也不会这样了。”

奚玉瑾道：“待我先进去看看我那丫头，她等我等了这许久，想必已是等得心焦之极了。”

刚走近那幢房子，便听得周凤喝道：“是谁？”声音似乎有些颤抖。

奚玉瑾笑道：“是我回来了，不用害怕。”

周凤开门出来，看见小姐和一个陌生男子一同回来，不觉一怔。

奚玉瑾笑道：“这位赵侠士就是刚才给你帮了忙的人。”

周凤把他们接入客厅，向赵一行道谢之后，说道：“小姐，你的脸色似乎不大好。”一双眼睛却望着赵一行，原来赵一行的脸色比奚玉瑾更坏，那是因为他们和岳夫人恶斗之后的原故。

奚玉瑾笑道：“怪不得你听得出我的脚步声，我们和那恶妇刚才又曾恶斗一场，走起路来，脚步也比平时重了。不过，也没什么，你别担心。”

周凤说道：“小姐，你平安回来，那就好了。我，我……”

奚玉瑾注意到周凤也是脸色苍白，似乎刚刚碰上什么恐怖的事情，惊慌未过的样子。便问她道：“你怎么啦？刚才可是出了什么事情么？”

周凤道：“没，没什么。小姐，你们歇歇，我给你们倒茶。”

奚玉瑾蓦地省起一事，说道：“家里还有两坛九天琼花回阳酒，对不对？”

周凤说道：“不错，咱们那年离开百花谷的时候，我帮小姐到地窖取酒，记得是有三坛，小姐带了一坛到洛阳送礼，是应该还有两坛。”

奚玉瑾道：“好，你去斟一壶九天琼花回阳酒出来，以酒代茶招待客人吧。你也应该喝一点这个酒了。”原来“九天琼花回阳酒”不仅是可以医治修罗阴煞功的伤，而且能够培元补气，有助于剧斗之后，恢复精神。

周凤道：“这个，这个……”嗫嗫嚅嚅，似乎不大想去的样子。

奚玉瑾情知她是有话要说，便说：“赵大哥，你等一会儿，我和她去取酒。”走出客厅，问周凤道：“究竟发生了什么事情？”

周凤道：“地窖里似有声息，不知是人是鬼？”

奚玉瑾吃了一惊，说道：“有这等事？”

周凤说道：“刚才你走了之后，我在园中巡视，走到王伯坟前，忽然隐约似见一团黑影，但霎眼之间，就像轻焰似的消失了。”

奚玉瑾道：“该不是你眼花吧？”

周凤说道：“当时直把我吓得毛骨悚然，以为是王伯的鬼魂出现。我说王伯王伯，你若是给人害死的，冤魂不息，今晚你就托梦给我吧，可别来吓我呀！”

奚玉瑾噗嗤一笑，说道：“人死犹如灯灭，哪里会有魂魄？”

周凤说道：“小姐，我本来也是不相信有鬼的，但想，倘若是人的话，他怎会这样快的就突然不见？当时我确信我不是眼花。”

奚玉瑾道：“或许是一个轻功极为高明的夜行人呢？”

周凤说道："若然如你所说，那么这个人要嘛就是敌人，要嘛就是朋友，你说对吗？"

奚玉瑾道："不错。"

周凤说道："要是敌人，他的本领那样高强，就该出来擒我，要是朋友，那么他也该现身，说明他的来历。"

奚玉瑾心里想道："难道又是一个像赵一行这样的人。"当下问道："后来怎样？"

周凤说道："我说了那几句话，周围不见人影，但耳边却又听得一声冷笑，这次我是决计不会听错的了。"

奚玉瑾道："这样说，恐怕真的是有人藏在园中了。"

周凤喘过口来，继续说道："虽然不见人影，但声音的来处我还可以听得出来，于是我就循声觅迹，你知道王伯的新坟和藏酒的那座地窖距离不远，我到了地窖的门口，果然又听得里面隐隐似有声息。"

奚玉瑾道："什么声息？"

周凤说道："好像是移动酒坛的声音。我伏地听声，却又听不见了。我实在给吓得慌了，不敢下去巡视。只好躲进房间，等你回来。"

奚玉瑾笑道："怪不得我回来的时候，看见你面色灰白，说话的声音也都发抖。好吧，待我到地窖取酒。"

周凤说道："小姐，你可要小心一些。还是我陪你去吧。"

奚玉瑾笑道："你不害怕了？"

周凤说道："多一个人，胆子也壮一些。"

奚玉瑾蓦地省起，笑道："对，咱们还可以多邀一个人陪同前往。"

周凤道："你说的是这姓赵的客人？"

奚玉瑾道："不错，他就是那天晚上我在金鸡岭碰上的人，他的本领可比我高明得多呢！"

周凤噗嗤一笑，说道："小姐，你和他倒是熟络得好快啊！"

奚玉瑾道："小鬼头，别乱嚼舌头。他是柳女侠的晚辈，和咱们是一条路上的人。"

周凤说道："不错，不错，所以你就和他一见如故了。"

奚玉瑾回到客厅，和赵一行说明这件事情，赵一行也是颇感奇怪，说道："我是二更时分就躲在你们的园子里的，可也没有发现这样一位本领高强的人。好，咱们同去看看。"

到了那个老家人的新坟，奚玉瑾笑道："她刚才就是在这里'见鬼'的！"

赵一行凝神一听，忽地喝道："哪条线上的朋友？出来！"

话犹未了，只听一声冷笑，果然就有一条黑影疾扑出来。

奚玉瑾定睛一看，只见是个黑衣老者，看清楚了，不由得大吃一惊！

原来这个黑衣老人不是别人，竟是当世的一大魔头——黑风岛主宫昭文。

黑风岛主冷笑道："奚玉瑾，你终于回来了？"

奚玉瑾和他的女儿宫锦云是好朋友，心里想道："这魔头虽然凶狠，但他也是知道我和锦云的交情的，总不该无缘无故的害我吧？"定一定心神，说道："宫老前辈，你找我做什么？"

黑风岛主说道："我现在没功夫和你多说，快把九天琼花回阳酒给我！"似乎是怕她不肯听从，不待奚玉瑾回答，说到一个"给"字，立即便是一抓向奚玉瑾抓了下来。

赵一行早有防备，左掌一推奚玉瑾，右手的长剑刷的就向黑风岛主刺去。

饶是他出手得这样快，只听得"嗤"的一声，奚玉瑾的衣裳也给黑风岛主撕烂了一幅。幸亏赵一行立即将她推开，方才不至于落在黑风岛主手上。

黑风岛主使出"弹指神通"的功夫，"铮"的一声，把赵一行的长剑弹开，但对他剑法的精妙，却也似乎有点顾忌。退了一步，喝道："你是奚玉瑾的什么人？"

赵一行也在同一时候问道："这妖人是谁？"

奚玉瑾道："他是黑风岛主！是——"

黑风岛主是天下闻名的大魔头，赵一行早就听得师父说过他的。一听得这魔头，哪里还敢怠慢，立即抢攻！

片刻之间，赵一行疾攻了十七八招，黑风岛主连连咳嗽，眼现红丝，似乎是患了什么疾病，虚火上升的模样。周风站在奚玉瑾身旁观战，看得大为欢喜。笑道：“小姐，你说得这魔头那样厉害，看来却似浪得虚名。”

话犹未了，忽听得黑风岛主一声大喝，奚玉瑾叫道：“不好！”慌忙拔剑出鞘，飞跑过去。只见赵一行一个筋斗，倒翻出数丈开外，随即听得“当啷”一声，奚玉瑾的青钢剑也飞上了半空！

原来最后这一招，黑风岛主已是使出看家本领，以黑煞掌的威力阻遏赵一行的攻势，掌力一发，饶是赵一行的内功已经颇具火候，亦是禁受不起。黑风岛主震遏了赵一行，随即以“弹指神通”的功夫，只是中指轻轻一弹，就把奚玉瑾的青钢剑弹得脱手飞开。但黑风岛主却并不乘胜追击，赵奚二人一退，他弯下了腰，又是两声咳嗽。

赵一行打了几个盘旋，方才稳住身形。奚玉瑾拾起长剑，说道：“宫岛主，你苦苦相逼，我们只有和你拼了！”赵一行道：“不错，这老魔头已是强弩之末！”

奚玉瑾正要上前，忽听得黑风岛主喝道：“且慢！”赵一行把奚玉瑾拉着，说道：“且听他说些什么？”

黑风岛主道：“我对你们并无恶意，是你们不识好歹！不错，我是气力不加，但若要杀你，也早已把你杀了！”后面两句话，是指着赵一行说的。

赵一行是个武学的大行家，仔细一想，刚才对方的确是似乎手下留情，好几次可以施展杀手的都没施展。不过对黑风岛主的所谓“好意”却仍是半信半疑。

奚玉瑾道：“那你来做什么？”

黑风岛主道：“我不是和你说过了吗，我只要你的九天琼花回阳酒！”

赵一行道：“当真只是为此？”

黑风岛主道：“我不是你们的敌人，你们若然定要和我拼个两败俱伤，徒令早已匿藏在这里的奸人得利！所以，你们若肯和我联手对付奸人，那是最好不过，否则，最少你也要赶快把九天琼花回阳酒给我!”

奚玉瑾吃了一惊，说道：“你说什么，有奸人藏在我的家里?”想起周凤刚才所说的情形，心中已是相信几分。赵一行却是半信半疑，冷笑说道：“奸人恐怕就是你吧!”

黑风岛主哼了一声，双眼翻白，满面杀气。赵一行与奚玉瑾不约而同的吃了一惊，疾退三步。赵一行挡在奚玉瑾身前，防他骤下杀手。

这霎那间，黑风岛主的面色由白转青，由青转红，似乎是忍受什么痛苦的煎熬，又似乎是强抑自己的怒气，忽地冷笑说道：“换在平日，我非毙了你这小子不可；但在今日，我却不愿与你同归于尽，平白便宜了那两个奸人!”

奚玉瑾道：“哦，奸人还不只一个吗?”黑风岛主继续说道：“奚姑娘，我再给你一个证据，你家的老花匠在十多天前莫名其妙的死了，你知道么?他是给人害死的!害他的人用的是杀人不见血的毒掌!你应该知道，我可不懂得毒掌功夫。”

奚玉瑾道：“奸人是谁?藏在哪里?请你带领我们去找他们，替王大叔报仇吧。”此言一出，已是表示相信了黑风岛主的说话。

黑风岛主喘气说道：“你先给我九天琼花回阳酒，否则我可帮不了你的忙!”似乎有什么怪病就要发作，不愿意多说话了。

奚玉瑾道：“好，你随我来。”与赵一行并肩同行，带领黑风岛主走下地窖。

黑风岛主侧耳一听，忽地停下脚步，突然把奚玉瑾抓住。这一抓快如闪电，待到赵一行发觉之时，奚玉瑾已是落在他的掌握之中，来不及救她了。

奚玉瑾给他抓住，动弹不得，但却不感疼痛，知他并非想下杀手，惊恐稍减，说道：“宫老前辈，我好意给你取酒，你干吗欺负我?”

黑风岛主沉声说道：“奚姑娘，你要陷害我么?你须知道，你害了我，就是害你自己!”奚玉瑾道：“宫老前辈，你这是什么意思?莫说我和令嫒是好朋友，即使我要害你，也没这个本领!”

黑风岛主道：“那你为什么把我带到这里来，奸人就是藏在这里！”

奚玉瑾道：“我的九天琼花回阳酒就正是藏在这地窖之中！”心里想道：“如此说来，小凤的发现的确不是‘见鬼’了。”黑风岛主放开了奚玉瑾，喘过了一口气，脸色沉暗，咬牙说道：“好，既是这样，那没办法，只好与他们拼一拼了！”

地窖里全无声息，但当黑风岛主一掌推开板门之时，只听得一声枭啼似的怪笑，一个大酒缸迎面飞来。这霎那间，奚玉瑾果然看见了里面是有两个人，而且是她认识的人！

这两个人都是六十岁左右的老者，一个身材魁梧，背部稍微有点伛偻，一个又高又瘦，像支竹竿。这两个老者不是别人，正是西门牧野和朱九穆这两个大魔头。奚玉瑾做梦也想不到竟是这两个魔头藏在自己的家里，这一惊非同小可！

把酒坛向黑风岛主劈面掷来的人是西门牧野，他脱手一掷，便即冷笑说道：“好呀，你要九天琼花回阳酒，那就拿去吧！”

这一掷力道刚猛非常，黑风岛主若然以力抗力，把酒坛推开，坛子非碎成片片不可。黑风岛主是要用这酒续命的，岂能将它打碎？无可奈何，只好以阴柔之力，掌缘贴着酒坛平滑的表面，轻轻一搬一带，把酒坛带过一边。

但这么一来，真力却是消耗更甚。西门牧野正是要他如此，方能稳操胜算。

黑风岛主掌心一触酒坛，便知不妙。对方那股刚猛的力道，自己虽然可以勉强化解，只怕这个酒坛还是非碎不可。心中正在暗叫糟糕，忽觉压力一松，原来是赵一行及时出手，助了他一臂之力。

赵一行掌锋在坛边一擦，两股相反的力道把这大酒坛推得在空中打了个转，平平稳稳地落下来，奚玉瑾将它接住。黑风岛主得他助这一臂之力，本身的真力也就不至于消耗得以预期之甚了。黑风岛主对他的恶感不觉消了几分，想道：“这小子虽然像个粪坑石头，又臭又硬，却还不是不识好歹的人。我身为长辈，倒是不该和他计较了。”

几方面的动作都快，西门牧野掷出酒坛，朱九穆即便扑上前来。此时黑风岛主得了赵一行之助，已是把酒坛甩过一边了。朱九穆怔了一怔，喝道："哪里来的这个小子?"呼的一掌劈下。黑风岛主横身一挡，替赵一行接了一掌，双方都是禁不住身形一晃，退了一步。心里也是不约而同的感到有点诧异。

黑风岛主诧异的是，对方的掌力虽然不弱，但却没有触体如冰的感觉。心里想道："他练的修罗阴煞功哪里去了？难道他还会对我手下留情么?"

朱九穆诧异的是，黑风岛主的内力刚猛有余，劲道不足。心里想道："奇怪，他练了毒功秘笈，怎的内功方面反而似乎不及从前的精纯了？他那两大毒功也不知练成没有，怎的不施展出来?"

黑风岛主击退了朱九穆，连忙一个转身，叫道："奚姑娘，快把这酒给我!"奚玉瑾道："不对，这，这不是九天琼花回阳酒!"西门牧野哈哈哈大笑三声!

黑风岛主喝道："你笑什么?"

西门牧野笑道："你上了当了。这叫做天堂有路你不走，地狱无门你偏踏进来！你知道我们正要找你吗?"

黑风岛主冷笑道："我早就知道你们躲在这里，我倘若害怕你们，我也不会来了。并肩子上来吧!"

朱九穆阴恻恻地笑道："咱们到底曾经交过一场朋友，你想要善罢，那也并非没有商量。"

黑风岛主道："我和你们还有什么好商量的?"趁这时机，暗地调匀气息。

朱九穆道："把公孙璞给你的毒功秘笈留下来，我们给你一壶九天琼花回阳酒。做了这宗交易，我们可以让你马上走!"

黑风岛主"嘿，嘿，嘿"的连连冷笑。

西门牧野道："你莫以为我们是占了你的便宜。说老实话，这里的九天琼花回阳酒，刚刚够我们两个人用。分给你一壶，已是给了你天大的面子了。你喝了这一壶酒，虽然未必能够医好你的病，最少也可以给你续个一年半载的命!"

黑风岛主"嘿，嘿，嘿"地冷笑。

朱九穆也跟着冷笑说道："宫岛主，你即将有走火入魔之难，你以为我们看不出来吗？以你现在的本领，是决计打不过我们二人的了。我们大可以联手杀了你，你的毒功秘笈自然会落到我们手上，这九天琼花回阳酒也用不着给你！”

黑风岛主吃了一惊，暗自想道：“原来我刚才和他对了一掌，竟是泄了底了。不过这老匹夫的功夫似乎也是不及从前，却不知是何原故？当真拼命的话，我纵然打不过他们，最少也可拼个两败俱伤。”

原来西门牧野和朱九穆是在北京西山的秘魔崖碰上了笑傲乾坤和武士敦，给笑傲乾坤和武士敦废了他们的毒功的。这就是朱九穆何以施展不出修罗阴煞功，而西门牧野也不能再用毒掌伤人的原故。

不过他们的邪门毒功虽然已给废掉，其他武功依然还在。

公孙璞那本毒功秘笈乃是厉擒龙从西门牧野手上抢去交给公孙璞，公孙璞又再送给黑风岛主的。公孙璞自幼得明明大师传授，练成了可以化解走火入魔的内功心法，这也是西门牧野早就知道的。他以为公孙璞把这毒功秘笈交给黑风岛主，自必在上面添注了可以化解练这“毒功秘笈”的后患，却不知当时厉擒龙另有用心，只是叫公孙璞把原来的那本毒功秘笈交给黑风岛主，一字不删，但也一字不加。

西门牧野与朱九穆逃出大都，两人同病相怜，决意联手去找黑风岛主，迫他交回毒功秘笈。

他们起初并不知道黑风岛主练那毒功秘笈，已是误入歧途，走火入魔的迹象也已开始在他身上出现了。

他们最初的打算，还是准备在见了黑风岛主之后，先和他说情的。倘若黑风岛主不允，最后没有办法，那才和他一拼。因为他们恐怕自己的毒功废掉之后，二人联手也未必打得过黑风岛主。哪知他们未曾踏上黑风岛，黑风岛主已是闻风远避。

原来黑风岛主在发觉开始有了可能遭受“走火入魔”的灾祸之时，心中已是惴惴不安，不久又得到了这两大魔头要联手对付他的风声，当然闻风远避了。哪知他这一逃，不啻是向敌人示弱，那两个魔头虽不知道他有走火入魔之厄，却是敢于放胆去追他了。

黑风岛主找不着他的女婿公孙璞，又不敢到金鸡岭探问，最后只能逃到了扬州的百花谷来。

他之所以逃来百花谷，一来是想向奚家兄妹打听公孙璞的行踪，二来他也知道奚家有“九天琼花回阳酒”，这酒虽然不能解除他的走火入魔之厄，却可延缓发作的时间。

话分两头，西门牧野与朱九穆一路追踪，终于也来到了百花谷奚家。

黑风岛主未曾发现藏酒的地窖，又不甘心便即离开，于是便冒着给他们发现的危险，藏在附近。

这两个魔头来到奚家之后，朱九穆想起了当年奚玉瑾把“九天琼花回阳酒”送给韩大维的事情，便和西门牧野说道：“当年韩大维喝了一坛九天琼花回阳酒，不过一年，便即恢复功力。咱们喝了这酒，不指望它可以帮助咱们重练毒功，但增进功力，却非奢望。”他们害了那老花匠，在奚家大肆搜索，终于给他们在黑风岛主之前，找到了藏酒的地窖。也正是因此，他们无暇去找黑风岛主，就在地窖躲藏起来了。

昨天晚上，黑风岛主潜入奚家花园，发觉奚玉瑾已经回家，当时就想抓着奚玉瑾的，但随即岳夫人来到，黑风岛主若在平时不会怕她，身上有病，却是非得顾忌三分不可。是以只能等待奚玉瑾和赵一行再次从外面回来，他方敢现身了。

此时他和这两大魔头面面相对，已是剑拔弩张，要不是他需要调匀气息的话，早已动手了。

西门牧野和朱九穆也在暗地调匀气息，在他们自信可以对付黑风岛主之后，可不能容许黑风岛主拖下去了。

朱九穆一声冷笑，说道：“宫岛主，你的主意打定没有？我们知道你的为人，你也应该知道我们的脾气，我们愿意如此和你交易，已经是对你格外宽厚了。”

西门牧野喝道：“闲话少说，放下公孙璞给你的毒功秘笈，拿一壶酒去。赶快离开这百花谷，三年之内，可别让我们看见你！”

黑风岛主忍无可忍，哈哈一笑，说道：“宫某纵横一世，几曾受过别人威胁？你们联手上吧，我是舍命陪‘君子’的了！”

西门牧野喝道：“好，这是你自己不知死活，可休怪我无情！”

双方说僵，登时动手。黑风岛主双臂箕张，左击西门牧野，右击朱九穆。一招“玄鸟划砂”，掌势有如刀削。西门牧野呼的一掌劈去，和他碰个正着。双掌相交，各自一晃。只听得“嗤”的一声，黑风岛主左手的衣袖，却给朱九穆撕去了一幅。要不是他身法奇快，这一抓就能将他的琵琶骨抓碎。

赵一行见他情势危急，急忙加入战团，一招“七星伴月”，抖起七朵剑花，同时袭击两大魔头。

黑风岛主频遇险招，反而哈哈大笑。西门牧野喝道：“你死在临头，还笑什么?”

黑风岛主哈哈笑道：“原来你的毒功也给废了！朱九穆，你的修罗阴煞功呢，怎么也不见了？嘿嘿，不错，我是泄了底子，可你们也是露了馅啦!”

原来他冒险与西门牧野对了一掌，掌心毫无麻痒痒的感觉。他是个武学的大行家，一试之下，便即知道西门牧野的毒功已是化为乌有。至于朱九穆的修罗阴煞功，则在此之前，他已经知道朱九穆使不出来。故此他刚才在同时应付两人之时，对朱九穆只是用了三分本领，七分本领拿来对付西门牧野。是以朱九穆才能撕破他的衣袖。

西门牧野心头一凛，却也是哈哈笑道：“算你的眼力不错，但我没有毒功，一样也能杀你！嘿嘿，你的眼力不错，我的眼力相信也不会比你差。再斗下去，只怕你的‘走火入魔’就要提前发作了吧?”

黑风岛主喝道：“我拼着埋骨此间，也要你死在我的前面!”咬牙猛扑，手脚起处，全带劲风。赵一行还没怎样，功力稍弱的奚玉瑾，已是为之感到呼吸不舒。正是：

是正是邪凭一念，看谁埋骨在荒园。

欲知后事如何，请听下回分解。

第一三二回　父女团圆疑是梦
恩仇了结识前非

可是黑风岛主虽然连番猛扑，却也占不了对方便宜。西门牧野和朱九穆这两个魔头虽然失了毒功，二人合力，还是能够胜过黑风岛主。黑风岛主强攻不下，片刻之间，已是大汗淋漓，头上冒出热腾腾的白气。

幸亏赵一行也是一把好手，他的功力虽然比不上这两个大魔头，但精妙的剑术却是使得这两大魔头不能不有顾忌。

剧斗中朱九穆和黑风岛主对了一掌，感到黑风岛主的掌力已是逐渐减弱，心头大喜，哈哈笑道："看你还能支撑多久?"话犹未了，忽觉背后微风飒然，赵一行刷的一剑刺将过来，把他的衣袖穿过，要不是他甩袖得快，这一剑就能刺破他的掌心。

朱九穆大怒，反手一掌，喝道："撒剑!"赵一行第二招跟着来到，只听得"铮"的一声，朱九穆中指一弹，把他的长剑弹开，赵一行忽觉手心奇冷，长剑几乎掌握不牢，大吃一惊，连忙运功相抗，幸而没有坠地。

原来朱九穆得"九天琼花回阳酒"的药力之助，修罗阴煞功其实已经恢复了三两分的，只是这点功力用来对付黑风岛主却嫌不足，这种邪派毒功，倘若伤不了对方就会反害自身的。是以朱九穆一直不敢使用。

此际，一来是由于黑风岛主已成强弩之末，朱九穆无须全力去对付他，心想先击破较弱的一环再说；二来他已察觉赵一行的内功虽然也颇精纯，火候还差得很远。他这三分修罗阴煞功，对付黑风岛主是嫌不足，对付赵一行，料想应是绰绰有余。哪知一弹之下，还是未能令赵一行长剑脱手。

赵一行一咬牙根，冷笑说道："不见得！"刷的一剑又刺过来。朱九穆喝道："好小子，你不知进退，老子先毙了你！"转过身来，掌指兼施，一口气向赵一行猛攻七招。西门牧野则与黑风岛主紧紧缠斗，叫他腾不出手来。

赵一行长剑虽没脱手，但也冷得发抖了。手指颤战，使出的剑法当然不及先前灵活，在朱九穆猛攻之下，险象环生。

奚玉瑾拔剑出鞘，加入战团。赵一行道："奚姑娘，你和小凤赶快逃吧。"奚玉瑾道："你帮了我的大忙，我虽然济不了事，岂能舍你而去？"赵一行精神大振，运剑如风，抢接朱九穆的招数。

朱九穆冷笑道："奚玉瑾，你倒是一个有情有义的姑娘，可惜你只能陪他送死了。"

奚玉瑾面上一热，却不作声，只是和赵一行抢接敌人招数。她的百花剑法本来已是上乘剑法，可惜她的功力比赵一行尚且不如，当然更是比不上朱九穆了。

三十多招一过，奚玉瑾在对方掌风激荡之下，胸口如受重压，呼吸不舒，越来越觉吃力。赵一行较好一些，但也是渐渐感到气力不加了。

黑风岛主蓦地一声咳嗽，一口鲜血喷了出来，掌力却是突然加强。西门牧野料不到他竟敢使用"天魔解体大法"，自伤元气，退了一步，冷笑说道："你要赶着去见阎王么？"

黑风岛主倏地转身，一掌向朱九穆拍下，朱九穆如何敢与对方三人相抗，慌忙一个"移形换位"，避开黑风岛主这一掌。饶是他闪避得快，肩头也已给黑风岛主的掌锋掠过，火辣辣的作痛了。

黑风岛主连忙说道："你们两人快跑，这是我惹出来的祸，由我担当！"

奚玉瑾道："不，这两个魔头也是我的仇人。"说时迟，那时快，朱九穆已是和西门牧野并肩而上，两人联手，掌力会合，大大增强。即使黑风岛主再用"天魔解体大法"，也是无济于事了。

黑风岛主一面打一面退，掩护赵奚二人，退出地窖，西门牧野冷笑道："你敬酒不吃，吃罚酒，如今打不过就想跑了么？嘿嘿，你以为我能放过你吗？你们三个人一个都跑不了！"

黑风岛主喝道："到外面打去，你以为我是当真怕你不成？"

朱九穆嘿嘿笑道："这主意倒是不错，免得在这里打破酒坛。嘿嘿，谅你也跑不了！"

双方翻翻滚滚，从地窖打到花园。黑风岛主出了地窖，说道："你们两人还不快走？稍迟就来不及了。"

赵一行说道："刚才我当你是敌人，如今你是和我合力抗敌的伙伴，是死是活，大家同在一起。"

黑风岛主平生杀人不眨眼睛，此际却是不由得大受感动，喝道："我反正是要死的了，你们不知道么？赶快跑出去告诉公孙璞给我报仇。再迟就来不及啦！"

西门牧野冷笑道："已经来不及啦！"说话之间，已是如影随形，追了上来。朱九穆跟着亦已出了地窖，身形一起，俨如鹰隼穿林，掠波巨鸟，掠过了赵奚二人前头，截住他们的去路。一场剧斗，又再展开！

黑风岛主奋力支撑，可惜已是强弩之末，力不从心，又再斗了三十招过后，圈子已是越缩越小。黑风岛主气喘吁吁，头上冒出的热气也是越来越浓了。

朱九穆哈哈笑道："宫昭文，你真的要见了棺材方流眼泪么？"一抓之下，黑风岛主已是无力化解，只听得声如裂帛，红光迸现，黑风岛主的背脊现出了五条血痕。受创不轻，幸而尚未抓裂他的琵琶骨。

赵一行刷的一剑忙刺过去，西门牧野长袖一挥，喝道："撒剑！"裹着剑锋。赵一行亦已是气力不支，用力刺去，竟是不能将他的衣袖划穿。长剑已是被对方的强劲的牵引之力，扯得就要脱手飞去。奚玉瑾奋不顾身的上前解救，一招"明驼骏足"刺向西门牧野膝盖的"环跳穴"。西门牧野喝道："米粒之珠，也放光华。你这丫头真是不知死活！""当"的一声，奚玉瑾的青钢剑给他踢得飞上半空。

朱九穆得势不饶人，又再一抓朝着黑风岛主的天灵盖径抓下来。黑风岛主“呸”的一声，喷出一口鲜血，猛的一拳捣出，拳风虎虎，与刚才竟是判若两人。

朱九穆一听拳风，不禁心头一凛。他这一抓若然抓下，固然可以取了黑风岛主的性命，但胸口给黑风岛主这一拳打着，只怕也是性命难保。

朱九穆已是胜券在握，哪肯和他硬拼？连忙一个侧身，避开他这一招。冷笑说道：“你在自寻死路，那是再好不过，我倒可以省了许多气力了。嘿嘿，你的天魔解体大法，恐怕也只能用这最后一次了。”

黑风岛主喉头咕咕作响，双眼火红，似乎在忍受着极其剧烈的痛苦煎熬，脸上的肌肉都因疼痛而扭曲变形了。黑风岛主身形一闪，他便疾窜过去，又是一口鲜血朝着西门牧野喷去。西门牧野刚要夺下赵一行的长剑，冷不及防，竟给他的这口鲜血喷得满头满面，热辣辣的好不难受。西门牧野不觉忙闭双目，防他的毒血伤了眼睛。赵一行趁这时机，剑锋一转，削破西门牧野的长袖，这才能够解了束缚。

西门牧野听风辨向，一掌拍出，把黑风岛主推开，但自身也是不禁晃了一晃，退了一步。双眼睁开，只见黑风岛主好像受伤的猛兽一样，口吐白沫，双眼好像要喷出火来，狂嗥怒吼。形状十分可怖！

西门牧野喝道：“你的天魔解体大法已经不济事啦！待会儿你就要走火入魔了，你还不知死活么？”

话虽如此，但他面对黑风岛主那样狰狞可怖的神情，却也不禁为之心悸。明知对方乃是困兽之斗，自己可以胜他，也是不能不暂避其锋，忙退几步了。

黑风岛主忽地发出呜呜的怪叫，突然一拳猛击自己的胸口，厉声喝道：“你们来吧，你们来吧。我是天王老子也不怕了！”一面喝骂，一面击打自己的胸腹。

赵一行大骇道：“宫老前辈，你怎么啦？”跑过去要将他扶稳，不料一触及他的身体，竟给他的内力震开。黑风岛主叫道：“你快跑，你快跑！现在我还知道你是谁，再过一会，你碰着我我就会杀你了！”

一个清脆的声音叫道："爹爹别慌，我和璞哥来了！"来的正是宫锦云和公孙璞。

原来黑风岛主此际已是油尽灯枯，“走火入魔”的灾难提前发作了。发作之际，痛苦难熬，他捶打自己，乃是为了减轻自己所受的苦痛的。

这种惨厉可怖的情形不仅吓慌了赵奚二人，西门牧野和朱九穆这两大魔头也是不觉为之胆战心惊。一时间大家都是不约而同的退出数丈开外，一场恶斗也暂时停下来了。

西门牧野定了定神，笑道：“黑风岛主，你有什么后事要交代的赶快说吧，再迟就来不及了！”

黑风岛主叫道：“你快来杀了我！”

朱九穆笑道：“杀了你那倒是便宜你了。你好好享受走火入魔的滋味吧。”

黑风岛主叫道：“赵老弟，奚姑娘，你们做做好事，给我一剑！”

赵一行紧紧握着奚玉瑾的手，奚玉瑾闭了眼睛，浑身发抖。

黑风岛主神智渐渐模糊，想要自断经脉而亡，不料内力已在发散，想要自杀也不可能了。

西门牧野和朱九穆则在顾忌他在临死之前，说不定还会回光返照，是以大家都不敢上前。心想反正他就要死了，待他死了之后，再收拾赵一行和奚玉瑾也还不迟。

黑风岛主一声长叹，瘫在地上，缓缓闭上眼睛。

朱九穆说道：“咱们可以回到地窖去啦。”西门牧野说道：“不用着忙，再待一会。”

哪知就在此际，忽听得一声长啸，宛若龙吟，西门牧野吃了一惊，心里思道：“这人功力不弱，不知是谁来了？”

朱九穆怔了一怔，叫道：“先把姓赵这小子和奚玉瑾拿下！”他已经顾虑到来的恐是敌人了。

但他虽然醒觉，却已迟了一步。话犹未了，只见两条人影已是捷如飞鸟般地落在园中。

一个清脆的声音叫道：“爹爹，别慌，我和璞哥来了！”

来的这两个人，在前面的是公孙璞，在后面的是宫锦云。

宫锦云叫她父亲之时，公孙璞已是霹雳似的一声大喝，向朱九穆扑到。

正如螳螂捕蝉，黄雀在后。朱九穆刚向奚玉瑾抓去，给公孙璞的狮子吼功一喝，喝得心头大震，一抓抓空。说时迟，那时快，只觉背后劲风飒然，公孙璞的掌力已是排山倒海而来。

西门牧野看见来的只是公孙璞、宫锦云二人，心神稍定，想道："这小子没有强援在后，我和老朱联手，未必打不过他。"要知他心目中的劲敌只有公孙璞，宫锦云自是不会放在他的眼内。

朱九穆反手一掌，"蓬"的一声，双掌相交，公孙璞只是身形一晃，朱九穆却是如受铁锤一击，胸中气血翻涌，登、登、登的连退几步。

一年前朱九穆的功力还是比公孙璞略胜一筹的，此时虽说他在剧斗之后，气力不加，但仅仅一招，几乎也接不起，却是不能不令他大大吃惊了，"想不到这小子的功力竟然精进如斯，三十六计，恐怕唯有走为上计了。"

公孙璞一掌震退了朱九穆，回过身来，玄铁宝伞已是拿在手中，宝伞一挥，迎上正在向他扑过来的西门牧野。

西门牧野知道玄铁宝伞的厉害，斜身一窜，掌势攻他左胁空门，叫道："快去抓他岳父!"他用的是声东击西之计，想扰乱公孙璞的心神。朱九穆能够拿着黑风岛主固然最好，纵不成功，公孙璞也必须分出心神，去保护他的岳父。他就可以乘机突袭了。

朱九穆瞿然一省，想道："不错，黑风岛主业已走火入魔，谅无反抗之力。"果然就向黑风岛主跑去。

黑风岛主眼睛也不张开，怪笑说道："来吧，来吧！天王老子，我也不怕了!"朱九穆见他神态如此可怖，不由自已地打了一个寒战。说时迟，那时快，赵一行、奚玉瑾和宫锦云三柄长剑已经挡住他的去路。

公孙璞和朱九穆对了一掌，已知他的功力远远不及从前，心里想道："他们三人合力，至不济也能挡得他片刻。"当下玄铁宝伞一张，作了个旋风急舞，把西门牧野的身形笼罩在他的宝伞之下。

西门牧野不料弄巧成拙，公孙璞不是马上去阻击朱九穆，反而是全力攻他。此时公孙璞的功力已是在他之上，又有玄铁宝伞，他要想脱身那是千难万难的了。

西门牧野情知脱不了身，一咬牙根，喝道：“好小子，要拼命么？我叫你尝尝化血刀的滋味！哼，哼，桑家的两大毒功，你未必比得上我吧？”

“化血刀”是桑家两大毒功之一，并非真刀，而是以掌当作“毒刀”。武功多好，倘给打着，血液必要中毒而亡。不过，西门牧野却是虚声恫吓，他的毒功早给武林天骄废了。他以为公孙璞尚未知道。

哪知他这么一说，反而提醒了公孙璞。“对，我何不以毒攻毒，早点打发了他！”

公孙璞把玄铁宝伞交给左手，挥成一个圈圈，将他圈在当中，腾出右掌，喝道：“好，我就领教领教你的化血刀！”呼的一掌劈去，荡起一片腥风。

西门牧野吓得魂飞魄散，要躲已躲不开。只听得“蓬”的一声，接着一声惨叫，西门牧野好像皮球般地抛了起来，抛出数丈开外。

朱九穆一给赵、奚等人堵住，已知不妙。听得西门牧野的惨叫，连忙向宫锦云虚晃一招，以进为退。打开一个缺口，飞快便逃。

赵一行与奚玉瑾追上前去，宫锦云抱着黑风岛主摇了摇，叫道：“爹爹，女儿来啦！你怎么样了？你说说话吧！”

黑风岛主神智已经迷糊，本能的运功抵御走火入魔的煎熬，对女儿的说话，恍似视而不见，听而不闻。

公孙璞走了过来，宫锦云哽咽说道：“璞哥，恐怕咱们是来迟一步了，你看爹爹这个样子！”

公孙璞替黑风岛主把一把脉，说道：“是迟了一点——”宫锦云方自心头一沉，却听得公孙璞接着说道：“不过也还不至于有性命之忧，云妹，你放心，让我救他。”双掌贴在黑风岛主的背心，立即以本身真气输入他的体内。宫锦云见父亲脸上渐渐有了一些血色，心上的一块石头方始落地。

赵一行和奚玉瑾追不上朱九穆，却见西门牧野倒在假山旁边，七窍流血，又腥又臭，身体瘫在地上，好像一堆肉泥。奚玉瑾又惊又喜，叫道："西门牧野这魔头已经死啦！"

公孙璞叫道："奚姑娘，请回来吧。穷寇莫追了。有一事我要请你帮忙。"

公孙璞以明明大师衣钵真传的上乘内功心法，替黑风岛主打开了奇经八脉。黑风岛主血脉流通，痛苦爽然若失，慢慢张开了眼睛。宫锦云喜道："爹爹醒过来啦！"

黑风岛主虽然醒转，精神仍是萎靡不堪。他身体的痛苦消失了，内心的羞惭却是加深。他张开了眼睛，涩声说道："云儿，璞儿，你们来了，我真高兴，想不到还能见到你们。我也惭愧得很，我，我对不住你们。"宫锦云道："爹爹，你歇一会再说吧。"

黑风岛主喘过口气，继续说道："不，我要是不说出来，心里更会难过。我枉活了这么一大把年纪，过去却把黑的当成白的，亲人当作仇人。璞儿是我的好女婿，我几次三番加害于他，阻挠你们的婚事，西门牧野和朱九穆这两个老贼，我却把他们当作朋友，甚至和他们朋比为奸。要不是璞儿，今天我几乎丧在他们手里。璞儿，你肯原谅我吗?"

公孙璞道："爹爹，如今咱们一家人团聚，你没事就好了，过去的事还提它干嘛！"这一声"爹爹"一叫，黑风岛主又是欢喜，又是羞惭，眼泪流了下来。

宫锦云更是满怀喜悦，好似乌云散尽，现出晴天，替父亲抹去眼泪，说道："对，爹爹，你明白就好了。过去的事，还提它干嘛？你现在觉得怎样?"黑风岛主道："好得多了，不过走火入魔的灾难，恐怕、恐怕，……"公孙璞道："爹爹，你放心，我会替你医好的。"此时赵一行和奚玉瑾已经回来，来到他的身边了。

奚玉瑾道："公孙大哥，锦云姐姐，你们怎会到我这儿来的，我真是意想不到。"要知当日在金鸡岭分手之时，公孙璞和宫锦云本来是计划到大都去的，武林天骄在大都有大事要办，公孙璞奉了蓬莱魔女之命，准备去给他帮忙。在事情办妥之后，公孙璞还准备带同宫锦云去见他的祖父和明明大师，然后才回来的。如今才不过十天左右，计算行程，他们走得怎样快都还未能走到大都的，想不到他们却先在百花谷出现了。

宫锦云道："说来话长，待我的爹爹好了一些，我再慢慢告诉你。"

奚玉瑾瞿然一省，说道："对，我家里藏有九天琼花回阳酒，对宫老伯或许有用。"

公孙璞说道："我请你回来，正是想问你还有没有这种药酒？若然还有，那是再好也不过了。用这种药酒配合气功疗法，大概用不了十天，锦云的爹爹就可以提早痊愈了。"刚说到这里，赵一行忽地"咦"了一声。

奚玉瑾道："什么事情？"

赵一行道："外面似有人声。"

公孙璞道："我也听见啦，来的共是三人，似乎都是武林高手。奚大姐，请你帮忙锦云扶她爹爹进去。"

奚玉瑾道："来的不知是友是敌，要是敌人的话——"

公孙璞道："你们尽管进去，外面发生什么事情，不必理会。"

宫锦云道："奚姐姐不用担心，让他先行应付片刻，料可无妨。"

奚玉瑾听她说话之中有"先行"二字，不觉一怔，想道："听她口气，莫非还有强援在后？"

赵一行道："好，你们进去吧，我留下来助公孙少侠一臂之力。"

一来是事机紧逼，必须立即把黑风岛主转移，二来她见宫锦云都是如此镇定，奚玉瑾也就放下了心，于是便即帮忙宫锦云把她爹爹扶入地窖。

黑风岛主喝了九天琼花回阳酒，好像枯萎的花草及时得到雨水灌溉一样，精神为之一振。叹道："可惜我还未能运用武功，来的却不知是何等人物。"

宫锦云放下了心上的石头，笑道："我们准备敌人来袭，但也可能不是敌人，说不定还会是你的老朋友呢。"

黑风岛主诧道："我的老朋友？是哪一位？"

宫锦云笑道："请恕我卖个关子。奚姐姐，外面来的共是三个人，如果我猜得不错的话，其中一个是我爹爹的老朋友，另外两个，就是你的——”

奚玉瑾急不及待的抢着问道：“是我的什么人?”

宫锦云笑道：“是你非常熟悉，却又意想不到的人。你猜猜看。”

奚玉瑾怔了一怔，说道：“难道是，是——”话犹未了，只听得一声长啸，啸声宛如金属交击，刺耳非常。宫锦云本来是满面笑容的，听了这个啸声，面色登时大变。

奚玉瑾吃惊道：“来的是谁?”

宫锦云道：“我猜错了!”

黑风岛主亦是变了面色，失声叫道：“这是乔拓疆的啸声!”

公孙璞本是成竹在胸，毫无恐惧的，忽地听得这样刺耳的啸声，也是不禁为之骤吃一惊，心里想道：“这可不是厉岛主的啸声，但这人的功力之深，却是不在厉岛主之下!”正是：

父女团圆消芥蒂，魔头狂啸又重来。

欲知后事如何，请听下回分解。

第一三三回　爱侣同来消宿怨
群魔齐集斗荒园

赵一行拔剑出鞘，苦笑说道："看来来的又是劲敌了。"

他并非心里害怕，但在一晚之间，接连恶斗两场，却是精力难以为继，只怕保护不了黑风岛主父女和奚玉瑾的安全。

公孙璞忽地紧握他的右手，一股热气好似从他掌心进去，转瞬之间，流遍全身。赵一行精神大振，知道公孙璞是以上乘内功，助他恢复元气，又是吃惊，又是佩服，心里想道："他的年纪似乎比我还轻，内功竟然如此精纯，远远在我之上。怪不得我的师父常说天外有天，人外有人，这话当真不错。"

啸声初起之时还在园子外边，啸声一止，园子内已经出现了三个人了。其中一人身高七尺开外，手提独脚铜人，像个巨无霸。另外两个则是五十开外的老者，貌不惊人，但那啸声，却是其中一个老者所发。

赵一行吃惊道："来的敢情是大海盗乔拓疆和他的副手钟无霸?"

要知钟无霸相貌特别，不认识他的人也能猜到是他。乔拓疆是黑道上数一数二的人物，钟无霸是他副手，赵一行早已听得人家说过。

公孙璞道："不错，另外一个人是史天泽!"史天泽是黑道第一高手，盘踞江淮，私通蒙古和金国，见风使舵，恶行比乔拓疆更多，声名也比乔拓疆更大。

公孙璞初时不以为意，但在发现是这三人之后，则是不禁为之心头一震了。他怎也想不到竟然是这三个强敌。想道："我最多只能和史天泽或乔拓疆打成平手，这位赵兄，真力尚未消耗，大概可以胜得了钟无霸，如今却是难说了。只盼厉岛主他们能够快点到来。"

乔拓疆一声长啸之后，听不见有人答应，叫道："岳夫人，岳夫人！"

原来他们三人在禹城给厉擒龙吓走，乔拓疆和岳夫人是旧相识，又知道岳良骏正要招纳武林高手替他对付海砂帮，于是跑到扬州投靠正在做着扬州知府的岳良骏。此际他们是来帮岳良骏找寻夫人的，却不知道岳夫人已是发了疯，不知去向。

史天泽道："假山那边好像有人！"

公孙璞挺身而出，喝道："厉岛主在禹城饶了你们，你们竟然尚未知道悔改，又来作恶么？"

乔拓疆哈哈笑道："原来是你这个小子，嘿嘿，找不着岳夫人，却找着你这小子，那也算得是失之东隅，收之桑榆了。嘿嘿，你这小子不知死期将至，竟然还要教训我们！"

史天泽冷笑道："厉擒龙又怎么样，你以为我们当真怕了他不成？那日在禹城，我们不过卖给黑风岛主的面子而已。哼，要是早知道黑风岛主会有今日之事，那天在禹城我就不能饶了你这小子！"

公孙璞怔了一怔，心里想道："他已经知道黑风岛主的'今日之事'，莫非是碰着刚从这里逃出去的朱九穆了？"

心念未已，果然便听得乔拓疆喝道："黑风岛主在哪里，叫他出来见我。黑风岛主那笔旧账，我要和他算一算了。"

公孙璞强镇心神，喝道："对付你们这几个奸贼，也用得着惊动他老人家吗？"

史天泽道："黑风岛主在一个时辰前，走火入魔业已发作。即使被这小子救活，此时料也无能为力。"

乔拓疆道："好，那么史大哥，你搜那老匹夫，我来对付这个不知死活的小子。"

恶斗展开，钟无霸也在同时扑向赵一行。

公孙璞本是作势上前，迎战乔拓疆的，忽地一个旋风急转，以迅捷之极的身法，突然欺到钟无霸身前。

钟无霸大怒道："你这小子竟也敢来欺我！"他比公孙璞高出半截，独脚铜人以泰山压顶之势猛击下来，和公孙璞的玄铁宝伞碰个正着！

"当"的一声，火花飞溅。一座山也似的钟无霸竟给震得登登登的接连退出几步。要不是乔拓疆及时来到，用股巧劲，轻轻将他一推，把他转过一边，化解了他所受的力道，他几乎就要跌了个四脚朝天。

双方动作都是快到了极点，乔拓疆一推开了钟无霸，接着就是一掌向公孙璞拍来。这一掌轻飘飘的似乎毫不着力，其实却是蕴藏着三重内劲。公孙璞挥舞玄铁宝伞，锋利的伞尖戳他掌心的"劳宫穴"。乔拓疆焉能给他戳着，掌势斜飞，轻轻擦过。公孙璞虎口一热，不由自己地打了一个盘旋，接着退了两步。乔拓疆掌缘擦着宝伞，虽然不是正面接招，业已避其锋锐，胸口也是不觉为之一震。幸亏如此，他才不能乘势追击。

那边厢，赵一行和钟无霸亦已交上了手，赵一行运剑如风，剑剑指向钟无霸要害。钟无霸把独脚铜人舞得泼风也似，只听得叮叮当当之声不绝于耳，转瞬之间，铜人身上"伤痕"斑驳，铜屑纷飞。赵一行虎口发热，隐隐作痛，但也还禁受得起，剑势未缓。原来公孙璞刚才抢先和钟无霸硬碰一招，为的就是要消耗他的气力。

史天泽在旁掠阵，原来他虽然听得朱九穆说过黑风岛主走火入魔，究竟还是有所顾忌，生怕黑风岛主所受的伤不如朱九穆所说之甚，是以不敢离开到别的地方去搜，提防黑风岛主忽然出现，那时他的同伴可就吃亏了。

赵一行适才得公孙璞之助，内力已恢复了七八成，究竟还不能如平时一样，久战下去，只怕气力不加，必须速战速决。剧斗中忽地闪电般的使了十几招虚招，剑光闪烁，闪得钟无霸眼花缭乱。钟无霸力大如牛，武学造诣也颇不弱，很快就看出对方使的乃是虚招，大怒喝道："好子小，敢戏弄我！"独脚铜人呼的朝赵一行的天灵盖猛击下来。赵一行正是要他如此，虚招倏地化作实招，刷的一剑，在钟无霸左臂划开了一道长长的伤口。钟无霸一声狂嗥，独脚铜人向赵一行掷去。

赵一行脚尖点地，身形拔起，铜人从他脚下飞过。钟无霸斗得性起，伤口血流如注，还要扑上来。说时迟，那时快，在一旁掠阵的史天泽，已是把他拉下，说道："你给我们把风吧，这小子跑不掉的。我把他捉来交给你处置就是。"

赵一行未曾落地，史天泽已是向他抓来。赵一行在半空翻了个筋斗，一招"鹰击长空"，凌空刺下。史天泽料不到他的剑法如此精妙，心头微凛，倒也不敢太过轻敌，迅即一个"移形易位"，避开剑尖，中指一弹，弹着剑脊，赵一行虎口发热，长剑几乎掌握不牢。

行家一出手，就知道有没有。史天泽只是这么一抓一弹，赵一行便已知道他的武功比那一座铁塔也似的钟无霸高出不知多少。好在他还能够临危不乱，脚沾地，身形未稳，便即一个盘旋，歪歪斜斜的向史天泽一剑刺将去。

他的身法好像喝醉了酒的人，剑法也似凌乱无章，却是十分奇妙的"醉八仙"身法，剑招亦是藏着极其凌厉的后着。

史天泽喝道："好呀，原来你是屠百城的弟子！"十指如钩，在剑光飞舞之中，居然展开了空手入白刃的功夫，硬抢他的宝剑。

史天泽的七十二把大擒拿手法在武林中算得是数一数二，赵一行的气力即使完全恢复，也不是他的对手。此时只有平时的七八成功夫，如何能够抵敌。不到三十招，已是险象频生。

公孙璞由于刚刚恶斗了一场，此时也是渐渐感到气力不加，屈处下风了。

乔拓疆胜算在握，纵声笑道："公孙璞，还不赶快请你的泰山大人出来救救你的小命，嘿嘿，黑风岛主，我知道你躲在这里，你没有胆出来，你的女儿可要守寡啦！"他用上了"传音入密"的功夫，大笑之声，隐隐传入地窖。

黑风岛主听得他的笑声，气得双眼翻白，咬牙说道："让我上去和他拼了！"他恢复了几分精神，可惜双脚还是不听使唤，摇摇晃晃的刚站起来，一气之下，又瘫痪了。

宫锦云把他按下，说道："爹爹，你暂忍一时之气。"

黑风岛主道：“你不用顾我，你出去助你的璞哥一臂之力。跑得掉你们夫妻就一同逃跑吧。”

宫锦云道：“爹爹放心，会有人来救他的。”

黑风岛主道：“你别哄骗我了，你陪我在这里，终须会给他们搜获，我不能连累你们。”

宫锦云口里安慰父亲，心中其实也是怔忡不定：“救兵若是不能及时来到，那就糟了！”

当真是无巧不成书，正当她心急如焚之际，忽听得外面又传来了一声长啸，宛若龙吟。这人的啸声和乔拓疆来时的啸声大小相同，以宫锦云的武学造诣，也听得出这人的功力，只有在乔拓疆之上，绝不在乔拓疆之下。

黑风岛主怔了一怔，大喜说道：“锦儿，你果然没有骗我，是我的老朋友厉岛主来了！”

奚玉瑾道：“是明霞岛主厉擒龙？”

宫锦云心上的一块大石头落了地，笑道：“奚姐姐，现在可以告诉你了。厉岛主一来，你所意想不到的两个人一定也会来了！”

奚玉瑾道：“他们是谁？”

宫锦云道：“是你的哥哥和嫂子！”

奚玉瑾“啊呀”一声，连忙就向外跑。此时厉擒龙已经进入她家。

公孙璞正在咬牙苦斗，乔拓疆纵声大笑之后，冷冷说道：“这里不比禹城，你是没法逃出我的手心的了。嘿嘿，但禹城那笔旧账，你可得在这里偿还啦！”

哪知话犹未了，厉擒龙的啸声已是震得他耳鼓嗡嗡作响！

声到人到，只见厉擒龙落在园中，手里还挟住一个人！

厉擒龙喝道：“你们这些妖孽果然是在这里，哼哼，不错，禹城那笔旧账，是该和你们算啦！”

他挟住的那个人不是别个，正是一个时辰之前，刚从奚家逃出去的那个朱九穆。乔拓疆、史天泽这一惊当真是非同小可！

厉擒龙跃过围墙，落在园中，眼光一扫，发现了倒毙假山脚下的西门牧野。厉擒龙哈哈一笑，说道：“朱九穆，陪陪你的老搭档去吧。”双臂一振，把朱九穆抛出去，刚好跌落西门牧野身旁。

把风的钟无霸大吼，上前阻挡。厉擒龙笑道：“你这条蛮牛也配和我交手么?”双掌虚抱，一个“怀中抱月”式，托着钟无霸的如椽巨臂，钟无霸一身气力，竟是使不出来。说时迟，那时快，厉擒龙喝声“去吧!”钟无霸的身躯已是给他抛了起来，摔出数丈开外。

公孙璞道：“厉岛主，你先打发姓史的这个奸贼!”

厉擒龙游目四顾，一看赵一行的处境，果然是比公孙璞危险得多，当下迈步上前，冷笑说道：“史天泽，我在禹城怎样和你们说过的，你不记得了么？你不销声匿迹，居然还敢在这里行凶作恶!”

史天泽硬着头皮说道：“厉擒龙，在禹城我是看在黑风岛主的份上让你三分，你以为我当真怕你不成?”

厉擒龙道：“好，赵少侠，你退下。让我领教领教他的七十二把大擒拿的功夫！嘿嘿，史天泽，我知道你是不到黄河心不死，不见棺材泪不流。那就来吧!”

赵一行闪过一旁，只见史天泽双臂箕张，十指如钩，猛的就向厉擒龙抓去。厉擒龙挥袖一拂，轻描淡写的便把他这一招极其凌厉的大擒拿手法化去了。赵一行暗暗喝彩，心里想道：“明霞岛主的本领果然名不虚传，怪不得师父生前提起他也是甚为佩服的。”

钟无霸有一身横练的功夫，皮粗肉厚，摔在地上，像皮球般的又弹起来。这一招委实不轻，但他却还禁受得起。

赵一行正要去对付他，只见又是两条人影翩如飞鸟般的掠过围墙，是一对年轻男女。

公孙璞大喜叫道：“奚大哥，厉姑娘，你们也都来了!”这对年轻男女正是和厉擒龙一起来的奚玉帆和厉赛英，他们的轻功较弱，故而落后了一盏茶时刻。

钟无霸一跳起来，正好碰上他们。

钟无霸喝道：“来得好!”张开蒲扇般的大手，朝着厉赛英搂头便抓下来！心里想道：“她是厉擒龙的女儿，抓着了她，可就等于是抓到一张护身符了。”

厉赛英霍的一个“凤点头”，钟无霸虽然居高临下，却是抓了个空。说时迟，那时快，奚玉帆和她已是双剑齐出，化成了一道银虹。钟无霸呼的一掌猛劈过去，荡开厉赛英的剑尖，左臂却给奚玉帆的剑尖划开一道伤口。钟无霸狂嗥怒吼，左冲右突，反而给他们困在剑光圈中。

原来厉赛英与奚玉帆相处年余，经常联手应敌，双剑合璧，已是配合得天衣无缝。钟无霸刚刚又给厉擒龙那么一摔，元气颇伤，是以此消彼长，奚厉二人已是称得占了上风。

赵一行退了下来，把眼一看，见奚厉二人已是稳占上风，当下喘过口气，便即过去助公孙璞一臂之力。

乔拓疆双掌飞舞，架住公孙璞的玄铁宝伞，震歪赵一行的剑尖。赵一行吃亏在气力不加，运剑如风，却是攻不破乔拓疆的防御。但虽然如此，公孙璞和他联手，已是足以和乔拓疆打成平手了。

钟无霸左冲右突，冲不出去，片刻之间，身上接连中了三剑，负痛狂嗥，猛地和身扑去，厉赛英见他来得如此凶恶，横剑一挡，脚步却是不觉踏过一旁，以避其锋。只听得“喀嗤”一声，钟无霸的两只指头给她削断，但却从冲开的缺口跑出去了。厉赛英虽然没有给他碰着，碰上那股劲风，身形亦是不禁晃了两晃。奚玉帆扶住了她，说道：“这个人只是帮凶，并非首恶。穷寇莫追，由他去吧！”

厉赛英道：“怎的不见黑风岛主，咦，有人出来了，你看是谁？”

奚玉帆把眼一看，又惊又喜，叫道：“瑾妹，瑾妹，你回家了？”

奚玉瑾叫道：“哥哥，果然是你！宫岛主和锦云姐姐在里面，他们没事。”此时，双方还在恶斗之中，厉擒龙已是占了上风，公孙璞和赵一行却只能和乔拓疆堪堪打成平手。奚玉帆无暇与妹妹叙话，三个便即一起上去，帮忙公孙璞，围攻乔拓疆。

乔拓疆大喝道：“挡我者死，避我者生！”他见势不妙，已是打了“三十六计，走为上计”的如意算盘！

公孙璞冷笑道：“你死到临头，还吹大气！”玄铁宝伞击下。

乔拓疆一闪闪开，猛的就向奚玉瑾抓去。掌风剑影之中，只见奚玉瑾倒纵出数丈开外，乔拓疆晃了两晃，“卜通”倒地！

原来他未曾抓着奚玉瑾，后心先给公孙璞的玄铁宝伞重重击了一下。奚玉帆兄妹双剑同时刺出，他们的“百花剑法”配合得更是妙到毫巅，乔拓疆若在平时，自是不惧他们。此际，他在公孙璞这样的强手和赵一行的牵制之下，却是闪避不开了，结果不只是顾此失彼，而是伤上加伤。后心给玄铁宝伞打着，左胁和小腹也都中剑！但奚玉瑾接不住他的掌力，却也不能不倒纵避开。脚尖站地之时，身形仍未能够稳住，摇摇晃晃，恍似风中之烛，险些摔倒。

赵一行这一惊非同小可，连忙过去，把奚玉瑾扶住，问道：“瑾妹，你怎么啦？”奚玉瑾立足不稳，不觉倒在赵一行的怀中，羞得满面通红，说道：“赵大哥，多谢你啦，我没事。”她脱出了赵一行的怀抱，但两人的手还是不知不觉握在一起。

厉赛英和奚玉帆正要向她跑去，忽见她和赵一行如此亲热，两人不觉都怔了一怔，心里暗暗替奚玉瑾欢喜。厉赛英微微一笑，轻轻捏一捏奚玉帆的手掌，回过头来，低声说道：“瑾姐没事，也用不着咱们替她操心了。咱们还是回去料理乔拓疆这个奸贼吧。”

乔拓疆在地上爬了起来，晃了两晃，公孙璞手提玄铁宝伞，指着他喝道：“你是不是还要再打？”只见乔拓疆一口鲜血喷了出来，“卜通”一声，重又跌倒。这一次跌倒，可是站不起来了。公孙璞上前察看，说道：“这奸贼已经死啦！”

钟无霸早已负伤逃走，乔拓疆跟着丧命，此时只剩下史天泽还在和厉擒龙搏斗了。

史天泽听得乔拓疆临死之前那一声惨叫，吓得魂飞魄散，转身便逃。厉擒龙喝道：“往哪里跑，你逃到天边，我也要把你抓回来！”

史天泽从赵一行、奚玉瑾身旁掠过，公孙璞挥舞玄铁宝伞，上前截击，哪知他是声东击西之计，倏地一个转身，抓到了厉赛英的面门。

幸亏厉赛英已经练成了“穿花绕树”的上乘轻功，百忙中一个“风飐落花”的身法，在间不容发之际闪开。史天泽一抓抓空，奚玉帆已是刷的一剑攻他下盘。

史天泽不过是想把厉擒龙引开，哪敢恋战，迅即之间，几个起伏，已是跳过了那座假山。

厉擒龙关心女儿，飞跑过来，厉赛英叫道：“爹爹我没事，你别放走了这个奸贼!”

厉擒龙大怒喝道：“史天泽你这奸贼，死到临头，还敢欺侮我的女儿!”转过方向，再向前追。

史天泽眼看就要逃出园门，心中暗暗欢喜。想道：“只要我能够回到城里，那就不怕他了。”心念未已，忽地被一个人抱着他的大腿。原来是躺在假山脚下的朱九穆。

朱九穆是给厉擒龙用分筋错骨手法抓裂了琵琶骨摔在地上的，他武功已废，人还未死。忽见史天泽从他身旁跑过，他也不知是发生了什么事情，连忙抱着史天泽的大腿，哀求他道：“史大哥，求求你把我带走吧，我把练修罗阴煞功的秘法送给你作礼物——哎哟，哟!”话犹未了，一声惨叫，已是毙命。

原来他是被史天泽一脚踹死的，史天泽逃命要紧，哪里还能顾他？重重一踹，就把他这个老朋友踹死了。

厉擒龙正在恐怕追他不上，随手拾起了钟无霸刚才抛在地上的独脚铜人，运起内力，振臂一抛。史天泽踹死了朱九穆，受阻片刻，心神未定，只觉背后劲风袭来，待要跃下假山，双腿却是不能发力，给飞来的铜人撞个正着。厉擒龙这一掷用足了十成真力，登时把史天泽压成一团肉饼。

首恶已除，逃走的只是一个无足轻重的钟无霸，众人都是大为欢喜。厉擒龙哈哈笑道：“今天可算得我有生以来最痛快的一天了！现在是该去看看老朋友啦。”

奚玉瑾道：“宫岛主在地窖里，他得公孙大哥替他打通了奇经八脉，刚才又喝过了九天琼花回阳酒，走火入魔之险已经平安度过，大概是可以无妨了。”

奚玉帆道：“好，咱们见了宫岛主再说。”

黑风岛主喝过了九天琼花回阳酒，休息了半个时辰，精神又已恢复几分，厉擒龙踏入地窖之时，他已经能够站起来迎接了。

厉擒龙笑道："恭喜，恭喜。恭喜你如今已是逢凶化吉，遇难成祥。"

黑风岛主又是欢喜，又是惭愧，说道："厉大哥，我后悔没有听你的劝告，害得自己几乎身败名裂。你却不念旧恶，千里迢迢的赶来救我。"

厉擒龙道："我也是该向你道歉，当初你练那毒功秘笈之时，我没及时向你警告。又没料到你的走火入魔会提前发作，几乎来迟了一步。"

厉擒龙向老朋友说明原委，赵一行趁这个机会和奚玉瑾解释，何以他会出现此间。

赵一行笑道："玉瑾，我忘记告诉你，这字条是我留给你的，不到一个时辰，你就回到家里了。不过，我可并不知那两个魔头会来害你，我是想叫你躲开岳夫人的。"

奚玉瑾嗔道："你老是爱弄这些玄虚，为什么不写个明明白白？"其辞若有憾焉，其心则实喜之。

赵一行笑道："时机紧迫，来不及细写了。你一回来，岳夫人跟着就来了。那时我躲在你家的柴房里面。"

奚玉帆想道："妹妹和他如此熟络，看来恐怕不只是普通的朋友了。"心里暗暗欢喜，笑道："瑾妹，你还没有给我们介绍呢，这位赵兄是——"

奚玉瑾粉脸微泛红晕，说道："他姓赵，名叫一行，我们也是认识未久的，不过他已经帮过我两次大忙了。他的师父就是二十年前名震江湖的屠百城，和柳姑姑也是颇有渊源的。"

厉擒龙道："原来赵兄是屠百城的弟子，怪不得剑法如此了得。"接着又笑道："你刚才对付乔拓疆的那一招'大漠孤烟'深得令师剑法的神髓，我已经有点怀疑，其实是应该早就猜着你的身份了。"

刚才赵一行与公孙璞联手恶斗乔拓疆之时，厉擒龙和史天泽也是在拼斗之中的。赵一行想不到他居然对自己的每一招剑法也看得这样清楚，不由得暗暗佩服，说道："原来厉岛主和家师也是相熟的朋友？"

厉擒龙道："深交谈不上，但也曾有一次彼此印证武功。可惜令师不久就失踪了，我们不能进一步订交。对啦，令师现在是在何处？我僻处海外，已经有将近二十年没听到他的消息了。"

赵一行黯然说道："家师在蒙古已经死了，他的事情，我慢慢告诉前辈。"厉擒龙听得屠百城已死，也是不觉黯然。

奚玉瑾换过话道："公孙大哥，你不是要到大都的吗？怎的也来了这里？"

公孙璞道："我也是到了禹城碰见洪帮主，方才临时改变计划的。我到禹城之时，厉岛主和奚大哥他们刚好是在前一天离开。"奚玉瑾道："你不怕耽搁大都的大事吗？"

公孙璞道："洪帮主把他新近得的两匹大宛名驹送给我们，这两匹马可以日行数百里。武林天骄计划在明年元旦那天才和完颜长之算账，距今尚有一个多月，有这两匹马，料想也赶得上的。"

黑风岛主说道："虽然如此，你也不宜在这里耽搁太多时候，明天你和锦儿走吧。"

宫锦云道："爹爹，你的身体尚未复原，我怎能就离开你？不如，不如，璞哥，你先走吧。"

黑风岛主道："不，你应该跟他同去，不要为了我，误了你们在金京的大事。"

宫锦云似乎颇是难为，说道："爹爹，你，你不知道——"

黑风岛主道："不知道什么？"

宫锦云欲说还休，只是把眼睛望着公孙璞。黑风岛主恍然大悟，说道："我明白了，我只是暂时脱离走火入魔之难，病根尚未消除，故而你放心不下？"

宫锦云道："我跟璞哥已经懂得一点护理的法子，再借助九天琼花回阳酒之力，半年之内，大概可以保得爹爹的平安，那时璞哥也该回来了。"

黑风岛主道："你们两小口子应该同甘共苦，璞儿到金京去等于是闯进虎穴，你怎能不在他的身旁？有了这九天琼花回阳酒，我想在三月之内，大概不至于再发作的，你还是和璞儿一起走吧。"

公孙璞笑道："你们放心，我有两全其美之法！"

宫锦云道："什么两全其美之法？"

公孙璞道："我把明明大师的内功心法说给你爹爹听，临行之前，我再替他打通三焦经脉，病根便可消除。以后即使有点余毒未清，爹也可以自疗了。"

黑风岛主喜出望外，说道："璞儿，你不但是我的好女婿，还是我的救命恩人。不过，你救了我的性命，我虽然感激，但更感激你的，还是你，你能够这样相信我。今后我倘若还不改过自新，那是当真不是人了。"

要知正邪有别，正派的内功心法，一向是不传给邪派中人的。尤其是明明大师衣钵真传至高无上的内功心法，邪派中人学了去用以为恶，岂非更是如虎添翼？故而连宫锦云也不敢开口请公孙璞传给她的父亲的，虽然其实她也知道有这个可以"两全其美"的法子。

公孙璞道："奚姐姐，请你借一间静室给我，有一天功夫就行了。"

厉擒龙道："我们这些人在这里，岳良骏不久便会知道，过了今天，咱们大伙儿恐怕都得走了。你们兄妹有什么家事要料理的吗？"

奚玉瑾瞿然一省，说道："家里倒没什么，只是柳姑姑叫我去见一见海砂帮的罗帮主，我必须在离家之时办妥这事。"

厉擒龙眉头一皱，说道："海砂帮的总舵在洪泽湖边，离此有一百多里，你一天之内恐怕来回不了？"他本来想说要代奚玉瑾走一趟的，但不知蓬莱魔女叫她和罗帮主商谈的事情是否可以说给自己知道，故而不便开口。

公孙璞笑道："奚姐姐，你要在一天之内来回，这个容易。我把坐骑借你给，还有云妹的坐骑也可以借出来，让一个人陪你去。"公孙璞和宫锦云的坐骑是长鲸帮主所送的大宛名驹，日行六七百里，百里的路程，几个时辰，便可来回。

此言一出，赵一行和奚玉帆同声说道："瑾妹，我和你去。"

奚玉瑾道："好，大哥，你和我去。"

奚玉帆忽地微笑说道："有赵大哥陪你去比我好得多了，还是我让他吧。”

奚玉瑾和赵一行都是面上一红，正想说话，厉赛英已是笑道：“你们不必你推我让了，赶时候要紧，赵大哥，你陪奚姐姐走吧。”

此时已是天色微明，赵奚二人骑上快马，立即赶往洪泽湖边的海砂帮总舵。

骏马飞驰，不过一个时辰，天刚大亮，已经看见碧波荡漾的洪泽湖，离海砂帮的总舵不到三十里了。

忽见前面隐隐有火光升起，还有人马喧斗之声，远远望去，前面一个芦苇遮蔽的港湾有黑麻麻的人影。赵一行道：“咦，莫非是海砂帮正在和官兵厮杀”。

奚玉瑾道：“好，那么咱们来得正是时候了。”两人快马疾驰，途中经过一个小小的山岗，忽听得山岗那边也传来了金铁交鸣声。

一个老妇人的声音喝道：“好呀，你碰在我的手上，我杀不了赵一行，杀了你更妙！”

奚玉瑾吃了一惊，说道：“这不是岳夫人的声音吗？她要杀谁？”

话未说完，赵一行已是拨转马头，向山岗那边冲过去了。

赵一行跑近了一看，只见果然是岳夫人。和她交手是一男一女。男的用刀，女的用剑，本领都很不弱，与岳夫人打得难分难解。但还是岳夫人稍占上风。

赵一行心里想道：“咦，她怎么又不疯了？”

心念未已，只见岳夫人一甩头发，叫道：“杰哥，你在天之灵，保佑我杀了你仇人的女儿！”突然间疯态毕露，龙头拐杖乱劈乱扫，把那一男一女杀得步步后退，险象频生！正是：

回首一生无足恋，夫人变作失心疯。

欲知后事如何，请听下回分解。

第一三四回　旧梦难凭休再问
故人无恙又重来

岳夫人叫出“仇人的女儿”，赵一行听了，不由得大吃一惊，连忙跑去。

他来得正是时候，此时岳夫人刚好向那对中年夫妻痛下杀手。

那女的横剑一封，岳夫人的龙头拐杖旋风般的疾卷过来，使的招数名为“暴龙扰海”，名副其实，当真是暴烈非常。那女的只觉一股大力，迎头压下，有如巨雷击顶，岱岳飞来，长剑招架不住，剑身竟然渐渐弯曲。那男的慌忙一刀斫去，攻敌之所必救，冀解妻子之危。哪知岳夫人如疯似狂，竟是不顾自己的要害。龙头拐杖左右一摆，只听得“当”的一声，岳夫人喝道：“杀一个够本，杀两个有利，妙极，妙极！”那男子的厚背朴刀脱手飞上半空。岳夫人肩头给利剑划开一道伤口，龙头拐杖仍然向那女的打下。

那男的空手扑上，那女的叫道：“大哥，你快走！”那男的明知空手斗这本领高强的疯妇，无异送死，但夫妻恩爱，却怎忍独生？一咬牙根，不理妻子的话，依然冲上。

就在这千钧一发之际，忽觉微风飒然，赵一行业已赶到。那男的知道背后有人，却不知来的是友是敌，只好使出一招护身掌法，以防突袭。说时迟，那时快，赵一行已是从他身旁掠过，掠过之时，轻声地说了一句话：“石大哥，请让小弟和师姐对付这个疯妇！”

这霎那间，那男的又喜又惊，又是非常诧异，心里想道：“凤妹哪里来的这个师弟？”心念未已，只听得一片金铁交鸣之声，震得耳鼓嗡嗡作响。

那女的也是惊喜非常，原来赵一行挥剑斜披，和她的一招剑法，刚好配合得天衣无缝，合成一道圆弧。双剑合璧，威力陡增，瞬息之间，和龙头拐杖碰击了七八下。非但化解了岳夫人强劲的攻势，而且将她迫得不能不退了几步。

那女的忍不住叫道："咦，你怎么懂得本门的精妙剑法？"赵一行道："屠师姐，打跑了这个疯妇，我和你慢慢说。"

岳夫人披头散发，枭鸣也似地叫道："好呀，屠百城的徒子徒孙、女儿女婿，全都来吧，我要你们一个个死在我的手下！"

赵一行和那女的双剑齐出，攻守合拍，剑光飞舞，饶是岳夫人的龙头拐杖劲风呼呼，指东打西，指南打北，总是突不破他们的剑圈。赵一行喝道："你的丈夫不是我的师父杀的，那次交手，你的丈夫受了伤，我的师父也受了伤，你怎可如此纠缠不清。"

岳夫人怪叫道："我不管这许多，我的丈夫倘若不是因为受了伤，也不至于死在那几个奸贼之手！"

赵一行哼了一声，说道："你改嫁岳良骏，业已杀尽仇人。这还不算，还助纣为虐，杀了多少黑道人物。你要为夫报仇，那些人却向谁索命？你的女儿死了，你还有一个女婿呢，你为什么不认他？难道你还能够令你的女儿复生，改嫁你的侄儿么？奚姑娘已经告诉你，现在我再告诉你一遍，你的侄儿宇文冲也早已死了。你死了这条心吧！你的女婿倒是好人，你只有投靠你的女婿才是生路！"

赵一行的师姐说道："这疯妇不可理喻，何必与她多费唇舌。她自己求死——"赵一行接声说道："她自己求死，我也让她死个明白！"

岳夫人疯狂的攻击，赵一行和他的师姐只好用心抵挡，当然也免不了还击对方。就在说这几句话的时间，她的身上已是又添了几道伤痕。

就在此时，忽听得有人叫道："夫人，夫人，快，快来救我！"山岗那边，影影绰绰的出现了几个人，在前面逃的正是扬州知府岳良骏和一个军官，在后面追的是海砂帮的头领。

赵一行的师姐大喜说道："石大哥，你去帮罗帮主捉那狗官儿，

那女的叫道：“咦，你怎么懂得本门的精妙剑法?”赵一行道：“石师姐，打跑了这疯婆子，我和你慢慢说。”

这疯婆子我和师弟足可对付得了。”她虽然还不知道赵一行的姓名来历，但已确信他是自己的师弟无疑了。

那男的拾起朴刀，一看情形，知道他的妻子所言不假，确是胜券在操，便即说了一个“好”字，跑过去堵截岳良骏。

岳夫人忽地大吼一声，龙头拐杖使劲一击，赵一行和师姐双剑齐出，当的一声，把龙头拐杖削为两段，但岳夫人抛开半截拐杖，已是倏地跃出圈子去了。

赵一行的师姐叫道：“大哥，小心！”原来岳夫人正在飞快的向她丈夫来处跑去。此时那男子已经堵住了岳良骏的去路，正在和护卫他的那个军官交手。

只听得岳夫人叫道：“我的女儿死了，侄儿也死了，我在世上还有哪个亲人？对，你这小子说得不错，我罪孽多端，我配向谁索命？但你有桩事情说错了，谁说我改嫁岳良骏？我只担了几十年知府夫人的虚名！杰哥，你在天上之灵一定会原谅我的？杰哥，你回答我吧，原谅我吗？原谅我吗？”她口中嚎叫，脚步不停，已是跑近她的丈夫了。

岳良骏前无去路，后有追兵，只指望妻子救他，一见妻子这个情形，吓得慌了，叫道：“夫人醒醒，我是你的丈夫，你怎么了？”

话犹未了，岳夫人忽地一手将他抓住，喝道：“胡说八道，谁是你的夫人？你帮我报了夫仇，我也帮你升官发财，让你享了几十年富贵。咱们谁也不欠谁的，你给我滚！”突然把岳良骏高高举起，作了一个旋风急舞，摔只小鸡似的，便抛出去。岳良骏头下脚上，刚好摔在一块大石头上，肝脑涂地，发出裂人心肺的惨叫，一命呜呼！

岳夫人哈哈大笑三声，叫道：“杰哥，我没有对不住你，你等等我，我就来陪你来了！”一口鲜血狂喷出来，身躯软绵绵的倒下去。原来她已是自断经脉而亡！

和那个男子交手的军官吓得魂飞魄散，长剑一划，以攻为守的把对手迫退一步，转身便逃。那男子一刀斫伤他的脚踝，正要追去，赵一行和他的妻子已经来到，说道：“首恶已除，由他去吧。”那军官骨碌碌地滚下了山坡。

此时奚玉瑾和追赶岳良骏的那两个人都已来到。奚玉瑾喜出望外，叫道："申老板，刘老板，原来你们都在海砂帮。"原来这两个人正是以前曾经和她一同大闹扬州知府衙门的申子驹和刘湛。

申刘二人和奚玉瑾打了个招呼，跟着便向那中年妇人施礼，说道："屠寨主远来，请恕我们有失迎迓。"奚玉瑾这才知道，原来这个中年妇人乃是琅玡山的寨主屠凤，她也正是屠百城的女儿。

屠凤笑道："原来你们两位还是大老板呀，这我倒是未曾知道呢。"

申子驹笑道："小店早已关门，刘兄的绸缎铺子也早被岳良骏封闭了。现在不是老板啦。"原来他们以前在扬州开店，正是作为海砂帮的机关的。

屠凤说道："你们还未见过我的当家吧？"那男子上前施礼，说道："申刘两位香主，我是久仰的了。"这男子名叫石璞，是屠凤的丈夫。

申子驹道："石舵主我也是久仰的了。"

刘湛说道："原来是石舵主，怪不得使得那么好的刀法。"

石璞面上一红，说道："我本领不济，让那鹰爪跑掉，教两位见笑了。"

申子驹笑道："石香主想必还未知道，这鹰爪可不是岳良骏的手下，他是鞑子御林军的军官，号称御林军中三大高手之一的金光灿。刚才若不是他，我们早已把岳良骏捉了。"

屠凤笑道："我们一来就碰上你们和官军交战，这也真是巧极了。"

申子驹笑道："这位'岳知府'是送上门来的馒头给我们吃掉的。听说他是为了找寻妻子，追踪来到这个地方，却不知这个地方，正是我们总舵所在。"

原来奉岳良骏之命到百花谷侦察的人，有一个侥幸漏网，回去告诉岳良骏。当时岳夫人已经逃出奚家，这个人躲在暗处，看见她好像发了疯，竟然把岳良骏最得力的手下管昆吾摔死，吓得他心惊胆裂，不敢去追。只好回去禀报。岳夫人逃走的方向他是知道的。

岳良骏听了满腹疑团，倘若这个人不是他的心腹，他一定不会相信这样“怪诞不经”的说话。此时一来是由于心腹手下的禀报，二来联想起他的妻子种种可疑之处，只好抱着“宁可信其有，不可信其无”的心情，带领亲兵，叫那个手下带路，连夜出城，跑去找寻妻子了。

他也知道城外是海砂帮的势力范围，只不知何处是海砂帮的总舵而已。他这队亲兵是百中选一的劲卒，恰好御林军的军官金光灿正在扬州，愿意陪他到海砂帮的腹地“侦察敌情”（他是用这个借口才请得动金光灿的），他是有恃无恐，这才敢于追到洪泽湖边的。

刘湛说道：“岳良骏的亲兵已经给我们包围在芦苇丛生的泽地之中，他的这队亲兵虽是精兵，却不善于在这种地形作战。岳良骏在金光灿保护之下突围之时，这队亲兵已经有一大半做了俘虏了，连同那个在百花谷漏网的在内。我们所知的敌情，就是由他供出来的。”

申子驹竖起耳朵一听，说道：“那边的战事大概是已经结束了，你们听战马奔驰的声音是向一个方向，想必是在收队回去。”

刘湛说道：“屠寨主、石寨主、奚姑娘，你们不约而同的来到，帮了我们大忙，敝帮帮主见了你们，不知该多高兴呢。奚姑娘要来扬州的消息，我们昨天已经知道，是金鸡岭柳女侠那边有人来说的。屠寨主大驾前来，我们可没想到。”

屠凤说道：“我有些事情想与贵帮的罗帮主商谈，事前联络不易，只好冒昧而来了。”

申子驹道：“屠寨主屈驾来此，我们是请也请不到的。刘兄弟，你陪客人，我先走一步，赶回去禀报帮主。”

屠凤说道：“用不着这样客气。师弟，你有别的事么？若是没有别的事情，陪我一起到海砂帮去好不好？”

赵一行说道：“我正是和奚姑娘要去见罗帮主的。”

刘湛说道：“令师弟贵姓大名？幸会，幸会。”

屠凤笑道：“我也还未曾知道我这个师弟的姓名呢。”

刘湛不觉一怔，颇感诧异。赵一行笑道：“我姓赵，名叫一行。今天和师姐才是初次见面。”

此时赵一行方有机会向师姐细说来由，在途中长话短说，未到海砂帮总舵，大致也说清楚了。

屠凤说道："原来你是我爹爹的关门弟子，怪不得本门剑法使得如此精妙，这次多亏你了。但我一方面要多谢你，一方面也要怪责你呢。你回到中原已有数月，为何不来见我？"

赵一行道："我是因为有另一件紧要的事情，先到金鸡岭走了一趟。请师姐恕罪。"

当下赵一行再简单扼要的说了金鸡岭之事。屠凤说道："哦，这么说你在金鸡岭躲了十来天，却没有见着蓬莱魔女么？"

赵一行道："虽然没有见着，但柳女侠的意思我已经知道。这位奚姑娘本来就是在金鸡岭的，她是柳女侠得力的助手。"

屠凤说道："奚姑娘，柳寨主可曾和你谈过我吗？她的意思怎样？"

奚玉瑾道："柳姑姑和我常常提起你们，只恨未有机会彼此联络。"

屠凤说道："柳女侠是当今第一位女豪杰，我是一向佩服的。"

奚玉瑾乘机说道："柳姑姑很想和屠寨主联手抗金，就不知屠寨主意下如何？"

屠凤笑道："你别这样客气，我比你痴长几年，又是一行的师姐，我就倚老卖老，请你跟一行称呼我作姐姐吧。"接着说道："我也正有这个意思，这次我来拜会罗帮主，实不相瞒，就是想请他替我向金鸡岭先通款曲的。"

赵一行喜道："这就好了，我还怕——"

屠凤道："你怕什么？"忽地恍然大悟，说道："敢情你是怕我怪你先到金鸡岭吗？金鸡岭和琅玡山或许有一点点误会，想必你也听到了风声？"

赵一行道："希望这只是谣言。"

屠凤笑道："我的手下有几个人是不大赞同琅玡山归属金鸡岭的，我却没有这种名位之争，如今也已说服他们了。怕的就是蓬莱魔女对我还有误会而已。听了你们这么说，我也放心了。"

到了海砂帮总舵，帮主罗雨峰出迎，双方相见，皆大欢喜。罗雨峰哈哈笑道："难得屠寨主、石舵主和奚姑娘联袂而来，敝帮今日真是双喜临门了。”不用他的解释，大家也都明白，另外一“喜”，自是指大败官军之事了。

屠凤笑道：“我们是特地来喝你的庆功酒的。”

罗雨峰道：“多谢你们拔刀相助，杀了那个狗官。岳良骏这狗官在扬州做了十几年知府，一直和我们作对，如今将他除掉，真是人心大快。”

屠凤笑道：“岳良骏可不是我们杀的，是他老婆把他杀掉的。”当下把刚才的经过说给罗雨峰知道，罗雨峰听了，不禁骇然。笑道：“虽然不是你们所杀，也是你们功劳。”

奚玉瑾也是十分欢喜，说道：“你们打了这场大胜仗，岳良骏这狗官又已除掉，我们的百花谷大概也可以暂保平安了。”

罗雨峰跟着给他们报告战果，说道：“多得朋友帮忙，这场仗当真可说得是大获全胜。岳良骏带来的亲兵，死伤过半，余下的也都给我们俘虏，没有一个人能够逃回扬州。难得你们来到，这次我们要连喝三天庆功酒才行。”

奚玉瑾笑道：“我们恐怕没时间陪你喝三天庆功酒了，待会儿我们就要走的。”

罗雨峰道：“为何这样匆忙？”

屠凤说道：“我和奚姑娘还要赶到金鸡岭去。”罗雨峰道：“不可以多留一日么？”

奚玉瑾道：“我和赵大哥的坐骑是借用朋友的，他们也都赶着要到大都。”

罗雨峰道：“贵友是谁？”

奚玉瑾道：“是公孙璞和黑风岛主的女儿宫锦云。”

罗雨峰喜道：“哦，公孙少侠也在你的家里吗？他曾经帮过我们许多忙的。不知他有什么紧要的事情？他若是抽不出空，我去拜访他如何？”

奚玉瑾道：“他现在正在替黑风岛主疗伤，明天一早，就要启程，罗帮主的心意，请让我代你转达吧。”

罗雨峰诧道：“黑风岛主是当世一大魔头，谁人伤得了他？”

奚玉瑾道：“说来话长，待会儿我告诉帮主，还有柳姑姑和贵帮联络之事，也得向帮主禀报。”

罗雨峰道：“对，咱们进去慢慢说吧。会不会耽搁你们的事情？”

奚玉瑾道：“一两个时辰，我们可以在此逗留。”

正事谈完之后，罗雨峰说道：“你们还有一个时辰，没工夫和大伙儿一同喝庆功酒了。我把接风酒、饯行酒和庆功酒都拼在一起，请你们多喝几杯，聊表我的心意。金鸡岭还有一位朋友在这里，听他说是和奚姑娘认识的，我想请他作陪。”

奚玉瑾道：“他是谁？”

罗雨峰道：“申子驹已经去请他了，请你稍待片刻。嗯，刚说曹操，曹操就到，他们来了。”

只见申子驹陪着一个中年胖子走进他们这间密室。奚玉瑾颇感意外，说道：“哦，原来是安老板。”原来这胖子是给金鸡岭偷运药材的头子安陀生。

安陀生道：“我是奉柳女侠之命，给罗帮主送一些药材来的。说起这批药材可真是多灾多难，那天在黄河渡口，几乎给官军抢了去。幸亏山寨派了公孙少侠前来接应，又碰上辛少侠他们帮忙。他们现在不知还在金鸡岭吗？”原来安陀生的药材一送到金鸡岭便奉蓬莱魔女之命，又赶送一部分药材到海砂帮来，是以公孙璞和辛龙生等人之后的事情，他就不知道了。

奚玉瑾道：“公孙少侠倒是在这儿，不过明天他就要到别的地方去。你有什么事情要和他说么？”

安陀生道：“没什么事情，请你替我问候他吧。”

奚玉瑾说了一个“好”字，安陀生却接着说道：“和辛少侠，我们是有件事情。奚姑娘，你和他相熟吧？”前两年他在北方搜购稀有的药材，由于担负秘密的任务，和江湖上的朋友尽量避免接触，是以并不知道奚玉瑾曾经做过辛龙生的挂名妻子。

奚玉瑾脸上微微发烧，说道：“相当稔熟。不过辛少侠已经回到江南他的师父那儿去了，你有什么事情找他，可不可以说给我听？”

安陀生道：“我想送他一件礼物，报答他的帮忙，我过几天要到北方去贩运药材，恐怕不能再回金鸡岭了。”

奚玉瑾道：“大家都是自己人，辛龙生帮你的忙也是应该的，何用送他礼物？”

安陀生笑道：“这是辛少侠非常合用的东西，并非寻常礼物。”

奚玉瑾心念一动，问道：“那是什么？”

安陀生道：“是一种可以令腐肉重生的药膏，碗口大的伤疤，敷上这种药膏，也可以重生新肉，令伤疤消失于无形。”

奚玉瑾恍然大悟，说道：“哦，原来你是要替辛龙生医好他脸上的伤疤。”

安陀生笑道：“辛少侠的新婚妻子是个美人儿，辛少侠丰神俊朗，依我看来，他本来的面目也应该是个美少年的，对么？”奚玉瑾道：“不错，他一向以才貌双全自负。”无意中说了出来，这才发现赵一行正在看着她，似乎是对她的说话觉得有点奇怪，何以她对辛龙生知道得这样清楚。

安陀生哈哈一笑，继续说道：“这么说我送给他的礼物是送得对了。他本来是个美少年，脸上留下伤疤，心里一定难过。他要是恢复了本来的面目，夫妻俩就是一对天造地设的璧人了。”

奚玉瑾接过那盒药膏，心里又是欢喜，又是有点辛酸，倒不是为了留恋辛龙生，而是怅触自己的命运。说道：“辛少侠还会回来金鸡岭的，安老板，你放心，我一定替你把礼物交到他的手上。罗帮主，时候不早，我们可要告辞了。”

屠凤不想和黑风岛主见面，说道：“你们是准备今天就往金鸡岭吧？”奚玉瑾道：“不错，我把坐骑交还朋友，便即动身。”屠凤说道：“好，那么正午时分，我在前面路口等你。有点事情，我还要和罗帮主商谈，你们先走吧。”

奚玉瑾和赵一行在回家的途中走了一程，赵一行忽地说道：“人生的悲欢离合，往往出人意料之外。听说辛龙生的未婚妻子是车卫的女儿，他却是江南武林盟主文逸凡的掌门弟子，车卫以前则是个江湖上一般人闻名丧胆的大魔头，他们这桩婚事，也算得是出人意外了。”

奚玉瑾道：“不错，人事沧桑，许多事情，往往是始料之所不及。”赵一行笑道：“是呀，以前我也想不到能够和你结识。”

奚玉瑾道：“赵大哥，我，我——”

赵一行微笑道：“你有什么事情告诉我么？咱们相识的日子虽然无多，在我的心里，和你却好像是相识了多年的朋友。”

奚玉瑾大为感动，说道：“大哥，我是有一件事情要告诉你，不，我是要把过去的事情都告诉你。”赵一行和她并肩同行，听她细说过去的种种遭遇。奚玉瑾说完之后，满面都是泪痕，赵一行低声说道：“你是辛龙生的挂名妻子，我早已知道。你遭遇了这许多不幸的事情，我也为你难过。但莫说你们只是挂名夫妻，即使真是夫妻，性情不合，分手之后，你也还是一个值得别人敬爱的女子，我、我——”

奚玉瑾见他欲说还休的尴尬样子，不觉给他逗得破涕为笑，笑道：“你到底想说什么？说呀！”

赵一行深情的看她一眼，鼓起勇气说道：“我的心意不说你也应该明白，我，我是希望能够，能够长伴，长伴……”

奚玉瑾噗嗤一笑，连忙打断他的话道：“好，我已经明白你的心意啦，你不必再说下去了，怪肉麻的。”

赵一行喜出望外，说道：“好，那么你是答应我了。”

奚玉瑾羞红了脸，低下了头，没有说话。但两人的手已是不知不觉握在一起，也用不着她回答，赵一行已经知道她是应允了。

奚玉瑾回到家中，此时公孙璞早已替黑风岛主打通奇经八脉，又把明明大师的至高无上的内功心法传给他了。大家正在等待他们回来。

听了奚玉瑾报告的事情，众人皆大欢喜。厉擒龙哈哈笑道：“不错，这可真是双喜齐来了。海砂帮打败官兵，杀掉了岳良骏这个狗官；一行老弟的师姐又答应了和金鸡岭联手，以后你们更是可以大干一场了。”

奚玉瑾笑道：“厉老伯，‘你们’二字似乎用得有点不妥，应该是‘咱们’才对。你和我们也是一条道上的啊！”

厉擒龙笑道：“你们不嫌我老，我也愿意尽我的力的。不过现在我可不能和你们到金鸡岭去，我得在这里陪陪老朋友。玉帆、赛英，你们跟大伙儿走吧。”

奚玉帆说道：“岳良骏已死，百花谷大概最少有几个月可以平安无事了。小凤可以留在这儿。”

奚玉瑾笑道：“小凤就要做新娘子了，我正是想请他们夫妻替咱们管家。”

安排停当，厉擒龙陪黑风岛主在奚家养伤，奚玉帆、奚玉瑾兄妹和赵一行、厉赛英四人回金鸡岭，公孙璞和宫锦云前往金京，大家便即分道扬镳。临行之时，奚玉瑾吩咐周凤有事即和海砂帮联络。家里有厉擒龙这样的高手坐镇，外面又有海砂帮可作强援，周凤也放心留在百花谷等待她的父亲和未婚夫来了。

半个月后，奚玉瑾等一行人包括屠凤和石璞在内回到了金鸡岭，山寨里喜气洋洋，自有一番热闹，不必细表。

当晚蓬莱魔女就知道了奚、赵二人之事，做主替他们定了婚，待时局平静一些，再行择吉成亲。奚玉瑾有了归宿，容光焕发，好像换了个人。心中的一些忧郁也好像阳光之下的阴霾，全都消了。只是有时想起谷啸风和辛龙生，不免还是有点记挂。正是：

遥想旧情思旧友，每依北斗望京华。

欲知后事如何，请听下回分解。

第一三五回　是何意态人中杰
不露锋芒寇已惊

时序推移，流年暗换。残雪虽尚未消，岭梅早已吐艳。冬去春来，这天是正月十四，还有一天就是元宵佳节了。

金京的消息也还没有传来，完颜长之的计划是在元旦那天篡位的，武林天骄和笑傲乾坤等人亦是准备在元旦那天，借金主之力，把完颜长之除掉。现在业已过了十四天，他们在金京的成败如何，金鸡岭毫无消息，岭上群雄，对他们自是不免十分悬念。

日间群雄谈起这件事情，蓬莱魔女说道："关山阻隔，从大都回到这里，快马也得走个十天半月，大家少安毋躁，料想数日之后必有好音。"

金刀雷飙点了点头，说道："华大侠、檀大侠都是身具绝世武功，趁着金京内乱，一举扑灭完颜此獠，料非难事。"

人头目杜康笑道："海砂帮除掉了岳良骏这个狗官，要是他们在金京再把完颜长之这个大奸除掉，这就更是大快人心了。"

奚玉帆却道："不是我着急要知消息，明天就是元宵佳节，如果公孙璞和宫锦云能够明天回来，和我们共度佳节，那才是最好不过呢。他们的坐骑是日行数百里的名驹，按说明天能够回来，亦非奇事。"

蓬莱魔女说道："他们的快马虽然可以早日回来，但却恐怕不能如你所愿。据我所知，公孙璞还要回家一趟，和宫姑娘见一见他的爷爷和明明大师。"

金刀雷飙笑道："迟些回来，早些回来，都不紧要。最紧要的是他们在金京大功告成。”

众人议论纷纷，只有任红绡黯然不语。

大家都在记挂金京的消息，但任红绡除了记挂之外，还多一份忧虑。

这天晚上，她辗转反侧，不能入寐，心中忐忑不安。她忧虑的是，她的父亲在这场大变乱中，不知会遭到什么命运？

不错，她对父亲的所作所为早已深恶痛绝，但总也还存有一丝希望，希望她的父亲在受过许多教训之后，能够像黑风岛主一样，醒悟过来，及早回头。

“祸福无门，唯人自招。爹爹伪善实恶，做了许多坏事，若然他不知悔悟，给完颜长之作陪葬，那也是他的报应。唉，这只有看他如何自处了。”任红绡心想。

还有一个人，这天晚上和她一样不能入寐的，这人是奚玉瑾。

奚玉瑾固然在挂念着公孙璞和宫锦云，同样也在惦记着谷啸风与韩珮瑛。不仅因为谷啸风曾经是过她的情人，更因为韩珮瑛是她最要好的朋友。

“明天就是元宵，元宵节是团圆节，要是能够和他们一起，那该多好。珮瑛知道我的事情，一定会为我高兴。啸风和一行也一定会成为好朋友的。”奚玉瑾心想。要知谷啸风是她第一个恋人，是她真正爱过的人，在此之前，双方分手虽然已成定局，见了面还是不禁感到有点尴尬。如今她自身有了归宿，心胸豁然开朗，是以非但不怕和他们见面，而且希望早点和他们见面了。她希望能够和好朋友分享她的喜悦。

奚玉瑾在惦记他们，他们也在惦记着奚玉瑾。

奚玉瑾希望能够和他们共度元宵佳节，但也知道这希望甚是渺茫，不敢相信它会成为事实。

凑巧的事情不是常有，但也不是没有。奚玉瑾可没想到，就在此际，就在她辗转反侧，思念良友，不能入寐之时，谷啸风和韩珮瑛已经回到了金鸡岭来了。他们是从嵩山少林寺赶回来的，怀着兴奋的心情，想要和众人早点见面，他们连夜登山。

又圆又大的月亮像白玉盘高挂天心，他们正在开始登山，还未走到最近的一个哨所。

数月别离，重回旧地，又是正当美景良辰，这对少年情侣，心中都是充满柔情。月华如练，夜风飘送花香，四周静悄悄的，但闻虫声唧唧。谷啸风不禁触景生情，低声吟道：

纤云弄巧，飞星传恨，银汉迢迢暗渡。金风玉露一相逢，便胜却人间无数。　　柔情似水，佳期如梦，忍顾鹊桥归路，两情若是久长时，又岂在朝朝暮暮。

韩珮瑛噗嗤一笑，说道：“这首《鹊桥仙》（词牌名）是秦少游为牛郎织女写的，今晚又不是七夕，你念这首词，可是不对景呀。”

谷啸风笑道：“时节虽不相符，情怀却是一样。七夕是牛郎织女团圆，元宵却更加是众人的团圆佳节呢。”

韩珮瑛道：“今天也还不是元宵。”

谷啸风笑道：“你瞧瞧月亮，月亮已过天中，现在已经是正月十五的凌晨了。”韩珮瑛道：“也还是情景不符，我，我和你——”说至此处，脸上一红，心里甜丝丝的却不说下去了。

谷啸风懂得她的意思，笑道：“是呀，我们比牛郎织女幸福得多，他们一年一度相逢，我们却是长在一起，从今之后，也是再也不会分开的了。我想起这首词，就是因为我觉得自己太幸福了。”

韩珮瑛满怀喜悦，心里想道：“我和他经过许多风波，如今才是两心如一。说起来也的确是比牛郎织女幸运多了。”

谷啸风在她身边低声问道：“瑛妹，你在想些什么？”

韩珮瑛抬起头来，说道：“我在想，在想玉瑾姐姐。”

谷啸风怔了怔，说道：“哦，你是在想她？”

韩珮瑛笑道：“你别担心，我并非在喝你们的陈年旧醋。今天是元宵佳节，我是在为瑾姐祈祷上苍，但愿她早日能够找到一个如意郎君。”

谷啸风默然不语，心里想道：“玉瑾的不幸，虽然不是由我造成，也是由我而起。”

韩珮瑛道：“你又在想些什么？”

谷啸风道："我的想法和你一样。说实在话，她找到了如意郎君，我的心里才会安然。瑛妹，我说这样的话，你不会误解我吧。"

韩珮瑛笑道："你把我当作气量狭窄的人么？当然不会，说实在话，我对她也是有点感到抱歉呢。咦，你，你看什么？怎的不和我说话呀？"

谷啸风回过头来，低声说道："噤声，好像是有人来了。这人轻功很是高明！"

根据常理推测，午夜时分，有夜行人登山，这人多半不会是山寨的头目。

谷韩二人躲在一棵大树后面，过了片刻，果然看见一条人影走上山来，走到山坳转角之处，在月光下已经隐隐可以看见山头上的第一个哨所了。这人忽地停下脚步，自言自语道："我这样做是不是应该呢？蓬莱魔女她会相信我吗？说不定她会杀了我的！唉，但即使她杀了我，我也应该到金鸡岭去，但求见一见我的绡儿！"

谷啸风吃了一惊，和韩珮瑛小声说道："是我的舅舅！"

原来这个夜行人不是别个，正是任红绡的父亲任天吾。

韩珮瑛道："咱们怎办？"

谷啸风咬了咬牙，在她耳边说道："他早已做了完颜长之的走狗，我可不能认他做舅父！咱们打不过他，也要和他打了！"

韩珮瑛将他按住，说道："且慢出去！他是想见女儿，未必含有坏意。咱们还是弄清楚了再说。"

正在他们悄声商议之际，忽听得有一个人阴声怪气地笑道："任老先生，想不到你竟有这个胆量跑到金鸡岭来，但你也想不到会在这里给我碰上吧？"谷啸风偷看出去，这一惊可更是非同小可了！

只见一个披着大红袈裟的番僧，也不知是从哪里钻出来的，此时已是出现在谷啸风的眼前，站在山坳转角之处，拦住了任天吾的去路。这个番僧谷啸风认得他是蒙古的国师龙象法王。

在龙象法王的后面还有一个身披狐裘的少年，不是别人，正是完颜长之的儿子完颜豪。

龙象法王号称"武功天下第一"，"天下第一"未必，但足以与当世的一流高手并列却是不假。他这一下突如其来，谷啸风固然吃惊，任天吾吃惊更甚！

“真是意想不到，不知法王有何见教？”任天吾只好硬着头皮问道。

龙象法王哈哈一笑，说道：“不敢当。任老先生，你颠倒过来说了。是我要向你老先生请教，请教你跑来金鸡岭意欲何为？”

任天吾讷讷说道：“这事也瞒不过法王，小女是在金鸡岭上。故此我特地来找她回去。”

他们说话之间，完颜豪亦已来到，侧目斜睨，冷笑说道：“你还会回去？你到了金鸡岭，父女团圆，大可以安享晚年了。不过你要在金鸡岭站得住脚，恐怕也唯有父女同心，对蓬莱魔女效忠了。哼，你说，你是不是打的这个如意算盘？”

任天吾道：“小王爷你别误会，我只是想见小女一面，不敢、不敢——”

完颜豪哼了一声，打断他的话道：“哼，不敢？元旦那日，天坛之战，一出事就不见了你，是不是你把父王的图谋泄漏给武林天骄的？”

任天吾大惊道：“小王爷，你莫冤枉好人，我与武林天骄有一掌之仇，怎会把秘密泄漏给他？”

完颜豪冷冷说道：“就算不是你泄漏的，你临阵逃脱，累父王死在武林天骄手下，已是大罪一桩。如今你又要求投降蓬莱魔女，和我们作对，你以为我们能够容许你么？”

任天吾情知难以幸免，亢声说道：“小王爷不肯原谅，要杀要剐，老朽只好拼着豁了出去，让小王爷随意处分了。”

龙象法王忽地说道：“有话好说，让我做个鲁仲连吧。既往不咎，任老先生，只要你跟我们回蒙古去，我们就还是自己人。小王爷，你说是吗？”

完颜豪点了点头，说道：“法王给他说情，我怎敢不依？好，任天吾，要死要活，如今全看你了，你应不应承？”

原来他们迫使任天吾跟他们同往蒙古，也是有着他们的如意算盘的。

要知任天吾平生冒充侠义道，也的确曾和许多侠义道中的人物交过朋友，取得他们的信任，知道不少内情。侠义道中人物，十九是和各地义军有关系的。亦即是说对于义军的内部情形，任天吾虽然不能参与秘密，最少也要比投奔蒙古的任何一个叛徒知道得多得多了！龙象法王就是因为觉得他还有可资利用之处，是以不惜冒险追到金鸡岭来，也要把他截回去的。

此时龙象法王和完颜豪都在注视着任天吾，看他如何回答。

谷啸风躲在大树后面偷听，此时也是在绷紧心弦，静听他的舅父如何回答。

任天吾在这人兽关头，瞬息间转过了无数念头，终于缓缓说道："好吧，我跟你们回去!"上前两步，慢慢走近完颜豪。

谷啸风大失所望，气得手足冰冷。不料任天吾接着而来的一个动作，却是大大出乎他的意料之外!

任天吾忽地一抓向完颜豪抓下，喝道："我给你们父子当作鹰犬一般，受你们的气也受得够了，如今我可要堂堂正正做一个人啦!"

完颜豪侧身一闪，"嗤"的一声，披在肩上的狐裘给任天吾抓破。但在这性命俄顷之际，他却好似给一双无形的手掌轻轻将他推开。登、登、登退了三步，竟没摔倒。救他的人是龙象法王。

龙象法王武功比任天吾高得多，焉能容得他加害完颜豪。双掌齐推，左掌发出的阴柔之力把完颜豪推开，右掌的阳刚之力，和任天吾碰个正着。

双掌相交，"蓬"的一声，震得任天吾摇摇晃晃。这还是龙象法王想要保全他的性命捉他回去，否则倘是用到第九重的龙象功，登时就可毙了任天吾的性命。

任天吾喝道："好，你杀了我吧!"呼的一掌劈出，又和龙象法王对了一掌。这次伤得更重，"哇"的一口鲜血狂喷出来。但龙象法王却也不由得"闷"哼了一声，忽地停下脚步。原来任天吾的内力虽然远远比不上龙象法王，但他的"七修掌"掌力也是甚为阴狠，龙象法王接了他这毕生功力之所聚的一掌，胸中气血翻涌，亦是颇不好受了。

不过龙象法王的功力毕竟是深湛得多，运气三转，已然没事。大怒喝道："任天吾，你是真的不要性命了？"任天吾狂喷鲜血之后，急切间已是说不出话来，只能向龙象法王怒目而视。

完颜豪刚才险些伤在任天吾的手下，虽然没事，一件名贵的狐裘已是给他撕破，甚为气恼，说道："此地是蓬莱魔女的巢穴，咱们不宜久留，我看此事还是早些了结的好！"

龙象法王瞿然一省，说道："对！任天吾，我没工夫和你啰唆，我数到一个三字，你不投降，可休怪我手段狠辣！一、二、——"

一个"三"字未曾吐出，忽听得一声大喝，接着是完颜豪尖声叫道："法王，快，快来救我！"

龙象法王回头一看，只见两条人影捷如飞鸟的正在向完颜豪扑去，双剑如虹，眼看就要把完颜豪的身形笼罩在剑光之下，龙象法王想要赶过去救他，亦是来不及了。

这两个人是谷啸风和韩佩瑛。原来谷啸风和韩佩瑛深知龙象法王武功高强，要从他的手下救人实是不易，故而与韩佩瑛采用"围魏救赵"之策！

龙象法王的确不愧是个顶儿尖儿的武林高手，在这间不容发之际，陡地脱下身上所披的大红袈裟，振臂一抛，一件柔软的袈裟，经过他的玄功运用，竟然带着呼呼的风声，像是一幅红云，飞过来挡在谷韩二人与完颜豪之间！

谷韩二人双剑齐出，嗤嗤几声轻响，那件袈裟给他们戳破几个小洞，像是泄了气的皮球慢慢落下。可是韩佩瑛被那股内力一震，虎口亦是感到酸麻，不由自己退了几步。完颜豪折扇一挥，格住了谷啸风向他刺来的长剑。

完颜豪家学渊源，武功原非泛泛，要是谷韩二人联剑攻他，他自是难以抵挡，和谷啸风单打独斗，虽然也还是略逊一筹，却还可以勉强应付。说时迟，那时快，龙象法王已是如飞赶到，喝道："原来是你这个小辈！"运起第九重的龙象功，人未到，掌先发，掌力有如排山倒海般的涌来，谷啸风亦是不禁连退几步，胸口如受巨锤一击，呼吸为之不舒。

龙象法王忙于替完颜豪抵挡谷韩二人，任天吾方得暂时脱出险境。但他在受伤之后，再给龙象法王的劈空掌力一震，不禁又是一口鲜血喷了出来。

任天吾定了定神，看清楚了救他的人乃是他的外甥谷啸风，不觉惊喜交集，又是感激，又是惭愧！

“啸风，你不怪舅舅几次三番对你不起，还来救我！”任天吾叫道。他受伤很重，但这意外的惊喜，却是令他精神重振了。他定了定神，也不知哪里来的气力，便即过去帮忙谷啸风、韩珮瑛抵御强敌！

谷啸风道：“舅舅，过去的事还提它干嘛，只要你从今之后，洗心革面，重新做人——”话犹未了，龙象法王那排山倒海般的掌力又已涌来，谷啸风连呼吸也感困难，说不出话。

任天吾功力毕竟深厚得多，避开正面，侧身一闪，连忙叫道：“贤甥，用快剑攻他……”龙象法王喝道：“好呀，你们甥舅同心合力，就以为可以对付得了我么？哼，这只能叫你们结伴去见阎王，让你们在黄泉路上不愁寂寞！”

谷啸风一声不响，在龙象法王的狂笑声中，刷的一剑刺来，韩珮瑛同时疾攻他的侧面空门，双剑配合，妙到毫巅，又快又狠。龙象法王正要运起第九重的龙象功，给他们致命的一击，谷韩二人双剑倏地变招，又从他意想不到的方位攻来。龙象法王也想不到他们的剑法竟然精妙如斯，微微一噫。来不及施展杀手，只能把那件袈裟当作兵器，用寻常的功力，把他们的两柄长剑挡开。原来任天吾指点他们快剑进攻，正是要令龙象法王不能连续施展第九重龙象功的。

不过龙象法王虽然一时间难施杀手，只用寻常的功力，也还可以应付裕如。谷韩二人幸亏任天吾相助，方能和他勉强打成平手。

掌似奔雷，剑如骇电，掌风剑影，卷作一团。周围数丈之内，沙飞石走。完颜豪看得目眩心惊，以他的本领而论，虽然勉强可以插得进手，亦是不敢上前了。

谷韩二人呼吸不舒，出招已有力不从心之感。只道要糟，不知怎的，龙象法王的攻势也跟着和缓许多。谷啸风心头一喜，想道：

"莫非这贼秃亦已到了强弩之末?"任天吾忽地叫道:"不好,你们快走!"话犹未了,龙象法王轻飘飘的一掌拍出,看似毫不着意,掌力却是沉重之极,谷啸风给震得摇摇晃晃,有如一叶轻舟,在风浪之中挣扎,幸而他的少阳神功根基不弱,尚还可以勉强支持。韩珮瑛功力较差,虎口酸麻,青钢剑都几乎掌握不牢。但比起任天吾,他们二人还算比较好了,任天吾给他掌力一震,伤上加伤,哇的又是一口鲜血喷出。

原来龙象法王以守代攻,为的正是要调匀气息,默运玄功。他那轻飘飘的一掌,虽然还未曾是第九重的龙象功,亦已到了第七重了。

任天吾嘶声叫道:"我反正是活不成了,你们不用理我,赶快走吧!"谷啸风和韩珮瑛如何肯走?他看了韩珮瑛一眼,韩珮瑛用不着他开口说话,已知他的心意,说道:"大哥,我当然和你一起了!"

龙象法王哼了一声,冷笑说道:"难得你们甥舅同心,夫妻义重,我就成全你们吧!"吸一口气,正要更进一步,施展第九重的龙象功,忽听得雪地上有"嚓嚓"声响,一听之下,就知道有轻功甚为高明之士来到。龙象法王心神微分,喝道:"什么人?"

完颜豪正在看得出神,听得龙象法王这么一喝,方始吃惊。说时迟,那时快,就在这瞬息之间,只觉背后微风飒然,那人业已来到。

完颜豪幸得龙象法王提醒,及时趋避,折扇一挥,反手招架,挡了个空。回头看时,只见一张布满伤疤的脸,正在冷冷地瞅着他,瞅得他心里发毛。那人木然毫无表情地说道:"完颜豪,你还认得我么?"

这人不是别个,正是那次在舜耕山遭受完颜豪毒手,却还未曾给他害死的辛龙生。辛龙生后面,还跟着一个车淇。

完颜豪大惊失色,叫道:"原来是你!"辛龙生道:"不错,我特地找你算账来了!"完颜豪恃着有龙象法王可作靠山,虽然心里发慌,却是傲然说道:"算账就算账吧,你以为我怕你不成。不过我劝你还是罢手的好,你在这里和我算账,绝没有你的好处!"

辛龙生冷笑道：“你以为有龙象法王在这里，就可以庇护得了你吗?”完颜豪趁他说话之际，折扇一挥，去势飘忽，左点“期门穴”，右点“中白穴”。只要给他点着一处穴道，便可稳操胜券。

他的点穴手法是从“穴道铜人图解”上学来的，手法精奇，变化繁复，可以说得是当世无双的点穴功夫。只道先发制人，十九可以得手。哪知他快，辛龙生更快，剑招后发先至，他的折扇还未点着辛龙生的穴道，辛龙生的剑尖已经指着他的胸膛！

完颜豪霍地一个“凤点头”，折扇倏张，当作五行剑使，化解了辛龙生的剑招。辛龙生欺身直进，也不变招，剑中夹掌，就来抓他。

完颜豪暗暗欢喜，想道：“你如此蔑视于我，且叫你知道我的厉害。”一个“大弯腰、斜插柳”，折扇一敲，“卜”的一声，果然打着了辛龙生膝盖的“环跳穴”。

完颜豪大喜喝道：“给我倒……”哪知辛龙生非但没有倒下，反而五指如钩，朝着他的琵琶骨就抓下来。

原来辛龙生跟了车卫半年，又得赛华佗王百淳传他调和正邪内功的心法，已经练成了颠倒穴道的功夫，完颜豪虽然点着他的“环跳穴”，也不过等于拿把折扇在他膝盖敲了一下而已，穴道未封，并无大碍。

龙象法王顾不得对谷韩二人再施杀手，陡地大喝一声，飞起一脚，把任天吾踢翻，便即冲破剑圈，突围而出。

此时辛龙生的身形方自一晃，五指如钩，朝着完颜豪的琵琶骨抓下。

龙象法王并不是冲过去救完颜豪，却是跑去要拿车淇。车淇在旁观战，距离辛龙生约有二三十步之遥。龙象法王一面飞奔，一面大呼小叫：“好呀，我知道你是车卫的女儿，你爹爹和我结的梁子，你替他解吧！”原来他知道在这千钧一发之际，要救完颜豪实是不易，故此采用“围魏救赵”之策。

辛龙生果然中计，要知车淇是他在这世界上最最亲爱的人，车淇遇险，他能不关心？即使龙象法王还未冲到车淇身旁，他也是非立即过去援救不可了。他在心神一分之下，那一抓只抓破了完颜豪的披肩。

任天吾给踢翻地上，打了个滚，嘶声叫道："啸风，别顾我，快跑!"

谷啸风略一踌躇，咬了咬牙，立即也向龙象法王追去。他听了任天吾的一半说话，在这紧要关头，只能暂且不管舅舅。但他也并不是逃跑，他是要去帮忙辛龙生拼斗强敌，决不能让车淇落在敌人的魔掌。

辛龙生来到车淇身边，刚好迎上龙象法王。

龙象法王运起第七重的龙象功，呼的一掌向辛龙生劈下。

虽然他在仓促之间，不能用到第九重的龙象功，但第七重的龙象功亦是非同小可。辛龙生"刷"的一剑刺他的"劳宫穴"，龙象法王掌势一偏，那股强劲的力道仍是震得辛龙生摇摇晃晃。龙象法王长臂一伸，抓他背心穴道。

说时迟，那时快，谷啸风和韩珮瑛已是双剑齐到，正如螳螂捕蝉，黄雀在后，如影随形，跟踪而至。谷啸风的剑尖也是指向他的后心大穴。

龙象法王左手拿着那件大红袈裟，反手一弹，嗤嗤声响。谷啸风又在袈裟上刺破了两个小洞，但他的长剑也给袈裟荡开，"铮"的一声，碰着了韩珮瑛刺向龙象法王的青钢剑。

龙象法王右掌仍是朝着辛龙生背心拍下，辛龙生反手一掌，和他硬碰。由于龙象法王要分出一半功力对付谷、韩双剑，而辛龙生又已经练成了正邪合一的内功，这一次硬碰硬接，虽然辛龙生也没占到便宜，却是并不怎么吃亏了。

辛龙生稳住身形，一退复上，和车淇联手，两翼夹攻。形势一变，变为龙象法王以一敌四的局面。

龙象法王挥舞袈裟，仿如一片红霞，裹住谷韩辛车四人身形。掌影翻飞，把袈裟当作盾牌，指东打西，指南打北。以一敌四，兀是守少攻多。

功力较弱的车淇被袈裟拂了一下，气促心跳，不由连退几步。辛龙生关心情侣，急忙说道："淇妹，你歇一歇吧。"车淇咬了咬牙，说道："没什么。"继续挥刀助攻。龙象法王看出她是最弱的一环，一抖袈裟，又是向她当头罩下。辛龙生抢在她的身前，剑中夹掌，替她挡住龙象法王的攻势。谷韩二人双剑合璧，剑光如练，拦腰便斩。龙象法王只好腾出手来应付，他以一敌四，虽然仍是占了上风，但想要击破最弱一环的计划，却是不能如愿了。

完颜豪脱出险境，又再得意笑道："对啦，车姑娘，你歇歇吧，我来陪你！"

话犹未了，忽听得一个人冷冷说道："完颜豪，我来陪你！"

完颜豪一听此言，大惊失色。原来突如其来的这个人正是他的克星，这个人是公孙璞。公孙璞笑道："完颜豪，你曾经用药害我，迫我和你拆招，如今你要多久，我也可以奉陪你了！"

谷啸风想不到公孙璞这样快的就从大都回来，喜出望外，叫道："公孙大哥，你来得正好！"

说时迟，那时快，只见公孙璞的身形已经出现在山坳那边，片刻之间，就可以赶到这边了。完颜豪这一惊非同小可，心里想道："这小子本领高强，龙象法王虽然号称武功天下第一，但以一敌四，看来也还不易取胜，再加上这个小子，恐怕他未必应付得了。何况此地是蓬莱魔女的巢穴，时间一久，蓬莱魔女到来，那时只怕要跑也跑不了。"他心念电转，登时打定"三十六着走为上着"的主意，唯怕逃跑不及，骨碌碌的便滚下山坡。

公孙璞一看他们正在拼斗龙象法王，也是不禁吃了一惊，顾不得再理会完颜豪，连忙疾跑过来，喝道："好呀，龙象法王，我来会你。"

龙象法王一声冷笑，说道："来吧！你们来多少人，老僧也是不惧！"

公孙璞说道："谷大哥，辛大哥，请你们退下，让我和他单打独斗，领教领教他的龙象神功。"龙象法王哈哈笑道："很好，这可是你自己说的！"正是：

初生之犊不畏虎，横挥宝伞敌神功。

欲知后事如何，请听下回分解。

第一三六回　狠挥妖氛欣聚义
喜成佳偶庆团圆

谷啸风道："瑛妹，麻烦你给我照料舅舅。辛兄，我和你替公孙大哥掠阵。"

辛龙生朝着龙象法王冷笑道："你号称武功天下第一，原来也怕我们几个'后生晚辈'联手斗你么?"

龙象法王怒道："谁说我怕你们，要和我单打独斗，这是公孙璞自己说的。"

辛龙生道："不错，这是公孙少侠和你约好的。他和你单打独斗，我不插手，但我可没有说过就此罢休。"

龙象法王冷笑道："好，不管你们并肩子上也好，车轮战也好，我都不惧。你既然这样说，那你就等着吧，待我打发了公孙璞这小子，回头再收拾你。"

他情知身陷险地，时间越长，对他越是不利，于是趁着说话的当儿，凝聚真气，陡地一声大喝，和公孙璞见面的第一招，便即使出了第九重龙象功。

公孙璞喝道："来得好!"举起玄铁宝伞，以泰山压顶之势，迎头打下。只听得"蓬"的一声，震得众人耳鼓嗡嗡作响，掌伞相击，周围数丈之内，沙飞石走。公孙璞退了两步，龙象法王亦是禁不住身形一晃。

公孙璞虎口发麻，暗暗吃惊，心里想道："这秃驴的龙象功果然名不虚传，居然能以血肉之躯，抵挡我的玄铁宝伞。"

殊不知公孙璞固然吃惊，但龙象法王的这一惊却比他更甚！想道："这小子年纪轻轻，居然能够抵挡我的第九重龙象功。只怕这次是要在阴沟里翻船了。"要知玄铁宝伞虽是比凡铁重逾十倍，但若没有和龙象法王差不多旗鼓相当的功力，玄铁宝伞的威力也是不能发挥，更莫说可以抵挡他的第九重龙象功的一击了。

龙象法王恐防金鸡岭还有高手续来，真力不敢一下使尽，当下抖起袈裟，俨如平地涌起一片红云，霎时间把公孙璞的身形笼罩在"红云"之内。

公孙璞把玄铁宝伞当作小花枪使，抖起点点"枪花"，在袈裟上戳穿许多小孔。但那件袈裟贴着玄铁宝伞飞舞，那么沉重的玄铁宝伞却也无法将它击毁。龙象法王使出以柔克刚的上乘内功，斗了一会，玄铁宝伞的威力竟是渐渐受它牵制，招数发出，已有力不从心之感。公孙璞一声长啸，张开宝伞，转得风车也似，叫袈裟卷不进来，左掌使开了耿照所传的"大衍八式"，抵御龙象功的劲力。虽然还是处在下风，但龙象法王要想胜他，可也没有那么容易了。

韩珮瑛把任天吾扶了起来，替他敷上金创药。任天吾苦笑道："用不着了，请你还是快点把我的女儿找来吧。"面色惨白，说话的声音细如蚊叫，已是气若游丝。

韩珮瑛心里踌躇，要想替他去找女儿，又怕公孙璞打不过龙象法王，少了自己，谷啸风一个人可使不出双剑合璧的剑法，即使有辛龙生帮他，恐怕也难免要一败涂地。但自己留在这里，又怕任天吾活不了多久，见不着女儿，岂非令他死不瞑目？

任天吾忽道："你瞧，好像是有人来了？是不是红绡？"

来的何人？谜底马上揭开。只听得车淇充满狂喜的声音叫道："爹爹快来，有人欺负你的女儿！"

只见两条人影踏雪而来，他们在雪地上跑得非常之快，脚步声却没听见。若不是他们的身形业已出现眼前，韩珮瑛还未知道已经有人来到。不由得暗暗佩服任天吾内功修养的深湛，虽然身负重伤，居然还能觉察。

当前的一人说道："好呀，且待我看看什么人胆敢欺负我的女儿？"

后面的一人叫道："啸风，珮瑛，你们都在这儿！"

韩珮瑛看清楚了，和谷啸风不约而同的齐声叫道："爹爹，你来得正好！"

原来前面的这个人是车淇的父亲车卫，后面的这个人则正是韩珮瑛的父亲韩大维。

谷啸风与韩珮瑛把沙衍流押解到嵩山少林寺之时，韩大维正巧和车卫结伴同游，已经不在少林寺了。谷韩二人走后的第三天他们方始回来，听得少林寺方丈一说，便即联袂赶来金鸡岭，想不到用不着踏进金鸡岭上的山寨，已是各自碰见女儿。

龙象法王这一惊非同小可，硬着头皮喝道："你们都来吧！好歹你们也算得是当今之世的一派武学宗师，我死在你们这两位大宗师手下也还值得！"

车卫冷笑道："我道是谁？原来是你这个秃驴。二十年前，屠百城和我印证武功，我很后悔当时耗损了他的功力，以至他后来死在你的手里。我虽不杀伯仁，伯仁由我而死。这笔账我还没有和你算呢！"

龙象法王情知要逃也逃不了，冷冷说道："反正我只有一条性命，你们拿去就是。你和韩大维是车轮战呢，还是并肩子上呢？"料想他们是一派宗师，决不会倚多为胜。话犹未了，果然只见车卫一人上前，说道："公孙璞，你退下！"

公孙璞如言退下。车卫淡淡说道："龙象老秃，你歇一会，车某不会占你便宜的。"

龙象法王知道以车卫和韩大维等人的身份，决不会向他偷袭。于是盘膝坐在地上，放心默运玄功，调匀气息。不过片刻，只见他的头顶冒出热气，面色由白转红，双眸一张，精神奕奕。原来他虽然经过连番恶斗，但谷啸风、辛龙生等人的功力和他都是相差甚远，只有最后与他交手的公孙璞差堪比拟。是以他的真力虽然有所耗损，却还不至耗损过甚。但众人见他恢复得如此之快，对他精湛的内功，亦是不禁好生惊异了。

韩珮瑛道："爹爹，这秃贼不仅欺负了车家妹子，刚才也欺负了女儿。"

韩大维微笑道："别忙，让你的车伯伯和他先行算账。你这口气，我总会替你出的。”

车卫喝道：“你的功力已经恢复八成，站起来吧！”

龙象法王情知再拖下去，倘若山寨众人来到，自己更难幸免。当下横了心肠，一跃而起，喝道：“好，姓车的，你划出道儿！”

车卫说道：“我让你三招！在这三招之内，你有本领，尽管把我打死打伤，我决不还手。三招过后，只要你跟着还能接我三招，我就放过了你。这样，你总不能说我还是占你的便宜了吧？”

龙象法王哼了一声，说道：“别人呢？”

车卫说道：“各人有各人的账。别的人和你为难，可不关我的事！”

龙象法王心里想道：“他让我三招，不死也该受伤。且先去掉一个强敌再算！”

“好，就照你划出的道儿！”龙象法王一声大喝，立即发招。左手提起袈裟，朝车卫的面门虚晃一晃，右掌呼的劈下。

这一掌他尚未运用龙象功，但招数却是阴狠之极，掌心吐出小天星掌力，堪堪打到车卫身上之时，陡然化劈为抓，使出了分筋错骨手法。虽然只是一招，但招里套招，还有袈裟作为辅助的兵器，其实已是等于一招三式了。

只听得“嗤”的一声，车卫的衣袖被龙象法王抓破，但车卫的身形却只是晃了一晃，便即稳住，峭声数道：“第一招！”车淇吃了一惊，心想：“爹爹不还手，未免令他太占便宜了。”但武学造诣较深的公孙璞、谷啸风、辛龙生等人则都喝起彩来。韩大维仍是脸上挂着微笑，好像这一招的结果早已在他意料之中，完全用不着为车卫担心。车淇一见众人如此，这才放下了心上的石头。

龙象法王不由得心头一震，“想不到这厮的沾衣十八跌功夫竟是练得如此精纯！”他虽不至于跌倒，但所发的内力给车卫反震回来，亦是不禁胸口一热。

众人注目之下，只见龙象法王缓缓说道：“第二招来了！”身形一起，陡然间四面八方都是他的影子。袈裟飞舞，俨如平地卷起一片红云，掌影翻腾，好似化作无数钢刀铁斧。虽然只是一招，中间蕴藏了不知多少变化。当真是繁复之极，威势惊人。

除了韩大维和车淇之外，众人都还未曾看得清楚。只听得车卫喝道："好一招八方风雨会中州，但也还奈何不了车某。"只一霎眼，但见车卫已是从重重叠叠的掌影之中脱出身来。

车淇定了定神，小声和辛龙生说道："爹爹走的是天罗步法，用来对付强敌，至不济也可脱身。他曾经教过我，可惜我尚未学到一成。以前我还不相信他的话呢，原来真的这样奇妙！"

龙象法王是个识货的人，吃了一惊，心里想道："他练成这样怪异的步法，我要胜他恐怕是难之又难了，好在他夸下海口，我只须接得他的三招不败给他，他就不能和我为难。"

车卫喝道："还有最后一招，还不快快使出你的看家本领？"

龙象法王陡地一声大吼，好似晴天响起霹雳，震得众人耳鼓嗡嗡作响！大吼声中，龙象法王飞身疾起，俨如巨鸟摩云，凌空击下。车卫整个身形，全被笼罩在他袈裟化作的"红霞"之内。

原来龙象法王养精蓄锐，为的就是这最后的一击。这一击他已经使出了第九重的龙象功。在施展"龙象功"之前，他还用上了西藏密宗的"狮子吼"，用以扰乱敌方心神。是以虽然只是一招，其实已是等于两招了。

众人在惊心动魄之中，只听得车卫喝道："我已让你三招，如今轮到你来接我三招了！"

人影倏分，红霞流散，众人喘过口气，定睛看时，只见龙象法王那件袈裟已是碎成片片蝴蝶，零散地上，坠溷沾泥。龙象法王背靠一棵大树，满头大汗，气喘吁吁。车淇拍掌笑道："这秃驴输啦！"

车卫哈哈一笑，说道："也还不能说是全输，他已经接了我的三招，总算为难他了。"车卫刚才如何发那三招，谁也没有看得清楚。只有龙象法王自己吃了亏自己知道。不过功力虽有损耗，侥幸还没受伤。

韩大维缓步走出，说道："龙象法王，你号称武功天下第一，如今该轮到我来见识你的龙象功了。"

龙象法王喘过口气，苦笑说道："韩老先生，你动手吧。我反正是舍命陪君子了。"说到"舍命"二字，腔调特别古怪，显然是话中有话，反激韩大维的。

韩大维双眉一轩，淡淡说道："韩某何等样人，岂能占你便宜?"掏出一个玉瓶，瓶中大约有十颗八颗碧绿的药丸，韩大维取了一颗，放在掌心，说道："少林寺方丈送给我十粒小还丹，我送一粒给你。你服了小还丹，再和我比掌!"

少林寺的小还丹乃是世上无双，功能固本培原的灵药，耗损真气，一服立即见效。众人想不到韩大维肯把这稀世灵药慨赠给就要和他作生死决斗的敌手，都是不禁大为惊异。韩珮瑛忍不住说道："爹爹，少林寺的小还丹乃是武林中人梦寐以求的灵药，给这秃驴，不太糟蹋了么?"韩大维沉声说道："我要让他输得心服口服!"说罢把手一扬，小还丹向龙象法王飞去。

龙象法王接下小还丹，心里想道："以韩大维的身份，决不会用毒药害我!"韩大维似是知他心意，说道："你要是不敢相信，服不服由你，但算不算账可就得由我了。"龙象法王忙把小还丹吞下，说道："反正我也不想活命了，划出道儿来吧!"

韩大维道："你给我的车大哥点着了劳宫穴，功力耗损一半，服了这颗小还丹，一时间功力大概不能完全恢复，但最少也可恢复七成。如今我和你只拼一掌来定胜负!"

龙象法王道："分了胜负又怎么样?"

韩大维道："你胜了我，我给你担待，让你下去。你若输了，我也不再为难你。但别人不肯放过你，那我就不能替你担待了。"

龙象法王喜出望外，心里想道："车卫也不敢和我硬拼，你要强斗我的龙象功，又限定只拼一掌，我还怕你什么?"

原来刚才车卫是以奇幻无比的点穴功夫，点着了他的劳宫穴，方能在三招之内，把他击败的。要是和他硬拼内力，虽然最后或许也是还可胜他，却一定无法胜得那么容易了。但龙象法王对自己的第九重龙象功过于自信，却以为车卫不敢和他硬拼。

龙象法王吞下了小还丹，片刻之间，果然便觉得丹田热气升起，精力弥漫，大喜说道："君子一言，快马一鞭。你说的话可得算数!"

韩大维喝道："当然算数，你发掌吧!"

龙象法王沉声说道："遵命！"缓缓地向左斜方踏上三步，又向右斜方退下三步，像是斗鸡一样，两只眼睛紧紧地盯着韩大维，却还没有发掌。韩大维纹丝不动，眼睛也是紧紧盯着对方。

车淇靠着爹爹，纳罕问道："爹爹，他们在干什么？说要动手，为何却是迟迟不动？我都看得有点不耐烦了。"

车卫小声笑道："高手过招，一招而决，哪能像是市井之徒打架。他们此刻正是都在养精蓄锐，准备乘暇觅隙呢。你等着瞧吧，你瞧——"

果然话犹未了，只听得双方同时一声大喝，同时跃将起来。龙象法王脚踏"洪门"（中路），飞身一掌劈下。韩大维身形仿似白鹤亮翅，双掌斜飞，也是凌空击下！

他们这一声大喝，龙象法王用的是西藏密宗的"狮子吼"功，韩大维用的则是佛门正宗的"金刚棒喝"。双方同时一喝，震得山鸣谷应。车卫连忙替女儿塞着耳朵。功力较高的谷啸风、辛龙生等人虽然抵受得起强音，也是不由得心头一震，对他们那迅雷闪电般的一击，却是看不真切了。

迅雷闪电般的一击，霎眼即过，只见韩大维倒纵出三丈开外，背靠大树，脸色一阵青一阵红，韩珮瑛大吃一惊，跑过去道："爹爹，你怎么啦？"韩大维微微一笑，说道："总算没输。"说话之时，面色已转红润。韩珮瑛这才放下了心。

龙象法王看来似乎退得比较"从容"，只见他身形落在地上，脚上好像缚着一块大石，慢慢地退了一步，身形一晃，跟着又退一步，如是者接连退了三步，忽地"哇"的一口鲜血吐了出来。

韩大维喝道："你说，是我输了还是你输了？"

龙象法王好像一只斗败了的公鸡，垂头丧气地说道："是我输了。但你说过的，咱们只拼一掌，不论胜败，你都不能与我为难。"

韩大维哈哈说道："不错，但我也说过的，你输了给我，我可不能为你担待，别人和你为难，这就不关我的事了。"

龙象法王燃起一线希望，心里想道："只要车卫和韩大维不出手，这里的人即使联手斗我，最不济我也可以逃得出去了。"原来他受的内伤虽然不轻，但也还有原来的六七分功力。

龙象法王哈哈一笑，说道："好，那咱们后会有期了。"

哪知他正要逃跑之时，忽听得有人斥道："你胆敢到我的金鸡岭来，这么容易就跑了？"声音峻冷，似乎是在很远的地方传来，人影却还未见。

这是"传音入密"的上乘内功，龙象法王是个识货的人，不由得心头一震。但也知道具有这样上乘内功的人来到，他是要跑也跑不掉的，只好索性硬充好汉，顾着自己的"武学大宗师"的身份，停了脚步，稳住身形，说道："来的敢情就是此地的主人么？"

话犹未了，只见一个中年美妇已是现出身形，果然是金鸡岭的寨主蓬莱魔女。另外还有四个人跟在她的后面，他们是：赵一行、奚玉瑾、任红绡和山寨的大头目金刀雷飙。

任红绡眼光一瞥，发现任天吾躺在地上，她做梦也想不到竟然会在这样的情景之下父女重逢，这一惊非同小可。韩珮瑛道："任姐姐，你爹爹正在盼着你呢。他已经改过自新了。"

任天吾精神陡振，不用人扶，霍的就坐起来，叫道："绡儿，当真是你来了？我是在做梦么？"

任红绡呆了一呆，叫道："爹爹，真的是我来了。你肯听女儿的劝告，女儿很是欢喜。爹爹，你，你怎么啦？"扑上前去，父女相拥。

此时蓬莱魔女已经来到了龙象法王的面前，拂尘一指，说道："你既知我是此地的主人，还胆敢到来捣乱，你自己说吧，你要如何了断？"

龙象法王苦笑道："我已经和韩车二位老先生斗了一场，也不争和你再斗一场，那还有什么好说的？嘿嘿，我在一日之间，能够连会当世的三大高手，死也值得了！"

蓬莱魔女冷笑道："你想激我饶了你吗？哼，你若是普通的江湖人物跑来寻仇觅怨，我是不会打落水狗的。但你可是蒙古国师的身份，我要饶你，我山寨里的人也不会答应。"

"不过，"蓬莱魔女继续说道，"看在你已经接连斗了两场，我也不能占你便宜，必须要你死而无怨。这样吧！只要你接得我的三招，接得了我便让你下山。看来你的功力只剩下一半，那么我也就只用一柄拂尘。”

龙象法王听了这话，又惊又喜。惊的是蓬莱魔女的眼力如此厉害，一看就看出他的功力深浅如何。

不过龙象法王虽然心内吃惊，却也有意外之喜。喜的是蓬莱魔女如此托大，居然答应只用一柄拂尘来对付他，而且还是只限三招。龙象法王心里想道：“我的功力虽然只剩一半，但你倘非尘剑兼施，不信接不了你的三招。”蓬莱魔女有言在先，只要他接得了三招，就可以任由他扬长而去了。

原来蓬莱魔女以三十六路天罡尘法和七十二路柔云剑法驰誉武林，本来拂尘主柔，长剑主刚，但她同时使用这两种兵器，却非但可以刚柔兼济，而且可以刚柔互易，一柄柔软的拂尘，也可以运用上刚强的内力。是以她平时对付强敌，尘剑兼施，当真可以说是出道以来，罕逢对手。如今只用一柄拂尘，就等于缚了一只手和龙象法王拼斗，威力自必要减一半了。

龙象法王吸了口气，立稳门户，说道：“好，就照你划出的道儿。你是一寨之主，可不能反悔!”

蓬莱魔女冷笑道：“我言出如山，你是死是生，就全凭你自己的本领了。小心接招吧，第一招来了!”

只见蓬莱魔女拂尘一抖，尘尾散开，千丝万缕的罩将下来。龙象法王早有准备，脱下披肩，挡她拂尘。这披肩虽然不及袈裟好使，但经过他的玄功默运，却也无殊一面盾牌。而且披肩较小，内力更易凝聚，在防守上可比袈裟还要有用。

两条人影，倏合即分，只听得一阵爆豆似的声响，龙象法王倒退三步，低头看时，只见他那件披肩，已是被尘丝刺成“千疮百孔”。蓬莱魔女的拂尘散开，每一根尘丝竟等于是一根利针。

龙象法王大吃一惊，心里想道：“这魔女的天罡尘法，果然名不虚传!”披肩百孔千疮已是不能复用。龙象法王拼着豁了性命，不待她第二招来到，便即抢先发招，哇的一口鲜血喷了出来，接着呼的一掌便劈过去。他用上了邪派的“天魔解体大法”，口喷鲜血，功力却是陡增一倍，所发的“龙象功”仍然达到了最高的境界——第九重的功力。

蓬莱魔女喝道："来得好!"拂尘凝成一束，当作判官笔用，直挥过去。只听得"当"的一声，拂尘和龙象法王的掌心碰个正着，如击金石!

龙象法王大吼一声，一个鹞子翻身，倒纵出三丈开外。原来他的龙象功已经给蓬莱魔女破了，蓬莱魔女的拂尘，刺穿了他掌心的"劳宫穴"。

蓬莱魔女喝道："还有一招未接，就想跑么?"

喝声中只见蓬莱魔女翩如飞鸟，倏地从龙象法王头顶掠过，拂尘一指，龙象法王一声惨叫，眼孔流血，身形晃了一晃，叫道："三招已毕，你可不能再与我为难了。"

蓬莱魔女是在他距离三丈之外扬起拂尘的，拂尘并未打到他的身上，众人却是大为奇怪。车卫赞道："柳女侠的独门暗器当真是武林一绝，这秃驴纵然逃得性命，也要变成废人了。"原来蓬莱魔女那拂尘一指，两根尘丝飞出，就像利针般刺瞎了龙象法王的双眼。

车淇连呼"痛快"，但却说道："不过给这贼秃逃了性命，也还是便宜他了。"

龙象法王掩面飞奔，忽听得一阵狂笑，响遏行云，令他心头大震，龙象法王连忙叫道："柳女侠，你的话可得算数!"蓬莱魔女叫道："谷涵，别拦阻他，让他下山!"只见一个中年书生走上山来，原来是蓬莱魔女的丈夫"笑傲乾坤"华谷涵已从大都回来。

龙象法王跑了几步，忽地一个踉跄，一跤摔在地上，七窍流血而亡。笑傲乾坤笑道："他是自己吓死的，可不关我的事。"原来龙象法王正受了内伤，骤闻笑傲乾坤的笑声，心头一震，真气登时涣散，如何还能保性命。笑傲乾坤道："完颜长之已给我们除掉了，你知道么?"

蓬莱魔女说道："我已听得璞儿说了。详情慢慢你再告诉我，现在咱们先去看看任老先生。"

笑傲乾坤道："对，这次任老先生没有助纣为虐，还给我们暗通消息，我们是应该原谅他了。"原来任天吾在逃出大都之前，曾托震远镖局的孟老镖头向群豪暗通消息，虽然他所通报的消息，武

金刀雷飙笑道：“今天是元宵佳节，这可真是人间天上两团圆了。”

林天骄和笑傲乾坤等人早已知道，也还是感激他的。

任天吾此时已是气若游丝，山寨众人亦已陆续赶到，任天吾一手紧握女儿，一手紧握李中柱，脸上挂着笑容，说道：“我一生之中，最欢喜就是此刻。你们能够原谅我，我、我死也瞑目了。唯一的憾事，只是不能看见你们成亲!”任红绡哭道：“爹爹!”任天吾已是死了。

蓬莱魔女说道：“红绡，你也不要太伤心了，你爹爹是死得其所，你应该听他的话，为他庆幸呀!”韩珮瑛上前和奚玉瑾相见，蓬莱魔女微笑道：“珮瑛，这位赵大哥你未见过，他是玉瑾的未婚夫婿呢!”韩珮瑛大喜道：“玉瑾姐姐，恭喜你啦!”

金刀雷飙拈须笑道：“今天是元宵佳节，你们年轻人也都是成双成对的在一起，人月同圆，可真是不负团圆佳节了。”正是：

历尽风波同聚首，人间天上庆团圆。

（全书完）